ALI MCNAMARA

Rosies wunderbarer Blumenladen

Buch

Als Poppy Carmichael den Blumenladen ihrer Großmutter Rosie im verschlafenen Küstenstädtchen St. Felix in Cornwall erbt, ist sie alles andere als begeistert. Im Gegensatz zum Rest der Carmichaels, die alle erfolgreiche Floristen sind, möchte Poppy weder mit Blumen noch mit St. Felix etwas zu tun haben. Denn mit beidem verbindet sie schmerzhafte Erinnerungen, die sie lange hinter sich gelassen hat. Doch den letzten Wunsch ihrer geliebten Großmutter zu ignorieren, bringt sie einfach nicht übers Herz. Und als die Renovierung des alten Ladens Poppy nicht nur neue Feinde, neue Freunde und eine neue Liebe beschert, muss sie sich schließlich fragen, ob Rosies wunderbarer Blumenladen nicht die Macht besitzt, ihre Wunden zu heilen.

Weitere Informationen zu Ali McNamara sowie zu lieferbaren Titeln der Autorin finden Sie am Ende des Buches.

Ali McNamara

Rosies wunderbarer Blumenladen

Roman

Aus dem Englischen
von Sina Hoffmann

GOLDMANN

Die englische Originalausgabe erschien 2015 unter dem Titel
»The Little Flower Shop by the Sea«
bei Sphere, an imprint of Little, Brown Book Group, London

Sollte diese Publikation Links auf Webseiten Dritter
enthalten, so übernehmen wir für deren Inhalte keine
Haftung, da wir uns diese nicht zu eigen machen,
sondern lediglich auf deren Stand zum Zeitpunkt
der Erstveröffentlichung verweisen.

Dieses Buch ist auch als E-Book erhältlich.

Verlagsgruppe Random House FSC® N001967

2. Auflage
Taschenbuchausgabe September 2018
Copyright © der Originalausgabe 2015 by Ali McNamara
Copyright © der deutschsprachigen Ausgabe 2017
by Wilhelm Goldmann Verlag, München,
in der Verlagsgruppe Random House GmbH,
Neumarkter Str. 28, 81673 München
Umschlaggestaltung: UNO Werbeagentur, München
Umschlagmotiv: Getty Images/Hannah Bichay, FinePic®, München
Redaktion: Lisa Caroline Wolf
MR · Herstellung: kw
Satz: GGP Media GmbH, Pößneck
Druck und Bindung: GGP Media GmbH, Pößneck
Printed in Germany
ISBN: 978-3-442-48621-2
www.goldmann-verlag.de

Besuchen Sie den Goldmann Verlag im Netz

Für Jake, meinen Basil

Prolog
1993

Mein Bruder und ich laufen durch die Stadt. Wir schlängeln uns durch die Urlauber hindurch, die sich entlang der Harbour Street tummeln, denn an diesem Samstag ist es besonders voll. Manche Leute essen Eis und Törtchen, andere wiederum suchen sich in einem der vielen, gut besuchten kleinen Läden Souvenirs aus, und wieder andere genießen einfach nur das sonnige Wetter.

Doch Will und ich wollen nicht von Geschäft zu Geschäft bummeln oder ein Eis essen, obwohl ich sehnsüchtig eine Frau anstarre, die ein großes, weißes, cremiges Eis mit Schokoladenraspeln in der Hand hält. Es ist ein ziemlich heißer Tag, und ich hätte liebend gern eins, obwohl wir gerade erst zu Mittag gegessen haben. Meine Großmutter sagt immer, mein Magen sei wie eine tiefe Grube, die man nie ganz auffüllen könne. Doch ich kann nichts dafür, ich habe eben immer Hunger – besonders, wenn wir hier am Meer sind.

Doch heute haben wir keine Zeit für ein Eis, ganz gleich, wie verführerisch es aussieht. Denn Will und ich sind unterwegs, um einen unserer Lieblingsmenschen zu treffen.

Will hält eine Papiertüte fest umklammert, und ich trage einen Blumenstrauß, den mir meine Großmutter in die Hand gedrückt hat, kurz bevor wir ihren Blumenladen verlassen und uns auf den Weg zur Bäckerei gemacht haben.

»Grüßt Stan von mir«, sagte sie wie immer. »Wünscht ihm alles Liebe von mir, ja?«

»Machen wir!«, riefen wir noch schnell, bevor wir aus dem Laden stürmten und die Straße hinunterliefen.

Endlich lassen wir das geschäftige Treiben der Harbour Street hinter uns und rennen zum Hafen, wo die Leute auf Bänke gequetscht die Sonne aufsaugen und die lauernden Seemöwen davon abzuhalten versuchen, sich ihre Fish and Chips oder den köstlichen Kuchen zu schnappen, den sie aus der Konditorei haben, die sich nur ein paar Häuser neben dem Laden meiner Großmutter befindet.

Mmmh, denke ich, als ich all das sehe, ich hätte schon wieder Lust auf ein Puddingtörtchen.

Irgendwann haben wir die Urlauber und die verführerischen Düfte der vielen Leckerbissen hinter uns gelassen und erklimmen den schmalen Pfad hinauf zu Pengarthen Hill.

»Da seid ihr ja, meine lieben jungen Freunde«, begrüßt uns unser Freund Stan, als wir auf dem Hügel ankommen. Von hier oben aus hat man einen herrlichen Blick über die Stadt und den Hafen. »Und ihr bringt Geschenke mit – ich frage mich, was das wohl sein könnte?«

»Eine Pastete natürlich!«, erwidert Will fröhlich und händigt ihm die Tüte aus.

»Und Blumen von unserer Großmutter«, erkläre ich und überreiche ihm den Strauß.

»Ah, die Blumen bringen immer so herrlich Farbe in meine bescheidene Hütte«, erwidert Stan und schnuppert daran. »Worauf habt ihr beide heute Lust? Wollt ihr eine Geschichte hören? Oder lieber gleich hinauf ins Schloss?«

»Geschichte!«, rufe ich, während Will zur gleichen Zeit »Schloss« sagt.

Stan lächelt. »Wie wäre es mit beidem? Ich erzähle euch eine Geschichte, während wir den Hügel zu Trecarlan hinaufgehen?«

Voller Vorfreude grinsen Will und ich, dann laufen wir Seite an Seite neben Stan her, und er erzählt uns eine seiner seltsamen, zauberhaften Anekdoten über sein wunderbares Zuhause.

Damals war alles so aufregend. Wir hatten tatsächlich einen Freund, der in einem Schloss lebte! Dort oben stellte ich mir immer vor, eine Märchenprinzessin zu sein.

Während ich mich daran erinnere, wie fröhlich wir gemeinsam den Hügel hinaufgelaufen sind, wünsche ich mir sehnlichst, damals schon gewusst zu haben, dass jene kostbare Zeit in den Sommerferien, die wir in St. Felix verbracht haben, die glücklichste Zeit meines Lebens sein würde.

1.

Narzisse – Neuanfänge

Das kann er doch wohl nicht sein, oder?

Ich stehe vor dem alten Blumenladen meiner Großmutter und starre zu dem Schild hinauf. *The Daisy
Chain* steht dort in einer schnörkeligen gelben Schrift.
Doch an den Ecken blättert allmählich die Farbe ab,
sodass dort in Wahrheit *he Daisy Chai* steht, was eher
nach einer orientalischen Teestube klingt.

Ich schaue die Straße mit dem Kopfsteinpflaster hinunter, auf der ich als Kind so oft unterwegs war, um
beim Konditor die köstlichsten Kuchen und Pasteten
und beim Zeitungshändler die Tageszeitung für meine
Großmutter zu holen, und wo wir in einem Geschäft
am Ende der Straße immer zum Ferienbeginn stundenlang einen glänzenden neuen Eimer und eine Schaufel
aussuchen durften.

Doch, das ist der Laden, ganz sicher: Von hier
aus sehe ich ein paar Häuser weiter den Konditor,
der jedoch jetzt The Blue Canary heißt, nicht mehr
Mr Bumbles wie damals. Der Zeitungshändler befindet
sich weiter den Hügel hinauf, auf dem sich die Straße
emporschlängelt, und es gibt immer noch einen Laden,
der so aussieht, als würde er im Sommer Eimer und

Schaufeln verkaufen. Doch heute, an einem regnerischen Montagnachmittag Anfang April, sind seine Türen geschlossen und das Licht ausgeschaltet.

Bereits so früh den Laden zu schließen, kann ich niemandem verdenken; es ist nicht gerade einer der besten Tage, um sich am Meer aufzuhalten. Ein nasskalter Nebel wabert über der Stadt und lässt alles feucht und farblos erscheinen, und in der kurzen Zeit seit meiner Ankunft in St. Felix habe ich kaum Urlauber gesehen. Oder überhaupt irgendwen, wenn ich so darüber nachdenke.

Dieser Effekt, den das nasse Küstenwetter auslöst, ist schon ein seltsames Phänomen. In einem Urlaubsort können sich in einem Augenblick noch die Besucher tummeln und die Sonne genießen, während im nächsten Moment die wechselnden Gezeiten dunkle Regenwolken mit sich bringen und alle Urlauber mit einem Schlag verschwunden sind und sich in ihre Hotels, Feriencottages oder Wohnwagen zurückziehen, die sie in dieser Woche ihr Zuhause nennen.

Als ich damals im Sommer während der Hauptsaison bei meiner Großmutter gewesen bin, habe ich mir manchmal tatsächlich Regenwetter gewünscht, um in Ruhe am Strand und an den Klippen entlangwandern zu können, ganz alleine und weit weg von allen anderen.

Mein Blick geht über das Kopfsteinpflaster die kurvige Straße hinauf. Oberhalb des Konditors, des Zeitungshändlers und des Strandshops entdecke ich einen kleinen Supermarkt, einen karitativen Second-Hand-Laden, eine Apotheke und etwas, das wie eine Kunstgalerie aussieht – sie befindet sich am oberen Ende der Straße, deswegen kann ich von hier aus nicht genau erkennen, um was es sich handelt. Aber das war's auch schon: Ein paar kleinere Läden inmitten schrecklich vieler leerstehender Geschäftslokale, deren Schaufenster weiß gestrichen worden sind. Wo sind bloß all die Souvenirläden hin? Früher, als ich immer herkam, waren sie richtig beliebt gewesen. St. Felix hat sich mit der Qualität und der großen Auswahl an Souvenirs stets gebrüstet; und es hat hier auch nirgendwo diesen billigen, geschmacklosen Kram gegeben, den es sonst überall am Strand zu kaufen gab, wie alberne Hüte und T-Shirts mit unflätigen Slogans darauf. St. Felix ist stets ein Hafen für ortsansässige Künstler und ihre Arbeiten gewesen. Was ist nur geschehen?

Das Geschäft meiner Großmutter befindet sich am unteren Ende der Harbour Street, genauer gesagt an dem Punkt, wo das Kopfsteinpflaster zum Hafen hinunterführt. Als Erstes ist mir durch den Kopf gegangen, dass der Laden ein wenig heruntergekommen wirkt, doch nachdem ich nun all die anderen verfallenen Geschäfte gesehen habe, bin ich einfach nur froh, dass er überhaupt noch da ist. Unten im Hafen kann ich ein paar neue Fischerboote entdecken sowie einen hellgelben Sandstreifen – das Meer muss sich gerade auf dem Rückzug befinden. Hoffentlich nimmt die Ebbe das schlechte Wetter gleich mit.

Ein langer Tag liegt bereits hinter mir; die Fahrt von meiner Wohnung im Norden Londons bis nach St. Felix, der kleinen Stadt an der nördlichen Küste Cornwalls, wo sich der Blumenladen meiner Großmutter befindet, ist sehr ermüdend gewesen. In der Hoffnung, dass dies die anstrengende Fahrt mildern würde, hat mir meine Mutter vorher einen Leihwagen besorgt, einen brandneuen schwarzen Range Rover. Doch der Komfort dieses Wagens und die luxuriöse Ausstattung haben die Reise an einen Ort, zu dem ich gar nicht hinwollte, nicht leichter gemacht.

Mein Magen grummelt, als ich ein wenig verloren mein leicht zerzaustes Spiegelbild im Schaufenster des Blumenladens betrachte. Kein Wunder, dass mich der Mann an der Tankstelle, an der ich kurz Halt gemacht habe, so seltsam angestarrt hat. Mit meinem langen schwarzen Haar, das ich heute offen trage und das mein blasses Gesicht umrahmt, sehe ich sicher deutlich jünger aus als dreißig. Wahrscheinlich dachte der Mann, ich sollte eher hinten auf der Rückbank sitzen als auf dem Fahrersitz.

Ein älteres Ehepaar, das zwei süße Kleinkinder an den Händen hält – Zwillinge, ihrer Kleidung nach zu urteilen –, geht an mir vorbei. Die Dame bleibt kurz stehen, um einem der Mädchen die Jacke zu schließen. Als sie ihm die Kapuze über den Kopf zieht, um es vor den starken Windböen zu schützen, gibt sie ihm einen Kuss auf die Wange.

Diese kleine Geste rührt mich zu Tränen.

Meine Großmutter hat das früher bei mir auch immer getan ...

Ich wende mich von ihnen ab und richte meinen Blick wieder auf den Laden – nicht ohne Gewissens-bisse wie schon so oft heute. Zum einen, weil ich mich so sehr darüber beschwert habe, nach St. Felix zurückkehren zu müssen, und andererseits, weil ich das schon viel früher hätte tun sollen.

Denn meine Großmutter ist gerade gestorben.

Sie hat nicht das Zeitliche gesegnet, befindet sich nun nicht an einem besseren Ort, oder wie auch immer die Leute es nennen, um das Offensichtliche leichter akzeptieren zu können.

Sie ist schlicht und einfach gestorben und hat uns verlassen – wie es jeder letztlich tut.

Danach haben alle geweint. Ich jedoch nicht. Ich weine nicht mehr.

Schwarz tragen – der Teil fällt mir leicht, das ist ohnehin mein Ding.

Zu ihrer Beerdigung gehen und darüber reden, wie wunderbar sie gewesen ist. Bei ihrer Beerdigung so viel Essen in sich hineinstopfen wie möglich. Auch das alles bedeutete keine Schwierigkeit für mich.

Die gesamte Familie ist zur Testamentsverlesung von einem Anwalt einbestellt worden, der extra von Cornwall in ein nobles Londoner Hotel heraufgereist kam, um uns zu treffen.

Die gesamte Familie – das sind ich, meine Mutter und mein Vater, Tante Petal sowie meine zwei nervigen Cousinen, Violet und Marigold. Tatsächlich wurde die Testamentsverlesung nach der schrecklichen Beerdigung zunächst relativ unterhaltsam. Violets und Marigolds Gesichtsausdruck, nachdem ich als die Alleinerbin des Besitzes meiner Großmutter verkündet wurde, war amüsant – zumindest ein paar Sekunden lang. Als sich dann jedoch alle von diesem Schock erholt hatten, meine Mutter mich mit Tränen in den Augen umarmte

14

und erklärte, dass damit endlich etwas aus mir werden würde, ist mir die Bedeutung dessen, was meine Großmutter da getan hat, allmählich klar geworden – und mit einem Mal hatte ich Mühe, ruhig zu atmen.

»Tut mir leid, Miss, aber dort werden Sie heute keine Blumen bekommen«, ertönt eine Stimme hinter mir und holt mich abrupt ins Hier und Jetzt zurück.

Als ich mich umdrehe, steht ein hochgewachsener junger Polizist vor mir, der die Arme hinter dem Rücken verschränkt hat und unter dessen Schirmmütze eine wahre Matte aus schwarzen Locken hervorlugt. Er deutet mit einem Kopfnicken auf die Schaufensterscheibe des Blumenladens. »Montags ist hier niemand – zumindest jetzt nicht mehr.«

»Aber sonst ist jemand da?«, frage ich überrascht. Soweit mir bekannt ist, hat niemand mehr den Laden betreten, seit meine Großmutter vor mehr als einem Jahr so krank geworden ist, dass sie sich nicht mehr um sich selbst kümmern konnte und in eine spezielle Privatklinik eingewiesen werden musste. Ihre Töchter haben darauf bestanden, die Kosten dafür zu übernehmen.

Er zuckt mit den Schultern, und anhand der fehlenden Rangabzeichen auf seinen Schultern erkenne ich, dass er ein Constable ist, ein Wachtmeister.

Ich bin nicht sonderlich stolz auf mein Wissen, woran man den Dienstrang eines Polizisten erkennt, mit dem man gerade zu tun hat, doch wenn man bereits so viele Begegnungen mit der Polizei hatte wie ich … Ich will es mal so ausdrücken: Es geht einem in Fleisch und Blut über.

»Doch, fünf Tage die Woche ist jemand da. Zumindest ...«

Ich warte darauf, dass er fortfährt.

»Wissen Sie, die Floristin, der das Geschäft gehörte, ist leider verstorben. Offenbar ist sie eine sehr liebenswerte Dame gewesen.«

»Offenbar?«

»Ja, ich habe sie leider nie kennengelernt. Ich bin neu hier und erst seit ein paar Monaten im Dienst.«

»Wer führt denn den Laden jetzt?«

»Die örtliche Frauengemeinschaft.« Er schaut sich kurz um und senkt dann die Stimme. »Das ist eine resolute Truppe. Nicht wirklich geeignet für den Umgang mit einer zarten, grazilen Blume, wenn Sie verstehen, was ich meine. Die Damen jagen mir ein wenig Angst ein.«

Ich nicke verständnisvoll.

»Doch«, fährt er fort, »ich möchte nicht schlecht über irgendwen reden. Sie betreiben den Laden freiwillig und aus der Güte ihres Herzens heraus – was zumindest in meinen Augen nie schlecht sein kann.«

»Ja, natürlich.« Ich lächle ihn höflich an.

»Aber montags ist er geschlossen, verstehen Sie? Wenn Sie also Blumen kaufen wollen, haben Sie heute leider kein Glück.«

»Ach, nicht so schlimm«, erwidere ich in der Hoffnung, er würde mich nun in Ruhe lassen. »Dann vielleicht ein anderes Mal.«

»Bleiben Sie länger in St. Felix?«, fragt er und scheint offensichtlich unser Gespräch fortsetzen zu wollen. Er schaut zum Himmel hinauf. »Denn heute ist leider nicht gerade der beste Tag, um die Stadt von ihrer schönsten Seite zu erleben.«

»Ich bin noch nicht sicher. Hoffentlich nicht allzu lange.«

Er sieht mich überrascht an.

»Also, vielleicht ein paar Tage.« Auch ich schaue zum Himmel hinauf. »Kommt ganz aufs Wetter an ...«

»Ah, verstehe. Guter Plan. Guter Plan.« Er lächelt. »Das mit dem Laden tut mir leid – und ich möchte die Damen nicht beleidigen, wenn ich das so sage, Sie verstehen schon –, aber ihr Umgang mit den Blumen ist ein wenig altmodisch. Wenn Sie etwas Moderneres suchen, sollten Sie besser den Hügel hinauf zu Jake gehen. Er wird sich um Sie kümmern.«

»Und Jake ist ...?«, erkundige ich mich und ahne sogleich, dass ich die Frage noch bedauern könnte.

»Ihm gehört die Gärtnerei oben auf Primrose Hill. Er liefert Blumen ins gesamte Umland aus. Unter uns gesagt ...« Er beugt sich zu mir vor und senkt ein weiteres Mal die Stimme. »Ich gehe immer zu ihm, wenn ich Blumen für die eine *besondere* Dame in meinem Leben brauche.«

»Und das ist ... Ihre Mutter?« Ich kann der Versuchung nicht widerstehen, ihn aufzuziehen. Dieser Constable hier ist so vollkommen anders als die Beamten der Metropolitan Police, die mir in London begegnet sind. Obwohl ich beim Gedanken daran feststellen muss, dass die meisten Begegnungen mit ihnen nicht gerade freundschaftlicher Natur gewesen sind; meistens bin ich festgenommen worden. Nichts Schlimmes – meine Vergehen reichten von Ruhestörung über

17

Trunkenheit und Ordnungswidrigkeiten bis hin zu meinem heimlichen Favoriten, nämlich dem Versuch, oben auf dem Trafalgar Square auf einen der Löwen zu klettern. In meiner Jugendzeit bin ich ein kleiner Rebell gewesen, das ist alles. Wirklich kriminell kann man das nicht nennen.

»Ja. Ja, das stimmt«, murmelt er, während sich seine Wangen röten. »Blumen für meine Mutter. Na gut, ich muss los – ich habe einiges zu tun, wissen Sie? Diese Stadt funktioniert nicht von allein.«

Jetzt habe ich ein schlechtes Gewissen, weil ich ihn geneckt habe, dabei scheint er ein ziemlich netter Kerl zu sein.

Er nickt. »Schön, Sie kennengelernt zu haben, Miss.«

»Ebenfalls, Police Constable …«

»Woods«, antwortet er stolz. »Aber alle hier nennen mich nur Woody. Ich versuche immer wieder, das zu unterbinden, doch irgendwie ist der Name an mir klebengeblieben. Mir graut ein wenig davor, was meine Vorgesetzten sagen, wenn sie davon erfahren – schließlich zeugt er nicht gerade von Autorität.«

Ich muss grinsen. »Aber ich finde, der Name passt gut zu Ihnen. Vielen Dank jedenfalls für den Tipp mit den Blumen, Wood…, also ich meine PC Woods. Ich bin sicher, dieser Tipp wird sich noch als sehr hilfreich erweisen.«

Er nickt. »Ich erledige nur meine Arbeit, Miss.« Dann dreht er sich elegant auf dem Absatz seiner schwarzen, glänzenden Schuhe um und läuft mit schnellem Schritt die Kopfsteinpflasterstraße entlang, während seine Arme entschlossen links und rechts mitschwingen.

Ich drehe mich wieder um und mustere das Geschäft.

»Na gut, dann lass uns mal sehen, was du mir da vererbt hast, Grandma Rosie«, sage ich leise und suche in meiner Tasche den Schlüssel, den meine Mutter mir heute Morgen in die Hand gedrückt hat, bevor ich sie und meinen Vater für ihren Rückflug in die Staaten in Heathrow abgesetzt habe. »Oder sollte ich besser sagen, was du mir da zum Verkauf hinterlassen hast ...«

Als ich zum ersten Mal seit fünfzehn Jahren müde die Ladentür öffne, schnürt es mir die Kehle zu. Denn einmal mehr schweifen meine Gedanken zum Tag der Beerdigung zurück.

»Warum um alles in der Welt hat Grandma Rosie mir ihren Blumenladen vermacht?«, protestierte ich mitten hinein in die Stille der Hotellounge. »Ich hasse Blumen, und sie wusste das! Hat sie mich wirklich so sehr gehasst?«

»Poppy!«, ermahnte mich meine Mutter daraufhin. »Sprich nicht so über deine Großmutter. Rose hat dich sehr geliebt, und das weißt du auch. Der Laden ist das erste Unternehmensglied in der *Daisy-Chain*-Kette. Sie hätte dir den Laden nicht vermacht, wenn sie nicht überzeugt gewesen wäre, du ...« Sie hielt inne, und mir wurde klar, was sie dachte: Ihre Mutter musste den Verstand verloren haben, ihren geliebten Laden mir zu vererben.

Ich habe das alles schon einmal gehört, viel zu oft sogar – dass in dieser Familie die Blumen schon immer eine wichtige Rolle gespielt haben ... und von einer

Generation an die nächste weitergegeben werden. Dass mindestens eine Person jedes Familienzweiges der Carmichael-Familie einen Blumenladen besitzt, leitet oder dort als Florist arbeitet. Es kommt mir wie eine gesprungene Schallplatte vor, die allerdings nie vom Plattenteller genommen wird. Aber das ist noch nicht alles. *The Daisy Chain* ist mittlerweile ein internationales Unternehmen: Meine Mutter hat eine Filiale in New York, eine entfernte Cousine besitzt einen Laden in Amsterdam, und ein anderer Cousin wird in diesem Jahr noch einen in Paris eröffnen. Alle Carmichaels lieben Blumen – alle außer mir. Mir mag die Bürde der Familientradition auferlegt worden sein, dass alle Kinder einen Namen mit Blumenbezug tragen müssen, doch da hört die Affinität bei mir auch schon auf. In meinem Leben gibt es keine Blumen, und ich habe nicht vor, das in absehbarer Zeit zu ändern.

»Jetzt sag es schon …«, forderte ich sie auf. Ich wollte es aus dem Mund meiner Mutter hören. Mir ist klar, dass ich das schwarze Schaf der Carmichael-Familie bin; ich bin diejenige, über die man bei Familienfeiern hinter vorgehaltener Hand redet. Vielleicht hat meine Großmutter das einfach ignoriert und gedacht, dass es mir helfen wird, wenn sie mir den Laden vererbt. Wie konnte sie sich nur so irren?

Meine Mutter holte tief Luft. »Sie hätte dir den Laden nicht vererbt, wenn sie nicht gedacht hätte, dass du etwas Gutes daraus machst.«

»Vielleicht.« Ich zuckte mit den Schultern.

»Poppy.« Meine Mutter streichelte tröstend mit den Händen über meine Oberarme. »Ich weiß, wie schwierig das alles für dich ist, das weiß ich wirklich. Aber deine Großmutter hat dir hier eine einmalige Gelegenheit eröffnet. Die Gelegenheit, mit deinem Leben etwas Positives anzustellen. Bitte gib der Sache wenigstens eine Chance.«

Dann kam mein Vater dazu. »Kannst du nicht wenigstens hinfahren und dir den Laden einmal *ansehen*, Poppy? Für deine Mutter, wenn du es schon nicht für dich tust? Du weißt doch genau, wie viel ihr der Laden deiner Großmutter bedeutet – und der ganzen Carmichael-Familie.«

Ein feiner Sprühregen hat eingesetzt, sodass ich nicht mehr länger unentschlossen vor der Türschwelle hin und her wandere, sondern nach drinnen husche und schnell die Tür hinter mir schließe. Das wirklich Letzte, was ich will, ist, dass die anderen Ladenbesitzer rundum sehen, dass ich hier bin, und dann herüberkommen und ans Schaufenster klopfen, um sich mit mir zu unterhalten. Denn ich habe nicht vor, lange zu bleiben.

Ich widerstehe der Versuchung, das Licht anzuschalten, weshalb ich nun versuchen muss, in dem wenigen Tageslicht, das durch die Scheiben hereinfällt, das Innere des Ladens so gut wie möglich zu erkennen.

Das Ladenlokal ist größer, als ich es in Erinnerung habe. Vielleicht weil es bisher immer randvoll mit Blumen vollgestopft war. Als meine Großmutter noch gelebt hat, konnte man sich hier kaum bewegen, ohne in ein Blechgefäß zu laufen, das mit leuchtend bunten Blüten gefüllt war, die nur darauf warteten, zu einem

21

Strauß gebunden zu werden und dann in die Welt hinauszukönnen, um jemandem den Tag zu verschönern.

Im Geschäft wimmelt es immer noch vor Blecheimern, doch heute sind diese auf eine unheimliche Art und Weise leer, als würden sie immer noch darauf hoffen, dass jemand vorbeikommt und sie mit den jüngsten Knospen füllt.

Ich seufze. Obwohl ich keine Blumen mag und nichts mit ihnen zu tun haben will, habe ich meine Großmutter geliebt. Ich kann mich noch gut daran erinnern, wie ich bei ihr in St. Felix viele sonnige Ferientage verbracht habe. Hier sind mein Bruder und ich zu Experten darin geworden, wie man am Strand Sandburgen baut, und als wir ein wenig älter und kräftiger waren, haben wir hier surfen gelernt. Wenn abends in St. Felix die Flut kam, brachen hohe Wellen auf den Sand Cornwalls hinunter und zerstörten die am Tage sorgsam gebauten, aber nun verlassenen Sandburgen. Meine Großmutter hat uns immer von ihrem rot-weiß gestreiften Liegestuhl aus angefeuert, während sie eine Thermosflasche mit heißem, dampfendem Kakao für uns bereithielt, mit dem wir unsere nassen, schmerzenden Körper wieder aufwärmen konnten, wenn wir nicht mehr länger gegen die Wellen ankämpfen konnten ...

Ich schüttele den Kopf.

Das gehört alles der Vergangenheit an. Ich muss mich auf das konzentrieren, was ich hier und jetzt zu tun habe. Darum taste ich mich vorsichtig in dem gedämpften Licht vorwärts und versuche dabei, die Ausstattung und das Inventar abzuschätzen. Wahrscheinlich muss ich alles einzeln verscherbeln, wenn ich den Laden zum Verkauf anbiete und der Käufer das Inventar nicht haben will. Aber ehrlich gesagt sieht alles nicht danach aus, als sei es noch viel wert. Um mich herum kann ich nur schwere dunkle Eichenmöbel erkennen. Die hohen Anrichten und Vitrinen sind leer und stehen vor schmutzigen, ehemals cremefarbenen Wänden. Wer will solche Schränke schon kaufen? Heutzutage entscheiden sich Ladenbesitzer für eine moderne, helle Ausstattung – um das »Einkaufserlebnis« für den Kunden so angenehm wie möglich zu gestalten.

Einmal habe ich ein paar grausige Monate während der Vorweihnachtszeit in einem großen Supermarkt gearbeitet und an der Kasse gesessen. Ich wurde beinahe wahnsinnig dabei, wie ich stundenlang die immensen Weihnachtseinkäufe der Leute über den Barcodescanner schieben musste. Es wurde so schlimm, dass ich Albträume bekam von den »Drei für zwei«- und den »Zwei zum Preis von einem«-Angeboten, bis ich schließlich den Punkt erreicht hatte, an dem ich mitten während einer meiner Schichten auf das Kassentransportband sprang – wie auf ein Laufband im Sportstudio. Dabei schrie ich allen zu, die es hören wollten, dass die Gier uns noch umbringen würde und dass wir uns schämen müssten.

Wenn dieser Zwischenfall nur ein Traum gewesen wäre, wie ich ihn oft vom Supermarkt gehabt habe, wäre alles nicht so schlimm ... Doch es war keiner. Zwei Leute vom Sicherheitsdienst, die es wahnsinnig aufregend fanden, endlich etwas anderes zu tun zu haben, als den ganzen Tag lang nur auf die Überwachungsmonitore zu starren, zerrten mich vom Transportband herunter und brachten mich zum Büro des Geschäftsführers, wo ich auf der Stelle gefeuert und mir bei jedem Zweig dieser Supermarktkette im Umkreis von fünfzig Meilen ein Hausverbot erteilt wurde.

Dies war ein weiterer Punkt auf der immer weiter anwachsenden Liste mit dem Titel: *Jobs, die Poppy in den Sand gesetzt hat.*

Warum sollte es bei diesem Laden – immerhin der ganze Stolz meiner Mutter – anders werden?

»Alle anderen von uns hätten sich regelrecht darum gerissen, Großmutters Laden zu übernehmen«, meldete sich Marigold bei der Testamentseröffnung zu Wort. »Es wäre eine Ehre für uns alle gewesen. Wer weiß, warum sie ihn dir vermacht hat, Poppy.«

»Ich *weiß* ...«, schloss sich Violet dem Genörgel an. »Ausgerechnet dir! Kannst du so etwas überhaupt schaffen?« Sie neigte den Kopf zur Seite und musterte mich mit übertriebenem Mitleid. »Ich habe mitbekommen, dass du immer noch in *medikamentöser Behandlung* bist.«

»Die einzige Medizin, die ich nehme, ist eine Pille, um mit nervigen, unhöflichen Cousinen klarzukommen«, entgegnete ich, als sie mich finster anstarrte. »Wie du sehr wohl weißt, Violet, geht es mir seit einiger Zeit sehr gut. Vielleicht hat Mum ja recht, und Grandma Rosie wusste das und wollte mir eine Chance geben. Anders als *andere* Leute.«

Wie ein bockiges Kind streckte Violet mir daraufhin die Zunge heraus.

24

»Ich weiß ja nicht, Flora«, wandte sich Tante Petal mit besorgtem Blick dann an meine Mutter. »Das *Daisy Chain* ist ein so wichtiger Teil unserer Geschäftstradition. Sollen wir wirklich Poppy erlauben, dafür verantwortlich zu sein? Mit ihrer ... *Vergangenheit?*« Sie flüsterte das letzte Wort, als sei es pures Gift.

»Hallo? Ich stehe hier neben euch, wisst ihr das?«, erinnerte ich sie.

»Poppy.« Meine Mutter hob die Hand, um mich zum Schweigen zu bringen. »Meine Tochter mag in der Vergangenheit ihre *Probleme* gehabt haben, das wissen wir alle. Genauso sehr, wie wir alle wissen«, fügte sie spitz hinzu, »wodurch diese ausgelöst worden sind.«

Daraufhin schauten die anderen allesamt verlegen zu Boden, und ich schloss die Augen. Ich kann es nicht ertragen, wenn andere mich bemitleiden.

»Aber sie hat sich verändert, nicht wahr, Poppy? Wie lange bist du bei deinem letzten Arbeitgeber angestellt gewesen?«, fragte mich meine Mutter und nickte mir aufmunternd zu.

»Sechs Monate«, murmelte ich.

»Seht ihr!«, schrie Marigold auf. »Sie kann an keiner Sache wirklich mal dranbleiben.«

»Dieses Mal war es aber nicht meine Schuld. Ich dachte, der Typ im Hotelzimmer wollte mich anmachen, was hätte ich denn da bitte tun sollen?«

Mit meinem letzten Job war ich eigentlich recht glücklich gewesen; ich hatte als Zimmermädchen in einem Fünf-Sterne-Hotel in Mayfair gearbeitet. Die Arbeit an sich war hart gewesen, aber nicht sonderlich anspruchsvoll, und es hatte mir doch mehr Spaß gemacht als zunächst befürchtet. Tatsächlich hatte ich diesen Job länger behalten als jeden anderen zuvor. Zumindest bis eines Abends ein Gast mir für meinen Geschmack ein wenig zu nah gekommen ist, nachdem ich angeklopft hatte, um sein Bett für die Nacht fertig zu machen – übrigens ein ziemlich sinnloser Teil des Jobs, wenn man mich fragt. Mal ehrlich, wer konnte denn bitte nicht selbst seine Bettdecke zurückschlagen? Es hatte jedoch zu meinem Aufgabenbereich dazugehört. Also klopfte ich jeden Abend gegen sechs Uhr an alle Türen des Hotels. Bei besagter Gegebenheit war mir im Nachhinein mitgeteilt worden, ich hätte überreagiert, als ich eine Wasserkaraffe über dem Kopf eines Gastes ausgekippt hatte, nachdem mir dieser vom Bett aus vorgeschlagen hatte, ihm dabei zu helfen, »seine Ausstattung zu testen, um zu sehen, ob alles funktioniert«. Woher hätte ich denn wissen sollen, dass er sich fünf Minuten zuvor bei der Rezeption gemeldet hatte, um zu fragen, ob jemand kommen und sich um das Surround-Sound-System kümmern könne, das offenbar nicht funktioniert hatte?

So kam es dazu, dass ich *gebeten* worden war, schon wieder einen Job an den Nagel zu hängen.

Meine Mutter ignorierte die Unterbrechung und schien ihr Lächeln offenbar festbetoniert zu haben.

»Na ja, egal, wie lang du da beschäftigt warst«, erklärte sie, »es war jedenfalls eine Verbesserung, und das ist alles, was wir sehen wollen.« Sie nickte den anderen zu und hoffte auf Zustimmung. »Ich finde, wir sollten Poppy eine Chance geben, sich nicht nur uns gegenüber zu beweisen, sondern auch sich selbst. Ich weiß, dass du es kannst, Poppy«, stellte sie fest und drehte sich zu mir um. »Und Grandma Rosie wusste das auch.«

Ich starre durch die Dunkelheit zum hinteren Teil des Ladens, um zu sehen, ob die hölzerne Theke, an der meine Großmutter ihre Kunden bedient hat, noch existiert. Zu meiner großen Überraschung steht sie tatsächlich immer noch da, also bahne ich mir vorsichtig einen Weg durch den Laden zur Theke hin, stoße dabei allerdings einen der leeren Blecheimer um, die auf dem Boden stehen, und stelle ihn schnell wieder auf.

Mein Bruder und ich haben viele Stunden damit verbracht, uns hinter der Theke zu verstecken, wenn Kunden hereinkamen; aus Spaß sind wir dann manchmal aus unserem Versteck hervorgesprungen, um sie zu erschrecken. Na gut, *ich* habe das getan; Will war immer zu höflich und wohlerzogen, um tatsächlich jemandem Angst einzujagen.

Sanft streiche ich mit der Hand über die glatte, warme, mittlerweile abgenutzte Holzoberfläche, und Erinnerungen füllen den Verkaufsraum. Es ist, als hätte ich an einer Wunderlampe gerieben und damit einen Flaschengeist befreit, der aus Erinnerungen besteht.

Ich frage mich …?

Schnell knie ich mich hinter die Theke, hole mein Handy heraus und aktiviere die Taschenlampenfunktion. Als die Unterseite der Theke von Licht erfüllt wird, dirigiere ich den Lichtstrahl in eine Ecke.

Sie ist immer noch da.

Links oben befindet sich eine Inschrift. In einem Moment der Kühnheit – vielleicht auch ein wenig als Mutprobe – ist sie grob mit einer Blumenschere meiner Großmutter hineingeritzt worden.

W & P waren hier – Juli '95

Den Teil hat Will geschrieben. Ich muss lächeln, als ich seinen korrekten Apostroph sehe, das die Zahl neunzehn ersetzt. Bei Will mussten selbst Graffiti stets grammatikalisch korrekt sein.

Rebellen für immer ...

Das habe ich darunter geritzt.

Nur dass wir keine echten Rebellen waren; wir waren liebe Kinder, wenngleich auch manchmal ein wenig frech. Ich war zehn, als wir das geschrieben haben, Will zwölf.

Ich hätte nie gedacht, dass ich selbst zwanzig Jahre später immer noch rebellisch sein würde.

»Ich ... ich weiß es nicht«, stotterte ich vor meiner gespannten Familie, die auf meine Entscheidung wartete. »Ich hasse Blumen – ihr alle wisst das, und ich trage auch nicht gern Verantwortung, das ist einfach nicht mein Ding. Vielleicht sollte ich den Laden verkaufen?«

Ein kollektives Keuchen ertönte.

Meine Mutter seufzte schwer. »Gebt mir eine Minute«, bat sie die anderen, bevor sie sich alle auf mich stürzen konnten. Sie nahm meine Hand und zerrte mich ins Foyer des Hotels.

»Poppy, Poppy, Poppy«, sagte sie traurig und schüttelte den Kopf. »Was mache ich nur mit dir?«

»Na ja, ich bin vielleicht ein wenig zu alt, um den Hintern versohlt zu bekommen«, scherzte ich. Das ist mein gewohnter Verteidigungsmechanismus, wenn die Situation für mich zu ernst wird. »Man sieht nicht viele Dreißigjährige, die mit einer Haarbürste eine Tracht Prügel versetzt bekommen – zumindest nicht in einem Foyer eines so vornehmen Hotels wie diesem hier. Vielleicht eher oben auf den Zimmern ...«

Meine Mutter blickte mich tadelnd an. »Das hier«, sie legte sanft einen Finger auf meinen Mund, »wird dir eines Tages noch einmal große Probleme einhandeln. Du bist temperamentvoll, Poppy, sehr angriffslustig mit einem scharfen Verstand und einem hitzigen Gemüt. Das ist eine gefährliche Kombination.«

Ich lächelte reumütig. »Schon passiert. Mehrfach.«

Meine Mutter trat einen Schritt zurück, um mich zu mustern. »Weißt du, wahrscheinlich hast du dein Temperament von ihr geerbt«, erklärte sie nachdenklich. »Ich erinnere mich noch gut daran, wie deine Großmutter meinen Vater nur mit ihrer scharfen Zunge unter Kontrolle halten konnte. Sie hat es nie ernst gemeint, alles war immer ein Scherz – genau wie bei dir.« Dann beugte sie sich vor, um mir übers Haar zu streichen. »Als sie noch jünger war, hatte deine Großmutter eine rabenschwarze Mähne wie du. Ich kann mich noch daran erinnern, wie ich ihr vor ihrem Frisierspiegel stundenlang das Haar gekämmt habe. Damals gab es so etwas wie Glätteisen noch nicht, um eine Mähne wie die deine zu zähmen – ich denke mal, dass deine Großmutter ihr Haar darum die meiste Zeit hochgesteckt getragen hat.« Sie musste seufzen, als diese schönen Erinnerungen von ihren derzeitigen Sorgen abgelöst wurden, bei denen ich wie immer eine Rolle spielte. »Ich habe keine Ahnung, was meine Mutter sich dabei gedacht hat, dir ihren geliebten Laden zu überlassen, Poppy – ich habe nicht die geringste Ahnung. Sie hatte keinerlei Illusionen, wie du bist. Aber wie ich sie kenne, hatte sie ihre Gründe ... und obwohl ich es in jüngeren Jahren niemals zugegeben hätte, in den meisten Fällen hatte sie recht.«

Dann sah sie mich an; ihre dunklen Augen flehten mich an, es mir noch einmal zu überlegen.

»Okay, okay – ich fahre hin«, murmelte ich schnell und starrte auf meine Doc Martens hinunter. Sie glänzten ungewohnt, da ich sie extra für die Beerdigung poliert hatte.

»Tatsächlich?« Ihr Gesicht leuchtete auf, als hätte ich ihr gerade einen Lottogewinn mitgeteilt. »Das ist eine wunderbare Nachricht!«

»Aber unter einer Bedingung. Ich werde nach St. Felix fahren und mir den Laden ansehen, aber wenn das nichts für mich ist oder ich irgendwelche ... *Probleme* haben sollte, wenn ich dort bin, dann wird das Geschäft verkauft. Okay? Keine moralischen Verpflichtungen.«

Meine Mutter zuckte leicht zusammen, nickte dann aber. »Klar, Poppy, abgemacht. Ich hoffe nur, dass St. Felix seinen Zauber auf dich wirken lassen kann wie damals, als du noch klein warst.« Dann tat sie etwas, das schon seit einer Ewigkeit nicht mehr geschehen war: Sie zog mich in ihre Arme und drückte mich fest. »Vielleicht bekomme ich dann meine alte Poppy wieder. Ich vermisse sie nämlich.«

Als ich die Umarmung meiner Mutter erwiderte, war mir eines mit absoluter Sicherheit klar: Solange St. Felix nicht das Rad der Geschichte zurückdrehen konnte, würde ich niemals mehr *diese* Poppy sein.

2.

Kamelie –
Mein Schicksal in deinen Händen

»Ist hier jemand?«

Als ich unter der Theke sitze und in tröstlichen Erinnerungen schwelge, reißt mich plötzlich eine Stimme aus meinen Gedanken. Sie lässt mich so sehr aufschrecken, dass ich mir den Kopf stoße.

»Schei…benkleister!«, bekomme ich so gerade noch die Kurve, als mich ein männliches Gesicht über die Ladentheke hinweg fragend ansieht.

»Was machst du da?«, fragt es mich beunruhigt, und jetzt erkenne ich, dass es zu einem hochgewachsenen, breitschultrigen Körper gehört.

»Ich suche etwas.« Ich erhebe mich und reibe mir den Kopf. »Warum? Was geht dich das an?«

»Darfst du hier sein?«, fragt er, während mich seine schokoladenfarbenen Augen von oben bis unten misstrauisch mustern.

»Hältst du mich für eine Verbrecherin? Sollte ich eine sein, so wäre ich keine besonders schlaue: Hier gibt es nichts zu stehlen.«

»Du wärst zudem eine sehr laute.«

Ich starre ihn ausdruckslos an.

»Ich bin eben die Straße hinuntergegangen und habe gehört, dass hier drinnen etwas umgefallen ist«, erklärt der Mann. »Deswegen wollte ich nach dem Rechten sehen.«

Ich schaue zu dem Blecheimer hinüber, den ich eben umgeworfen habe. »Oh ... Ich verstehe.«

»Also: Was hast du hier zu suchen?« Der Mann steht breitbeinig und mit verschränkten Armen vor mir. *Die klassische männliche Abwehrhaltung.* Eine meiner früheren Therapeutinnen war eine Expertin für Körpersprache – sie hat mir viel beigebracht.

Ich seufze und klimpere vor seinen Augen mit dem Schlüssel. »Ich bin die neue Besitzerin.«

Offenbar überrascht ihn diese Antwort. »Ich dachte, Rosies Enkelin würde den Laden übernehmen.«

»Woher weißt du das?«, frage ich.

»Ihre Mutter hat angerufen und mir gesagt, dass sie bald kommt. Ich bin Jake Asher, der Besitzer der Gärtnerei im Dorf.«

»Oh, du bist Jake!«

»Ja«, erwidert er zögerlich und sieht mich verwirrt an. »Und du bist ...?« Doch bevor ich antworten kann, hebt er die Hand. »Nein, warte, *du* musst Rosies Enkelin sein.« Er nickt zuversichtlich. »Ja, das würde alles erklären.«

»Was denn?«

»Nichts. Nur ein paar Dinge, die deine Mutter mir am Telefon über dein Temperament erzählt hat ...«

Seine Stimme verebbt, als ich ihn mit zusammengekniffenen Augen anstarre.

»Vielleicht sollten wir noch einmal von vorn anfangen, hmmm?«, fragt er und streckt mir seine Hand entgegen. »Willkommen in St. Felix!«

Ich beäuge ihn skeptisch, bevor ich seine Hand ergreife, die überraschend groß ist. Seine Finger schlingen sich um meine und schütteln sie.

»Danke.«

Plötzlich raschelt es oben auf einem der Holzregale, und im Dunkeln kann ich einen Schatten erkennen, der daran hinunterklettert.

»Was zum Teufel ist das?«, schreie ich und will mich schon wieder unter die Theke ducken.

»Schon gut«, beschwichtigt Jake und streckt den Arm aus. »Das ist nur Miley.«

Etwas springt vom Regal herunter und landet auf Jakes Schulter.

»Ist das ein Äffchen?«, frage ich erstaunt, da ich in dem unbeleuchteten Ladenlokal immer noch nichts richtig erkennen kann.

»Das ist sie in der Tat.« Er geht zur Tür und schaltet das Licht im Laden an. »Ein Kapuzineräffchen, um genau zu sein.«

»Aber warum?«, frage ich und starre das winzige, pelzige Wesen an.

Es beäugt mich argwöhnisch, während es sich die linke Pfote leckt.

»Warum das ein Kapuzineräffchen ist? Weil Mama Affe und Papa Affe was miteinander hatten und dann …«

»Sehr witzig. Nein, ich meinte: Warum hast du einen Affen? Ist es nicht grausam, ihn als Haustier zu halten?«

»Normalerweise würde ich dir zustimmen.« Jake streichelt das Äffchen unter dem Kinn, woraufhin es sich in seine Hand schmiegt. »Aber Miley ist anders. Drüben in den Staaten ist sie trainiert worden, bei Behinderten als Hilfe eingesetzt zu werden. Doch sie ist den Anforderungen nicht gerecht geworden. Für den Geschmack der Hilfsorganisation war sie ein wenig zu rebellisch. Sie konnte jedoch nicht wieder in die Wildnis oder einen Wildpark entlassen werden, da sie sich zu sehr an Menschen gewöhnt hatte. Als mir Freunde, die in den USA leben, von ihr erzählt haben, war ich sofort bereit, sie zu mir zu nehmen.« Miley streicht über Jakes rotblondes Haar, bevor sie dann zu meinem großen Entsetzen anfängt, ihn zu entlausen.

Ich verziehe das Gesicht.

»Schon gut, sie wird in meiner Haarmähne nichts zu essen finden!«, scherzt Jake und holt eine Nuss aus seiner Tasche. Diese reicht er Miley, die gierig auf eine leere Kommode springt und sofort anfängt, die Schale zu entfernen. »Sie tut nur das, was für sie vollkommen natürlich ist.«

Misstrauisch beäuge ich Miley von meinem Platz hinter der Theke aus.

»Du hast dich also bereit erklärt, dich um ein Äffchen zu kümmern – einfach so?«, frage ich zweifelnd. Affen sieht man normalerweise im Zoo oder im Fernsehen. Für mich ist es ungewohnt, jemanden vor mir zu haben, der einen Affen als Haustier hält.

»Ja«, erwidert Jake zu meiner Überraschung knapp. »Einfach so. Warum? Hast du damit ein Problem?«

»Neeeein …« Abwehrend hebe ich die Hände. »Was du mit deinem Affen treibst, geht mich nichts an.«

Jakes Mundwinkel fangen an zu zucken.

Als mir allmählich klar wird, was ich da gesagt habe, werde ich rot. Ich schaue zum Äffchen hin: Mittlerweile ist sie mit ihrer Nuss fertig und beäugt mich wieder argwöhnisch.

»Isst sie Obst?«, erkundige ich mich schnell. »Ich habe einen Apfel in meiner Tasche.«

Jake nickt. »Ja, Miley liebt Äpfel.«

Ich krame in meinem Lederrucksack herum und hole einen grünen Apfel heraus, der schon ein wenig mitgenommen aussieht. Ich halte ihn ihr hin.

»Ähm …«, stottert Jake.

»Oh, mag sie keine Golden Delicious?«

Jake grinst. »Sie ist zwar wählerisch, aber so wählerisch dann auch nicht. Der Apfel ist zu groß für sie.«

»Oh! Oh klar, natürlich!« Eilig schaue ich mich nach etwas um, womit ich den Apfel kleinschneiden kann. »Warte mal«, sage ich und eile ins Hinterzimmer, wo meine Großmutter immer die Blumen zu wunderschönen und oftmals exotischen Sträußen gebunden hat, die ein strahlendes Lächeln auf die Lippen des glücklichen Empfängers zauberten.

Es ist, als würde ich eine Zeitreise machen: Hier im Hinterzimmer hat sich kaum etwas verändert. Wenn überhaupt, dann ist es hier aufgeräumter als früher – was wahrscheinlich der örtlichen Frauengemeinschaft zu verdanken ist oder allen, die sich um den Laden kümmern.

Auf einem Regal finde ich einen Topf mit allen möglichen Floristenwerkzeugen, darunter auch das Messer,
das ich gesucht habe. Meine Großmutter hat es immer
benutzt, um die Blumenstiele in einem scharfen Winkel
abzuschneiden, damit sie schneller und besser Wasser
aufnehmen können. Schon seltsam, woran man sich so
alles erinnert, denke ich, packe das Messer sowie ein
Holzbrett und kehre in den Verkaufsraum zurück.

»Du musst dir nicht all die Mühe machen«, erklärt
Jake. »Sie hatte jetzt eine Nuss, damit wird sie eine
Weile lang zufrieden sein.«

»Schon gut, ehrlich. Ich habe ihr eben einen Apfel
angeboten, deswegen wäre es nicht fair, das Angebot
wieder zurückzuziehen. So etwas mache ich nicht.«

Jake beobachtet mich, während ich den Apfel in
dünne Spalten schneide. »So, was soll ich jetzt tun?«

»Halte es ihr einfach hin. Wenn sie den Apfel will,
wird sie schon zu dir kommen. Aber ich muss dich
vorwarnen, Miley mag normalerweise Fremde gar n…
oh!«

Miley sitzt bereits vor mir auf der Ladentheke und
nimmt eine Apfelspalte in ihre winzigen Pfoten.

»… aber offensichtlich *mag* sie dich«, beendet er
seinen Satz.

Schweigend beobachten wir, wie Miley grazil an
einem Apfelstück knabbert.

»Warum hat meine Mutter dich angerufen?«, platzt
es zur gleichen Zeit aus mir heraus, als Jake mich fragt:
»Was hast du mit dem Laden vor?«

»Deine Frage zuerst«, entscheidet er. »Sie hat mich
angerufen, weil ich den Laden mit Blumen beliefere,

und sie wollte mich wissen lassen, dass von nun an du hier die Verantwortung hast. Ich weiß nicht, ob du das weißt, aber ein paar Frauen aus dem Dorf haben sich um den Laden gekümmert, seitdem deine Großmutter ins Krankenhaus gekommen ist. Sie haben ihr Bestes gegeben, doch ihre Vorstellung davon, wie Blumensträuße auszusehen haben, ist nicht ganz das, woran St. Felix gewöhnt war.«

Eine Blume ist eine Blume, oder? Ich muss plötzlich an Woody denken. *Warum scheinen die Leute hier anderer Meinung zu sein?*

»Aber es ist toll von ihnen, dass sie diese Aufgabe übernommen haben.«

»Ja, auf jeden Fall«, stimmt er mir zu. »Deine Großmutter war hier sehr beliebt. Ein paar Leute sind sogar rauf nach London zu ihrer Beerdigung gefahren.«

»Ja, ich weiß.«

»Du musst also nun meine Frage beantworten«, fordert er mich auf. »Aber bitte gib Miley nicht den ganzen Apfel, ja? Wenn sie zu viel isst, bekommt sie schreckliche Blähungen.«

Ich muss ein Kichern unterdrücken. »Die Antwort lautet, dass ich noch nicht weiß, was ich mit dem Laden anstellen soll.« Ich schaue mich ein weiteres Mal um. »Blumen und ich … na ja …« Ich deute auf meine Kleidung – heute trage ich eine schwarze hautenge Jeans, meine bordeauxroten Doc Martens sowie ein weites, langes schwarzes Sweatshirt. »Wir passen nicht wirklich gut zusammen.«

»Da wäre ich ja im Leben nicht drauf gekommen«, erwidert Jake sarkastisch. »Als ich dich eben zum ersten Mal gesehen habe, war mir gleich klar, dass du nicht gerade der Blümchentyp bist.«

Eigentlich sollte ich mich über seine Worte freuen. Doch aus unerfindlichen Gründen fühle ich mich durch seine Annahme beleidigt.

»Wahrscheinlich verkaufst du dann den Laden am besten«, fährt er fort. »Nimm das Geld und düs damit in ein heißes Klima, um dich dort zu sonnen. Du siehst aus, als könntest du das brauchen.«

»Bargeld oder Sonne?«, will ich von ihm wissen und verschränke die Arme.

Jake verzieht ironisch das Gesicht. »Ich sehe schon … Ich bin in Schwierigkeiten, ganz gleich, was ich auch sage … Ich meinte natürlich die Sonne: Du siehst ein wenig blass aus.«

»Das ist mein natürlicher Teint!«, protestiere ich. »Nur weil ich mich nicht mit Selbstbräuner einschmiere wie irgendein Barbie-Püppchen!«

Weil ich ein wenig laut geworden bin, zuckt Miley zusammen.

»Tut mir leid, Kumpel«, entschuldige ich mich sanft. »Ich meine natürlich *meine Kleine* … *Süße* … Ach, wie redet man eine Affendame an?«, frage ich Jake.

»Benutz einfach ihren Namen, das funktioniert normalerweise.«

»Tut mir leid, Miley«, sage ich leise. »Ich wollte dir keine Angst einjagen.«

Wie zwei pralle Rosinen, die sich in einem fellbesetzten Kopf verstecken, richten sich ihre Augen wissend auf mich, als könne sie meine Gedanken lesen. Dann streckt sie mir feierlich ihre Hand entgegen.

»Sie will Freundschaft mit dir schließen«, übersetzt Jake. »Halt ihr deine Hand hin.«

Das tue ich.

Doch anstatt mir die Hand zu schütteln, wie ich es erwarte, legt mir Miley vorsichtig die Apfelkerne hinein. Dann springt sie auf Jakes Schulter zurück.

»Tut mir leid«, entschuldigt er sich. »Sie kann manchmal ein wenig launisch sein.«

»Schon gut«, winke ich ab und betrachte die Apfelkerne. »Das ist nicht das erste Mal, dass ich den Müll von jemandem mit mir herumtrage, und es wird bestimmt auch nicht das letzte Mal sein. Das ist normalerweise alles, was andere mir anvertrauen.«

Jake mustert mich fragend, doch ich kläre ihn nicht weiter auf.

»Lust auf einen Drink?«, fragt er. »Am Ende der Straße befindet sich ein Pub. Du siehst aus, als könntest du einen vertragen – tut mir leid«, entschuldigt er sich dann schnell. »Ich äußere schon wieder Vermutungen.«

Einen Augenblick lang betrachte ich ihn. Er wirkt harmlos, und es kommt mir unwahrscheinlich vor, dass ein Kerl, der mit einem Äffchen auf der Schulter herumläuft, sich als Serienmörder entpuppen könnte.

Ich nicke. »*Das*, Jake Asher, ist das Vernünftigste, was du gesagt hast, seit du diesen Laden betreten hast.«

3.

Löwenmäulchen –
Jemandem einen Korb geben

Das *Merry Mermaid* muss aus dem gleichen Felsstück gemeißelt worden sein, aus dem sich St. Felix entwickelt hat. Dieser Pub hat sich schon am Hafen befunden, solange ich denken kann, und obwohl ich mehr als fünfzehn Jahre lang nicht mehr in St. Felix gewesen bin, sieht der Pub immer noch genauso aus wie damals.

Die Ausstattung und die Besitzer mögen über die Zeit hinweg gewechselt haben, doch das Ambiente und die Gemütlichkeit drinnen sind die gleichen geblieben – warm und gastfreundlich gegenüber alten und neuen Freunden, Besuchern und Touristen.

»Was darf ich dir bestellen?«, fragt Jake, während wir an der Bar warten.

Ich überlege kurz. Ich muss nicht mehr fahren; es ist vorgesehen, dass ich im Cottage meiner Großmutter übernachte, solange ich hier bin.

»Ein Pint, bitte.«

Jake sieht mich überrascht an.

»Noch nie ein Mädchen gesehen, das ein Bier trinkt?«, frage ich und ziehe die Augenbrauen hoch.

»Doch, natürlich«, erwidert er schnell. »Ich habe nur kurz überlegt, ob du ein Pint Bier meinst ... und nicht etwa Schnaps?« Jake zieht die Brauen mindestens genauso hoch wie ich – doch seine Augen darunter zwinkern.

Ich muss grinsen. »Ja ... Ein Pint *Bier* wäre toll, vielen Dank.«

»Zwei Bier, bitte, Rita.« Jake dreht sich zu der Frau hinter der Bar um, die ein geblümtes Kleid im Fünfzigerjahre-Stil trägt. Ihr Haar ist leuchtend rot und zu einer toupierten Hochfrisur gesteckt, was den Retrolook noch unterstreicht.

»Na klar, Süßer«, erwidert Rita. »Was bekommt Miley?« Sie winkt Jakes Äffchen zu.

»Im Augenblick nichts, vielen Dank.«

Miley sitzt mittlerweile auf der Theke und spielt mit ein paar Bierdeckeln.

»Na gut!« Rita mustert mich interessiert, während sie nach zwei Biergläsern greift. »Kennen wir uns?«, fragt sie mich. »Ich habe das Gefühl, dass wir uns irgendwo schon mal begegnet sind.«

»Das ist Poppy«, erklärt Jake, bevor ich antworten kann. »Sie ist Rosis Enkelin.«

Ritas Gesicht leuchtet auf. »Oh, Liebes, jetzt erkenne ich dich – du bist ja deiner Großmutter wie aus dem Gesicht geschnitten!« Dann macht sie ein langes Gesicht und schaut mich traurig an. »Mein Beileid zu ihrem Tod«, erklärt sie. »Rosie war hier bei allen sehr beliebt. Wie kommst du klar?«

Ich will gerade den Mund öffnen, um ihr zu antworten, da ruft Rita schon dazwischen.

»Was für eine blöde Frage!« Sie schüttelt den Kopf. »Natürlich trauerst du noch, nicht wahr? Hätte ich mir aufgrund deiner Kleidung auch eigentlich denken können. Richie!«, schreit sie dann, was mich zusammenfahren lässt. Am anderen Ende der Bar taucht ein Mann auf. »Komm her und sieh dir an, wer hier ist!«

Richie bedient noch seinen Gast, bevor er dann hinter der Bar zu uns geschlendert kommt. Zu einer Jeans trägt er ein Hemd mit einem kunterbunten Blumenmuster. Er nickt mir zu.

»Das ist Rosies Enkelin«, platzt es aus Rita heraus.

»Ja, das sehe ich.« Richie streckt die Hand aus. »Sehr erfreut, dich kennenzulernen. Poppy, oder?«

»Stimmt, aber woher weißt du, wie ich heiße?«

»Deine Mutter hat gestern angerufen und uns gesagt, dass du kommst.«

Gibt es eigentlich irgendwen in ganz St. Felix, den meine Mutter nicht angerufen hat?

»Wie ich sehe, hast du Jake schon kennengelernt«, stellt Richie fest. »Und Miley.«

Miley hat ihr Spielchen aufgegeben, die Bierdeckel zu einem Turm zu balancieren; stattdessen ist sie nun damit beschäftigt, sie in so viele Stücke wie möglich zu zerreißen.

»Ja, das habe ich. Jake ist eben im Laden aufgetaucht.«

»Oh, übernimmst du den Blumenladen?«, fragt Rita aufgeregt. »Wie wunderbar!« Erleichtert schaut sie zu Richie hinüber. Er nickt begeistert.

»Poppy wird den Laden wahrscheinlich verkaufen«, erklärt ihnen Jake, bevor ich etwas sagen kann.

Ich starre ihn finster an, doch er schlürft in aller Ruhe weiter sein Bier.

Verlegen lächle ich Rita und Richie an. »Die Wahrheit ist, dass ich mich noch nicht entschieden habe.«

Jakes Verkündung scheint den beiden für einen Augenblick die Sprache verschlagen zu haben. Doch dann ergreift Richie als Erster wieder das Wort. »Aha. Na ja, es wäre eine Schande, wenn du das wirklich vorhättest, junge Dame. Aber es ist deine Entscheidung. Wenn es wirklich das ist, was du willst, dann kann ich dir nur einen schnellen, profitablen Verkauf wünschen.«

Ritas Gesichtsfarbe hat mittlerweile einen Rotton erreicht, der kurz davor ist, sich ihrer Haarfarbe anzugleichen.

»Du kannst doch nicht den Laden verkaufen!«, explodiert sie mit einem Mal. »Tut mir leid, Richie, ich weiß, der Gast hat immer recht und all das, aber sie kann das doch nicht so einfach tun – Rosie hat so an ihm gehangen! Das Besondere ist der Ort. *Du* weißt es selbst am besten!« Sie wirft ihm einen vielsagenden Blick zu.

Ein paar der Gäste in der Bar drehen sich zu uns, um zu sehen, worüber Rita sich so ärgert.

»Rita!«, warnt Richie sie. »Wir haben uns schon öfter darüber unterhalten, dass du deine Meinung für dich behalten sollst, wenn du hinter der Theke stehst. Tut mir leid, Poppy«, entschuldigt er sich.

»Schon gut«, erwidere ich, ein wenig überrascht von Ritas Leidenschaft, mit der sie sich für den Blumenladen einsetzt. »Ich mag Menschen, die sagen, was sie denken, und Rita darf ruhig ihre Meinung haben. Wie ich eben schon erklärt habe …«, jetzt bin ich an der Reihe, Jake einen vielsagenden Blick zuzuwerfen, »… habe ich noch nicht entschieden, was ich mit dem Laden anstellen werde. Ich denke, in ein paar Tagen weiß ich mehr.«

»Du musst versuchen, sie umzustimmen«, fleht Rita und packt Jakes Hand. »Sag ihr, welch große Bedeutung der Laden für die Stadt hat.«

Jake drückt Ritas Hand und legt sie dann sanft auf die Theke zurück.

»Poppy wird das ganz allein entscheiden, Rita«, stellt er fest. »Sie ist eine erwachsene Frau und bildet sich ihre eigene Meinung.«

Rita schnaubt.

»Ich werde nichts überstürzen, versprochen«, erkläre ich in dem Versuch, sie zu beschwichtigen.

Rita nickt mir knapp zu. »Gut. Na, das ist ja immerhin schon mal etwas, denke ich.«

»Dann lassen wir euch jetzt mal mit euren Drinks allein«, verkündet Richie. »Sagt Bescheid, wenn ihr was essen wollt. Ich hab Spaghetti Bolognese auf der Abendkarte, die sind ein echter Knaller, und …«, er sieht sich in dem beinahe menschenleeren Pub um, »… wenn es hier nicht gleich noch ein wenig voller wird, werden Rita und ich sie den gesamten Rest der Woche noch essen. Nein, die Drinks gehen aufs Haus«, winkt er ab, als Jake ihm einen Geldschein hinhält, um unser Bier zu zahlen. »In Gedenken an Rosie.«

Auf der Suche nach durstigen Kunden zieht Richie Rita mit sich.

Ich trinke einen Schluck Bier.

»Hast du mich darum hierhergeschleppt?«, frage ich Jake. »Weil du wusstest, dass sie so reagieren und mich dazu überreden würden, nicht zu verkaufen?«

Jake zuckt mit den Schultern. »Nein, überhaupt nicht. Ich bin mit dir hergekommen, weil das hier in St. Felix der einzige Pub ist und ich ein Bier trinken wollte.«

Ich betrachte ihn über den Rand meines Bierglases hinweg.

»Ehrlich. Für mich macht es keinen Unterschied, ob du den Laden verkaufst oder nicht.«

»Natürlich macht es das«, widerspreche ich und folge ihm, als er mir andeutet, an einem Tisch Platz zu nehmen, der in der Zwischenzeit am Fenster frei geworden ist. »Sollte ich den Laden an jemanden verkaufen, der ihn nicht als Blumenladen weiterführen will, dann gehst du pleite.«

Jake lacht.

»Warum lachst du? Was ist daran so witzig?«

»So wunderbar, wie deine Großmutter auch war, so ist ihr Geschäft doch nicht meine einzige Einkommensquelle. Ich beliefere Blumenläden in ganz Cornwall.«

»Oh, das wusste ich nicht.«

»Weißt du überhaupt etwas über Blumen?«, erkundigt sich Jake und setzt sein Pint auf dem Tisch ab. »Ich dachte, das sei ein Familienunternehmen.«

»Nein, nicht viel«, gebe ich zu. »Ich bin einer Beteiligung immer aus dem Weg gegangen.«

»Warum?«

Ich zucke mit den Schultern. »Keine Ahnung. Blumen sind eben nicht mein Ding.«

»Was ist denn *dein Ding*?«

Darüber muss ich nachdenken. »Ich glaube, das habe ich bis jetzt noch nicht herausgefunden, um ehrlich zu sein.«

Jake mustert mich, während er aus seinem Bierglas trinkt.

»Was?«, will ich wissen.

»Nichts, Chefin, ehrlich!«, ruft er und hebt beschwichtigend die freie Hand. »Du bist aber ganz schön gereizt, oder?«

»Nein, bin ich nicht. Nur weil ich nicht ins Familienunternehmen eingestiegen bin, heißt das noch lange nicht, dass ich ein Problem habe!«

»Das habe ich nie behauptet.« Jake schüttelt den Kopf. »Ich denke, ich bleibe jetzt besser schweigend hier sitzen und trinke einfach nur mein Bier. Das scheint mir einfacher zu sein.«

Wir beide schnappen uns unsere Biergläser, trinken einen Schluck und schauen überallhin, nur nicht zum anderen. Ich beobachte Miley, die auf der gegenüberliegenden Seite der Theke spielt; Rita hat ihr ein paar Erdnüsse gegeben. Vorsichtig bricht sie jede Nuss einzeln auf und schiebt die Schalen ordentlich unter ein Geschirrtuch, bevor sie sich dann gierig über den Inhalt hermacht.

»Tut mir leid«, entschuldige ich mich nach einer Weile und schaue zu Jake. »Tut mir leid, dass ich dich eben so angefahren habe. Eine schlechte Angewohnheit von mir.«

»Kein Problem«, erwidert er und zuckt freundlich mit den Schultern.

»Es ist nur so, dass ich das alles schon hundertmal gehört habe«, fahre ich fort, weil ich es ihm gern erklären will. »Dass ich doch wie alle anderen ins Familienunternehmen einsteigen soll. Wie sonderbar ich sei, weil ich in meinem Leben nichts geregelt bekomme.«

»Ich habe nie behauptet, dass ich dich seltsam finde«, entgegnet Jake und schaut mich an – anders als zuvor. »Hältst du dich denn für seltsam?«

»Jetzt klingst du wie meine Therapeuten«, erwidere ich und verdrehe die Augen, »wenn du mir wie gerade das Wort im Mund verdrehst.«

»Du warst in Therapie?«, fragt Jake und klingt dabei ziemlich interessiert. Er richtet sich auf seinem Stuhl auf.

»Ja, warum? Viele Leute sind in Behandlung.«

»Ich habe ja gar nicht behauptet, dass das irgendwie schlecht ist. Du meine Güte, das ist aber echt schwierig mit dir.«

Ich sehe Jake an. Ich habe es ihm aber auch nicht gerade leicht gemacht – was nicht fair ist, da er lediglich versucht, nett zu sein. »Ich weiß. Auch das habe ich schon mal gehört. Manche bezeichnen das auch als ›wartungsintensiv‹.«

»Wie nennst du es denn?«, fragt er und zwinkert mir – auf eine sehr attraktive Art und Weise – wieder zu.

»Im Grunde bin ich nur ein unbeholfenes Biest«, erwidere ich, hebe mein Bierglas und trinke einen Schluck, während ich auf seine Reaktion warte.

Zu meiner Freude lacht Jake. Wir grinsen uns über den Tisch hinweg an, und von den Spannungen, die vorher zwischen uns waren, ist nun nichts mehr zu spüren.

»Wollen wir etwas zu essen bestellen?«, fragt Jake und wirft einen Blick auf seine Uhr. »Mir ist klar, dass es erst fünf Uhr ist, aber ich sterbe vor Hunger.«

»Klar«, erwidere ich begeistert, da ich Essen niemals ablehnen kann. »Mir geht's genauso.«

»Dann besorge ich uns mal die Karte«, antwortet Jake und steht auf. »Ich müsste auch mal kurz einen Anruf erledigen.«

»Klar.« Ich beobachte, wie er zur Bar schlendert. Dort sammelt er Miley ein, nimmt zwei Speisekarten, kommt zurück und reicht sie mir. »Ich bin gleich wieder zurück«, sagt er und wedelt mit seinem Handy.

Ich tue so, als würde ich mir die Speisekarte anschauen, doch während Jake nach draußen verschwindet, um seinen Anruf zu tätigen, gehen mir tausend Gedanken durch den Kopf. Ist das klug, Poppy, frage ich mich. Du bist erst wenige Stunden hier und doch schon kurz davor, mit einem Fremden zu Abend zu essen – mit einem zugegebenermaßen ziemlich attraktiven Fremden, aber das sollte doch keinen Unterschied machen.

Eigentlich ist Jake so gar nicht mein Typ. Er ist ein wenig reifer als der Typ Mann, auf den ich normalerweise abfahre – ich schätze mal, dass er Ende dreißig bis Anfang vierzig ist. Seine breiten Schultern und die kräftigen Arme lassen vermuten, dass er regelmäßig Sport treibt, doch das könnte auch daran liegen, dass er in seiner Gärtnerei viel arbeiten muss. Er scheint ein wirklich netter Kerl zu sein, aber ich will zu diesem

Zeitpunkt mit niemandem etwas anfangen, insbesondere mit niemandem, der hier in St. Felix wohnt, sonst komme ich hier nie wieder weg.

Nein, ich muss einen kühlen Kopf bewahren und mich darauf konzentrieren, warum ich hierhergekommen bin, selbst wenn Jake das süßeste Lächeln hat, das ich seit Langem gesehen habe ...

Jake kehrt zurück und setzt sich mit Miley auf der Schulter mir gegenüber, während ich so tue, als sei ich ganz in die Speisekarte vertieft.

»Tut mir leid«, entschuldigt er sich, als ich ihn über die Karte hinweg ansehe. »Ich musste meiner Familie kurz Bescheid sagen, dass ich später komme.«

»Kein Thema«, erwidere ich beiläufig, doch meine Gedanken rasen schon wieder.

Familie?

Heimlich werfe ich einen Blick auf seine Hände, während ich vorgebe, die Karte zu studieren. Zum ersten Mal fällt mir ein goldener Ehering auf.

Verdammt, ich wusste es, es wäre auch zu schön gewesen, um wahr zu sein! Er ist verheiratet.

»Ist es denn für deine Frau in Ordnung, dass du heute außer Haus essen gehst?« Mit einem Mal fühle ich mich recht unbehaglich. Mit einem Mann essen zu gehen, den man gerade erst kennengelernt hat, ist ja eine Sache, aber mit einem verheirateten Mann ...

»Ich habe nicht meine Frau angerufen«, erwidert er, »sondern meine Kinder.«

O Gott, er hat auch Kinder! Ich fange schleunigst an, mir Ideen zurechtzulegen, wie ich so schnell wie möglich den Pub verlassen kann. Das ist genau der

Grund, warum ich dem männlichen Geschlecht aus dem Weg zu gehen versuche. Seit gefühlten fünf Minuten bin ich erst hier, und schon habe ich mich von einem netten Lächeln und einem Knackarsch hinters Licht führen lassen. »Ah, verstehe«, erwidere ich vorsichtig. Meine Speisekarte wird plötzlich wieder sehr interessant.

»Das sind Teenager, sie sind also durchaus in der Lage, sich selbst um ihr Abendessen zu kümmern«, fährt Jake fort, der anscheinend nichts von meinem Unbehagen mitbekommt. »Aber ich sage ihnen immer gern Bescheid, wo ich bin, wenn ich später nach Hause komme.«

»Klar.«

»Was ist los?«, fragt Jake und schaut mich fragend über den Tisch hinweg an. »Du bist plötzlich so still geworden. Und du magst vieles sein, Poppy, aber das gehört nicht dazu.«

Da ich für gewöhnlich kein Blatt vor den Mund nehme, falle ich gleich mit der Tür ins Haus. »Ich will nicht mit verheirateten Männern zusammen sein.«

Jake schaut sich um. »Ich sehe hier keine verheirateten Männer.«

»Nein, ich meinte: Ich gehe nicht mit verheirateten Männern aus. Das ist eines meiner Prinzipien.« Selbstzufrieden lehne ich mich auf meinem Stuhl zurück und verschränke die Arme. Eigentlich habe ich gelogen, ich habe keine Prinzipien, was das Daten angeht, aber es lässt mich in einem guten Licht dastehen.

Verdutzt über meine Worte, runzelt Jake zunächst seine sonnengebräunte Stirn, bevor er mich dann belustigt ansieht. »Du hältst das hier ...«, er wedelt mit dem Zeigefinger zwischen uns beiden hin und her, »für ein Date?«

Miley, die auf seiner Schulter sitzt, kreischt und hält sich den Bauch, als würde sie sich vor Lachen krümmen.

Ärgerlicherweise färben sich meine Wangen dunkelrot. »Na ja, was ist es denn dann? Du fragst mich, ob ich mit dir zu Abend esse, und dann erzählst du mir, dass du verheiratet bist. Entschuldigung, aber in meiner Welt passt beides *niemals* zusammen.«

Jake nickt. »Aha, jetzt verstehe ich.«

»Und? Was verstehst du?«, will ich wissen.

Er trinkt einen großen Schluck Bier und leert dabei sein Pint bis auf das letzte Tröpfchen, bevor er das Glas wieder auf dem Tisch absetzt.

»Na, vielen Dank dafür, dass ich mich jetzt wie der Lustmolch vom Dorf fühle – was ich, wie ich dir versichern kann, nicht bin. Ich wollte einfach nur nett sein, das ist alles. Rose war eine wunderbare alte Dame und eine gute Freundin von mir, und ich dachte, es wäre nur anständig, sich um ihre Enkelin zu kümmern. Offensichtlich liege ich damit falsch.« Er steht auf. »Einen schönen Abend noch, Poppy. Vielleicht sieht man sich noch mal, bevor du St. Felix verlässt.«

Zu meinem großen Entsetzen dreht er sich dann auf dem Absatz um und verlässt mit Miley auf dem Arm den Pub, ohne ein einziges Mal zurückzuschauen.

Reglos sitze ich auf meinem Stuhl, die Wangen hochrot und so heiß wie die dampfenden Fajitas, die Richie gerade einem Pärchen an einem Nachbartisch serviert.

Ich nehme mein Bierglas und trinke schnell, während ich mich verstohlen umschaue, ob irgendwer mitbekommen hat, was gerade passiert ist. Doch der Pub ist relativ leer, und die wenigen Leute, die da sind, scheinen zu sehr in ihre eigenen Angelegenheiten vertieft zu sein, um mich beobachtet zu haben. Deswegen stehe ich leise auf und schleiche mich unbemerkt zu Tür hinaus.

Was genau die Art und Weise ist, die ich mag.

4.

Schneeglöckchen – Hoffnung

Snowdrop bedeutet Schneeglöckchen, und genau so heißt das alte Haus meiner Großmutter: *Snowdrop Cottage*. Es ist ein winziges, zweistöckiges Reihenhaus mit je zwei Zimmern im Erdgeschoss und im ersten Stock und befindet sich an einer engen Straße, die merkwürdigerweise Down-Along heißt, aber vom gegenüberliegenden Ende des Hafens hinaufführt.

Mit dem Range Rover muss ich direkt vor dem schmalen, weißgetünchten Cottage anhalten, um meinen ganzen Kram ausladen zu können. Dabei blockiere ich für ein paar Minuten die gesamte Straße.

Schließlich entschuldige ich mich bei der Reihe von Autofahrern, die ich aufgehalten habe, und parke das Auto auf dem nahe gelegenen Parkplatz, ziehe ein Parkticket und kehre dann zum Haus zurück, um auszupacken.

Es dauert nicht besonders lange, da ich kaum etwas mitgebracht habe; sobald ich in dem Zimmer, in dem ich als Kind mit meinem Bruder übernachtet habe, ein paar Sachen auf Bügel gehängt, Bettzeug gefunden und die eine Hälfte des Doppelbetts bezogen habe, schaue ich mich schnell ein wenig im Haus um.

Unten sieht alles noch so aus, wie ich es in Erinnerung habe; das ruhige, hübsche Schlafzimmer, das ich mir ausgesucht habe, befindet sich auf der Rückseite des Hauses, gleich neben einem winzigen Badezimmer. Vorne, mit Aussicht auf die Straße, liegt eine gemütliche Küche mit hellblauen Holzschränken, einem schwarzen Aga-Standherd sowie einem Küchentisch mit vier Stühlen. Das alte Schlafzimmer meiner Großmutter zur Straßenseite hin ist noch genau so, wie ich es in Erinnerung habe; dort steht ein großes Holzbett mit einer federweichen Patchworkdaunendecke, das von weißgestrichenen Holzmöbeln umgeben ist und eigentlich in ein viel größeres Zimmer gehört hätte. Nach hinten raus befindet sich oben ein strahlend helles Wohnzimmer mit einem breiten scharlachroten Sofa, das mit Patchworkkissen bedeckt ist, einem Schaukelstuhl, einem kleinen Fernseher und einem großen Bücherregal voller Bücher, Magazine und Zeitungen. Der Grund, warum meine Großmutter sich dafür entschieden hat, das Wohnzimmer nach oben zu verlegen, ist leicht zu verstehen, sobald man den Raum betritt. Durch zwei verzierte Fenstertüren, die auf einen schmalen Balkon hinausführen, hat man einen herrlichen Blick auf die St. Felix Bay, an den ich mich noch lebhaft erinnern kann. Leider ist er heute getrübt von einem dichten Nebel, der vom Meer heraufgezogen ist, dazu gießt es wie aus Kübeln. Doch mir fällt auf, dass auf dem Balkon in mehreren hölzernen Pflanzgefäßen gelbe, herabhängende Narzissen und bunte Tulpen stehen, die die Regentropfen aufsaugen, die auf sie herunterprasseln.

Mein Magen knurrt, wie ich so dastehe, und mir wird bewusst, dass ich nichts mehr gegessen habe, seit ich vor einer ganzen Weile an der Tankstelle Halt gemacht habe. Daher laufe ich hinunter und ziehe mir einen großen, marineblauen Regenmantel mit einer Kapuze über, der an einem Haken vor der Küche hängt. Ich spiele mit dem Gedanken, mir den Südwester zu nehmen, der gleich daneben hängt, doch dann beschließe ich, dass ich in diesem Aufzug schon albern genug aussehe – ich muss meine Blamage nicht noch unnötig vergrößern.

Dann schnappe ich mir meine Tasche, schließe die Tür ab und mache mich auf den Weg hinunter in die Stadt, um etwas Essbares aufzutreiben.

Es dauert nicht lange, bis mir der Duft von Fish and Chips in die Nase steigt, daher biege ich ins Harbour Fish & Chips ab – wo ich mich erst einmal wie ein Hund ausschüttele, um so viel Wasser wie möglich loszuwerden, bevor ich den Laden betrete.

Vor mir stehen schon einige Leute in der Schlange, weshalb ich mich erst einmal einreihe und abwarte.

»Heute Abend nur eine Portion?«, höre ich den rundlichen, fröhlich aussehenden Verkäufer hinter der Theke fragen. »Das sieht dir gar nicht ähnlich, Jake. Für deine Bande besorgst du doch sonst eine Großbestellung!«

Oh nein, das kann doch wohl nicht wahr sein, oder? Doch.

»Ich habe es mir mit dem Abendessen anders überlegt, Mick«, erwidert eine vertraute Stimme. »Die Kids haben schon gegessen. Ich bin heute Abend allein.«

Ich weiche an die Wand hinter mir zurück und tue so, als würde ich die Pinnwand bis ins Detail studieren – ein Treffen des Stadtrates, ein Trödelmarkt, eine vermisste Katze …

»Ah, verstehe, das ergibt natürlich einen Sinn.«

»Aber sie werden nicht gerade begeistert sein, wenn ich da mit Fish and Chips reinstolziere und sie nichts abbekommen. Wahrscheinlich werde ich also im Auto essen.«

»Guter Plan«, nickt der Verkäufer. Dann höre ich, wie gekonnt Papier um Pommes frites gewickelt wird. »Nee, das geht auf mich, Kumpel. Meine Frau war begeistert von den Blumen, die du ihr besorgt hast. Ich schulde dir was.«

»Cheers, Mickey«, höre ich Jake rufen. »Bis später, Lou«, sagt er dann zu der Frau vor mir in der Schlange, und als er geht, klingelt die Glocke über der Tür.

Puh, er hat mich nicht gesehen!

Die Frau namens Lou gibt ihre Bestellung auf, muss aber noch auf ihr Brathähnchen warten. Daher bin ich nun an der Reihe.

»Liebes«, begrüßt mich Mickey und grinst mich mit einer Reihe perfekter Zähne an, die vor seiner dunklen Haut noch weißer wirken.

»Kabeljau und Pommes, bitte.«

»Na klar, Liebes. Großer Kabeljau?«

»Oh ja, gern, und die Pommes bitte auch.«

Mickey lächelt mich über die Theke hinweg an. »Da haben wir heute Abend aber großen Appetit, was?«, fragt er mich herzlich.

»Ein wenig«, grinse ich.

»Der Kabeljau ist in zwei Minuten fertig«, erwidert er. »Lecker und ganz frisch. Okay so?«

»Na klar!«

Ich trete einen Schritt zurück und lächele die anderen Kunden an. Lou ist eine ältere Frau, die ähnlich wie ich gekleidet ist, um sich vor dem Regen zu schützen.

»Nicht schön da draußen«, sagt sie und deutet mit dem Kopf auf meinen Regenmantel. »Für morgen ist allerdings gutes Wetter vorausgesagt.«

»Das ist prima.«

»Heute war es recht ruhig in der Stadt, ich habe kaum Kunden zu Gesicht bekommen.«

»In welchem Laden arbeiten Sie?«, frage ich und überlege, ob sie wohl eine der Nachbarinnen vom *Daisy Chain* ist.

»Ich betreibe das Postamt und den Zeitschriftenladen«, antwortet sie. »Der April ist ein komischer Monat. Man sieht natürlich seine Stammkunden – die sind immer da, ganz gleich, welcher Monat –, aber die Touristenzahlen können zu dieser Jahreszeit gewaltig schwanken, kommt ganz aufs Wetter an. Wir verkaufen Eis, Getränke, Süßigkeiten und all so was. Bei sonnigem Wetter schnellen die Verkäufe in die Höhe, bei Regenwetter sinken sie in den Keller.«

Ich nicke und frage mich, warum sie mir das alles bis ins kleinste Detail berichtet.

»Mir ist aufgefallen, dass hier viele Ladenlokale leer stehen.«

»Ja, das ist sehr traurig, es hat sich im Laufe des

vergangenen Jahres so entwickelt. In der Stadt war eigentlich immer viel los. Es ist wirklich eine Schande.«

»Lou, dein Essen ist fertig«, ruft Mickey hinter der Theke. Er reicht ihr eine große Tüte. »Du meine Güte, warum hat hier eigentlich heute Abend jeder so einen Riesenhunger?«, fragt er und grinst uns an.

»Oh, das ist nicht alles für mich allein«, entgegnet Lou. »Mein Bruder aus Birmingham kommt für ein paar Tage zu Besuch. Er liebt dein Essen.«

Mickey nickt. »Dann wünsche ich euch beiden einen guten Appetit!«

Lou dankt ihm und läuft zur Tür. »Dann bis bald mal, Poppy!«, ruft sie und lächelt mir zu.

Ich hebe die Hand und winke ihr zum Abschied zu, bevor der Groschen fällt: *Moment mal, woher kennt sie meinen Namen?*

Ich versuche, ihr durch das beschlagene Fenster hinterherzusehen, als sie sich vor dem Laden bückt und einen großen Basset Hound losbindet, dessen Leine an der gegenüberliegenden Ladentür festgemacht ist, damit er im Trockenen sitzt; gemeinsam laufen sie dann die Straße hinunter.

»So«, ruft Mickey und gewährt mir keine Zeit, um weiter darüber nachzudenken. »Großer Kabeljau mit Pommes!«

Er holt ein riesiges Stück Kabeljau aus der Fritteuse und packt es in Papier ein, bevor er dann eine Tüte mit Pommes füllt. »Ich hoffe, du isst das nicht allein in deinem Auto?«, fragt er.

Ich starre ihn ausdruckslos an.

59

»Ach, du meinst Jake?«, frage ich dann, wünsche mir aber sofort, das nicht gesagt zu haben.

»Ja, der arme Kerl. Er hat es nie ganz verwunden, nicht wahr?«

Mickey hat wohl angenommen, dass ich auch Jake selbst kenne, da mir sein Name bekannt ist.

Ich schüttele den Kopf. »Nein …«, erwidere ich vorsichtig. »Wird er es denn jemals?«, fahre ich fort in der Hoffnung, mit meinen Worten eine Antwort aus ihm herauszukitzeln.

Mickey hört auf, mir weitere Pommes in die Tüte zu füllen, und packt dann geschickt die gesamte Bestellung in weißes Papier ein.

»Ich weiß es nicht. Seine Frau auf diese Art und Weise zu verlieren, würde jeden Mann umhauen, nicht wahr? Obwohl er sich wacker schlägt – ich denke mal, die Kinder helfen ihm dabei, sich nicht unterkriegen zu lassen.«

»Ja …« Eilig nicke ich und hoffe, dass Mickey weiterredet.

Bedeutet das, Jake ist Witwer? Oder hat ihn seine Frau verlassen?

»Das Grab auf dem Kirchenfriedhof ist eines der gepflegtesten, das du je gesehen hast«, fährt Mickey fort und tippt meine Rechnung in die Kasse ein. »Das macht sieben Pfund, Liebes. Jede Woche frische Blumen.«

Er ist also tatsächlich Witwer … Jetzt habe ich ein schlechtes Gewissen.

»Das ist wundervoll«, erwidere ich, bezahle und nehme mein Paket. »Vielen Dank hierfür.«

60

»Kein Thema, Liebes.« Er sieht mich fragend an. »Haben wir uns hier schon einmal gesehen? Du kommst mir so bekannt vor!«

»Ich war lange nicht mehr hier«, entgegne ich wahrheitsgemäß. »Ich bin wieder in der Stadt, um etwas Geschäftliches zu regeln.«

Mickey scheint sich mit dieser Erklärung zufriedenzugeben. »Ich vergesse nämlich niemals ein Gesicht«, erklärt er und zwinkert mir zu.

»Tschüss!«, rufe ich im Hinausgehen. »Ich bin sicher, dass ich während der Zeit, in der ich hier bin, wiederkommen werde.«

Hinter mir schließe ich die Tür, ziehe die Kapuze auf und will gerade wieder zum Cottage zurücklaufen, als mir ein weißer Van auffällt, der am Hafen parkt.

In roten Buchstaben steht dort auf der Seite *Jake Asher – Blumen.*

Ich halte einen Augenblick inne, um nachzudenken, und bevor ich mir die Sache noch einmal anders überlegen kann, laufe ich zielstrebig auf den Hafen und den Van zu.

5.

Haselnuss – Versöhnung

Als ich auf der Fahrerseite an die Scheibe klopfe, sehe ich, wie sich Jake gerade hungrig über seinen Fisch und die Pommes hermacht, die in ihrer Verpackung auf seinem Schoß liegen.

Er schaut auf und sieht, wie ich ihn durch die Scheibe hindurch anstarre, während der Regen an meinem wasserdichten Regenmantel herunterperlt. Er kneift die Augen zusammen, um zu sehen, wer sich unter der riesigen Kapuze verbirgt und ihn beim Abendessen stört.

Als er merkt, dass ich es bin, kurbelt er die Scheibe herunter.

»Ja?«

Damit habe ich nicht gerechnet. Ich hatte angenommen, er würde mich sofort ins trockene, warme Wageninnere einladen.

»Ich … ich möchte mit dir reden«, stottere ich.

»Worüber?«, fragt Jake und schaut ausdruckslos zu mir herauf.

»Über eben … im Pub. Es tut mir leid.«

»Schon gut«, antwortet er. »Entschuldigung angenommen.« Und damit kurbelt er die Scheibe wieder hoch.

»Nein, warte!«, rufe ich.

Jake hält auf halber Höhe inne und sieht mich erwartungsvoll an.

Meine Gedanken rasen. »Ich wollte mit dir reden ... über Blumen ... für den Laden.«

Jake denkt kurz nach. »Okay, dann solltest du wohl besser einsteigen.«

Er schiebt ein paar Zeitungen vom Beifahrersitz herunter, während ich um das Auto herum zur anderen Seite laufe.

Ich steige ein und versuche, den tropfnassen Regenmantel auszuziehen, doch durch den beengten Platz verhake ich mich, während ich gleichzeitig versuche, mein Abendessen auf dem Schoß zu balancieren. Jake muss schließlich meine Arme aus dem Mantel befreien.

Als er sich zu mir herüberbeugt, fällt mir der sehr angenehme Duft eines hochwertigen Aftershaves auf, zu dem sich noch ein deutlich süßerer Duft gesellt – nämlich der von frischgeschnittenen Blumen, wie mir ein paar Sekunden später klar wird.

»Besser?«, fragt Jake, nachdem ich mich endlich vom Regenmantel befreit habe.

»Ja, vielen Dank! Der gehört mir eigentlich gar nicht«, erkläre ich ihm schnell. »Der hing im Cottage meiner Großmutter.«

Jake grinst. »Ich hatte auch nicht angenommen, dass er deinem Stil entspricht.«

Ich bin kurz davor zu fragen, was das denn jetzt wieder heißen soll, doch stattdessen atme ich tief durch. Mein Blick fällt auf den halb gegessenen Fisch auf seinem Schoß. »Bitte, iss doch weiter – wegen mir musst du nicht aufhören.«

Jake schaut mich eigentümlich an. »Na gut – aber nur unter zwei Bedingungen.«

»Und die wären?«, frage ich argwöhnisch.

»Erstens: Auch du isst dein Essen, bevor es kalt wird. Und zweitens: Du sagst mir sofort, warum du plötzlich so nett und höflich bist. Das sieht dir gar nicht ähnlich.«

Wir sitzen nebeneinander in Jakes Van und essen gemeinsam unser Abendessen.

»Du willst also mit mir über Blumen reden«, stellt Jake fest, als wir die Höflichkeitsthemen Wetter, St. Felix und Mickeys Fish and Chips ausgereizt haben. Und wenn ich ausgereizt sage, meine ich das auch; höfliche Plauderei war noch nie meine Stärke.

»Du hast es dir also anders überlegt und beschlossen zu bleiben und den Laden zu übernehmen?«, fragt Jake und sieht mich zweifelnd an, als ich nicht sofort antworte.

»Ähm ... ja ... na ja, ich denke darüber nach.«

»Prima. Und was hat dich dazu bewogen, deine Meinung so plötzlich zu ändern?«

»Okay, okay, ich kann das nicht!«, schreie ich und fahre mir mit der Hand durch das nasse Haar – wahrscheinlich nicht gerade eine meiner besten Ideen, nachdem ich mit ihr gerade fettige Fish and Chips gegessen habe.

Jake sieht mich verwirrt an. »Was kannst du nicht?«

»Ich kann nicht hier sitzen, sinnloses Geschwätz

austauschen und dir dann einen Haufen Lügen auf-
tischen darüber, dass ich den Laden behalten will. Das
bin ich einfach nicht.«

»Warum wolltest du dann mit Gewalt in meinen Van
hinein?«, fragt Jake, in dessen Miene sich ein Hauch
von Belustigung zeigt. »Wenn schon nicht wegen meines Wissens über Blumen – so unendlich und faszinierend dieses auch sein mag?«

»Ich wollte nicht mit Gewalt in deinen Van, du hast
mich eingeladen, mich zu setzen!«, entgegne ich. Meine
Stimme wird lauter, als sich mein gewohnter Verteidigungsmechanismus in Gang setzt.

»Ich konnte dich ja wohl kaum im strömenden
Regen stehenlassen, oder?«, grinst Jake. »Für was für
einen Mann hältst du mich?«

Jedes Mal, wenn ich kurz davor bin, in die Luft zu
gehen, schafft es Jake, meine Wut zu entschärfen – wie
macht er das so mühelos?

»Ich hab dir doch gesagt: Ich wollte mich entschuldigen«, erwidere ich leiser.

»Aber das hast du doch draußen schon gemacht.
Was hat sich denn verändert? Du hast doch eben klipp
und klar gesagt, dass ich ein ehebrecherischer Pervers-
ling bin.«

»Das habe ich nie behauptet.« Mir fällt seine Hand
auf, die auf dem Lenkrad ruht. »Es liegt an deinem
Ring. Ich habe angenommen, dass du verheiratet bist.«

»Ah, mein Ehering«, stellt Jake fest und betrachtet
ihn gedankenverloren. »Ja, ich nehme mal an, das ist
ein ziemlich offensichtliches Anzeichen.«

Er sieht mich an, doch das Grinsen ist aus seinem

Gesicht verschwunden, und seine Stimme klingt mit einem Mal sehr traurig. »Die Wahrheit ist, dass ich verheiratet war, sogar recht lange. Aber meine Frau, sie ist …« Er schluckt, und sofort spüre ich seinen Schmerz. »Sie ist gestorben.«

»Das tut mir wirklich sehr leid.«

Er lächelt schief auf eine Art und Weise, wie es nur Leute tun, denen am wenigsten nach Lächeln zumute ist. »Das ist eine dieser Sachen, nicht wahr? Das passiert jeden Tag Hunderten –, ach was, Tausenden von Leuten. Das Ding ist, man hält es niemals für möglich, dass es einem selbst passiert.«

Ich würde mich am liebsten vorbeugen und seine Hand nehmen, ihm sagen, dass ich genau weiß, wie er sich fühlt. Aber ich tue es nicht. Ich bleibe still auf meinem Platz sitzen und warte darauf, dass er fortfährt.

Jake schaut geradeaus und starrt in den Regen hinaus, der auf die Windschutzscheibe prasselt.

»Du musst nicht drüber reden, wenn du nicht willst«, sage ich.

Er zuckt mit den Schultern. »Warum sollst du es nicht wissen? Irgendwer wird es dir ja irgendwann ohnehin sagen, wenn du es in Betracht ziehst, eine gewisse Zeit lang hier in St. Felix zu bleiben. Dann ist es mir schon lieber, du hörst es von mir.« Er hält kurz inne. »Felicity – so hieß meine Frau – hatte ein seltenes Herzleiden. Wir haben nicht gewusst, dass etwas mit ihr nicht stimmte. Den einen Tag war sie noch quicklebendig, und am nächsten … war sie tot.« Als er mich jetzt anschaut, sind ihm Schmerz und Kummer deutlich

66

anzusehen. »Sie war joggen, als es passierte. Joggen – das soll ja eigentlich gesund sein. Zumindest wird das überall behauptet, nicht wahr?«

Er scheint eine Antwort zu brauchen, deswegen nicke ich.

»Man sagte mir, es hätte jederzeit passieren können – die Tatsache, dass sie gelaufen ist, war wahrscheinlich nicht entscheidend. Aber weißt du, jedes Mal, wenn ich jetzt einen Jogger sehe, möchte ich am liebsten zu ihm gehen und ihn warnen: ›Tu's nicht. Deine Zeit könnte bald abgelaufen sein!‹« Er lächelt traurig. »Hältst du mich für verrückt?«

Ich schüttele den Kopf.

»Das ist doch schon mal was, denke ich. Eine Menge Leute haben mich eine Zeit lang für verrückt gehalten. Aber das war nur meine Art und Weise, damit fertigzuwerden. Das ist auch der Grund, wie ich zu Miley gekommen bin.«

Plötzlich erinnere ich mich wieder.

»Oh, wo ist sie?«, frage ich und sehe mich um in der Erwartung, sie auf der Rückbank des Vans auftauchen zu sehen.

»Willst du es wirklich wissen?«, fragt Jake, auf dessen Lippen sich wieder ein aufrichtiges Lächeln zeigt.

Ich nicke.

»Schnall dich bitte an, dann werde ich es dir zeigen.«

Als ich zögere, verzieht er das Gesicht und schielt.

»Entschuldigung, ich hab die Perversling-Sache schon wieder vergessen.«

»Okay – jetzt hör schon damit auf. Ich habe doch gesagt, dass es mir leidtut, oder?« Aber insgeheim freue ich mich, dass er wieder er selbst zu sein scheint. Ich bin nicht sonderlich gut darin, mich mit den Gefühlen anderer Leute zu beschäftigen.

Jake grinst. »Ja, hast du. Tut mir leid, ich konnte nicht widerstehen.«

»Also … wo ist Miley?«

»Zuerst anschnallen!«, weist mich Jake an. »Und dann sind wir auch schon auf dem Weg.«

Wir lassen das Stadtzentrum hinter uns, fahren einen Hügel hinauf und halten vor einer Schule.

Jake steigt aus, also folge ich ihm.

»Wohin gehen wir?«, frage ich und trippele hastig, um mit seinem entschlossenen Lauf Schritt halten zu können.

»Das wirst du schon sehen«, erwidert er, als wir die Schule durch das Haupttor betreten. »Hier hinunter.«

Gemeinsam laufen wir den Hauptkorridor entlang bis zu den Kunsträumen. Dort hängen gerahmte Gemälde der Schüler an den Wänden, von denen einige richtig gut sind. Vor einer Glasvitrine halten wir an, bevor wir einen der Klassenräume betreten. »Das hier ist die Arbeit meiner Tochter«, erklärt Jake stolz und deutet auf ein Gefäß. »Das hat sie im letzten Jahr gemacht.«

»Wow, das ist toll!«, staune ich und betrachte das aufwändig aus Pappmaché gefertigte türkisfarbene Gefäß. »Es sieht aus, als stamme es aus einer Galerie.«

»Ich weiß«, nickt Jake. »Sie hat wirklich Talent. Sie war erst vierzehn, als sie das gemacht hat. Außerdem malt sie noch.«

»Tatsächlich? Hat sie diese künstlerische Ader von dir?«

Jake schüttelt den Kopf. »Ihre Mutter war in unserer Familie die Künstlerin. Ich bin eher derjenige, der kräftig zupacken kann, weißt du?«

Ich nicke.

Jake öffnet die Tür des Klassenzimmers, und schon stehen wir inmitten eines Kunstkurses, der in vollem Gange ist. Etwa zwölf Staffeleien sind im Raum verteilt, vor denen Erwachsene stehen und sitzen, malen und zeichnen. Manche von ihnen malen mit Ölkreide, andere wiederum mit Kohle, doch was alle Gemälde gemeinsam haben, ist das Motiv.

Ein Affe.

Es gibt Bilder einer einzelnen Miley, mehrere Mileys in verschiedenen Positionen, abstrakte Mileys, die überhaupt nicht mehr wie ein Affe aussehen, sondern wie ein dreifacher Notenschlüssel, und, inmitten von alledem, hoch auf einem Bücherregal, mit einem angenagten Stück Banane in der Hand – obwohl man anhand der Gemälde meinen könnte, sie wäre heute Abend an vielen Orten gewesen – das echte Modell.

Als sie Jake in der Tür stehen sieht, kreischt sie vor Freude und macht sich auf den Weg zu ihm, indem sie zuerst die Regalfächer hinunterklettert, dann über den Boden trippelt und schließlich in seine Arme springt.

»Perfektes Timing!«, ruft eine schlanke junge Frau mit langem blondem Haar, die, wie ich vermute, die Kursleiterin ist. »Ich denke, Sie werden mir alle zustimmen, dass es zwar eine Herausforderung war, aber doch auch ein wirklich sehr lohnender Kursabend. Ich würde Miley gern dafür danken, dass sie uns erlaubt hat, sie auf unseren Bildern einzufangen – sie war ein absoluter Star.«

Der Kurs applaudiert, und Miley, die jetzt auf Jakes Schulter hockt, verbeugt sich leicht.

Die Kursteilnehmer packen ihre Ausrüstung ein, während die Kursleiterin zu uns herübergeschlendert kommt.

Sie lächelt mich an, wendet sich dann jedoch sofort an Jake.

»Wie immer vielen Dank, Jake«, sagt sie und berührt seinen Arm. »Es war wundervoll, mit Miley zu arbeiten, sie ist so lebendig und interessant zu malen.«

»Ich hatte angenommen, du würdest vielleicht ein etwas bewegungsloseres Motiv bevorzugen«, erwidert Jake. »Das wäre doch viel einfacher zu zeichnen.«

»Aber gerade das ist ja die Herausforderung!«, ruft sie, beugt sich zu ihm herüber und lacht.

»Oh, ich möchte euch gern einander vorstellen. Poppy, das ist Belle, die Künstlerin hier in St. Felix. Belle, das ist Poppy, sie ...« Er zögert. »Sie ist neu hier in St. Felix.«

»Hi«, grüßt mich Belle, mustert mich von Kopf bis Fuß und kommt eindeutig sehr schnell zu der Entscheidung, dass ich keine Gefahr für ihr offensichtliches Interesse an Jake darstelle. Ein Interesse, dessen Jake sich überhaupt nicht bewusst zu sein scheint. »Und was führt dich nach St. Felix, Poppy?«

»Ich habe den Blumenladen in der Harbour Street geerbt«, antworte ich ihr und beschließe, dass es sinnlos ist, es noch länger für mich zu behalten, da ja diverse Leute ohnehin schon Bescheid wissen.

»Ach, tatsächlich? Wie wunderbar!«, ruft Belle, und es klingt, als würde sie es ernst meinen. »Der Laden ist nicht weit von mir entfernt. Ich besitze ein Atelier ein paar Häuser weiter.«

»Oh, ja, das habe ich heute gesehen.«

»Und was habt ihr jetzt vor?«, erkundigt sich Belle, die schon wieder das Interesse an diesem Thema verloren hat. »Kann ich dich auf ein schnelles Bier ins *Mermaid* einladen als Dankeschön dafür, dass du uns Miley ausgeliehen hast, Jake? Das gilt natürlich auch für dich, Poppy«, fügt sie als Nachtrag hinzu.

Jake zögert. »Eigentlich war ich heute schon dort, Belle.«

»Ach, wirklich?« Sie klingt überrascht. »Das wäre aber sehr früh für dich. Hättest du denn Lust, mit mir noch einmal kurz vorbeizuschauen?« Sie beugt sich zu uns vor und senkt die Stimme. »Unter uns dreien: Nach dem Unterricht in diesem Kurs könnte ich *immer* etwas Alkoholisches vertragen! Ja, gute Nacht, Bob!« Sie winkt einem Mann zu, der eine Staffelei und eine Kiste voller Farben trägt. »Bis nächste Woche!«

»Poppy?«, wendet sich Jake an mich. »Würdest du noch einen Versuch wagen, im *Mermaid* etwas trinken zu gehen?«

»Gute Nacht, June!« Belle dreht sich einen Moment lang von uns weg, um mit einer Frau zu sprechen, die an uns vorbei will. »Hervorragende Arbeit heute, diese Kohlezeichnungen waren wunderbar!«

»Ich verspreche dir auch, dass es dieses Mal kein

Date ist«, flüstert Jake mir ins Ohr. »Belle könnte unsere Anstandsdame sein.«

»Na ja, wenn du es so siehst …«, flüstere ich zurück. »Ich denke, gegen einen Drink wäre durchaus nichts einzuwenden.«

Aber während wir darauf warten, dass der Rest von Belles Kurs mit Staffeleien, Pinseln und Bildern von Miley bewaffnet an uns vorbeizieht, wünscht sich ein winziger Teil von mir, dass es *doch* nur wir zwei wären.

6.

Lavendel – Misstrauen

Als wir wieder unten im Hafen ankommen, ist im *Merry Mermaid* zwar deutlich mehr los als zuvor, doch es ist noch weit davon entfernt, überfüllt zu sein. Problemlos finden wir einen Platz am Ende der Bar.

»Was hätten die Damen denn gern?«, fragt Jake, während Miley wieder ihren vorherigen Platz einnimmt und mit einem Stapel frischer Bierdeckel spielt.

»Einen trockenen Weißwein, bitte, Jake«, erwidert Belle. »Du meine Güte, für einen Montagabend ist hier aber viel zu tun!«

Das versteht man hier unter »viel zu tun«?

»Die Frauengemeinschaft«, antwortet Jake und beugt sich über die Bar, um zu sehen, wo Rita und Richie bleiben. »Viele der Frauen kommen nach ihren monatlichen Treffen her.« Er tut, als würde er ein Glas an den Mund heben und es ein paarmal in seinen Mund ausleeren.

Belle lacht ein wenig zu laut über Jakes Witz.

»Poppy?«, fragt mich Jake. »Das Gleiche wie eben?«

»Oh, ihr seid vorhin *zusammen* hier gewesen?« Ein Hauch von Verärgerung huscht über Belles hübsches Gesicht.

»Nur kurz auf ein Glas Bier«, entgegne ich. »Ja, das Gleiche wie eben bitte, Jake.«

Ich frage mich, ob ich nicht vielleicht einen etwas eleganteren Drink hätte auswählen sollen, aber ich mag nun einmal Bier. Und ich werde mich nicht verbiegen, um mit Belle mithalten zu können.

Und selbst wenn ich das täte, würde ein anders geformtes Glas mich nicht verändern. Belle ist hübsch, zart und anmutig. Mit ihren langen, fließenden blonden Locken und ihrer zierlichen Gestalt sieht sie wie ein perfektes Porzellanpüppchen aus. Ich starre auf meine schweren Boots und die schwarzen, schlabbrigen Klamotten. Mit meinen ein Meter fünfundsiebzig komme ich mir mit einem Mal ziemlich groß und schwerfällig vor. Ich könnte auch als Darth Vader durchgehen, der neben Prinzessin Leia steht.

»Na, wieder da?«, erkundigt sich Richie bei Jake, als er endlich am Ende der Theke auftaucht. »Und dieses Mal hast du sogar gleich *zwei* entzückende Damen bei dir. Ich habe keine Ahnung, wie du das machst, Jakeyboy!«

Jake verzieht das Gesicht und gibt seine Bestellung auf, während ich mich umschaue, wen Richie denn wohl meint. Allmählich dämmert mir, dass ich die zweite der zwei entzückenden Damen sein soll.

Als *entzückend* werde ich nicht oft beschrieben. Genau genommen nie.

»Hast du dich schon im Cottage deiner Großmutter eingelebt?«, fragt Richie mich, als er vorsichtig ein Bier zapft. »Von dort aus hat man einen atemberaubenden Blick auf die Bucht, glaube ich.«

»Ja, vielen Dank, und ja, das hat man. Heute war es leider ein wenig zu neblig, um etwas sehen zu können, aber bei klarer Sicht ist es wunderschön.«

»Tut mir leid, was Rita eben gesagt hat«, entschuldigt sich Richie, als er das erste Pint auf der Theke abstellt und sich ein zweites Glas nimmt. »Manchmal geht es ein wenig mit ihr durch.«

»Schon gut, wirklich. Mir ist es lieber, man sagt mir etwas direkt auf den Kopf zu als später hinter meinem Rücken.«

»Hört, hört! Auf diese Einstellung, junge Dame!« Der Blick seiner blauen Augen huscht kurz vom Pint zu mir, bevor er dann wieder den Blick senkt, als würde er über etwas nachdenken. »Dieser Blumenladen ist uns beiden sehr wichtig, weißt du?«

»Das habe ich eben schon gemerkt. Rita scheint sehr viel Wert darauf zu legen, dass ich ihn weiterführe.«

Richie nickt, setzt das zweite Pint neben dem ersten ab und greift nach einer Flasche Weißwein.

»Normalerweise glaube ich überhaupt nicht an so magischen Krempel, weißt du?«, fährt er fort, wobei er sich darauf konzentriert, den Wein in ein Glas zu schenken. »Aber deine Großmutter und ihre Blumen haben eine entscheidende Rolle für uns gespielt, diesen Pub hier zu bekommen.«

»Tatsächlich?«

Richie nickt und stellt den Weißwein zu den anderen Getränken. »Ja. Ich habe keine Ahnung, was sie getan hat, Poppy, oder wie sie das angestellt hat, aber wir haben dieser Dame eine Menge zu verdanken. Das macht dann neun Pfund achtzig, bitte.«

»Aber wie hat sie euch geholfen?«, will ich gerade fragen, als Jake automatisch in seine Tasche greift und Richie eine Zehn-Pfund-Note reicht.

»Du hast mich eben schon eingeladen«, protestiere ich und hole mein Portemonnaie hervor. »Lass mich bitte jetzt bezahlen.«

»Nein, habe ich nicht, das ging aufs Haus, erinnerst du dich?«, entgegnet Jake. »Außerdem kann ich nicht zulassen, dass mir eine Dame ein Bier spendiert.«

Auf der Suche nach Unterstützung schaue ich zu Belle hinüber, doch sie sagt keinen Ton, nimmt nur ihr Weinglas in die Hand und trinkt einen Schluck. Daher bin ich hin- und hergerissen, ob ich Richie nun um mehr Informationen über meine Großmutter bitten oder weiter auf Jakes Fehlverhalten eingehen soll.

»Jetzt sei nicht so altmodisch«, ermahne ich Jake und lasse Richie zu neuen Gästen an der Bar entfliehen, nachdem Jake sein Rückgeld abgelehnt hat. »Frauen können durchaus Männern einen Drink ausgeben.«

»Hmmm ... ja, ich weiß«, nickt Jake und nippt geistesabwesend an seinem Bier, während er sich gleichzeitig umschaut, ob es einen freien Tisch für uns gibt. »Belle, wird der Tisch dort drüben frei? Gehen die Leute?«

Belle geht ein Stück an der Bar entlang, um nachzusehen.

»Aber das würde dir nicht gefallen, oder?«, beharre ich, denn die Feministin in mir kommt gerade zum Vorschein.

»Was denn?«, fragt er und dreht sich zu mir um.

»Dass ich dir ein Bier ausgebe?«

»Ich kann nicht behaupten, dass ich mich je mit dem Gedanken auseinandergesetzt habe, du könntest mir ein Bier ausgeben, da wir uns ja heute Nachmittag erst kennengelernt haben. Oh, sieh mal, Belle winkt, sie hat uns den Tisch gesichert.«

Jake sammelt Miley ein und läuft auf die andere Seite des Pubs, daher habe ich keine andere Wahl, als ihm zu folgen. Meine Güte, er kann echt nervig sein! Wie kann es sein, dass er sich bei allem immerzu durchzusetzen scheint, ganz gleich, was ich sage? Und mehr noch: Warum ist mir jemand so wichtig, den ich, wie er selbst vor ein paar Sekunden so treffend hervorgehoben hat, gerade erst kennengelernt habe?

»Was hast du denn mit dem Blumenladen vor?«, fragt Belle, nachdem wir schon eine ganze Weile beisammensitzen.

Bei unserem Kennenlernen hatte ich Belle falsch eingeschätzt. Einmal abgesehen von ihrer Perfektion und ihrem offensichtlichen Interesse an Jake ist sie sehr nett. Belle scheint eine dieser nervigen, absolut hübschen Menschen zu sein, die man eigentlich hassen will, bei denen man aber keinen Grund dafür findet.

»Ich bin mir im Augenblick nicht sicher«, beantworte ich wahrheitsgemäß ihre Frage. »Der Laden wühlt eine Menge alter Erinnerungen auf – einige gute, einige schlechte. Ein Teil von mir würde am liebsten die Finger davon lassen, aber ein anderer Teil ...«

»Will nicht loslassen?«, antwortet Belle verständnisvoll.

Ich nicke. »Genau. Ich weiß nur eines, dass ich nämlich nicht gerade dafür geeignet bin, Blumen zu verkaufen. Das ist definitiv nicht mein Ding.«

»Wie kommst du darauf?«, fragt Belle und klingt dabei aufrichtig interessiert.

»Ich weiß es einfach«, erwidere ich, ohne weiter darauf einzugehen. »Was auch immer mit dem Laden passieren wird – Blumen und mich wird es dort zusammen nie geben.«

Jake grinst in sein Bier hinein.

»Was ist denn so lustig?«, frage ich ihn.

»Ach, nichts«, erwidert er, schwenkt sein Glas und grinst immer noch. Doch dann scheint er seine Meinung zu ändern und schaut zu mir auf. »Na ja ... Du ...«

»Sprich ruhig weiter«, fordere ich ihn auf, während ich automatisch abwehrend die Arme vor der Brust verschränke. Ich lehne mich auf meinem Stuhl zurück und ziehe erwartungsvoll eine Augenbraue hoch.

Teresa, meine derzeitige Therapeutin, würde einen Anfall bekommen, wenn sie mich jetzt sehen könnte. Denn das ist genau jene Pose, für die sie Monate darauf verwendet hat, um sie mir abzutrainieren in Situationen, in denen ich mich bedroht fühle. Das war die nächste Stufe, nachdem wir Strategien entwickelt hatten, die mich davon abhalten sollten, jeden verbal zu attackieren, bei dem ich das Gefühl hatte, er würde mich auf irgendeine Art und Weise kritisieren.

»Für jemanden, der so jung ist, bist du aber schon sehr festgefahren«, stellt Jake fest und mustert mich nachdenklich.

Ich bin unschlüssig, welchen Teil seiner Aussage ich zuerst in Angriff nehmen soll, deswegen entscheide ich mich für beide. »Zuerst einmal bin ich nicht sicher, was du mit ›jung‹ meinst. Ich bin dreißig, also wohl kaum noch ein Teenager.« Sowohl Belle als auch Jake starren mich überrascht an. Was mich aber nicht weiter verwundert; die meisten Leute schätzen mich jünger ein, als ich tatsächlich bin. Wahrscheinlich sollte ich mich einfach geschmeichelt fühlen. »Und zu dem ›festgefahren‹«, sage ich schnell, bevor Jake antworten kann, »was ist denn mit dir eben an der Bar?« Ich deute auf Rita, die ein Bier zapft. »›Außerdem kann ich nicht zulassen, dass mir eine Dame ein Bier spendiert‹«, zitiere ich mit einem tiefen, schwerfälligen Tonfall, der Jake imitieren soll, obwohl er doch in Wirklichkeit überhaupt nicht so klingt. Seine Stimme *ist* tief, aber auch sanft und weich zugleich. »Jedenfalls«, ich mustere Jake über den Tisch hinweg, »nehme ich an, dass man wahrscheinlich nichts mehr an seinen Einstellungen ändern kann, wenn man ein gewisses Alter erreicht hat, oder?«

Belle sitzt da, das leere Weinglas an den Lippen, der Mund weit offen vor Erstaunen, als sie Zeugin meiner bissigen Antwort wird.

Jake mustert mich; sein ungerührter Gesichtsausdruck verrät mir überhaupt nichts.

»Da wir gerade über das Alter sprechen: Ich werde in diesem Jahr vierzig«, entgegnet er ruhig. »Aber mach dir bitte keine Gedanken darüber, eine Karte zu schicken, und ich weiß auch, dass du mir keine Blumen schenken wirst. Denn die sind ja nicht *dein Ding*, nicht wahr?«

So ein Mist, jetzt hat er mich schon wieder drangekriegt!

Ich will gerade etwas Passendes darauf erwidern, als mir jemand auf die Schulter klopft.

Als ich mich umdrehe, steht eine kleine schlanke Frau mit rotbraunem Haar, das zu einem strengen Haarknoten zurückgekämmt ist, vor mir. Sie trägt eine marineblaue Strickjacke, eine weiße Bluse, eine Kette mit winzigen Perlen um den Hals sowie eine braune Dreiviertelhose mit flachen schwarzen Ballerinas.

»Caroline Harrington-Smythe«, sagt sie und schiebt eine kalte Hand in die meine.

»Hi …«, antworte ich und schüttele sie vorsichtig.

»Offensichtlich wissen Sie ja, wer ich bin, deswegen werde ich die formelle Vorstellung weglassen. Jake, Belle«, grüßt sie und nickt beiden kurz zu.

»Eigentlich weiß ich das nicht«, erwidere ich mit dem Gefühl, dass ich wahrscheinlich die Hand heben und mich melden sollte, bevor ich ihr eine Frage stelle.

Mein Eingeständnis scheint sie zu pikieren, als müsse jeder, der nach St. Felix kommt, bei der Einreise eine Broschüre ausgehändigt bekommen, in der erklärt wird, wer denn Caroline Harrington-Smythe ist, zusammen mit ihren Öffnungszeiten, den Notausgängen und den Parkhinweisen.

»Oh … oh, verstehe.« Sie starrt den grinsenden Jake an, der hastig zu seinem fast leeren Bierglas greift und versucht, die letzten Tropfen in den Mund fließen zu lassen. »Lassen Sie mich noch einmal von vorne beginnen«, fährt die Frau mit ihrer präzisen, kultivierten Stimme fort. »Ich bin Caroline Harrington-Smythe,

Präsidentin der Frauengemeinschaft von St. Felix und Vorsitzende des Gemeinderates.«

Sie wartet auf meine Antwort.

Ich starre sie ausdruckslos an. Soll ich ihr jetzt für ihre Leistungen gratulieren?

Sie seufzt ungeduldig, als ich nicht antworte. »Rita, die Dame hinter der Bar, hat mich darüber in Kenntnis gesetzt, dass Sie die neue Besitzerin des Blumenladens in der Harbour Street sind.«

»Ja, das stimmt.«

»Es ist nur so, dass die Frauengemeinschaft seit einiger Zeit das Geschäft betreibt ...«

»Ja, vielen Dank, das war sehr nett.«

»... und ich bin nicht sicher, wie die Damen auf diese Nachricht reagieren werden. Das *Daisy Chain* ist ihnen allen sehr lieb und teuer geworden. Haben Sie den Laden gekauft?«

»Nein, ich bin Roses Enkelin. Sie hat mir das Geschäft in ihrem Testament vermacht.«

»*Sie* sind ihre Enkelin?«, fragt sie mit großen Augen, als träfe sie diese Information wie ein Schock.

»Ja. Ist das ein Problem für Sie?«

Keine Ahnung, ob Caroline diese Wirkung auf alle ausübt, aber wenn ich mir Jakes Reaktion nach ihrer Ankunft an unserem Tisch anschaue, vermute ich es stark. Ich weiß nur, dass sie allmählich anfängt, mich auf die Palme zu bringen.

»Das kommt ganz darauf an, was Sie mit dem Laden vorhaben.« Caroline streicht ihre Strickjacke sorgfältig glatt. »Wir können hier nicht jeden x-beliebigen Laden in der Harbour Street zulassen. Wenn Sie darüber nachdenken, den Laden zu verkaufen, muss der Gemeinderat darüber in Kenntnis gesetzt werden.«

»Wie ich *allen* sage«, ich lasse den Blick über die anderen beiden am Tisch schweifen, »bin ich noch nicht sicher, was ich mit dem Geschäft anstellen werde. Ich habe mich noch nicht entschieden.«

Carolines eiskalter Blick mustert mich von Kopf bis Fuß. »Ich muss schon sagen, dass Sie nicht wie eine typische Floristin aussehen«, verkündet sie verächtlich. »Vielleicht ist es ja auch an der Zeit, etwas zu verändern?«

Für gewöhnlich würde ich als Reaktion auf diese Art der Provokation sofort zuschnappen, doch wir befinden uns an einem öffentlichen Ort, und die anderen Leute fangen bereits an, zu uns herüberzusehen. An meinem ersten Tag möchte ich nicht gleich schon jemandem eine Szene machen. Stattdessen beiße ich mir auf die Lippe.

»Ihre Großmutter war keine gute Geschäftsfrau«, fährt Caroline fort. »Der Laden war nie eine Goldgrube, als er noch in ihrer Hand war. Ich muss es wissen, schließlich habe ich die Geschäftsbücher gesehen, seit ich die Verantwortung für den Laden habe. Ich denke, frisches Blut könnte in St. Felix genau das sein, was hier gebraucht wird, und Sie müssen doch zugeben, dass das Ladenlokal langsam ziemlich schäbig aussieht.«

Es *reicht*.

Ich schiebe meinen Stuhl zurück und stehe auf, um ihr entgegenzutreten, und es überrascht mich, dass ich ihre winzige Gestalt hoch überrage. Ihr energisches

Auftreten hat den Eindruck vermittelt, dass sie viel größer sei.

»Vielleicht war der Laden meiner Großmutter nicht mehr der neueste oder gepflegteste«, erkläre ich ihr, ziemlich überrascht darüber, eine so deutliche, ruhige Stimme zwischen meinen leuchtend roten Wangen ertönen zu hören. »Doch er hatte etwas, Caroline, das *Ihnen* höchstwahrscheinlich entgangen ist, vielen anderen jedoch nicht ... er besaß eine *Seele*.«

Mir schlottern die Knie, als ich ihr gegenüberstehe. Öffentliche Zurschaustellung von Gefühlen ist definitiv auch nicht mein Ding. Doch in meinem Inneren ist etwas in Gang gesetzt worden, als Caroline meine Großmutter und ihren Laden beleidigt hat, und ich muss darauf reagieren.

Caroline scheint mein Ausbruch genauso sehr zu überraschen wie mich selbst. Sie starrt mich finster an und lässt dann den Blick durch den Raum schweifen, ob noch jemand etwas mitbekommen hat. Da die Leute spüren, dass langsam ein Streit heraufkocht, wird es im Pub immer stiller.

»Es überrascht mich, dass ich Sie nicht eher als Roses Enkelin erkannt habe«, stellt Caroline fest, die offenbar beschlossen hat, ihr Gesicht wahren zu wollen, indem sie den Kampf weiter austrägt. »Die Familienähnlichkeit ist auf jeden Fall gegeben.« Als könnte sie sich nicht zurückhalten, mich weiter zu reizen, fährt sie fort: »Auch sie war eine Querulantin.«

»Huuuh«, höre ich Jake feixen, während er Caroline und mir bei dieser Auseinandersetzung zuschaut. »Fünfzehn – dreißig. Aufschlag, Poppy.«

»Meine Großmutter – eine Querulantin?«, hake ich nach, verzweifelt bemüht, die Ruhe zu bewahren. »Das bezweifle ich. Sie war eine freundliche, liebevolle Frau. Sie hat beinahe ihr gesamtes Leben hier verbracht; ihr Herz hing an dieser Stadt und dem Laden. Wie lange wohnen Sie denn schon in St. Felix, Caroline? Na ja, lange genug jedenfalls, um sich offenbar als Expertin für Stadtangelegenheiten zu fühlen.«

»Dreißig beide«, flüstert Jake, allerdings laut genug, dass wir beide es hören.

Caroline schaut mich an und zieht vielsagend eine Augenbraue hoch. »In der ganzen Zeit, die ich hier schon lebe, habe ich nicht ein einziges Mal gesehen, dass Sie den Laden besucht hätten, Poppy. Was für eine Enkelin sind Sie denn bitte?«

Jake hält scharf die Luft an, bevor ein gemurmeltes »Dreißig-vierzig« ertönt.

Ruhig Blut, Poppy, ermahne ich mich. Du musst die Ruhe bewahren.

»Und Sie kennen jeden persönlich, der hier durch die Stadt geht, ja?«, frage ich, während meine Wangen allmählich zu brennen scheinen und sich meine Hände zu Fäusten ballen. »Ach, stimmt ja, ich gehe jede Wette ein, dass Sie die Wichtigtuerin vom Dienst sind, die ihre Nase in sämtliche Geschäfte der anderen hineinsteckt, deswegen kennen Sie natürlich jeden.«

Jetzt ist Caroline diejenige mit einem hochroten Gesicht, als ich im Pub ein paar Gäste kichern höre.

»Vierzig beide«, ruft Jake, woraufhin wir ihn böse anstarren.

Caroline öffnet den Mund, um sich zu verteidigen, doch ich profitiere von der Situation.

»Ich möchte den Damen der Frauengemeinschaft herzlich dafür danken, dass sie den Blumenladen meiner Großmutter fortgeführt haben, das war sehr freundlich von ihnen.« Ich lächle in Richtung der Tische, an denen immer noch einige der Damen sitzen, obwohl die meisten inzwischen nach Hause gegangen sind, nachdem Richie eben die letzte Runde ausgerufen hat. Dann sacke ich den Sieg ein. »Doch jetzt bin ich hier, Caroline. Das *Daisy Chain* ist nun *meine* Angelegenheit, die niemanden sonst etwas angeht. Vielleicht mag ich nicht die perfekte Enkelin sein oder eine perfekte Floristin, aber ich bin verdammt nochmal bereit, der Sache eine Chance zu geben, und ich werde es auf eine Art und Weise tun, die meine Großmutter stolz gemacht hätte!«

Ich halte inne, als mir klar wird, was ich da gerade gesagt habe. Oh nein! Ich und meine große Klappe – meine Mutter hatte so was von recht. Habe ich hier gerade in aller Öffentlichkeit zugestimmt, einen Blumenladen zu führen?

Ich drehe mich zu Jake um, der mich breit angrinst. »Spiel, Satz und Sieg!«, flüstert er mir zu.

Scheint so.

Dann bricht hinter der Theke Applaus aus, als Rita losjubelt.

»Ein Hoch auf Poppy und ihren magischen Blumenladen!«

Magisch? Da ist dieses Wort schon wieder.

Als die Pubgäste mir Drinks ausgeben wollen und

mir zu meinem Vorhaben gratulieren, fällt mir auf, dass sich Caroline mit dem Rest ihrer Busenfreundinnen davongemacht hat. Doch ich habe das sichere Gefühl, dass ich sie nicht zum letzten Mal gesehen habe. Ich habe die Carolines dieser Welt bereits kennengelernt; sie verkraften Niederlagen nicht allzu gut.

»So«, seufzt Jake, als sich mein zeitweiliger Fanclub langsam aufgelöst hat. »Wie es scheint, ist nun doch ein Gespräch über Blumen nötig ...«

7.

Gerbera – Heiterkeit

Am nächsten Morgen werde ich sehr früh wach, als Sonnenstrahlen durch die Vorhänge ins Schlafzimmer fallen.

Mann, Mann, Mann – in London bin ich es gewohnt, mit Jalousien zu schlafen, die alles Licht fernhalten. Sofort drehe ich mich um, ziehe mir die Decke über den Kopf und versuche, wieder einzuschlafen. Doch ich kann nicht; meine Gedanken drehen sich unaufhörlich um die Ereignisse des Vortages, insbesondere um den Abend, daher rolle ich mich auf den Rücken und starre an die unebene Decke über mir.

Nach meinem versehentlichen Zugeständnis an den Blumenladen hat mich Jake zum Cottage zurückbegleitet, bevor er dann nach Hause gegangen ist. Vernünftigerweise hat er den Van im Hafen stehenlassen. Er verlor kein Wort mehr über den Laden, da er offensichtlich aus meinem Schweigen schloss, dass ich über eine Menge Dinge nachdenken musste. Dafür war ich ihm sehr dankbar.

Welcher Teufel hatte mich da bloß geritten, so etwas vor Caroline und dem Rest des Pubs zu verkünden? Ich war mir über die Tatsache, in St. Felix zu bleiben und den Laden zu betreiben, nicht sicherer als hinsichtlich der Wettervorhersage für die Küstenregion.

Aber wie ich es schon Jake gestern erklärt habe: Wenn ich sage, dass ich etwas tue, dann tue ich es auch. Ein Rückzieher kommt nicht in Frage.

Wenn ich dieses Mal nicht klein beigeben will, muss ich dem Blumenladen eine Chance geben. *Blumen und ich.* Ich verziehe das Gesicht. Nicht gerade ein Traumpaar.

Langsam wird es ziemlich warm in dem kleinen Schlafzimmer, und ich frage mich, ob es vielleicht ein schöner, sonniger Tag in St. Felix wird und ich die Stadt womöglich in einem anderen Licht zu sehen bekomme. Ich schlage die Bettdecke zurück und versinke weiter in meine Gedanken.

Wäre es wirklich so schlimm, noch eine Weile in dieser ruhigen kleinen Küstenstadt zu bleiben?

Was habe ich denn schon, worauf ich mich freuen kann, wenn ich den Laden sowie das Cottage verkaufen und nach London zurückkehren würde? Bei meinem Job im Hotel bin ich gerade gefeuert worden; ich habe keine Freunde. Obendrein lebe ich in einer winzigen Wohnung über einer Wein- und Spirituosenhandlung in Barnet, seit ich darauf bestanden habe, für meinen Lebensunterhalt selbst aufzukommen, nachdem mich meine Mutter dazu hatte überreden wollen, einen Job in Violets und Petals Laden in Liverpool anzunehmen. Außerdem hätte ich dann eine gute Entschuldigung, um Teresa eine Zeit lang nicht besuchen zu müssen; ihre Sprechstundenhilfe hat mich in den letzten Wochen regelrecht verfolgt, um einen Termin nachzuholen, den ich bereits viermal abgesagt habe. Zu meinem großen Ärger hat meine Mutter darauf bestanden, weiterhin für meine Therapie zu bezahlen, selbst als ich schon längst angefangen hatte, für alles andere selbst aufzukommen. Sosehr ich mich auch bemühte, ich konnte mich nicht davon loseisen.

Aber *Blumen verkaufen* ... Allein schon beim Gedanken daran wird mir schlecht.

Vielleicht kann ich jemanden einstellen, der mir hilft? Dann hätte ich vielleicht nicht allzu viel Kontakt zu den Blumen. Ich könnte mich auf die täglichen Abläufe des Ladens konzentrieren und meine Assistentin den Rest erledigen lassen!

Genial! Ja, ich könnte das eine Weile lang ausprobieren, und wenn es nicht klappen sollte, könnte ich immer noch die Segel streichen, bevor das raue Winterwetter einsetzt. Es könnte vielleicht sogar ganz nett sein, den Sommer hier in St. Felix zu verbringen ...

Ich liege im Bett und freue mich, einen Plan zu haben, der sogar obendrein für meine Verhältnisse nicht einmal schlecht ist. Einen Plan, der nicht nur meine Mutter glücklich machen, sondern auch die Einwohner von St. Felix beschwichtigen wird.

Plötzlich klopft es an der Haustür.

»Wer um alles in der Welt ist das um ...« Ich werfe einen Blick auf den Wecker und stelle fest, dass es schon fast acht Uhr ist. Länger als angenommen muss ich hier gelegen und nachgedacht haben.

Ich steige aus dem Bett und durchquere in meinem Schlafanzug den Flur und die Küche. Nachdem ich die hölzerne Eingangstür einen Spaltbreit geöffnet habe, spähe ich hinaus.

Keine Ahnung, wen oder was ich an einem Dienstagmorgen um acht Uhr vor meiner Haustür erwartet habe, aber ganz sicher nicht diese wilde rote Haarmähne und diesen Überschwang.

»Oh, hallo, du bist Poppy?«, fragt die Frau und versucht, den Kopf durch den Türspalt zu stecken.

Ich öffne die Tür ein Stückchen weiter.

»Ja …«, erwidere ich zögerlich. »Wer bist du?«

»Ich bin Amber. Deine Mom schickt mich«, antwortet sie, als sollte ich eigentlich genau wissen, was sie meint.

»Tut sie das?«

»Ja, ich soll dir im Blumenladen helfen. Das hat sie dir doch erzählt, oder?«

»Nö.«

»Das ist aber komisch. Sie sagte, sie würde dich anrufen …« Amber scheint nachzudenken. Sie fährt sich mit der Hand, an der jeder Finger mit einem Ring versehen ist, durch die wilde rote Haarmähne, während sie die sommersprossige Nase rümpft. »Heute ist Mittwoch, oder?«, fragt sie plötzlich.

»Nein, heute ist Dienstag.«

»Ah!« Sie wirft die Hände in die Höhe. »Das ist der Grund. Sie wollte dich heute anrufen. Über dem Atlantik muss ich irgendwie einen Tag verloren haben.« Sie sieht mich an und lächelt. »Kann ich reinkommen?«

Ich schüttle den Kopf, um wach zu werden. Eine enthusiastische amerikanische Hippie-Frau ist nichts, woran ich vor dem ersten Kaffee am Morgen gewöhnt bin.

»Wenn meine Mum dich schickt, dann kommst du wohl besser herein«, seufze ich und trete beiseite, um ihr Platz zu machen.

Amber und ihr Gepäck verteilen sich nun überall im Wohnzimmer, während ich einen Tee koche – einen Kräutertee für Amber, den sie aus einer ihrer vielen Taschen hervorgeholt hat, und einen schwarzen Tee für mich. Leider habe ich feststellen müssen, dass ich noch keine Milch im Haus habe.

Alles, was ich bis jetzt erfahren habe, ist, dass Amber von New York über Dublin geflogen und heute früh am Bristol Airport angekommen ist. Dann hat sie den Zug genommen und sich schließlich in ein Taxi nach St. Felix gesetzt. Sie sagt, sie habe seit vierundzwanzig Stunden nicht mehr geschlafen, weshalb sie so »verdammt aufgekratzt« und mit den Tagen durcheinandergekommen sei.

Ich trage unsere beiden Teebecher hinauf ins Wohnzimmer.

Amber steht schon draußen auf dem Balkon und genießt die Strahlen der Morgensonne. »Dieser Ausblick ist einfach atemberaubend!«, schwärmt sie und dreht sich zu mir um, als ich zu ihr auf den Balkon hinaustrete.

»Ja, das ist etwas ganz Besonderes.« Ich reiche Amber ihren Tee, während ich selbst den Ausblick bestaune. Alles sieht deutlich schöner aus als gestern noch. Heute kann ich über die Bucht hinweg bis zum

91

Hafen schauen. Das Meer ist glasklar und azurblau, und dort, wo die Sonnenstrahlen auf die Meeresoberfläche brennen, scheint es fast durchscheinend zu sein. Was für einen Unterschied ein neuer Tag und ein wenig Sonnenschein doch ausmachen können.

»Deine Mom hat mir schon versprochen, dass St. Felix etwas ganz Besonderes ist«, erklärt Amber, »aber ich hatte ja keine Ahnung, wie wunderschön es hier in Wirklichkeit sein würde!«

»Warum bist du hier? Ich weiß, du hast gesagt, dass Mum dich geschickt hat, aber warum?«

Amber trinkt einen Schluck Tee. »Hmmm, Kamille … so entspannend. Ich bin deine neue Floristin«, verkündet sie dann. »Normalerweise arbeite ich mit deiner Mutter zusammen in ihrem Laden in Brooklyn. Sie wusste, dass du Hilfe brauchen wirst, und na ja, ich will kein Loblied auf mich singen, aber ich bin eine der *besten* Floristinnen in ganz New York.«

»Fantastisch.« Ich nicke. »Ich bin sicher, du bist talentiert, Amber. Aber warum willst du New York verlassen, um hier nach St. Felix zu kommen? Das ist ein ziemlicher Unterschied.«

»Veränderung ist gut«, erwidert Amber bloß, bevor sie einmal mehr an ihrem Tee nippt.

»Aber Mum ist ein großes Risiko eingegangen, dich den ganzen langen Weg herzuschicken für den unwahrscheinlichen Fall, dass ich den Blumenladen behalte, oder? Was, wenn ich beschlossen hätte, alles zu verkaufen?«

»Ach, sie wusste, dass du den Laden behältst«, entgegnet Amber.

»Woher sollte sie das wissen, wo ich es doch bis heute Morgen nicht mal selbst gewusst habe? Tatsächlich habe ich mich sogar erst eine halbe Minute, bevor du an meine Tür geklopft hast, dazu entschlossen!«

»Ich habe für sie die Blütenblätter gelesen«, erwidert Amber und kehrt ins Wohnzimmer zurück. Dort lässt sie sich auf dem Schaukelstuhl nieder. »Oh, wie gemütlich!«, ruft sie begeistert, als sie vor- und zurückwippt.

»Was meinst du damit – du hast ihr die Blütenblätter gelesen?«, frage ich und folge ihr nach drinnen.

»Die Blütenblätter; ich habe mit Hilfe von Blütenblättern für sie in die Zukunft geschaut. Es ist wie eine Mischung daraus, aus Teeblättern zu lesen und Tarotkarten zu legen.«

Ich blinzele mehrfach. Meint sie das ernst?

»Vielleicht werde ich es bereuen, diese Frage zu stellen«, erkläre ich und setze mich gegenüber von ihr aufs Sofa. »Aber verrat mir mal eines: Wie um alles in der Welt liest man jemandem die Blütenblätter?«

Amber lächelt verträumt. »Es ist eine Gabe. Wenn du magst, kann ich dir auch gerne mal die Blütenblätter lesen, während ich hier bin.«

»Ähm, nein, das wird nicht nötig sein, danke.«

»Warum nicht? Hast du Angst davor?« Amber schaut mit glasigem Blick über meinen Kopf hinweg. »Weißt du, deine Aura ist ganz trübe. Wenn du willst, könnte ich sie für dich reinigen.«

Bevor ich ihr Angebot höflich ablehnen kann, fährt sie jedoch schon fort: »Ich sehe sehr viel Finsternis um dich herum, Poppy.« Sie verzieht leicht das Gesicht. »Eine Menge Finsternis und Schmerz.«

»Was hat meine Mutter dir über mich erzählt?«, brülle ich und springe auf. »Das geht niemanden was an außer mir!«

»Wow, ruhig Blut, Schwester. Deine Mutter hat mir gar nichts erzählt. Ich sage nur, was ich sehe. Das ist alles.«

»Dann lass es!« Ich kehre zu den Fenstertüren zurück und starre zu den fedrigen weißen Wölkchen hinauf, die über den leuchtend blauen Himmel gesprenkelt sind. »Ich will nicht unhöflich sein, Amber. Denn ich bin froh, dass du hier bist und mir mit dem Laden helfen willst, ganz ehrlich. Ich habe nämlich keine Ahnung davon, wie man einen Blumenladen führt.«

Eigentlich kann ich mein Glück sogar kaum fassen. Das heißt, ich muss nach niemandem suchen. Damit kann schon mal ein Punkt von der Liste gestrichen werden, die meiner Einschätzung nach wahrscheinlich recht lang werden wird und auf der all die Dinge stehen, die erledigt werden müssen, bevor ich den Laden wieder eröffnen kann.

»Aber ich würde es sehr schätzen, wenn dein Wissen über Blumen alles ist, was du mit mir teilst. Ich habe meine Gründe, aber dieser ganze spirituelle Kram – der ganz bestimmt für dich wirkt – ist nichts für mich.« Eine riesengroße Möwe landet direkt vor mir auf dem Balkon. Sie flattert ein paarmal mit den Flügeln und starrt mich an, als wolle sie mich fragen, warum ich mich auf *ihrer* Landebahn befinde, beschließt dann jedoch, auf der Suche nach Futter wieder weiterzufliegen.

»Ich bin sicher, deine Talente als Floristin werden

eine wunderbare Bereicherung für *The Daisy Chain* sein«, erkläre ich und beobachte die Möwe, die auf der Jagd nach einem Fisch ins Wasser abtaucht. »Ich habe noch nicht allzu viel darüber nachgedacht, welche Art Laden es werden wird, wenn wir wiedereröffnen; du hast mich mit deiner unerwarteten Ankunft heute Morgen ziemlich überrascht. Wenn du also Ideen hast, dann würde ich sie wirklich gern hören ...«

In der Erwartung auf Ambers Antwort drehe ich mich um, doch der Schaukelstuhl steht still. Amber schläft tief und fest.

Na super!

Auf der Armlehne des Sofas liegt eine Decke, die ich schnell hole und sanft über ihr ausbreite. Da sie sich nicht rührt, eile ich in mein Schlafzimmer hinunter und ziehe mich rasch an.

Ich lasse Amber in ihrem Schaukelstuhl schlummern und verlasse das Haus, um uns etwas zum Frühstück zu besorgen. Gestern Abend hatte ich lediglich Zeit, Fish and Chips zu kaufen, darum laufe ich zum Supermarkt und decke mich mit den wichtigsten Vorräten ein – wie zum Beispiel Milch, Butter, Marmelade und Brot. Ich beschließe, später noch einmal wiederzukommen und deutlich mehr einzukaufen, nachdem ich die Chance gehabt habe, eine Einkaufsliste zu erstellen.

Auf dem Heimweg halte ich vor dem Ladenlokal der *The Blue Canary Bakery* an. Die Kuchen im Schaufenster sehen köstlich aus – wie damals, als ich noch ein Kind war. Der einzige Unterschied besteht darin, dass ich mittlerweile problemlos ins Schaufenster hineinsehen kann, ohne auf den Zehen balancieren zu müssen.

Ein Mann in einer senfgelben Hose und mit einem enganliegenden, weißen, kurzärmeligen T-Shirt, auf das vorn ein blauer Kanarienvogel aufgedruckt ist, kommt aus dem Laden und trägt einen Werbeaufsteller heraus. Diesen stellt er auf dem Gehweg ab, bevor er mich dann anlächelt.

»Hi«, grüßt er mich heiter. »Kann ich Sie zu etwas Bösem, aber Feinem verführen?«

»Ja, ich glaube, das können Sie.« Ich erwidere sein Lächeln. »Das sieht alles ziemlich gut aus.«

»Alles, was Ihre Fantasie anregt – was den Kuchen angeht, natürlich!«

»Ähm ...« Und dann fällt es mir wieder ein. »Ich nehme nicht an, dass Sie so kleine Puddingtörtchen verkaufen, oder? Früher, als ich noch klein war, gab es hier immer die besten Puddingtörtchen!«

»Meine Liebe, natürlich! Das ist eine unserer Spezialitäten! Kommen Sie, kommen Sie!« Er ermuntert mich, ihm zu folgen. »Declan!«, ruft er laut, als wir gemeinsam den Laden betreten. »Sind die Puddingtörtchen schon fertig?«

»Jeden Augenblick, Anthony!«, höre ich eine Stimme aus dem Hintergrund fröhlich antworten, bevor dann ein zweiter, etwas schlankerer Mann mit einem Backblech voller frisch gebackener Puddingteilchen auftaucht. Er trägt eine leuchtend rote Hose und das gleiche weiße T-Shirt, dazu eine blaue Schürze.

»Wie viele hätten Sie denn gern?«, fragt Anthony, der nun hinter der Verkaufstheke steht.

»Ich nehme zwei, bitte«, antworte ich, da ich an Amber zu Hause im Cottage denke.

»Kommen sofort.« Anthony tütet die Törtchen ein. »Wie lange ist es her, dass Sie diese Törtchen hier gekauft haben?«, fragt er dann.

»Oh, viele Jahre. Als Kind habe ich hier in St. Felix immer Urlaub gemacht.«

»Wie nett! Dann haben Sie wahrscheinlich Declans Onkel gekannt. Declan hat seinen Laden übernommen.«

»Ebenso wie all seine Rezepte!«, ruft Declan und bringt noch ein weiteres Backblech mit köstlichem Gebäck herein – dieses Mal mit Zimtschnecken –, das er auf der Ladentheke absetzt. »Diese hier sind exakt nach seinem Originalrezept gebacken.«

»Dann kann ich ja sicher sein, dass sie köstlich sind!«, lächele ich und reiche Anthony eine Zehn-Pfund-Note. »Die hatte ich immer am liebsten.«

»Verbringen Sie jetzt wieder Ihren Urlaub hier?«, erkundigt sich Declan und tritt an die Ladentheke. »In dieser Jahreszeit bekommen wir hier nicht viele Urlauber zu Gesicht.«

»Eigentlich sehen wir hier das ganze Jahr über kaum noch Touristen«, murmelt Anthony und tippt den Betrag in die Kasse ein.

Declan starrt ihn an.

Ich hole tief Luft. Ich habe eine Entscheidung getroffen, daher muss ich mich auch an sie halten. »Nein. Ich übernehme den Blumenladen am anderen Ende der Straße. Ich bin Poppy – Rosies Enkelin.«

Erst scheint meine Verkündung Anthony und Declan

zu schockieren, doch dann sind sie außer sich vor Freude.

»Oh, Liebes, warum hast du das nicht gleich gesagt? Das sind wunderbare Neuigkeiten! Wir haben Rosie geliebt und waren am Boden zerstört, als sie gestorben ist.«

Ein weiteres Mal öffnet Anthony die Kasse, sortiert das Rückgeld ein, das er mir gerade geben wollte, und holt meine Zehn-Pfund-Note wieder heraus. Diese drückt er mir in die Hand.

»Die Törtchen gehen aufs Haus«, erklärt er. »Ich hätte es wissen müssen. Die Puddingtörtchen waren auch immer Rosies Favoriten.«

»Tatsächlich?« Wie hatte ich das vergessen können?

Er nickt. Dann greift er in die Tasche und holt ein Taschentuch hervor, mit dem er sich die Augen tupft.

»Tut mir leid«, entschuldigt er sich und dreht sich weg. »Du hier und dann die Neuigkeiten, dass du Rosies wunderbaren Laden übernimmst. Das ist zu viel für mich.«

Declan lächelt mich an.

»Ant ist immer ganz schrecklich gerührt«, erklärt er. »Ich kenne das schon.«

»Oh!«, rufe ich, als mir etwas dämmert. »Eure Namen! Ihr heißt wie dieses Komikerduo Ant & Dec!«

Ant wirbelt herum; aus seiner Trauer ist Freude geworden. »Ich weiß, ist das nicht cool? Am Anfang, als wir zusammengekommen sind, fanden wir es doof, als die beiden noch unter dem Namen PJ & Duncan auftreten sind, doch jetzt, wo sie internationale Stars sind, ist es natürlich klasse!«

»Die beiden sind wohl kaum internationale Stars, Süßer«, widerspricht ihm Declan. »Aber fürs Geschäft ist es ein super Aufhänger!« Er lässt den Blick zur Rückwand des Ladens wandern, wo mir nun ein aufwändiges Schild ins Auge fällt:

Herzlich willkommen in
The Blue Canary Bakery,
wo die Inhaber Ant & Dec
Sie heute gern bedienen.

»Die Kunden lieben den Gag«, fährt Declan fort. »Und sie scheinen nie enttäuscht zu sein, wenn nur Ant und ich sie bedienen.«

»Das sollten sie auch nicht«, entgegne ich. »Ich bin sicher, ihr beide seid mindestens genauso unterhaltsam, wenn nicht sogar noch mehr.«

»Wann wirst du den Laden wiedereröffnen?«, erkundigt sich Anthony. »Die Damen der Frauengemeinschaft haben ihn betrieben, seit deine Großmutter ins Krankenhaus gekommen ist, doch ihr Angebot ...« Er verzieht das Gesicht. »Lass es mich so sagen: Ihre Bemühungen konnten sich einfach nicht mit dem Können deiner Großmutter messen lassen.«

»Um ehrlich zu sein, konnte es niemand mit Rosies Fingerspitzengefühl aufnehmen, das sie bei Blumen hatte«, erklärt Declan wehmütig. »Das war etwas ganz Besonderes.«

Beide werfen sich einen vielsagenden Blick zu.

Was um alles in der Welt hat meine Großmutter mit den Blumen angestellt, das so wunderbar war? Ich kann mich erinnern, dass die Kunden ihren Laden oft sehr glücklich wieder verlassen haben, gelegentlich auch schon mal weinend, was mir damals recht seltsam vorgekommen ist. Aber was hat sie bloß mit den Blumen angestellt, dass sie so besonders waren?

»Ich weiß noch nicht genau, wann ich ihn eröffnen werde«, antworte ich ihm. »Aber glücklicherweise habe ich jemanden, der mir im Laden hilft – eine absolute Fachkraft, frisch aus New York angereist!«

»Wow, wie dekadent!«, staunt Anthony. »Ich kann es kaum abwarten, die Sträuße zu sehen. Ich hoffe, sie ... oder ist es ein *Er*?«

»Sie.«

»Ich hoffe nur, *sie* kann ein wenig der Magie von Manhattan in den Laden deiner Großmutter einfließen lassen. Ich glaube, genau das hat in letzter Zeit ein wenig gefehlt.«

Wieder werfen sie einander einen Blick zu.

»Ich bin sicher, wir beide werden unser Bestes versuchen«, versichere ich ihnen und frage mich schon wieder, was dieser Blick wohl zu bedeuten hat.

»Es braucht mehr als das, Süße«, erwidert Declan. »So, wie es hier in letzter Zeit gewesen ist, braucht es schon ein kleines Wunder.«

8.

Kleines Knabenkraut –
Ritterliches Benehmen

Amber und ich stehen vor dem Laden und betrachten die Fassade.

Es ist neun Uhr dreißig; zum Frühstück haben wir die Puddingtörtchen gegessen und Tee getrunken. Obwohl ich vorgeschlagen hatte, dass Amber bleiben und versuchen sollte, sich noch weiter auszuschlafen, hat sie darauf bestanden, mit mir heute Morgen den Laden zu besichtigen, weil sie sehen will, worauf sie sich eingelassen hat.

»Da ist Arbeit nötig«, urteilt Amber. »Eine Menge Arbeit.«

»Ja, das weiß ich«, nicke ich und trete einen Schritt zurück, um alles besser im Blick zu haben. »Aber wie und was? Wir können dem Laden ja nicht einfach nur einen neuen Anstrich verpassen, oder? Ich denke, da braucht es ein wenig mehr.«

»Wenn du magst, könnte ich dir ein wenig über den Laden deiner Mutter erzählen«, schlägt Amber vor.

»Den kenne ich; ich habe ihn gesehen, als ich dort zu Besuch war.«

»Ich kann mich gar nicht an einen Besuch von dir erinnern«, wundert sich Amber. »War ich denn auch da?«

»Nein, ich glaube nicht. Es ist auch schon einige Zeit her.«

In Wahrheit ist es bereits einige Jahre her, dass ich den Laden meiner Mutter besucht habe, nämlich als meine Mutter ihn eröffnet hat. Es klang super aufregend, dass Mum einen Blumenladen in New York eröffnen wollte; also ergriff ich die Gelegenheit beim Schopf und flog kostenlos zum Big Apple. Es war so toll, mir die Sehenswürdigkeiten anzuschauen und es mir in der Stadt, die niemals schläft, so richtig gutgehen zu lassen, dass ich mich, ehrlich gesagt, für Mums Blumenladen kaum interessiert habe. Jetzt, wo ich hier stehe und mir Großmutters alten Laden anschaue, als sei mit dem Tod eines Familienmitgliedes ein Stück meiner eigenen Geschichte gestorben, bekomme ich ein schlechtes Gewissen.

»Jedenfalls«, ich gebe mir Mühe, fröhlich zu klingen, »möchte ich keinen der vielen Blumenläden meiner Familie rund um den Globus nachahmen. Wenn ich das hier durchziehe – und glaub mir, Amber, das fällt mir nicht leicht –, dann möchte ich es auf meine Art und Weise tun.«

»Würden die jungen Damen bitte zur Seite treten, wir haben hier Blumen, die in den Laden müssen.«

Wir drehen uns um; vor uns stehen drei Damen verschiedenen Alters und sehr unterschiedlicher Statur, die Unmengen von Blumen aus einem kleinen, weißen Lieferwagen laden.

»Tut mir leid«, erkläre ich der Dame, die sich schnellen Schrittes und mit einem Rieseneimer voller Nelken im Arm der Ladentür nähert. »Der Laden ist heute geschlossen, und das wird auch noch eine Weile so bleiben, bis er renoviert ist.«

»Wie bitte?«, fragt eine Frau im mittleren Alter, die eine Barbour-Jacke trägt und ein Tuch schwungvoll um den Hals gebunden hat. »Das ist doch Unsinn. Nur sonntags und montags haben wir geschlossen. Und jetzt treten Sie bitte zur Seite.«

»Nein.« Ich baue mich vor ihr auf. »Es tut mir leid, aber Sie können hier heute nicht rein. Wie ich schon gesagt habe, wird der Laden heute *nicht* öffnen.«

Amber versperrt die Tür, indem sie sich dort recht dramatisch mit ausgestreckten Armen postiert, sodass sich die Ärmel ihrer leuchtend bunten Bluse wie Segel im Türrahmen aufblähen.

Die Frau mustert erst Amber und dann mich, als seien wir kleine Störfaktoren, auf die sie gut und gerne verzichten könnte.

Sie seufzt. »Beryl, Willow!«, ruft sie die Damen, die gerade den Lieferwagen ausladen. »Wisst ihr irgendetwas hierüber?«

Beryl und Willow stecken ihre Köpfe aus dem Wagen.

»Diese *Mädchen* hier«, erklärt die Frau missbilligend, »wollen uns nicht in den Laden lassen.«

Beryl, eine ältere Dame von kräftiger Statur mit grauen Löckchen, und Willow, eine hochgewachsene, schlanke Frau um die zwanzig, setzen die Kartons mit Blumen ab, die sie gerade noch in der Hand hatten, gehen vor dem Lieferwagen in Stellung und verschränken die Arme vor der Brust.

Die Frau in der Barbour-Jacke dreht sich wieder zu mir um. »Ich habe keine Ahnung, was Sie sich einbilden«, erklärt sie leise, »aber ich rate Ihnen beiden dringend, jetzt endlich Platz zu machen. Beryl, Willow und ich haben zu tun. Wir können es nicht sonderlich gut leiden, wenn wir aufgehalten werden.«

Trotzig verschränke ich jetzt die Arme und starre ihr ins Gesicht. Legt diese Frau es ernsthaft auf eine Prügelei hier mitten in St. Felix an? Du meine Güte, hier hat sich aber einiges verändert!

Beryl und Willow kommen schweigend näher.

Innerlich wappne ich mich schon gegen das, was nun kommt, bin allerdings unglaublich erleichtert, als ich die wohlklingende Stimme des Dorfpolizisten höre. »Guten Morgen, meine Damen. Kann ich Ihnen behilflich sein?«

Woody! Gott sei Dank!

»Polizeiwachtmeister Woods, Sie kommen wie gerufen«, verkündet die Frau in der Barbour-Jacke und lächelt zuckersüß. »Diese beiden hier wollen uns den Zutritt zum Blumenladen verwehren.«

Als Woody uns sieht, zuckt er überrascht zusammen, erst als er mich wiedersieht, dann, als sein Blick auf Amber fällt, die immer noch die Tür versperrt.

»Stimmt das, Ladys?«, fragt er.

»Natürlich!«, ruft Amber ihm zu. »Wir bleiben hier! Wir bleiben hier!«, singt sie.

»Was meine Freundin meint, Woody«, fahre ich fort, »wenn es Ihnen nichts ausmacht, dass ich Sie so nenne?«

Er schüttelt den Kopf.

»Was Amber damit sagen will: Ich bin nun die Besitzerin dieses Blumenladens, und das Geschäft bleibt bis auf Weiteres geschlossen.«

Woody sieht zur Barbour-Jacken-Frau hinüber. »Nun, Harriet?«

»Kann sie das beweisen?«, will Harriet wissen. »Fragen Sie sie das gar nicht, Wachtmeister Woods?«

Woody dreht sich zu mir um. »Da hat sie wohl recht.«

»Ich habe den Schlüssel«, erkläre ich und greife in meine Tasche. »Ich denke, das sollte Beweis genug sein.«

»Nun, ich habe hier ebenfalls einen Schlüssel«, entgegnet Harriet und hält einen Schlüssel an einem Stück Seil in die Höhe.

Allmählich schaut Woody ein wenig panisch aus der Wäsche.

»Das hier war der Laden meiner Großmutter. Ich bin Poppy, ihre Enkelin, und ich habe das Geschäft geerbt. Sie können Amber hier fragen oder Ant und Dec oben an der Straße oder Rita und Richie im *Merry Mermaid* oder …«

»Oder mich.«

Jake.

Woody dreht sich um und erblickt Jake und Miley, die sich das Spektakel von der gegenüberliegenden Seite des Bürgersteigs aus anschauen.

»Ich kann für Poppy bürgen; ihre Mutter hat mich vor ein paar Tagen angerufen und berichtet, dass sie nach St. Felix kommt, um den Laden zu übernehmen.«

Er läuft zu uns hinüber. »Und was dich angeht, Harriet, da bin ich doch sehr überrascht, dass Caroline dich nicht angerufen und erzählt hat, dass du hier heute nicht gebraucht wirst. Sie wusste gestern Abend schon, dass Poppy das Geschäft übernimmt.«

Als Jake zu Harriet spricht, fällt mir auf, wie schüchtern diese auf einmal ist, doch als er ihr die Nachrichten über Caroline berichtet, reagiert sie sofort gereizt.

»Caroline wusste davon?«, will sie wissen. »Warum hat sie denn dann nichts gesagt?«

»Was glaubst du denn?«, fragt Jake mit einem Schulterzucken. »Um Ärger zu machen wie immer. Das tut sie doch andauernd und sehr gern, wenn sie ihren Willen nicht durchsetzen kann.«

Harriet schätzt schnell die Lage ab und versucht herauszufinden, wie sie sich aus der Situation herausretten kann, ohne das Gesicht zu verlieren.

»Wenn das, was Sie sagen, stimmt, und Sie, Poppy, tatsächlich die neue Besitzerin des *Daisy Chain* sind, dann muss ich mich entschuldigen.« Sie streckt mir die Hand entgegen, und ich schüttele sie. Dann nickt sie kurz. »Wie Sie hören, ist die Vorsitzende der Frauengemeinschaft, Caroline, für dieses Durcheinander verantwortlich. Obwohl ich absolut sicher bin, dass es sich um ein Versehen Carolines handelt – anfangs war sie im Blumenladen sehr engagiert, doch zuletzt hatte sie nicht mehr so viel Zeit ...«

Jake hustet laut.

»Es ist unverzeihlich«, fährt Harriet fort, nachdem sie Jake einen eisigen Blick zugeworfen hat, »dass die Frauengemeinschaft von St. Felix Sie hier auf diese Art und Weise in unserer Stadt begrüßt hat. Ich hoffe, dass Sie uns das nachsehen können.«

Ein wenig überrascht von ihrer Ansprache nicke ich. »Ja, natürlich. Entschuldigung angenommen.«

Woody, der neben uns steht und alles beobachtet, bricht spontan in Applaus aus, bevor er dann schnell die Arme hinter dem Rücken verschwinden lässt und mit hochroten Wangen wieder in die typische Habtachtstellung geht.

»Ich möchte Ihnen allen gern dafür danken, dass Sie sich um den Laden gekümmert haben, nachdem meine Großmutter ins Krankenhaus gekommen ist. Das war toll von Ihnen.« Ich drehe mich um und lächele Willow und Beryl zu. Willow strahlt mich an; Beryl fletscht die Zähne, was ein Lächeln sein könnte.

»Gern geschehen«, erwidert Harriet stellvertretend für die anderen. »Rose war in St. Felix überaus beliebt, daher war es das Mindeste, was wir tun konnten. Jedes Mitglied von Roses Familie wird bei den Treffen unserer Frauengemeinschaft immer herzlich willkommen sein. Ich hoffe, Sie denken darüber nach, sich uns anzuschließen, Poppy. Wir könnten ein wenig frisches Blut vertragen.«

Willow nickt eifrig. Hinter mir höre ich Jake kichern.

»Ich denke darüber nach«, erwidere ich höflich.

»Kann ich mich anschließen?«, erkundigt sich Amber und verlässt die Ladentür. »Ich bin noch nie in einer Frauengemeinschaft gewesen. Ich glaube nicht einmal, dass wir so etwas in den Staaten haben – was ist das genau? Es klingt auf jeden Fall lustig.«

Während Amber mit Willow und Harriet die Vorteile der Frauengemeinschaft von St. Felix diskutiert, gehe ich zu Jake und Woody hinüber.

»Danke«, sage ich.

»Kein Problem, Miss«, antwortet Woody. »Das war nicht der Rede wert.«

»Eigentlich meinte ich Jake, weil er für mich gebürgt hat.«

Jake grinst süffisant.

»Aber wenn Sie nicht gekommen wären, Woody«, fahre ich schnell fort, als dieser einen eingeschnappten Eindruck macht, »dann weiß ich nicht, was passiert wäre. Der Ton war doch ein wenig aggressiv geworden.«

Jetzt prustet Jake.

»Das *war* er!«, rüge ich ihn. »Du warst da noch nicht hier. Diese Beryl wirkt verdammt aggressiv.«

»Ach, Beryl ist harmlos«, entgegnet Jake. »Seit vielen Jahren arbeitet sie schon als Küsterin in unserer Kirche. Ohne sie wäre Clarence verloren.«

»Clarence?«

»Father Claybourne«, erklärt mir Woody. »Er ist unser Pfarrer. Ein wunderbarer Mann; er hat mir sehr geholfen, als ich nach St. Felix gekommen bin. Poppy, Sie wissen, ich hätte auch für Sie gebürgt, wenn ich das gewusst hätte. Sie haben mir nicht gesagt, wer Sie sind, als wir uns gestern kennengelernt haben.«

»Ich weiß, und das tut mir leid, Woody.« Sanft berühre ich seinen Arm, woraufhin Woody wieder errötet. Keine Ahnung, was das mit Woody ist. Anders als andere Frauen stehe ich nicht auf Männer in Uniform.

Aber Woody ist einfach nur süß. Süß wie ein Hundewelpe: Man will ihn nicht traurig sehen oder aufregen.

»So, nach dem vielen Wind, der hier heute Morgen um alles gemacht wurde, schließe ich, dass du dich wirklich *dafür* entschieden hast, den Laden zu behalten«, stellt Jake fest und wechselt schnell das Thema. Er betrachtet den Schriftzug über dem Laden. »Ich habe mich gestern Abend schon gefragt, ob du deine Meinung vielleicht schon wieder geändert hast.«

»Nein, natürlich ändere ich meine Meinung nicht«, lüge ich. »Warum sollte ich das tun?«

Jake zuckt mit den Schultern. »Ich dachte nur, deine Entscheidung könnte ein wenig überstürzt gewesen sein und dass du es dir bei Tageslicht betrachtet vielleicht noch einmal überlegt hast.«

Ich schüttele den Kopf. »Nö.«

»Schön, das freut mich. Nachdem du nun beschlossen hast, das alte Mädchen zu behalten, stellt sich nun die Frage: Was willst du mit ihm anstellen?«

Irgendwie gefällt es mir, wie Jake vom Laden spricht, als sei er eine Person. »Es wird dich freuen, dass ich das Geschäft als Blumenladen weiterlaufen lassen möchte«, erkläre ich ihm. »Wahrscheinlich würde ich hier aber auch gelyncht werden, sollte ich etwas anderes vorhaben. Außerdem hat mir meine Mutter Amber aus New York hergeschickt.« Wir beide sehen zu ihr hinüber. Mit geschlossenen Augen bewegt sie die Hände wellenartig um Willows Kopf herum, während sie dabei von Harriet und Beryl skeptisch beäugt wird.

Offensichtlich haben sie das Thema Frauengemeinschaft hinter sich gelassen.

»Sie soll dort eine spitzenmäßige Floristin sein.«

Plötzlich schnipst Amber mit den Fingern, reißt die Augen auf und erklärt Willows Aura für gereinigt.

»Das wird sich jedoch mit der Zeit herausstellen«, füge ich hinzu.

Miley klettert auf Woodys Schulter und fängt an, an seinen Uniformknöpfen herumzuspielen. Woody wirkt ein wenig ängstlich.

»Sie tut dir nichts, Woody«, beharrt Jake. »Das habe ich dir doch schon hundert Mal gesagt.«

»Ich weiß, ich weiß. Ich habe nur Angst um meine Uniform – die ist Polizeieigentum, weißt du?«

»Oh, ein Äffchen!«, schreit Amber, lässt ihre neuen Freundinnen von der Frauengemeinschaft stehen und kommt zu uns herüber. »Gehört der dir?«, fragt sie Woody. »Ein Polizist mit Äffchen, wie süß!«

»Definitiv nicht«, sagt Woody und versucht dabei, Miley von seiner Schulter abzuschütteln.

Miley begreift den Hinweis und klettert zu Amber hinüber. Dort hat sie einen Riesenspaß damit, die bunten geflochtenen Zöpfe in Ambers Haar zu untersuchen, bevor sie sich dann an die vielen Perlen und Ketten um ihren Hals macht.

»Miley!«, warnt Jake sie. »Benimm dich!«

»Nein, schon gut«, beschwichtigt ihn Amber. »Der Typ gegenüber vom Blumenladen in New York hat ein Äffchen, ich kenne das schon. Ich liebe Tiere.«

»So ungern ich die spontane Straßenparty unterbrechen will, die hier gerade entsteht«, unterbricht uns Harriet, »so müssen wir doch klären, was mit all den Blumen geschehen soll, die wir für den Blumenladen besorgt haben. Wir können sie nicht einfach einlagern, bis Sie den Laden wieder aufmachen, Poppy, und weg-werfen sollten wir sie auch nicht.«

»Ähm, ja ... die ... ähm?« Auf der Suche nach Hilfe lasse ich den Blick von einem zum anderen schweifen, doch alle starren mich nur ausdruckslos an.

»Ich habe da eine Idee«, verkündet Amber gelassen. Mittlerweile hockt Miley im Schneidersitz wie eine Art sehr seltsame Buddhastatue auf ihrem Kopf. »Damit nehmen wir zwar nicht viel Geld ein, aber es wird eine lustige Sache ...«

9.

Frauenschuh – Launische Schönheit

»Bist du sicher?«, frage ich Amber nun schon zum ungefähr zehnten Mal, während wir inmitten von Bändern, Drahtröllchen und den Blütenköpfen von Hunderten von Pflanzen auf dem Boden des Ladens sitzen.

»Sie werden es lieben, und sie werden vor allem dich dafür lieben, dass du es gemacht hast.«

Ambers Idee besteht darin, Haarkränze aus den Blumen zu binden, damit die Blumen, die die Damen von der Frauengemeinschaft im Lieferwagen hatten, nicht vergeudet werden. Die Kränze will sie dann an die Frauen in der Stadt verteilen. Amber meint, es sei eine nette, freundliche Geste des Willkommens.

Ich glaube ja, dass Amber insgeheim die Vorstellung von uns hat, wie wir auf der Straße stehen und wie friedliebende Hippies aus den Siebzigerjahren die Blumen an die Passanten austeilen, während Bob Dylan im Hintergrund spielt.

Doch vernünftig, wie ich für gewöhnlich nun einmal bin, habe ich vorgeschlagen, es als eine noch recht frühe Werbeaktion für den neuen Laden zu sehen, und um eine kleine Spende zur Abdeckung der Kosten zu bitten, um dann überschüssige Einnahmen an eine wohltätige Einrichtung im Ort zu spenden.

»Das bezeichnet man als Lockartikel«, hat uns Jake hilfsbereit erklärt, bevor er und Miley eilig verschwunden sind, als die Damen von der Frauengemeinschaft körbeweise Werkzeug, Draht und Schleifenband aus dem Hinterzimmer des Ladens angeschleppt haben. »Nö«, hatte er gesagt und den Kopf geschüttelt. »Ich züchte Blumen – ich binde definitiv keine! Aber ...«, hatte er noch vorgeschlagen, »ich rede mal mit meiner Tochter Bronte. Das klingt nach einer Aufgabe, die ihr und ihren Freundinnen gefallen würde. Ich kümmere mich darum, ob sie in der Mittagspause der Schule herkommen und euch ein paar Blumenkränze abnehmen können.«

»Er ist ein netter Kerl, dieser Jake«, stellt Amber fest, als ich ihr nun eine weitere Nelkenblüte reiche, die sie dann geschickt auf einen Draht auffädelt. »Und obendrein ziemlich attraktiv!«

Ich sage nichts, doch ganz beiläufig schaue ich zu den anderen Damen hinüber, um zu sehen, wie sie auf Ambers Aussage reagieren.

»Jake hat eine sehr traurige Vergangenheit«, berichtet Harriet, während sie einen neuen Drahtkranz biegt, wie Amber es ihr zuvor gezeigt hat.

»Oh, warum?«, hakt sie nach. »Ich habe in seiner Aura durchaus eine gewisse Trauer verspürt, konnte diese aber nicht genau festmachen.«

Harriet schaut zu Willow und Beryl hinüber.

Beide nicken ihr traurig zu.

»Seine Frau, Felicity, ist vor einigen Jahren sehr

plötzlich verstorben. Felicity war wie ein helles Licht, das in St. Felix gestrahlt hat – vom Elternrat der Schule bis zur Frauengemeinschaft: Unsere liebe Felicity war überall engagiert, hat Gelder gesammelt, mit einem fröhlichen Lächeln dort angepackt, wo Hilfe nötig war, und immer einen Rat für jeden gehabt.«

»Sie scheint ein wunderbarer Mensch gewesen zu sein«, nickt Amber.

»Oh, das war sie«, fährt Harriet fort. »Jeder hier in St. Felix mochte Felicity.«

»Es tat uns allen im Herzen weh, als sie gestorben ist«, erklärt Willow und schneidet ein langes Stück Schleifenband ab. »Es war wunderbar, sie in der Nähe zu haben. Sie hatte für jeden ein freundliches Wort parat, hatte immer Zeit für einen, ganz gleich, was man gerade tat. Sie war so sanft, so zart, so …«

»Willow, bei dir klingt es, als sei Felicity eine Heilige gewesen«, gibt Harriet zu bedenken. »Natürlich war sie ganz wunderbar, und ich würde nie zulassen, dass jemand schlecht über sie redet. Aber sie hatte wie alle von uns auch ihre Fehler. Niemand ist perfekt.«

»Das stimmt wohl«, murmelt die sonst so stille Beryl.

»Aber Jake hat Kinder?«

Ich bin Amber sehr dankbar dafür; sie stellt genau jene Fragen, die ich gern stellen würde, ohne dabei als neugierig abgestempelt zu werden.

»Ja, hat er. Und er macht seine Sache richtig gut, die Kinder großzuziehen, seitdem ihre Mutter verstorben ist«, erklärt Harriet anerkennend. »Bronte ist jetzt fünfzehn – sie geht in die gleiche Klasse wie mein Sohn. Und Charlie ist siebzehn.«

»Wow, er sieht gar nicht so alt aus, dass er Kinder in diesem Alter hat«, höre ich Amber sagen, während ich diese Informationen geradezu aufsauge. »Er muss sie sehr jung bekommen haben.«

»Felicity und Jake waren quasi eine Sandkasten-liebe«, erzählt Willow wehmütig. »Es war richtig romantisch. Sie sind mit sechzehn zusammengekommen, haben sich mit achtzehn verlobt und mit neunzehn geheiratet. Das erste Baby hat dann auch nicht lange auf sich warten lassen.«

»Und wurden dann mehr als ein Jahrzehnt später durch den Tod voneinander getrennt«, fährt Beryl für sie fort. »Wie Romeo und Julia, wenn man den Schmerz des Todes romantisieren möchte, Willow.«

Ich fange an, Beryl immer mehr zu mögen. Sie mag still sein, aber wenn sie spricht, dann redet sie nicht lange um den heißen Bei herum – was meiner Ansicht nach eine bewundernswerte Eigenschaft ist.

Willow verzieht beleidigt das Gesicht und kehrt zu ihrer Aufgabe zurück: die Schleifen am Ende der Blumenketten zu befestigen.

»Alles in Ordnung mit dir, Poppy?«, erkundigt sich Amber. »Du siehst ein wenig blass aus.«

»Alles gut«, erwidere ich knapp. »Lasst uns einfach mit den Blumenkränzen weitermachen.« Während ich die Blütenköpfe der Blumen abschneide, kann ich jedoch nicht anders, als zum alten Tisch meiner Groß-mutter hinüberzusehen und mich zu erinnern …

Wie Amber vorhergesagt hat, ist die Blumenaktion ein voller Erfolg.

Die Damen von der Frauengemeinschaft von St. Felix helfen uns noch dabei, die Blüten auf die Kränze aufzufädeln, dann schlendern Willow und Beryl, beide mit einem Blütenkranz im Haar, Arm in Arm die Hauptstraße hinunter.

Wir schaffen es, ein paar der Blütenkränze an vereinzelte Passanten gegen eine Spende zu verteilen. Dann tauchen Ant und Dec auf und haben einen Riesenspaß daran, jeder mit einem Blütenkranz auf dem Kopf zur Bäckerei zurückzulaufen, wo sie den ganzen restlichen Nachmittag damit weiterarbeiten. Denn als ich kurz bei ihnen hereinspringe, um noch mehr Puddingtörtchen zu besorgen (Amber haben sie genauso gut geschmeckt wie mir), tragen sie die Kränze immer noch im Haar.

Zur Mittagszeit, als die Mädchen, angeführt von Jakes Tochter, aus der Highschool kommen und den Hügel hinunterlaufen, kommt unser Geschäft richtig in Gang. Tatsächlich werden wir fast alle Blütenkränze los.

»Die sind so cool«, schwärmt Bronte und dreht sich, den Blütenkranz auf dem Kopf. Es besteht keinerlei Zweifel daran, wessen Tochter sie ist. Sie hat Jakes rotblondes Haar und seine dunkelbraunen Augen geerbt. »So etwas bekommen wir hier sonst nie; es ist, als hätten wir unser eigenes Festival. Werden Sie immer so coole Sachen machen, wenn Sie tatsächlich geöffnet haben?«

»Ja«, versichere ich ihr. »Das *Daisy Chain* wird auf jeden Fall ein ziemlich cooler Laden werden.«

Sie lächelt. »Das hatte ich mir schon gedacht. Wenn Sie zwei den Laden führen, muss er cool werden.«

Ich lächele zurück und will mich gerade bei ihr bedanken, als sie fortfährt.

»Wenn ein alternder Grufti und ein amerikanischer Hippie in einem Laden zusammentreffen, was für eine megamäßige Mischung muss das werden! Sie beide zusammen, das wird echt der Wahnsinn! Ich kann es kaum abwarten!«

Und damit verwandeln sich Bronte und ihre Freunde in eine große Truppe aus kurzen Schulröcken, flaschengrünen Pullis, Gekreische und Gekicher und verschwinden wieder den Hügel hinauf.

Mein Blick schweift zu Amber hinüber, die immer noch einen fast leeren Karton mit Blütenkränzen in der Hand hält.

Sie lächelt verlegen. »Ich würde ja sagen, ich bin eher New Age als Hippie.«

»*Ich* würde ja sagen, dass *du* noch gut weggekommen bist. Ich bin doch kein Grufti! Und schon mal überhaupt nicht alt!«

Sie mustert mich von Kopf bis Fuß. »Wie alt bist du denn?«

»Ich bin dreißig!«

»Ernsthaft?« Amber ist sichtlich überrascht. »Ich dachte, du bist viel jünger. So siehst du zumindest aus. Vielleicht liegt es an deiner Kleidung, wie Bronte schon sagte. Du wirkst ein *wenig* ... Wie sage ich das bloß nett?«

»Sag's einfach, Amber!«

»Düster.«

»Was meinst du denn mit *düster*? Nur weil ich nicht alle Farben des Regenbogens trage wie du, bin ich noch längst kein Grufti!«

»Nein, aber sieh dir doch mal an, was du da trägst.« Sie deutet auf meine Kleidung. »Alles ist schwarz.«

»Heute vielleicht. Gestern hatte ich bordeauxrote Doc-Martens-Boots an.«

»Mit ...?«

Ich seufze. »Okay, mit einer schwarzen Leggins, aber das bedeutet doch nicht, dass ...«

»Ich sag doch nur, was ich sehe – und genau das hat auch Bronte getan. Außerdem ist deine Persönlichkeit ein wenig ...«

Ich verdrehe die Augen. »Raus damit.«

»Barsch.«

»Ich bin barsch?«, blaffe ich.

»Siehst du?«

»Okay, aber nicht immer, oder?«

»Nein, nicht immer.« Amber lächelt und hebt eine einzelne Blüte, die von einem der Blütenkränze abgefallen ist, vom Boden des Kartons auf. »Irgendwo da drinnen versteckt sich ein weicher Kern, meine liebe neue Freundin. Aber die Frage, die ich noch nicht beantworten kann, ist ...«

»Jetzt sag schon!«

Sie steckt mir die Blüte hinters Ohr, was mich innerlich schaudern lässt.

»Warum versteckst du den vor uns?«

10.

Flachs –
Ich spüre deine Liebenswürdigkeit

Es ist seltsam, wie schnell sich plötzlich alles ineinanderfügt, wenn man sich einmal dafür entschieden hat, etwas zu tun.

Einen Tag nachdem Amber und ich auf der Straße die Blütenkränze verkauft hatten, ergab sich alles, was den Laden betraf, fast von selbst.

Nachdem mir aufgegangen war, dass Amber in St. Felix keine Bleibe hat und daher plante, zunächst im *Merry Mermaid* ein Zimmer zu beziehen, hatte ich sie gebeten, doch bei mir im Cottage zu bleiben.

Das widerstrebt eigentlich all meinen natürlichen Instinkten, denn ich hasse es, mit irgendwem zusammenzuleben. Allein ging es mir immer besser. Aber ich kann nicht Amber im Pub übernachten lassen, wenn ich ein freies Zimmer habe, insbesondere, da sie sich mir gegenüber und in Sachen Blumenladen so hilfsbereit zeigt. Außerdem: Von ihren »alternativen« Methoden einmal abgesehen, ist Amber gar nicht mal so übel. Sie bringt mich zum Lachen – was gar nicht so leicht ist.

Deswegen habe ich all meinen Kram in Großmutters Schlafzimmer hochgeschafft, was anfangs ein ziemlich sonderbares Gefühl war. Doch wie sich herausstellte, fühlte es sich immer noch besser an, als in Wills und meinem alten Zimmer zu schlafen – denn die eine Nacht, die ich dort verbracht hatte, war für mich ziemlich verstörend gewesen. Nachdem das geklärt war, richteten wir unser Augenmerk voll und ganz darauf, den neuen Laden zu planen.

Sowohl Amber als auch ich waren uns von Anfang an einig, dass wir – ganz gleich, wie der Laden meiner Großmutter in der Vergangenheit ausgesehen hat oder wie ihn die Damen von der Frauengemeinschaft im letzten Jahr geführt haben – diesem *Daisy-Chain*-Laden der nächsten Generation unseren ganz eigenen Stempel aufdrücken wollen.

Obwohl ich offiziell die neue Besitzerin bin, gehört Amber in meinen Augen genauso sehr dazu wie ich. Immerhin ist sie die Floristin; ich dagegen bin nur jemand, den man ins kalte Wasser geschubst hat.

Für uns beide stand außerdem schnell fest, dass wir neben frischen Schnittblumen auch schönen Modeschmuck und Töpferwaren verkaufen wollen, alles rund um das Thema Blumen. Wir wollen nicht nur, dass das *Daisy Chain* ein Ort wird, an dem die Damen der Frauengemeinschaft ihre Blumen kaufen, sondern gleichzeitig sollen dort auch Bronte und ihre Freundinnen etwas für sich finden können. Wenn man Blumen in allen möglichen Formen liebt, wird man das neue *Daisy Chain* ebenso lieben.

Und das stellt mein größtes Problem bisher dar.

Ich tue das nicht.

Also Blumen lieben.

Amber weiß alles Mögliche über sie: ihre Namen, ihre Düfte, ihre Farben, wie lange sie halten, wie kalt oder warm das Wasser für sie sein muss und bei welcher Temperatur man sie aufbewahren sollte. Ihr Wissen rund um Blumen ist endlos, ebenso ihre Begeisterung dafür.

Wir verbrachten viel Zeit damit, uns im Cottage neue Ideen für den Laden auszudenken – einige davon entpuppten sich als hilfreich wie meine Idee, blumenbezogene Dinge zu verkaufen, andere dagegen schienen weniger nützlich wie Ambers Idee, jeden Morgen eine Spur aus frischen Blütenblättern von der Straße in den Laden zu legen, um die Leute hereinzulocken. Wir beschlossen eine kleine Namensänderung: *Daisy Chain* statt *The Daisy Chain*. Wir beide finden, so klingt es etwas moderner. Außerdem einigten wir uns auf eine Generalüberholung des dunklen Inventars, die dringend nötig war, wobei wir beide den Kern dessen, was den Laden meiner Großmutter so besonders gemacht hatte, bewahren wollten.

Wir surften über Ambers iPad im Internet, suchten nach Bildern und durchforsteten Pinterest nach Fotos von modernen Blumenläden, um einen Eindruck dessen zu bekommen, was heute bei den Floristen so »in« war. Nach langer Diskussion entschieden wir uns für eine Meeresthematik, um das Umfeld des Ladens zu spiegeln.

Leuchtend blaue Wände sollen also die Kulisse bilden, und auf weißgestrichenen Holzregalen werden unsere blumenbezogenen Accessoires präsentiert werden. Auf angestrichenen Holztischen sollen gusseiserne Eimer mit frischen Schnittblumen stehen, die wir verkaufen und die Amber auf Nachfrage zu Sträußen bindet. Außerdem wollen wir die Ladentheke behalten, an der meine Großmutter die Kunden bedient hat. Amber meinte, dass sie uns Glück bringen wird und sie den Geist all der vorherigen Besitzer spüren könne, die hinter dieser Theke gestanden haben. Außerdem will ich sie nicht abgeben – diese Theke birgt einfach zu viele Erinnerungen für mich. Deswegen wird sie in das neue Design mit eingearbeitet werden.

In den Schubladen der hölzernen Anrichte entdeckten wir altes Porzellan mit Blumenmuster. Diese hübschen Teile werden wir auf den frisch gestrichenen Regalen präsentieren als eine Art Tribut, das wir der langen Geschichte dieses Ladens zollen.

Unsere Hoffnung ist, dass der Gesamteindruck des Ladens später schick und dabei durchaus auch ungewöhnlich sein wird. Er soll das Andenken meiner Großmutter ehren und dabei den perfekten Rahmen für ein neues und erfolgreiches Unternehmen bilden.

Heute ist Sonntag, und es ist bereits fast zwei Wochen her, seit ich meine folgenreiche Entscheidung getroffen habe, den Laden zu behalten. Nun ja, sie ist ziemlich folgenreich für mich, da ich in meinem ganzen Leben noch nie wirklich Verantwortung übernommen habe! Heute Morgen wollen wir unseren ersten Versuch starten, den Laden zu renovieren. Wir haben beschlossen, das selbst zu übernehmen, da die Summe, die mir sowohl ein Maler als auch ein Raumausstatter aus dem Ort genannt haben, viel zu viel von dem Geld verschlungen hätte, das meine Mutter mir gegeben hat, um den Laden zum Laufen zu bringen.

Obwohl sie mir das Geld geliehen hat, ohne irgendwelche Bedingungen daran zu knüpfen, um mich damit zu ködern, den Laden zu behalten, habe ich darauf bestanden, ihr alles zurückzuzahlen, sobald er geöffnet ist und hoffentlich Profit abwirft.

Wenn ich das alles schon mache, dann mache ich es wenigstens auf meine Art und Weise.

Daher stehen wir jetzt hier mit unseren weißen Maleroveralls aus dem Heimwerkerladen im nächsten Ort. Amber hat ihre wilde rote Haarmähne mit einem leuchtend bunten Haarband zurückgebunden. Ich dagegen bleibe bei meiner gewohnten Eintönigkeit, wobei der einzige Unterschied zu sonst darin besteht, dass heute die vorherrschende Farbe Weiß statt Schwarz ist. Zu unseren Füßen stehen ungeöffnete Farbdosen, in den Händen halten wir noch saubere Pinsel und Farbroller.

Beim Anblick der leeren Wände, Kommoden, Regale und Tische müssen wir seufzen.

»Wo wollen wir anfangen?«, frage ich und betrachte die nackte Wand.

»Ich habe keine Ahnung«, erwidert Amber. »Hast du schon mal renoviert?«

Ich schüttele den Kopf.

»Ich auch noch nie«, fährt sie fort. »Als ich noch zu Hause gewohnt habe, hatten wir immer jemanden, der das für uns erledigt hat. Das Haus und die Zimmer waren zu groß, um das selbst zu übernehmen. Außerdem hätte sich meine Mutter niemals die Hände mit Renovierungsarbeiten schmutzig gemacht. Dabei hätte ihr ja ein Fingernagel abbrechen können!«

Ich sehe zu Amber hinüber. So, wie sie sich kleidet und verhält, habe ich angenommen, dass sie aus keiner sonderlich vermögenden Familie stammt. Ich ärgere mich über mich selbst; vor allem *ich* sollte es eigentlich besser wissen und die Leute nicht anhand ihres Aussehens beurteilen. Da brauche ich ja nur einen Blick in den Spiegel zu werfen.

»Was meinst du, womit sollen wir beginnen?«, frage ich und betrachte die ungeöffnete Farbdose. »Damit hier?«

»Einen Tee zu kochen ist normalerweise ein guter Anfang, wenn man die Handwerker im Haus hat«, ertönt eine Stimme von der Eingangstür her. Jake betritt den Laden, gefolgt von einer ganzen Schar von Leuten, darunter auch Woody, Belle und einige Damen der Frauengemeinschaft, die alle eine bunte Mischung aus nicht zusammenpassenden Kleidungsstücken tragen und Pinsel, Farbroller, Schmirgelpapier und eine ganze Reihe von Werkzeugen mit sich schleppen, von denen ich es nicht einmal für möglich gehalten hätte, dass wir sie brauchen könnten.

»Kommt herein, meine Freunde!«, ruft Amber, als alle durch die Tür strömen. »Wenn es euch nichts ausmacht, dass eine Amerikanerin euch einen Tee kocht, setze ich gleich mal das Wasser auf!«

»Was machst du hier?«, frage ich Jake, immer noch fassungslos angesichts der vielen Leute, die durch die Tür ins Ladeninnere hereindrängen.

»Wir dachten, du könntest vielleicht ein wenig Unterstützung brauchen«, meint Jake und lehnt einen langstieligen Farbroller an die Wand, nachdem Miley seine Schulter verlassen und sich auf den Weg zu Amber gemacht hat. »Du hast Rita im *Mermaid* gesagt, dass du mit Amber heute den Laden renovieren willst, nicht wahr?«

»Ja ...?«

»Diese Nachricht hat sie weiterverbreitet, und da sind wir schon!«

Ich kann es nicht fassen, wie viele Leute in den Tagen nach meiner Entscheidung, den Blumenladen zu behalten, zu mir gekommen sind und mir gratulieren, danken und mich wissen lassen möchten, dass ich das Richtige tue.

Das *Daisy Chain* hat offenbar einen ganz besonderen Platz im Herzen vieler Bewohner von St. Felix eingenommen, und ich bin fest entschlossen herauszufinden, warum das so ist.

»Das ist toll!«, staune ich und kann es immer noch nicht so ganz glauben, wie viele hier aufgetaucht sind. Ich bin es gar nicht gewohnt, dass Leute mir helfen. »Ich ... ich kann euch aber nichts bezahlen.«

Jake wirft mir einen seltsamen Blick zu. »Warum sollten wir eine Bezahlung wollen? Wir wollen dir einfach helfen.«

»Aber warum?«

»Weil Freunde und Nachbarn das so machen – man hilft einander.«

»Klar. Ja. Natürlich«, lächele ich unbeholfen. »Vielen Dank, das ist ... toll – aber das sagte ich bereits, oder?

Jake grinst. »Ja, das hast du. Aber dank nicht mir, sondern Rita: Sie und Rich kommen gleich auch noch vorbei, wenn die Frühstücksgäste im *Mermaid* gegangen sind.« Jake schaut sich um. »So, wo sollen wir denn anfangen?«

Glücklicherweise gibt es in der Helfertruppe ein paar Leute, die bei den Renovierungsarbeiten wissen, was sie tun. Sie teilen uns in Gruppen auf, damit wir alle einigermaßen geordnet arbeiten können. Offenbar muss zuerst viel abgeschmirgelt werden, um abblätternde Farbe zu entfernen; danach müssen die Risse geschlossen werden. All diese Dinge waren mir nicht einmal in den Sinn gekommen.

Ich dachte, man malt einfach über Risse drüber: beim Renovieren ebenso wie im Leben.

Eine ganze Weile später helfe ich Charlie, Jakes Sohn, einen der großen Holztische abzuschmirgeln. Charlie ist ein wunderbarer Junge, hochgewachsen wie Jake, doch während Bronte ihrem Vater sehr gleicht, gehe ich davon aus, dass Charlie eher nach seiner Mutter kommt. Er hat strahlend blaue Augen und hellblondes Haar, und vom Verhalten her ist er still und bescheiden; er antwortet höflich, wenn er gefragt wird.

»Tut mir leid, dass du an einem Sonntagmorgen hierhergeschleppt worden bist«, entschuldige ich mich, um ein Gespräch in Gang zu bringen.

»Schon okay«, erwidert er und bearbeitet das Tischbein mit seinem Stück Schleifpapier. »Ich hatte ohnehin nichts Besseres zu tun. Die Wettervorhersage ist nicht so super.«

»Was hättest du denn sonst gemacht?«

Er schaut mich an, als würde er sich fragen, warum mich das interessiert.

»Keine Ahnung, vielleicht runter zum Strand gehen und die Surfer beobachten, wenn der Wellengang gut genug ist.«

»Du selbst surfst aber nicht?«

»Nein.«

»Warum nicht?«

»Sehe ich wie ein Surfer aus?«

Das Einzige, was an Charlie surfermäßig aussieht, ist sein blondes Haar. Seine Gestalt ist ziemlich schlaksig und schmächtig, obwohl er groß ist. Er sieht eher danach aus, als würde ihn die leichteste Windböe von einem am Boden liegenden Surfbrett fegen, ganz zu schweigen von einem Surfbrett, das durch zwei Meter fünfzig hohe Wellen jagt.

»Nicht alle Surfer sehen gleich aus«, behaupte ich und erinnere mich an die Surfversuche von meinem Bruder Will und mir. »Manchmal geht es einfach nur darum, mitzumachen und Spaß zu haben.«

»Nicht in St. Felix. Surfen wird hier sehr ernst genommen. Wenn man nicht zur ›Gang‹ gehört, hat man auf einem Surfbrett nichts zu suchen.«

Ich will gerade protestieren, als eine Dame mit einem roten Kopftuch und einer Jeanslatzhose auf mich zukommt. »Könntest du deinem Vater kurz helfen und bei dieser Kommode mit anpacken?«, bittet sie. »Dort werden noch ein paar starke Hände gebraucht.«

Charlie sieht sie an, als würde sie einen Witz machen. Dann seufzt er. »Klar, Tante Lou.« Er steht auf, reicht ihr das Schleifpapier und macht sich dann auf den Weg zu Jake, der mit einem anderen Mann zusammen versucht, eine Kommode von einer Wand wegzubewegen.

»Ich bin Lou«, stellt sich die Frau vor und streckt mir die Hand entgegen. »Ich glaube, wir sind uns neulich in Mickeys Imbiss begegnet?«

»Oh ja, stimmt, ich erinnere mich. Danke, dass Sie heute hergekommen sind, um uns auszuhelfen. Wie ich schon Jake gesagt habe, finde ich das ganz lieb von allen.«

»Hier in St. Felix sind die Leute so, außerdem war Rosie sehr angesehen.« Lou setzt sich neben mich auf den Boden und fängt an, das Tischbein abzuschmirgeln, das Charlie schon zur Hälfte bearbeitet hat. »Ich vermisse ihr fröhliches Gesicht jeden Tag.«

Ich lächele Lou an; unter ihrem roten Kopftuch ragen graue Haarbüschel heraus, die ihr jugendliches Aussehen Lügen strafen. »Kannten Sie meine Großmutter gut?«

»Oh ja, wir waren gute Freundinnen. Ich bin zu ihrer Beerdigung nach London gefahren.«

Ich hatte an dem Abend im Imbiss schon das Gefühl, dass mir ihr Gesicht irgendwie bekannt vorkam. »Es tut mir leid, dass ich Sie neulich nicht erkannt habe«, entschuldige ich mich. »Aber vielleicht tröstet es Sie, dass Sie mir irgendwie vertraut vorkamen.«

»Meine Liebe, machen Sie sich keine Gedanken. Bei der Beerdigung mussten Sie mit einer Menge fertigwerden, sodass Sie sich nicht an jeden erinnern können, der Rose die letzte Ehre erwiesen hat. Und es waren schrecklich viele Leute da, die das tun wollten.«

»Das stimmt, es waren in der Tat sehr viele. Oh, daher kannten Sie also meinen Namen im Imbiss – von der Beerdigung!«

Lou lächelt. »Zum Teil.«

Ich warte darauf, dass sie mich aufklärt.

Sie hört auf, das Tischbein abzuschmirgeln, senkt die Stimme und beugt sich zu mir vor. »Rose hat mir gesagt, dass Sie eines Tages kommen würden.«

»Bitte?«

»Sie sagte mir, dass eines Tages ihre Enkelin Poppy nach St. Felix zurückkehren würde, um ihren Blumenladen zu übernehmen. Sie hat oft von Ihnen gesprochen.«

»Wann hat sie Ihnen das gesagt?«

»Schon vor einigen Jahren.«

»Bevor sie krank wurde?«

»Oh ja, lange davor. Sie war felsenfest davon überzeugt, dass Sie eines Tages das *Daisy Chain* übernehmen werden.«

Mitten während des Abschmirgelns halte ich inne, die Hand wie erstarrt am Tischbein.

»Aber warum ist sie sich da so sicher gewesen? Mir ist es ja schon ein Rätsel, warum sie mir überhaupt das Geschäft vererbt hat. Aber dass sie sich dann so sicher war, dass ich mich dazu entschließe, den Laden auch tatsächlich zu übernehmen ...« Ich hebe das Schleifpapier vom Holz und spiele damit herum, während ich nachdenke. »Als sie krank war und im Krankenhaus lag, habe ich sie besucht, aber sie hat das alles hier nie auch nur mit einem einzigen Wort erwähnt. Ich habe angenommen, dass im Falle des Falles meine Mutter oder eine meiner Tanten den Laden erben würde – jedenfalls jemand, der ein wirkliches Interesse für Pflanzen hegt.«

»Aber sie hatte doch recht, nicht wahr?«, erwidert Lou sanft. »Denn Sie sind hier und kurz davor, das Geschäft als Ihren Laden zu öffnen. Und wir alle sind hier und helfen Ihnen, was auch Ihre Großmutter gewusst hat.«

»Sie hatte immer recht«, lache ich. »Das war nervig.«

»So war sie.« Lou grinst. »Versuchen Sie mal, eine beste Freundin zu haben, die immerzu recht behält. Das ist ziemlich anstrengend.« Sie wird ganz traurig, als sie sich erinnert.

Da es mir nie besonders angenehm ist, mit Gefühlen umzugehen, kehre ich zu meiner gewohnten Strategie zurück und wechsle das Thema. »Sie sind also Charlies und Brontes Tante?«, hake ich nach und frage mich, ob Lou wohl Jakes oder Felicitys Schwester ist. Für beides sieht sie ein wenig zu alt aus.

»Die Großtante, um genau zu sein. Ich bin Jakes Tante – die Schwester seiner Mutter.«

»Oh … das erklärt einiges«, platzt es aus mir heraus.

»Weil ich eine alte Schachtel bin?« Sie grinst mich an. »Nur damit Sie es wissen: Ich bin die amtierende Meisterin in North Cornwall im Surfen der Über-Sechzigjährigen.«

»Tatsächlich?«

»Ja«, nickt sie stolz. »Es mag zwar nur drei Wettbewerbsteilnehmer gegeben haben, aber ich habe mich länger auf meinem Surfbrett gehalten als diese anderen Renten beziehenden Memmen!«

Ich halte ihr in High-Five-Manier die Hand hin, woraufhin sie passend reagiert und mich abklatscht.

»Sie sollten mal Charlie auf eine Spritztour durch die Wellen mitnehmen«, schlage ich vor und sehe zu ihm hinüber, der gerade Amber dabei hilft, ein paar bereits gefüllte Risse abzuschmirgeln, damit dort angestrichen werden kann. »Ich glaube, das würde ihm gefallen.«

»Schon versucht«, entgegnet Lou. »Er will nicht. Er ist ein wenig zu besorgt darüber, wie er wohl dabei aussehen wird. Es ist ein ziemlich schwieriges Alter für einen Jungen – er ist siebzehn.«

Ich nicke.

»Es ist wirklich eine Schande«, fährt sie fort. »Man verpasst so viel, wenn man jung ist, weil man sich zu sehr den Kopf darüber zerbricht, wie man aussieht, und dann, wenn es zu spät ist und man nicht mehr ...« Hastig hält sie inne. »Oh, meine Liebe, es tut mir leid, ich wollte nicht ... Ich meine ...« Sie beugt sich vor und legt mir sanft ihre Hand auf den Arm und schafft so mit einer einzigen Berührung alles, was ich ein paar Minuten zuvor für sie nicht geschafft habe.

»Ich weiß«, erwidere ich und muss plötzlich sehr genau die Astlöcher unter die Lupe nehmen. »Schon gut, ehrlich.«

»Nein, das ist es nicht. Ich weiß, dass es nicht leicht für Sie ist, wieder in St. Felix zu sein. Rosie hat mir alles erzählt.«

Ich starre Lou an. »Alles?«

Sie nickt.

»Was treibt ihr zwei da eigentlich, dass ihr euch da unten so versteckt?«, fragt Jake und steckt den Kopf unter den Tisch. »Poppy, wie ich sehe, hast du meine Tante Lou kennengelernt.«

»Ich glaube, Poppy könnte eine kleine Pause vertragen«, stellt Lou fest. »Steht der Teekessel auf dem Herd?«

»Ähm, ich weiß nicht, ich schaue mal schnell nach«, antwortet Jake und reckt den Hals, um ins Hinterzimmer schauen zu können.

»Vielleicht wäre ein kleiner Spaziergang besser?«, schlägt Lou vor. »Mickey hat versprochen, ein Mittagessen für uns bereitzustellen – vielleicht könntet ihr beiden losgehen und nachsehen, was es damit auf sich hat?« Mit hochgezogenen Augenbrauen sieht sie Jake an.

»Klar«, nickt Jake. »Willst du mitkommen, Poppy?«

»Ich weiß nicht – es kommt mir nicht richtig vor, die anderen hier allein zu lassen.« Mein Blick wandert zum derzeitigen Team von Helfern, die alle fleißig im Laden zu tun haben.

»Das geht schon in Ordnung«, entgegnet Lou. »In ein paar Minuten wird ein ordentliches Mittagessen viel wichtiger für sie sein als deine Anwesenheit im Augenblick.«

»Okay, wenn Sie meinen?«

Jake hält mir seine Hand hin, und ich packe sie, sodass er mich hochziehen kann.

»So«, sagt er und drückt meine Hand. »Dann wollen wir mal auf die Suche nach Pommes gehen!«

11.

Flieder – Erste Liebesgefühle

Mit Miley auf seiner Schulter schlendert Jake neben mir am Hafen entlang zu Mickeys Imbiss. Obwohl Charlie berichtet hat, die Wettervorhersage sei trüb, reißen die Wolken nun auf, und es scheint ein wunderschöner Tag in St. Felix zu werden.

»Wollen wir uns einen Moment hinsetzen und warten oder weitergehen?«, fragt Jake, nachdem wir im Imbiss niemanden angetroffen haben. Obwohl es Sonntag ist, hat Mickey angeboten, früh zu kommen und Pommes für die Renovierungshelfer zu frittieren – eine weitere gute Tat, die mich vollkommen überrascht.

»Ich glaube, ich würde mich gern hinsetzen«, erwidere ich und schirme die Augen vor der strahlenden Sonne ab. »Nach heute Morgen könnte ich eine Pause gebrauchen.«

Wir finden eine Bank und setzen uns vor die Hafenmauer; wir beide schauen auf das Meer und die Boote hinaus, die im Takt auf den Wellen auf und ab schaukeln, da gerade Flut herrscht.

»Ich finde es sehr lieb von deinen Kindern, dass sie heute mitgekommen sind, um uns zu helfen«, stelle ich fest, nachdem Jake und ich eine Minute oder länger den Ausblick bewundert haben.

»Ja, die beiden sind richtig lieb, das sind sie immer gewesen. Besonders Charlie. Bronte kann bisweilen eine ganz schöne Rabaukin sein.«

Ich grinse.

»Was denn?«, fragt Jake.

»Sie hat mich als alternden Grufti bezeichnet, als Amber und ich neulich draußen vor dem Laden die Blütenketten verteilt haben.«

Miley, die mich anscheinend verstanden hat, bricht in diesem Augenblick in ein kreischendes Gelächter aus, während Jake das Gesicht verzieht. »Du meine Güte, das tut mir leid!«

»Schon gut«, erwidere ich und beäuge Miley, bis mir klar wird, dass sie gemeinsam mit einer Seemöwe kreischt, die auf der Hafenmauer hockt. »Bronte ist noch jung; ich denke mal, für sie sind alle anderen eben alt. Obwohl es normalerweise in meinem Fall eher umgekehrt ist.«

»Die Leute halten dich für jünger, als du tatsächlich bist?«, hakt Jake nach. »Das ist mir nämlich passiert, als ich dich kennengelernt habe.«

Ich nicke. »Ja. Irgendwie habe ich mich im Laufe der Jahre daran gewöhnt. So habe ich zumindest nie das Gefühl, in Würde altern zu müssen.«

»Warum ist das eigentlich so?«, fragt Jake weiter. »Bist du der weibliche Peter Pan der Floristen?«

»Wohl kaum. Keine Ahnung, irgendwie fühle ich mich wohler damit, das Leben nicht zu ernst zu nehmen.« Ich starre auf meine Stiefel. »Wenn meine Docs mich jünger aussehen lassen, dann ist das eben so. Obwohl mir Amber immer wieder vorhält, dass ich angeblich zu viel Schwarz trage«, gestehe ich.

»Tatsächlich?«, zieht mich Jake auf. »Das hätte ich ja im Leben nicht vermutet.«

»Aber nicht heute, oder?«, protestiere ich und deute auf meinen Maleroverall.

»Stimmt, das muss ich dir lassen – ein weißer Arbeitsanzug ist für dich ja schon ein wahrer Regenbogen an Farben«, erwidert Jake grinsend. »Wie fühlt es sich denn an, dich von deiner Trauerkleidung zu befreien?«

Bei diesem Witz zucke ich innerlich zusammen. »So schlimm ist es jetzt aber nicht, oder etwa doch?«, entgegne ich und versuche, die Sache abzuschütteln. Denn Jake hat keine Ahnung, wie nahe er der Wahrheit gekommen ist.

»Wie lange bist du jetzt schon in St. Felix – ein, zwei Wochen?«

»So ungefähr.«

»Und das einzig Farbige, in dem ich dich bislang gesehen habe, sind deine bordeauxroten Stiefel.«

Das ist ihm aufgefallen?

»Ich mag Schwarz, na und? Ist es ein Verbrechen in dieser Stadt, Schwarz zu tragen?«

Ich rechne mit einer seiner schlagfertigen Antworten. Und ich muss zugeben, dass ich unsere Sticheleien, hier im grellen Sonnenschein Cornwalls, genieße. Die Stadt wirkt heute wie ein pulsierendes, buntes Ölgemälde – lebhafte Farbtöne und kühne Pinselstriche verbergen alle Eintönigkeit, die eine einfache weiße Leinwand darunter preisgeben könnte.

»Nein, natürlich nicht«, erwidert er ein wenig hilf-los, wie mir scheint, während er an seinem Ärmel he-rumzupft und versucht, ihn hochzukrempeln. »Es ist nur … Na ja, man übertönt nicht die Perfektion einer blassen, zarten Lilie, indem man sie mit etwas Schwe-rem umgibt; man lässt ihre Schönheit erstrahlen, damit jeder sie sehen kann.«

Ich bin ziemlich sicher, dass meine Haut in diesem Augenblick weder blass noch zart aussieht; höchst-wahrscheinlich ist sie rot und fleckig, da ich merke, wie meine Wangen nach Jakes Worten heiß werden. Was meint er damit? Seine Blumenanalogie hat er doch nicht auf mich bezogen, oder? Nein, sicher nicht. So reden diese Blumentypen wohl – indem sie Blumen an-statt normaler Worte benutzen.

Allerdings spricht aus meiner Familie niemand so – warum sollte es also Jake tun?

Seinen Wangen, wie mir auffällt, ergeht es ähnlich wie meinen. Sie sind rosa, und überhaupt sieht Jake deutlich erhitzt aus, als er den gleichen Ärmel an sei-nem gebräunten Arm wieder herunterkrempelt.

»Ich weiß deinen Ratschlag zu schätzen«, erkläre ich ein wenig unbeholfen. »Aber ich glaube, ich halte mich im Moment weiter an Schwarz. Über die Jahre habe ich mich irgendwie daran gewöhnt. Es passt zu mir.«

»Klar«, antwortet Jake und zuckt freundlich mit den Schultern. Dann schlägt er ein Bein über das andere, sodass sein riesiger dunkler Timberland-Boots auf sei-nem Knie liegt und Jake sich sichtlich entspannt, als er sich zurücklehnt und aufs Meer hinausschaut. »Wenn du wie ein alternder Grufti aussehen willst«, nickt er, wobei der Hauch eines Grinsens seine Lippen umspielt, »dann ist das natürlich deine Sache.«

Puh. Ich atme erleichtert auf. Jake ist wieder ganz der Alte. Mit seinen Neckereien komme ich klar, aber Komplimente sind etwas anderes.

»Ich denke, du weißt, dass ich kein Grufti bin, weder alternd noch sonst wie«, entgegne ich und kann ihm erst jetzt wieder in die Augen sehen. »Wenn man ein Grufti ist, geht es um mehr, als nur darum, schwarze Klamotten zu tragen. Ich schminke mich nicht so auffällig, und ich höre auch nicht die entsprechende Musik. Ich ziehe eben nur nichts Buntes an, das ist alles. Das ist nun mal einfach nicht mein Ding.« Ich lehne mich auf der Bank zurück und verschränke die Arme – erleichtert darüber, dass wir wieder zu einem normalen Umgang miteinander zurückgekehrt sind.

»Und das hat keine Auswirkung auf deine Haltung?«, fragt Jake düster, während er immer noch geradeaus aufs Meer hinaussieht, offenbar vollkommen fasziniert von einer sehr großen Möwe, die die Reste des Eishörnchens eines Touristen ausweidet.

Auch Miley beobachtet sie, wahrscheinlich fragt sie sich gerade, wie sie dort mitmischen kann.

»Was meinst du damit, mit meiner ›Haltung‹?«, blaffe ich ein wenig zu schnell.

Jake streckt die Hand in einer »Na siehste!«-Art aus. »Wir haben am ersten Abend, als wir uns kennengelernt haben, im *Mermaid* ein ähnliches Gespräch geführt, wenn ich mich recht erinnere. Du hast dich als ein ›unbeholfenes Biest‹ bezeichnet.«

»*Vielleicht* habe ich das getan«, erwidere ich und erinnere mich an den Abend. »Ich bin einfach kein geselliger Mensch, das ist alles.«

Jake dreht sich zu mir um und sieht mich halb amüsiert, halb verwirrt an. »Wie kannst du das überhaupt sagen und dabei ernst bleiben?«

Ich starre ihn an, da ich kein Wort verstanden habe.

»Muss ich dir das jetzt wirklich erklären?«, fragt Jake.

Ich nicke.

»Gut, ein Beispiel ... Okay, hier ist eines: Seitdem du hier bist, hast du unsere amerikanische Freundin in dein Haus eingeladen. Und in Anbetracht dessen, was ich so sehe, scheint es ihr sehr zu gefallen, mit dir zusammenzuleben.«

Als er Amber erwähnt, muss ich lächeln; seit ihrer Ankunft im Cottage ist sie wie ein frischer Wind in meinem Leben. Fast bin ich ein wenig neidisch auf ihr ewig sonniges Gemüt und die positive Einstellung, die sie nie zu verlieren scheint.

»Die Auswahl an Wohnmöglichkeiten war für sie nicht groß«, gebe ich zu bedenken, doch Jake will davon nichts hören.

Er schüttelt den Kopf. »Nichts da. Mit dieser bescheidenen Masche brauchst du mir gar nicht erst zu kommen. Ich habe mit eigenen Augen gesehen, wie du dich mit Leuten unterhältst, seitdem du hier bist. Und nicht nur das, du scheinst ein Händchen dafür zu haben. Du hast dich sogar eben mit meinem Sohn unterhalten, und es braucht derzeit schon einiges, um mehr als zwei Worte aus ihm herauszubekommen.«

»Charlie ist ein netter Kerl«, erkläre ich ihm. »Er erinnert mich an jemanden, den ich gekannt habe.«

Jake wartet auf eine Erklärung von mir, die ich jedoch nicht liefere.

»Na gut, vielleicht gibt es ja ein paar Ausnahmen«, gebe ich zu. »Aber glaub mir, Jake, ich bin am liebsten auf mich allein gestellt. Menschen *im Allgemeinen*«, fahre ich schnell fort, als er protestieren will, »nerven mich. Ich selbst gehe mir dagegen selten auf den Senkel.«

»Selten?«, hakt Jake nach, und mir fällt auf, wie seine Mundwinkel zucken.

»Nur wenn ich versuche, etwas Buntes zu tragen!«, verkünde ich, und zu meiner Erleichterung grinst er dieses Mal.

Dann fällt mein Blick auf die Imbissbude.

»Oh, bei Mickey brennt Licht«, stelle ich erfreut fest. »Wie es scheint, gibt es jetzt Mittagessen für alle!«

Wir schleppen so viele Portionen Fish and Chips zum Laden zurück, wie wir tragen können, und ich bin gleichermaßen erleichtert wie froh, mich wieder in Jakes Gesellschaft entspannen zu können.

Ganz gleich, wie sehr ich protestiert habe: Ich weiß, dass er recht hat. Ich habe in den zwei Wochen, die ich nun schon hier bin, mehr mit Menschen zu tun gehabt als in zwei Monaten in London. Und noch wichtiger: Ich habe es genossen.

Wieder im *Daisy Chain* zurück werden unsere Lunchpakete begeistert in Empfang genommen. Nachdem alle ihre Pommes auf dem Fußboden sitzend, im

Eingang oder draußen im Sonnenschein an die Außenwand des Ladens gelehnt gegessen haben, kehren wir wieder zur Arbeit zurück.

»Poppy!« Am späten Nachmittag ruft mich Woody, der in seiner Alltagskleidung kaum wiederzuerkennen ist, zu sich herüber. »Die hier haben wir gefunden, als wir eben diese morschen Dielen ausgetauscht haben. Sie müssen Ihrer Großmutter gehört haben.«

Er reicht mir einen kleinen Karton, in dem sich ein paar alte Notiz- und Geschäftsbücher befinden.

»Danke«, sage ich und werfe einen kurzen Blick in den Karton. »Die nehme ich mit ins Cottage, um sie sicher aufzubewahren. Das sind wahrscheinlich alte Geschäftsbücher vom Laden.«

Wie seltsam, dass sie unter dem Dielenboden versteckt waren!

»Was sagen Sie dazu, wie es vorangeht?«, fragt mich Woody. »Ist alles so, wie Sie es sich erhofft haben?«

Jake und Charlie sind gerade damit fertig geworden, die zweite Wand in einem strahlenden Blau zu streichen, und Amber und Bronte bewundern ihr Werk, nachdem sie die erste der Kommoden gebeizt haben. Sie sieht mit ihrem durchscheinenden weißen Farbüberzug aus wie neu.

»Ja!«, erwidere ich und betrachte stolz die Veränderung, die um mich herum im Gange ist. »Ich glaube, es wird noch besser aussehen, als ich mir erhofft hatte.«

»Prima«, lächelt Woody. »Ich muss unbedingt das gleiche Team zusammenbekommen, wenn die Polizeiwache einen neuen Anstrich braucht.«

Nach Woodys Vorschlag ertönen ein paar höhnische Rufe, und ein Protestchor erklärt ihm, dass dies eine absolut einmalige, *besondere* Aktion sei.

Und als ich mich in der »Angriffstruppe von St. Felix« – wie Bronte sie eben bezeichnet hat – so umschaue, wie man hier zupackt und mir dabei hilft, den Laden meiner Großmutter Rosie wieder auf Vordermann zu bekommen, fühle ich mich ganz genau so: besonders.

Ich sollte wirklich nicht alles so schwarz sehen, denke ich, als ich den Pinsel in meiner Hand zücke, um den Fensterrahmen vor mir weiter anzustreichen. Die Bewohner von St. Felix sind mir seit meiner Ankunft hier so liebenswert und hilfsbereit begegnet. Es wird sich zwar niemals wieder so anfühlen wie damals, als ich mit Will hier war, das weiß ich. Aber dank der Hilfe all meiner neuen Freunde fange ich allmählich an, mich wieder ein wenig wie etwas Besonderes zu fühlen.

12.

Akazie – Heimliche Liebe

»Ich springe kurz in die Badewanne, Poppy!«, ruft Amber die Treppe hinauf. »Selbst ohne meine Salzkristalle wird ein Schaumbad mir bei meinem Muskelkater wohltun.«

Amber hat überall in St. Felix versucht, Meersalzkristalle zu bekommen, um sie ihrem heutigen Bad hinzuzufügen, da, wie sie uns erklärt hat, das Salz uns Fremdstoffe entziehen und die Schmerzen lindern würde. Sie wollte partout nicht glauben, dass sie hier in der Stadt, die dem Meer so nah ist, keine Meeressalze bekommen wird; sie hat es sogar in Mickeys Imbissbude versucht. Doch die Art Salz, mit der Mickey seine Vorratsräume füllt und die auf der Ladentheke steht, ist nicht nutzbar für jene spirituelle Heilung, die Amber im Sinn hat. Stattdessen muss sie nun mit Radox-Badezusatz und einem Lavendel-Badesalz auskommen, das ich im Badezimmerschrank meiner Großmutter gefunden habe.

Sobald wir von unserem langen Renovierungsmarathon heimgekommen sind – der auf wundersame Weise fast beendet zu sein scheint –, habe ich eine wohltuende heiße Dusche genommen. Ich kann kaum glauben, wie viel wir an einem Tag geschafft haben. Ich glaube, hinter dem Spruch »viele Hände, schnelles Ende« steckt tatsächlich etwas Wahres.

In meinem Pyjama lasse ich mich aufs Sofa plumpsen und genieße eine Tasse heißen Kakao und einen der Doughnuts, die von der großen Schachtel noch übrig sind, die Ant und Dec am Nachmittag vorbeigebracht haben, als die allgemeine Stimmung und die Energie langsam nachzulassen drohten.

Was für ein Tag! Damit meine ich nicht nur die Fortschritte im Laden, sondern auch die Tatsache, wie viele der Einwohner von St. Felix ich kennengelernt habe, weil sie vorbeigekommen sind, um bei den Renovierungsarbeiten zu helfen. Besonders Jakes Familie. Seine Kinder sind ein Goldschatz; Bronte, wie Jake schon sagte, scheint eine kleine Rabaukin zu sein, aber nichts im Vergleich zu dem, wie ich als Teenager war. Charlie ist ein stiller, unaufdringlicher, reizender junger Mann. Doch was sie alle, inklusive ihrer Tante Lou, ganz offensichtlich gemeinsam haben, ist ihre Liebe zu Jake.

Ich denke über Jake nach, während ich meinen Doughnut verputze und an meinem Kakao nippe.

Jake ist irgendwie seltsam. Zuerst sagt oder tut er etwas, das anscheinend impliziert, dass er in mir mehr als nur eine Freundin sieht, während er im nächsten Moment absolut klarmacht, dass dies für ihn überhaupt nicht zur Debatte steht. Dabei wäre Jake nicht der erste Mann, der mich verwirrt; die meisten Beziehungen mit dem anderen Geschlecht haben mich durcheinandergebracht, doch normalerweise bin ich diejenige, die alles verkompliziert.

Vielleicht habe ich mir einige der Anzeichen auch nur eingebildet, weil ich gehofft habe, dass sie tatsächlich da sind. Aber warum soll Jake auch an mir interessiert sein? Er ist ein netter Kerl; wahrscheinlich will er mir helfen, weil er meine Großmutter gekannt hat. Vielleicht gibt es da draußen tatsächlich auch nette Kerle, die einfach nur mit einem befreundet sein wollen.

In der Vergangenheit gab es für mich nicht so viele Jungs, die »nur« Freunde waren, aber ehrlich gesagt hatte ich generell nie viele Freunde.

Das war nicht immer so. In der Grundschule gab es einige; ich war bei Geburtstagsfeiern, Verabredungen zum Spielen, und ich gehörte nie zu den Letzten, die ins Sportteam gewählt wurden. Selbst auf der weiterführenden Schule schien zuerst noch alles gut. Ich war in der Hockeymannschaft sowie im Korbballteam und obendrein auch noch Mitglied der Schülervertretung. Ich spielte im Schulorchester Flöte und trat in verschiedenen Schulaufführungen auf. Eigentlich gehörte ich zu den Strebern – die Lehrer nahmen an, dass ich in allen Abschlussprüfungen die besten Noten bekommen würde. Ich war der Archetyp der perfekten Schülerin.

Doch dann hat ein einziger Sommer alles verändert ...

Ich gehe zum Fenster hinüber und öffne die Tür. Als ich auf den Balkon hinaustrete, weht mir eine Seeluftbrise entgegen, die stark genug ist, mein langes, frisch gewaschenes Haar aufzublähen und mir ins Gesicht zu pusten. Die Strähnen streifen mir über die Wangen, und ich muss sie zurückstreichen, um sie zu bändigen. Doch ich gehe nicht nach drinnen, sondern bleibe dort stehen und wünsche mir, dass die salzige Meeresbrise meine Erinnerungen wegpusten und sie aus meinem Gedächtnis lösen würde, wie Ambers Salzbad die Schmerzen aus ihrem Körper beseitigt hätte.

»Ich will nie mehr dahin zurück!«, brülle ich in den Wind. Sofort peitscht er mir die Worte vom Mund und wirbelt sie hoch in den Himmel hinauf, wo niemand sie hören kann. »Ich will nicht darüber nachdenken, wie sich mein Leben seit dem Tag, an dem ich dich verloren habe, verändert hat!«

Wütend stürme ich ins Wohnzimmer zurück und knalle die Fenstertür zu.

»Alles in Ordnung da oben?«, höre ich Amber aus dem Badezimmer heraufrufen.

»Ja, alles gut. Genieß dein Bad!«, rufe ich zurück.

So wunderbar Amber auch ist, so brauche ich jetzt doch Abstand. Ein paar Minuten Verschnaufpause.

Der Karton, den Woody mir vorhin gegeben hat, steht auf dem Tischchen neben dem Sofa. Um mich von den schmerzhaften Erinnerungen abzulenken, die plötzlich hochgekommen sind, beschließe ich, den Inhalt unter die Lupe zu nehmen.

Wie ich es mir schon gedacht habe, befinden sich darin alte Buchhaltungsunterlagen, Kundenrechnungen sowie Listen von Blumen, die für verschiedene Veranstaltungen geliefert worden sind. Letztere lege ich im Karton auf einer Seite zusammen, da sie vielleicht für Amber noch von Nutzen sein können. Ich will fast schon den Karton wegstellen und mir einen weiteren

Doughnut genehmigen, als mein Blick auf etwas fällt, das ganz unten auf dem Boden liegt. Es ist ein Bündel abgenutzter Bücher in verschiedenen Größen, zusammengebunden durch ein ausgefranstes und verfärbtes weißes Schleifenband. Ich fische es heraus, löse die Schleife und werfe einen Blick in das erste Buch.

Es handelt sich um ein fast schon museumsreifes gebundenes Stück mit dem Titel »Die Sprache und Bedeutung von Blumen«; der Schutzumschlag ist so dünn und an den Ecken derart abgenutzt, dass ich es kaum aufschlagen kann, ohne dass der Umschlag zwischen meinen Fingern beinahe zerfällt.

Es scheint ein Blumenlexikon zu sein. Darin finden sich detaillierte Zeichnungen einer jeden Blume sowie Beschreibungen und Informationen über den Wuchs. Oben auf jeder Seite stehen sowohl der englische als auch der lateinische Name, gefolgt von der symbolischen Bedeutung. Margeriten zum Beispiel stehen für Unschuld; Ringelblumen – Trauer; Iris – Botschaft. Über die Bedeutung von Mohnblumen, auch Poppy genannt, muss ich lachen: Fantasie und Extravaganz. *Ja klar!*

Vorsichtig blättere ich die Seiten um, lese die Bedeutung einer jeden Blume durch und erfahre alles über die Anlässe, zu denen sie geschenkt werden sollen, bis mir eine handgeschriebene Widmung am Anfang des Buches auffällt:

Für meine liebste Daisy,
ich hoffe inständig, dass ich eines Tages dei-
nen Traum erfüllen kann und du diese und

viele weitere Blumen in deinem eigenen klei-
nen Laden verkaufen kannst …
Ich schicke dir all meine Liebe und meine
tiefste Verehrung, heute und für immer,
dein William
Februar 1887

»Was ist los?«, fragt Amber und taucht im Türrahmen
auf, während sie immer noch ihr Haar abtrocknet.
»Vor wenigen Minuten habe ich massive negative
Schwingungen gespürt, die von hier oben ausgingen,
deswegen bin ich aus der Badewanne raus.« Sie sieht
mich an, während ich immer noch erschrocken auf das
Buch starre. »Was ist das? Was hast du da?«

»Das Buch hier hat meiner Ur-Ur-Ur-Großmutter
gehört«, erwidere ich und halte es hoch. »Sieh mal,
hier vorne, da steht ›Für meine liebste Daisy, dein
William‹. Das sind die Namen meiner Ur-Ur-Ur-Groß-
eltern. Diese Daisy ist *die* Daisy – die Daisy, der Inha-
berin des allerersten *Daisy-Chain*-Ladens.«

»Du meinst die Dame, die euer Familienimperium
gegründet hat?«

Ich würde es jetzt nicht unbedingt als Imperium be-
zeichnen …

»Ja, genau die«, nicke ich, um keine Diskussion los-
zutreten. »Du kennst die Geschichte also?«

»Ein wenig«, erwidert Amber, schnappt sich einen
Doughnut aus der Schachtel und setzt sich neben mich
aufs Sofa; das feuchte Haar fällt ihr wie ein Wasserfall
über die Schultern. »Erzähl sie mir aber bitte nochmal,
ich liebe gute Geschichten.«

Ich selbst habe sie über die Jahre hinweg so oft zu hören bekommen, dass sie mich schon langweilt. Doch jetzt bin zum ersten Mal *ich* gebeten worden, sie zu erzählen. Ich mustere Ambers erwartungsvolle Miene, und plötzlich kommt es mir sehr wichtig vor, alles korrekt zu berichten.

»Ende des neunzehnten Jahrhunderts hat Daisy als Blumenverkäuferin auf dem Covent Garden Market gearbeitet«, erzähle ich ihr, klappe das Buch zu und verdecke das Cover mit meiner Hand. »Sie hatte eine große Familie, stammte aber aus ärmlichen Verhältnissen, daher war sie hocherfreut, als sie es geschafft hat, diesen Job zu bekommen und Blumen zu verkaufen.«

Amber lächelt und findet bereits jetzt sichtlich Gefallen an dieser Geschichte.

»Ihre Geschwister waren allesamt Dienstmädchen, und eigentlich hatte man dies auch für Daisy vorgesehen. Doch sie entschied sich anders und nahm die Stelle auf dem Markt an. Damit verdiente sie zwar nicht viel, doch sie liebte ihre Arbeit.«

Amber nickt anerkennend.

»1886 hat sie meinen Ur-Ur-Ur-Großvater William kennengelernt. Williams Familie besaß ein großes Unternehmen, das Blumen angebaut und ganz England damit beliefert hat. Sie begegneten einander, als er eines Tages Blumen zum Markt geliefert hat – die romantische Version dieser Geschichte besagt, dass es sich um Liebe auf den ersten Blick gehandelt hat, doch das glaube ich nicht.«

Amber verzieht missbilligend das Gesicht und wartet darauf, dass ich fortfahre.

»Jedenfalls haben sie *irgendwann* beschlossen zu heiraten, doch Williams Familie lehnte Daisys Herkunft ab, weil man befand, dass er unter seinem Stand heiraten würde. Und wieder gibt es Gerüchte darüber, dass die beiden geplant haben durchzubrennen, doch es kommt ganz darauf an, wer aus meiner Familie dir die Geschichte erzählt und wie romantisch derjenige sie klingen lassen möchte. Ich glaube nicht, dass der Mann sein gesamtes Erbe für die Liebe aufs Spiel gesetzt hätte, zumindest nicht damals ... Na gut, na gut«, beschwichtige ich Amber, die die Arme vor der Brust verschränkt. »Ich beschränke mich jetzt darauf, die Geschichte zu erzählen. Okay, durch eine merkwürdige Fügung des Schicksals verstarb Williams Vater plötzlich und unerwartet, und William erbte als einziger Sohn das Familienunternehmen. Das Erste, was er tat, war, Daisy um ihre Hand zu bitten, und sie sagte sofort ja. Zusammen zogen sie nach Cornwall, haben Daisys lang ersehnten Blumenladen eröffnet, und der Rest ist, wie meine Familie an dieser Stelle immer so schön sagt, Geschichte.«

»Wie aufregend!«, schwärmt Amber. »Ich höre das immer wieder so gerne.«

»Du kanntest die Geschichte also doch schon! Und warum sollte ich sie dann noch einmal erzählen?«

»Damit *du* sie noch einmal hörst«, erwidert Amber und zieht die rotbraunen Augenbrauen hoch.

»Wie bitte? Warum?«

»Weil sie – also Daisy – wie du ist, nicht wahr?«

»Warum soll ein feines viktorianisches Mädchen, das zuerst auf dem Covent Garden Market Blumen verkauft und dann einen Blumenladen in Cornwall besessen hat, auch nur *irgendetwas* mit mir gemeinsam haben?«

»Woher willst du wissen, dass sie fein war? Sie könnte doch auch temperamentvoll und mutig gewesen sein wie du?«

Ich starre Amber an, als habe sie den Verstand verloren.

»Nur weil sie aus dem viktorianischen Zeitalter stammt, heißt das noch lange nicht, dass sich unter all ihren Korsetts und den langen Röcken keine Lebenslust verborgen hat«, erklärte Amber und wischt Doughnutzucker von dem winzigen Handtuch, das sie sich um den Körper gewickelt hat. »Sie muss schon ordentlich Mumm in den Knochen gehabt haben, um sich gegen ihre Familie zu behaupten und nicht Dienstmädchen zu werden wie all ihre Schwestern. Oder etwa nicht?«

Oh, jetzt wird mir auch klar, worauf Amber hinauswill ...

»*Du* hast doch auch nicht das getan, was deine Familie von dir erwartet hat, oder? Du hast dich jahrelang aus dem Familienunternehmen rausgehalten und ...«

»Amber!« Ich hebe abwehrend die Hand. »Da kann ich dich gleich unterbrechen. Ich weiß es sehr zu schätzen, was du da gerade versuchst. Aber du vergisst dabei eines. Wo sind wir denn heute den ganzen Tag lang gewesen?«

Amber denkt nach.

»Ah.«

»Genau: Ah. Ich bin überhaupt nicht wie Daisy. Ich bin eingeknickt. Ich habe klein beigegeben. Ich gehe in das Familienunternehmen, indem ich Daisys ersten Blumenladen wiedereröffne. Ich bin keine Chefin, wie sie es war. Ich bin nur eine Mitläuferin wie der Rest der Familie.«

Ich seufze schwer, da mich das Gewicht des Ganzen wie eine Zwangsjacke einhüllt.

»Nein«, protestiert Amber, die mein Selbstmitleid nicht duldet. »Da liegst du falsch. Du, Poppy, bist aus einem bestimmten Grund hier. Genauso wie deine Ur-Ur-Ur-Großmutter und all die Generationen danach, die seitdem diesen kleinen Blumenladen geführt haben.« Sie hält kurz inne, um nachzudenken, während sie sich eine lange Haarsträhne um den Finger wickelt. »Ich kannte deine Großmutter Rose nicht, aber seit ich hier in St. Felix bin, habe ich genügend Leute getroffen, die sie gekannt haben. Es ist unübersehbar, dass sie im Leben vieler Leute etwas bewegt hat.« Amber wickelt die Haarsträhne wieder von ihrem Finger ab und dreht sich auf dem Sofa um, damit sie mir mit gespanntem Blick in die Augen sehen kann. »Auch du, Poppy, bist hierhergeschickt worden, um im Leben der Leute etwas zu bewegen. Und weißt du, warum ich mir dabei so sicher bin?«

»Du hast mir die Blütenblätter gelesen?«, frage ich düster.

Glücklicherweise lächelt Amber. »Nein. Der Grund, warum ich das weiß, ist, weil ich fest davon überzeugt bin, dass ich hergeschickt wurde, um dir genau dabei zu helfen.«

13.

Echtes Johanniskraut – Aberglaube

»Was hast du da?«, fragt Amber gelassen, während ich sie immer noch anstarre.

Meint sie das ernst? All das Gerede darüber, dass ich im Leben der Leute etwas bewegen werde und aus diesem einen Grund hier in St. Felix bin?

Der einzige Grund, warum ich hier bin, ist der, dass ich nichts Besseres zu tun hatte.

Okay, das ist vielleicht ein wenig übertrieben. St. Felix ist ein hübsches Städtchen, die Leute sind seit meiner Ankunft wirklich nett und freundlich zu mir, und ich muss zugeben, dass es hier nicht mal ansatzweise so schlimm ist, wie ich es mir vor meiner Rückkehr nach all den Jahren vorgestellt hatte. Und ich freue mich schon sehr darauf, mit Amber zusammen den Laden zu eröffnen – mit Ausnahme des Teils mit den Blumen, doch darum werde ich mich kümmern, wenn es so weit ist.

»Ähm ...« Ich schüttele den Kopf und starre auf meinen Schoß. Ich bin nur bis zu dem gebundenen Buch über Blumen gekommen. »Ich weiß nicht.« Ich reiche Amber eines der kleinen braunen Notizbücher und schlage selbst eines der anderen auf.

In meinem Buch ist jede Doppelseite sorgsam in vier Spalten geteilt. In der ersten Spalte steht eine Liste von Namen, geschrieben in einer wunderschönen schnörkeligen Handschrift, die an manchen Stellen verblasst ist. Ab und an findet sich ein Tintenfleck, wenn der Füllfederhalter der Verfasserin getropft hat. In der zweiten Spalte sind Erkrankungen und Angaben zu Gesundheitszuständen festgehalten, in der dritten Blumennamen und in der vierten Spalte Kommentare. Die Einträge stammen alle aus dem Ende des neunzehnten Jahrhunderts.

Dies ist die seltsamste Liste, die ich je gesehen habe; hier sind kleine Veränderungen hinsichtlich des Vermögens der Leute festgehalten, wie sich ihr Liebesleben zum Guten gewandt hat oder wie sehr sich ihr gesundheitlicher Zustand gebessert hat. Wie es scheint, waren ein einziger Besuch bei *The Daisy Chain* und die Blumen, die den Leuten dort mitgegeben wurden, ausschlaggebend für diese Veränderungen.

»Was steht in deinem Buch?«, frage ich und bin neugierig, ob Ambers wohl etwas Ähnliches enthält.

»Das Bild hier ist herausgefallen«, erwidert Amber und reicht mir ein kleines, kunstvoll gesticktes Bild einer lilafarbenen Rose. »Es sieht ziemlich alt aus. Auf der Rückseite befindet sich etwas Geschriebenes, was ich seltsam finde.«

Ich untersuche die bestickte Karte; die Stiche rund um die Rose sind winzig, aber perfekt ausgeführt; es ist wirklich hübsch, und als ich es umdrehe, entdecke ich dort die handgeschriebene Notiz »1 von 4«.

»Stehen da auch Buchstaben in den Blütenblättern?«,

fragt mich Amber und schaut über meine Schulter hinweg auf das Bild. »Sieh mal.«

Ich folge ihr und tatsächlich: In die Rose ist ein »V« und ein »R« gestickt.

»Vielleicht sind das die Initialen der Person, die das Bild gefertigt hat«, vermute ich. »So etwas hat man damals gemacht, nicht wahr? Was ist denn mit dem Buch?«, frage ich, da mich das weitaus mehr interessiert als das Bild einer Rose. »Steht etwas Interessantes drin?«

»Das ist richtig süß«, schwärmt Amber und hält es hoch. »Es ist ein Blumenlexikon, doch es listet alles auf, was mit den Blütenblättern geheilt werden kann. So etwas wie das hier habe ich noch nie gesehen, und ich weiß wirklich *eine Menge* über alternative Heilmethoden.« Sie sieht mich an. »Was hast du da? Sollen wir tauschen?«

Wir tauschen unsere Bücher aus und begutachten die Seiten.

»Das ist absolut aberwitzig«, rufe ich, während Amber gleichzeitig schwärmt: »Das ist *so* cool!«

»Wie kann das cool sein?«, beschwere ich mich. »Das ist doch absoluter Quatsch! Als ob sich nur durch das Betreten eines Blumenladens das Leben eines Menschen verändern könnte! Selbst du kannst das doch nicht ernsthaft glauben, oder?«

Amber denkt darüber nach.

»Sieh mal, bei den alternativen Heilmethoden gibt es drei verschiedene Denkrichtungen«, erklärt sie, zieht die Beine auf dem Sofa an und stützt das Kinn auf ihre Knie. Mir fällt dabei auf, dass sie hübsche Silberringe an einigen ihrer Zehen trägt. »Da sind zum einen die Leute, die an alles glauben, sei es Reiki, homöopathische Medizin oder Akupunktur – was auch immer. Auch wenn der Arzt sagt, dass das nicht wirkt: Sie reden einen in Grund und Boden, dass es doch wirkt.«

»Und weiter?«

»Zweitens gibt es da den Typ, der alles verächtlich abtut und dem Ganzen nicht mal eine Chance geben will.« Mit tief südlichem Akzent fährt sie fort: »Wenn ich das nicht sehen oder anfassen kann, Süße, wie soll es mir dann guttun oder helfen!«

Ich bin ziemlich sicher, dass ich zu dieser Kategorie gehöre. »Und was ist mit der dritten Gruppe?«, frage ich schnell, bevor Amber Zeit hat, genau das festzustellen.

»Und der dritte Typ ... sieh mal, das ist der interessanteste.« Sie lässt die Knie sinken und lehnt sich in die bunten Sofakissen zurück. »Diese Leute machen alternative Heilmethoden nicht nieder. Nein, dafür sind sie viel zu vernünftig. Sie wissen, dass sie helfen, aber die Frage ist nur: Wie?«

»Was meinst du?«

»Ich spreche vom Placeboeffekt«, erwidert Amber und deutet mit dem Zeigefinger auf mich. »Eigentlich wollen sie nicht an all das komische Zeug glauben, das sie nicht verstehen können, aber sie können auch nicht die Beweise leugnen, insbesondere wenn sie herausfinden, dass einiges davon bei ihnen tatsächlich geholfen hat. Das ist der Punkt, an dem sie den alten *Placeboeffekt* als Ausrede ins Spiel bringen.«

»Der Placeboeffekt ist keine Ausrede«, erkläre ich ihr. »Das ist eine wissenschaftlich belegte Reaktion.«

»Von denen, die nicht erklären können, wie sich der menschliche Körper selbst heilen kann, wird dir also dann beigebracht, daran zu glauben«, entgegnet Amber vielsagend. »Verschiedene Arten von Energie sind in und um uns herum vorhanden, die alle von unseren eigenen Körpern ins Spiel gebracht werden, wenn es für die Heilung und die Schmerzlinderung nötig ist. Ein Fachmann kann jene Effekte sogar noch verstärken, wenn unsere Körper Hilfe brauchen.«

Ich habe keine Lust, mit Amber über den Placebo-Effekt zu streiten. Insbesondere da ich ahne, worauf sie hinauswill.

Eigentlich finde ich es sogar recht beunruhigend, wie leicht ich Amber und ihre schrulligen Gedankenprozesse verstehen kann.

»Bitte korrigier mich, Amber, wenn ich falschliege, aber willst du mir damit etwa sagen, dass das *Daisy Chain* ein Placebo ist?«

Amber grinst vor Freude, dass ich die Lösung erraten habe.

»Und ob! Zumindest irgendwie …«

»Irgendwie?« Jetzt geht's aber los.

»Placebo insofern, als Leute, die in den Laden kommen und Hilfe suchen, überzeugt sind, dass das *Daisy Chain* da ist, um diese Hilfe zu geben. Placebo insofern, als die Leute beim Weggehen etwas mitnehmen, das ihnen das Gefühl verleiht, dass es ihnen bald besser geht – besondere Blumen nämlich.«

Ich nicke. So weit habe ich noch alles verstanden.

»Und Placebo insofern, als dass es laut diesen Notizbüchern«, sie hält das Bündel hoch, »– und ich bin ziemlich sicher, dass es dort, wo sie herkommen, noch weitere in der Art gibt –, den Leuten als Folge des Besuchs im Blumenladen besser ging, sich ihr Leben zum Positiven verändert und alles sich schließlich zum Guten gewendet hat.«

»Ich schätze mal …«

»Doch, Poppy«, beharrt Amber. »Hier ist doch der Beweis.« Sie tippt auf die Notizbücher. »Aber nicht als Placebo, wenn du damit andeuten willst, dass die Veränderung nur in den Köpfen der Leute stattfindet und dass der Laden und das, was den Leuten dort widerfährt, keinerlei Folgen haben.«

»Und was willst du damit dann jetzt andeuten?«, frage ich und weiß schon, was sie sagen wird, bevor ich überhaupt den Mund aufgemacht habe.

Ambers leuchtend grüne Augen blitzen auf.

»Ich will damit sagen, dass wir mit dem Wissen, das in diesen Büchern steckt, gepaart mit meinen legendären Fähigkeiten rund um die Blume und einem gewissen magischen kleinen Blumenladen am Meer, eine wunderbare Gelegenheit an der Hand haben, nicht nur jedem zu helfen, der uns braucht, sondern auch den Laden deiner Großmutter wieder dorthin zu bringen, wo er einmal war: nämlich in die Herzen der Besucher und Bewohner von St. Felix.«

14.

Passionsblume – Glaube

Endlich ist es so weit, und der große Tag ist da – die Eröffnung des *Daisy Chain*.

Wir haben weniger als einen Monat gebraucht, um den Laden auf Vordermann zu bringen. Ursprünglich dachte ich, die Renovierung sei die schwerste Aufgabe, doch nachdem wir dabei so viel Unterstützung bekommen haben, stellte es sich als viel mühseliger heraus, quasi steiler als jeder Hügel, den man rund um St. Felix erklimmen kann, Anbieter davon zu überzeugen, uns mit blumenbezogenen Accessoires zu beliefern.

Schließlich besuchte ich Belle in ihrem Studio am Ende der Harbour Street, um in Erfahrung zu bringen, ob sie vielleicht noch einen Künstler kennt.

»Ich würde im Ort bleiben!«, rät mir Belle, die an ihrem Schreibtisch sitzt und Töpferware in der Farbe des Meeres bemalt. »Die wenigen Touristen, die herkommen, wollen alle Sachen kaufen, die von Einheimischen hergestellt worden sind. Niemand möchte hier etwas aus den ausbeuterischen Betrieben in Indien.«

Entrüstet über die Unterstellung, ich würde Sachen verkaufen, die auf diese Art und Weise hergestellt worden sind, will ich gerade protestieren, als mir klar wird, dass sie einfach nur helfen will. Belles bunter Studioshop ist voll mit ihren Kreationen; wer, wenn nicht sie, wird wissen, was sich verkauft.

Darum beiße ich mir auf die Lippe. »Ja, natürlich habe ich gehofft, das zu tun. Aber es ist ziemlich schwierig, Lieferanten zu finden. Die meisten wollen ihr Geld im Voraus, dabei haben wir einen Großteil unseres Budgets schon dafür ausgegeben, den Laden zu renovieren.«

»Wann eröffnet ihr denn?«, fragt Belle, legt den Pinsel beiseite und wischt sich die Hände an einem Tuch ab.

»Am Samstag, dem 1. Mai.«

»Das ist ja schon in einer Woche!«, ruft sie.

Ich verziehe das Gesicht. »Ja, ich weiß, aber ich habe wirklich alles versucht. Amber kümmert sich um die Blumen, sie hat super mit Jake zusammengearbeitet und die Lieferungen mit ihm verhandelt, wie er es immer mit meiner Großmutter getan hat.« Mir fällt auf, dass ihre Wimpern zucken, als ich Jakes Namen erwähne.

»Jake arbeitet für euch?«, fragt sie unschuldig.

»Ja, er beliefert uns mit Schnittblumen.«

Belle nickt. »Ich verstehe ...« Sie steht auf und geht zum Schaufenster hinüber. Sie ist so gertenschlank und zierlich, wie sie dort steht; das Sonnenlicht im Rücken, das durch die Scheibe hindurch ihre Umrisse nachzeichnet. Neben ihrer engen weißen Weste, dem langen blauen Rock und den mit bunten Strasssteinen besetzten Sandalen komme ich mir sehr dunkel und schwer vor, wie ich mit meiner gewohnt schwarzen Kleidung in der Ecke ihres Ladens stehe. Heute habe ich meinen Look ein wenig aufgelockert, indem ich zu meiner Latzhose – schwarz natürlich – flaschengrüne Doc-Martens-Stiefel trage sowie ein schwarz-grau gestreiftes, langärmeliges Shirt.

»Vielleicht kann ich dir helfen«, offeriert sie mir wie eine Königin, die ihrer Untertanin Vergebung schenkt.

»Tatsächlich?«

»Ja. Wie wäre es, wenn ich meine Schüler beim Abendkurs bitte, ein paar Stücke mit Blumenbezug herzustellen, damit ihr die dann im Laden verkaufen könnt? Bevor du ablehnst«, fährt sie schnell fort, da sie offenbar meine Gedanken lesen kann, »solltest du eines bedenken: Ich spreche hier von meiner besten Klasse. Sie ist wirklich gut, und es wäre für die Teilnehmer eine große Ehre, wenn ihre Arbeiten in einem echten Laden zum Verkauf stehen würden.«

»Das ist wirklich sehr lieb von dir, Belle, mir das anzubieten«, fange ich an. Ich bin nicht sicher, ob ein Abendkurs das ist, was wir suchen. »Aber ...«

»Und ich werde zudem noch ein paar Stücke von mir beisteuern«, fährt Belle fort und lässt den Blick um sich schweifen. »Normalerweise dient mir das Meer als Inspiration, aber Blumen ... Hmmm. Ja, das könnte klappen. Es wäre auf jeden Fall eine Herausforderung, insbesondere mit dem Zeitdruck im Nacken. Das wäre dann also geklärt. Problem gelöst!«

Ich habe keine andere Wahl, als höflich zu lächeln, ihr zu danken und zu versprechen, in ein paar Tagen vorbeizukommen, um zu sehen, wie sie vorankommt.

Mit dem Gefühl, in einen Hinterhalt gelockt worden zu sein, kehre ich zum Blumenladen und zu Amber zurück. Ich hatte angenommen, diese künstlerischen, vergeistigten Typen seien entspannte, lockere Menschen, doch wie sich herausstellt, verfügen sowohl Belle als auch Amber über mehr Tatendrang, Beharrlichkeit und Entschlossenheit als ich über schwarze Leggins.

Kurz vor der großen Eröffnung um zehn Uhr morgens legen Amber und ich noch letzte Hand an. Mich überrascht, wie nervös ich bin.

Keine Ahnung, ob mich der Gedanke, den Laden für echte Kunden zu öffnen, wahnsinnig macht oder ob es die Tatsache ist, dass die weißgetünchten, an den meeresblauen Wänden aufgereihten Schränke zum Bersten mit leuchtend bunten frischen Blumen und einer Auswahl an von Blumen inspirierten Kleinigkeiten gefüllt sind – von denen einige atemberaubend schön und wiederum andere ein wenig ... *unkonventionell* sind, höflich gesagt – alle von Belle und ihren Schülern beigesteuert.

»Was ist los?«, fragt mich Amber, während sie geschickt Blumendraht um ein paar filigrane Nelken und Schleierkraut windet, um sie zu kleinen Sträußchen zu binden, die wir unseren ersten Kunden schenken wollen. »Du wirkst heute Morgen so nervös. Bist du wegen des Ladens so aufgeregt? Lass mich dir meine Kette mit dem Amethystanhänger umlegen. Dieser wird dir dabei helfen, ruhig zu werden.« Sie legt die Blumen beiseite und will sich an den Hals fassen.

»Nein danke, das ist wirklich nicht nötig«, protestiere ich und winke ab. »Mir geht's gut, ehrlich.« Ich bringe ein nervöses Lächeln zustande. »Aber vielen Dank für das Angebot, Amber.«

Während Amber den Amethyst wieder auf ihre Brust zurückfallen lässt, schnellt mein Blick zum hundertsten Mal ängstlich zu den Schnittblumen hinüber. Mussten wir für heute so viele verschiedene Sorten von Rosen besorgen? Es gibt rosafarbene Rosen, gelbe, dunkelrote ...

Ich schlucke schwer.

Amber entgeht das nicht.

»Was hast du bloß mit den Blumen?«, fragt sie mich und lässt ein weiteres Sträußchen in eine kleine, mit Wasser gefüllte Wanne zu den anderen gleiten. »Du bist schon so nervös, seit Jake heute Morgen die Blumen geliefert hat.«

»Es ist nichts. Es sind nur so viele Blumen, das ist alles. Mir war nicht klar, dass es so viele sein würden.«

Amber lacht. »Das hier ist ein Blumenladen, Poppy, was hast du denn da erwartet?«

Ich schüttele den Kopf. »Alles okay, mir geht es gut. Mach dir keine Gedanken.«

»Nein«, entgegnet Amber und kommt zu mir herüber. »Es tut mir leid, ich hätte gerade nicht lachen dürfen. Was ist los? Erzähl es mir bitte.«

»Guten Morgen, Ladys!« Harriet klopft fröhlich an die Schaufensterscheibe. »Wie geht es Ihnen? Bereit für den großen Tag?«

Amber geht zur Tür und schließt auf. Harriet, die ein Blümchenkleid und grüne Gummistiefel trägt, steht plötzlich im Laden. »Na, das sieht ja alles ganz wunderbar aus!«, ruft sie und nimmt das Ladenlokal in Augenschein. »Sie haben hervorragende Arbeit geleistet. Ich bin sicher, dass heute alles wie geschmiert laufen wird. Aber ich kann nicht bleiben – wie immer habe ich alle Hände voll zu tun. Wir haben später ein großes Pfadfindertreffen im Gemeindesaal. Könnten Sie zwischen dem Kundenbetrieb vielleicht für ein paar Minuten bei uns vorbeikommen, um uns zu unterstützen? Wir haben neben allen Aktionen noch einige Stände aufgebaut!«

»Wir müssen sehen, wie es hier läuft, Harriet«, erwidere ich vorsichtig. »Wenn wir viel zu tun haben, kann nicht nur eine von uns bedienen.«

»Natürlich, natürlich! Das verstehe ich voll und ganz!« Sie verabschiedet sich. »Na gut, dann bin ich mal wieder weg. Tschüss und viel Glück!«

Als Harriet geht, kommt Woody. Die beiden tauschen draußen Höflichkeiten aus, bevor Woody in der Eingangstür auftaucht.

»Guten Morgen, meine Damen«, grüßt er, nimmt die Polizeimütze vom Kopf und klemmt sie sich unter den Arm. »Wie geht es uns denn heute?«

»Gut, vielen Dank, Woody«, erwidere ich, als sich Amber wieder ihren Blumen widmet. »Wie geht es Ihnen denn? Viel zu tun wie immer?«

Woody hat selten viel zu tun. St. Felix ist nicht gerade eine Brutstätte des Verbrechens. Das Schlimmste, was er seit meiner Ankunft zu regeln hatte, war ein Streit zwischen zwei Nachbarn um die Wertstofftonnen.

»Sehr gut, Poppy, vielen Dank!«, erwidert er und drückt stolz die Brust heraus. »Ein Polizist hat immer viel zu tun. Man weiß ja nie, wann die Obrigkeit einmal gebraucht wird.«

Amber und ich werfen uns einen Blick zu, beschließen aber, Woody bei Laune zu halten.

»Natürlich«, nickt Amber und geht mit einer winzigen weißen Blume in der Hand zu Woody hinüber. »Ich bin überzeugt davon, dass deine Gegenwart jeden Verbrecher dazu bringt, sich sein Vorhaben noch einmal gründlich zu überlegen.« Sie lächelt ihn an und steckt ihm die Blüte geschickt ans Revers. Woody wird rot vom Hals bis zu den Haarspitzen.

»Ja ... nun«, stottert er. »Glücklicherweise werde ich nicht oft benötigt, um die Kraft meines Amtes walten zu lassen, aber ...«

»Wenn aber, dann würden wir uns rundum sicher fühlen, weil wir wissen, dass Sie hier sind, um uns zu beschützen«, beende ich den Satz für ihn. »Nicht wahr, Amber?«

»Oh ja!« Sie nickt. »Wenn ich hier in St. Felix verhaftet würde, würde ich mir wünschen, dass du es bist, Woody, der mich festnimmt.«

Ich grinse Amber an – in der Annahme, dass sie Woody aufzieht. Doch stattdessen klimpert sie mit den Wimpern und blickt verschämt zu ihm auf.

»Nun gut – hoffen wir mal, dass das nicht nötig sein wird«, antwortet Woody, der sich sichtlich bemüht, schroff zu klingen, stattdessen jedoch nur kiekst. Er räuspert sich und fährt mit weicher Stimme fort: »Falls ich dich, Amber, jemals festnehmen müsste«, er nimmt die Blüte von seinem Revers ab und schenkt sie ihr zurück, »würde ich es sehr sanft tun.«

»Da habe ich keinerlei Zweifel, Woody«, erwidert Amber im gleichen Tonfall und nimmt ihm die Blume behutsam aus der Hand.

»Ähem«, räuspere ich mich und grinse die beiden an. Das hatte ich definitiv nicht kommen sehen.

»Ja, also, ich muss dann mal«, stellt Woody fest und strafft die Schultern. »Meine Damen.« Er nickt und setzt seinen Polizeihut wieder auf. »Ich komme später zur großen Eröffnung noch einmal vorbei. Sicherung bei großen Menschenansammlungen, Sie wissen schon.«

Ich bezweifle doch stark, dass wir das brauchen werden. Wir müssen schon froh sein, wenn überhaupt ein paar Leute kommen, an eine renitente, rücksichtslose Kundschaft brauche ich gar nicht zu denken, doch ich spiele mit. »Ja klar, Woody«, erwidere ich. »Bis später!«

Woody geht, und ich mustere Amber, als sie die Tür hinter ihm verschließt.

»Was denn?«, fragt sie mit einem betont unschuldigen Blick.

»Ist das dein Ernst, Amber?«

»Was denn?«

»Mit Woody.«

»Er ist nett – ich mag ihn«, erwidert sie verschämt und tut, als müsse sie im Vorbeigehen ein paar Iris in einer langen Vase neu arrangieren.

»Ich *mag* ihn auch«, fahre ich fort. »Aber nicht *so*.«

»Na ja, wir haben eben alle verschiedene Geschmäcker, was Männer angeht. Und Woody ist ganz anders als alle, die ich bislang kennengelernt habe. Er ist lieb und zärtlich – das bin ich nicht gewohnt.«

Ich beobachte, wie Amber wieder zur Arbeitstheke zurückkehrt und anfängt, wie besessen rosafarbenes Band auf eine der vielen bunten Rollen aufzuwickeln, die wir unter der Theke gebunkert haben. Ich warte darauf, dass sie fortfährt, jedoch vergebens.

Gerade will ich sie direkt fragen, was sie damit genau meint, als Ant und Dec draußen vor dem Laden mit einem Tablett voller Cupcakes auftauchen, die ich bei ihnen bestellt habe, um sie den Kunden heute Morgen zusammen mit den kleinen Sträußchen anbieten zu können.

Wir öffnen also zum dritten Mal die Tür.

»Wow, hier hat sich aber einiges getan!«, schwärmt Ant und schaut sich um, während Dec die kleinen Kuchen mit Amber nach hinten trägt. »Ihr beide habt hervorragende Arbeit geleistet! Alles ist so hell und freundlich! Ganz anders als vorher. Oh, nichts für ungut!«, fährt er schnell fort und schlägt sich die Hand vor den Mund.

»Alles gut!«, erwidere ich grinsend. »Vorher sah es hier in der Tat ein wenig düster aus, da hast du Recht. Aber meine Großmutter war eben nicht mehr die Jüngste; ich denke mal, das Aussehen des Ladens gehörte nicht mehr zu ihren Prioritäten.«

»Das sollte es auch nicht«, sagt Dec und schüttelt den Kopf, als er von hinten zurückkommt. »Sie war eine wunderbare Frau, Poppy, und hatte ein fast magisches Fingerspitzengefühl im Umgang mit Blumen. Jeder, der hier in den Laden kam, wusste das. Da war einem egal, welche Farbe die Wände hatten.«

»Habt ihr zwei eigentlich mal hier Blumen gekauft?«, frage ich.

Sie werfen einander einen Blick zu. »Natürlich, andauernd«, erwidert Dec.

»Gab es bestimmte Gelegenheiten, von denen ihr uns gern berichten möchtet?«

Beide scheinen einer Antwort ausweichen zu wollen und lassen stattdessen die Blicke durch den Laden schweifen.

»Du meine Güte, sieh dir das hier mal an!«, ruft Ant vor Begeisterung, als er einen abstrakten Glasuntersetzer in Form einer Tulpenblüte entdeckt. »Der ist ... *interessant.*«

»Er stammt von einem der Schüler aus Belles Kunstkurs«, erklärt Amber. »Die Arbeiten sind ziemlich unterschiedlich und sehr ungewöhnlich.«

»Mmmh, so könnte man es auch nennen«, nickt Dec, der über Ants Schulter lugt. »*Ungewöhnlich.*«

»Nochmal zurück zu den Blumen, die ihr gekauft habt«, ermuntere ich ihn weiterzureden. »Was ist passiert?«

»Ich weiß gar nicht, was du meinst, Poppy«, antwortet Ant. »Wie ich schon gesagt habe, wir haben hier immer unsere Blumen gekauft.«

»Wisst ihr, meine Großmutter hat Aufzeichnungen ihrer besonderen Aufträge«, berichte ich ihnen. »Amber und ich haben die Notizbücher gefunden, die über viele Jahre zurückreichen ...«

Seitdem die erste Schachtel aufgetaucht ist, haben wir noch weitere Kisten im Cottage meiner Großmutter gefunden. Darin befanden sich Aufzeichnungen, die mehr als hundert Jahre alt sind. Die magischen Vorgänge fingen an, lange bevor der Laden von meiner Großmutter übernommen wurde. Mehr als ein Jahrhundert lang hat hier jeder Hilfe bekommen, der sie gebraucht hat.

Dec wirft Ant einen Blick zu. »Los«, ermuntert ihn Ant. »Wir haben nichts zu verbergen. Du kannst es ihr also auch erzählen.«

»Ich glaube, du kochst uns besser einen Tee, Poppy«, stellt Dec fest. »Das ist eine lange Geschichte.«

Wir hocken alle auf Holzstühlen im Hinterzimmer des Ladens und halten die weißen Becher fest umklammert, auf denen jeweils eine andere Blume abgebildet ist – eine von Ambers Ideen für den Laden. Ich habe eine Mohnblüte, Amber eine Sonnenblume, Ant eine Margerite und Dec ein Stiefmütterchen.

»Na gut«, fängt Dec an. »Ich versuche, mich mit der Geschichte so kurz wie möglich zu fassen.« Er sieht zu Ant hinüber, der ihm aufmunternd zunickt. »Als ich die Bäckerei meines Onkels hier in St. Felix geerbt habe, war ich ein Irrlicht. Ich habe das Leben in der Schwulenszene unten in Brighton bis zum Maximum ausgekostet. Und wenn ich sage, bis zum Maximum, dann muss ich nicht erklären, was das bedeutet, oder?«

Wir alle schütteln den Kopf.

»Ich hatte Geld, viel zu viel Geld, aus einem Lotteriegewinn – und Junge, Junge, ich hab's mit vollen Händen ausgegeben. Ich bin nicht stolz darauf, wie ich damals gelebt habe. Aber ich war jung und habe zum ersten Mal in meinem Leben auf großem Fuß gelebt; ich habe jede ausschweifende, dekadente Minute davon genossen.«

Er hält einen Augenblick inne, sammelt sich; Ant legt beruhigend eine Hand auf seine Schulter.

»Ich dachte, ich hätte Freunde«, fährt Dec fort. »Doch natürlich waren das keine echten Freunde; sie waren nur an meinem Geld interessiert sowie an der Frage, welchen Nutzen sie daraus ziehen konnten. Am Ende hat es *mir* nur Gefahr eingebracht; ich hatte ein paar sehr unschöne Erlebnisse, die ... na, sagen wir, die mir den Wind aus den Segeln genommen haben.«

Wieder sieht er zu Ant hinüber, der ihm tröstend die Schulter drückt.

Ich werfe Amber einen Blick zu, die jedoch gerade einen großen Schluck Kaffee trinkt.

»Ich habe also mein ganzes Geld verspielt, was dazu führte, dass ich all meine sogenannten Freunde verloren habe. Ich befand mich buchstäblich am Rande des Selbstmordes – und das ist wirklich nicht übertrieben –, als mein Onkel gestorben ist.« Er lächelt. »Man sollte denken, dass mir *das* nach allem anderen den Rest gegeben hätte, aber so war es nicht. Als ich erfahren habe, dass er mir – offenbar seinem Lieblingsneffen – sein Geschäft vermacht hat, habe ich daraus neue Hoffnung geschöpft. Das war etwas, worauf ich mich freuen konnte.«

Er schaut uns an, wie wir aus unseren Blumentassen trinken und ihm aufmerksam zuhören.

»Ich weiß, dass ich mit meinen Geschichten voller Leid und der anschließenden Erlösung wie ein Kandidat einer dieser verdammten Talkshows klinge. Aber die Geschichte ist wahr, das verspreche ich.«

»Nichts ist wahrer als das wahre Leben«, erwidert Amber mitfühlend. »Ihr wärt viel geschockter, wenn ich euch ein paar von meinen Geschichten erzählen würde.« Wir alle starren sie interessiert an, doch sie zwinkert nur Dec zu. »Erzähl weiter! Was ist passiert, als du nach St. Felix gekommen bist?«

»Als ich in der Bäckerei die geheimen Rezepte meines Onkels gefunden habe, von denen einige schon seit Generationen weitergereicht worden waren, hat sich etwas verändert. Ich habe angefangen zu backen, und die Leute kauften meine Waren und sagten mir auch, dass sie ihnen schmeckten. Es war zwar seltsam, aber ich habe mich irgendwie besonders gefühlt. Als würde ich hier hingehören.«

»Jetzt erzähl ihr schon von den Blumen, Declan!«, ermuntert ihn Ant.

»Ach ja. Die Bäckerei war schon wieder eine Weile geöffnet, und mir ging es so weit gut. Mir gefiel es, hier am Meer zu leben. Brighton liegt natürlich auch am Meer, aber da war es nicht wie hier. St. Felix ist ...« Er denkt nach. »St. Felix ist irgendwie anders. Ich finde es doof, dasselbe Wort noch einmal zu benutzen, aber St. Felix ist *besonders*. Das merkt man erst, wenn man hier eine Weile gelebt hat – aber es ist wirklich so. Man sagt, die Seeluft heilt; na ja, die Seeluft von St. Felix verfügt über unglaublich heilende Kräfte, ganz gleich, was mit einem nicht in Ordnung ist«, fährt er fort, nachdem Ant ihm zugestimmt hat, »obwohl ich eigentlich dachte, glücklich zu sein, fühlte ich mich immer noch ein wenig einsam. Ich war kein besonders großer Fan von Blumen, aber gelegentlich, wenn in der Bäckerei nichts zu tun war, bin ich hinuntergeschlendert und habe mich mit deiner Großmutter unterhalten. Sie hatte immer ein freundliches Wort für alle oder einen wohlwollenden Rat auf Lager. Dabei hat sie einem aber niemals das Gefühl vermittelt, es besser zu wissen.«

Ich nicke. Daran kann ich mich gut erinnern.

»Eines Tages kam ich in ihren Laden, um mit ihr zu plaudern – es war ein Montagnachmittag Ende April, als es für uns alle nicht viele Kunden gab. Deine Großmutter hat gespürt, dass etwas nicht stimmte, obwohl ich nichts habe durchblicken lassen, und bevor ich wieder ging, hat sie mir ein paar Blumen geschenkt, die ich in den Laden mitnehmen sollte.«

»Oh, welche denn?«, erkundigt sich Amber aufgeregt.

»Eine einzelne Pfingstrose, einen langen Stängel Königskerze sowie ein Sträußchen Freesien, alle mit einem weißen Band zusammengebunden. Das wurde ihr Markenzeichen – das weiße Schleifenband, nicht wahr, Ant?«

Ant nickt. »Wenn du also jemanden aus Rosies Laden kommen sahst, dessen Blumen mit einem weißen Band zusammengebunden waren, wusstest du gleich Bescheid.«

»Was denn?«, frage ich ungeduldig.

»Dass demjenigen etwas *Besonderes* widerfahren würde wie eben auch mir. Uns«, fährt Dec fort und nimmt Ants Hand.

»Kommt schon, Jungs!«, fleht Amber. »Ich will wissen, was dann passiert ist.«

Dec lächelt. »Geduld, meine amerikanische Freundin, gleich wirst du es erfahren. Ich habe also das kleine Blumensträußchen in meinen Laden mitgenommen und dort in eine Vase mit Wasser gestellt. Ich habe nicht weiter daran gedacht, bis drei Tage später Ant hier vor meiner Tür stand und mich fragte, ob wir – ausgerechnet, und das bei meinem großen Angebot – Schillerlocken im Angebot haben. Es war eines der wenigen Rezepte meines Onkels, das ich noch nicht ausprobiert hatte.«

»Zu dem Zeitpunkt machte ich gerade mit meinem damaligen Freund Urlaub in Cornwall«, erklärt Ant. »Eigentlich hatten wir gar nicht vorgehabt, in St. Felix Halt zu machen, aber unser Mietauto war liegengeblieben, weil ich am Morgen vergessen hatte, es aufzutanken, und mein Freund drehte deswegen gerade *durch*! Er liebte Schillerlocken – also das Gebäck, nicht den Fisch«, Ant zwinkert mir zu. »Ich habe gehofft, ihm eine besorgen zu können, um ihn damit zu beschwichtigen, bis Kraftstoff besorgt war und wir weiterfahren konnten.«

»Und hat es geklappt?«, frage ich, da ich nicht begreife, worauf er mit dieser Geschichte hinauswill.

»*Nein*, und das ist doch genau der Punkt, nicht wahr? Dec hatte nämlich keine.«

»Und …?«

»Ich habe Dec also erklärt, warum ich wegen einer Schillerlocke so angespannt bin, warum ich so dringend eine brauche. Und wisst ihr, was er gesagt hat?«

Ich schüttele den Kopf. Diese Geschichte, die weit davon entfernt ist, mir irgendetwas über meine Großmutter oder ihren alten Blumenladen zu berichten, erinnert mich mehr und mehr an das, was man auf den Titelseiten dieser einschlägigen Magazine findet, in denen es um dramatische Schicksale und wahre Geschichten geht.

»Ich weiß es! Ich weiß es!«, brüllt Amber und reckt die Hand in die Höhe, als würde sie eine Frage in der Schulklasse beantworten. »Ich wette, Dec hat gesagt: ›Wenn es so wichtig für dich ist, backe ich dir jetzt sofort ein paar Schillerlocken!‹«

Ant wirft Dec einen rügenden Blick zu. »Amber hat recht. Genau das hättest du sagen sollen, Declan!«

Dec schüttelt den Kopf. »Das war ja wohl kaum möglich, oder? Ich war zu dem Zeitpunkt allein im Laden und konnte ja schlecht nach hinten in die Backstube verschwinden, nur um diesem *Schaumschläger* ein paar *Schaumrollen* zu backen!«

Die beiden lächeln sich gutmütig an.

»Was hat denn Dec jetzt gesagt?«, hake ich nach. »Das habt ihr immer noch nicht verraten.«

»Na los, erzähl es ihnen«, ermuntert ihn Ant, der mit seinen blauen Augen kurz zu Dec hinübersieht.

Dec errötet. »Ich habe ihm gesagt, dass er sich nicht darum kümmern soll, das Auto von diesem Kerl wieder aufzutanken. Wenn er wegen einer solch albernen Kleinigkeit so ausrasten würde, dann sei er es nicht wert.«

Amber nickt zustimmend.

»Erzähl weiter«, fordert Ant ihn auf und knufft ihn in die Seite. »Erzähl ihnen den Rest der Geschichte.«

Ich gewinne den Eindruck, dass Ant nicht nur körperlich größer als Dec ist. Auch seine Persönlichkeit ist lauter und stürmischer als Decs. Dec dagegen mag es, immer noch etwas in Reserve zu halten.

»Und ich habe gesagt«, Dec muss kräftig schlucken, »dass er jederzeit herzlich willkommen ist, noch einmal hereinzuspringen und sich meine Schillerlocken anzuschauen.«

»Neeeeein!«, johlen Amber und ich gemeinsam. »Das hast du nicht ernsthaft getan!?«

Decs Teint ist nun leuchtend rot.

»Doch, das hat er«, erwidert Ant stolz. »Und ich freue mich, euch berichten zu können, dass ich durchaus zurückgekommen bin und mir viele von Decs tollen Schillerlocken nicht nur angeschaut habe. Und ...«, er tätschelt seinen Bauch, »auch einige andere hervorragende Kuchen.«

»Das ist wunderbar! Ich freue mich sehr für euch zwei«, stelle ich fest und meine es aufrichtig; die beiden sind ein wunderbares Pärchen. »Aber ihr habt uns immer noch nicht die Bedeutung der Blumen in dieser Geschichte erklärt.«

»Ah ja, die Blumen«, nickt Dec lächelnd. »Ich habe mich hinterher selbst gewundert, wofür sie stehen, deshalb habe ich es nachgeschaut. Pfingstrosen stehen für Wut und Ärger. Königskerze steht dafür, sich ein Herz zu fassen, und Freesien bedeuten ewige Freundschaft.«

»Ich verstehe immer noch nicht ...«

»Es war eine Nachricht von deiner Großmutter. Ant ist hier vor meiner Tür aufgetaucht, weil Dominic, sein Partner, wütend auf ihn war – die Pfingstrose. Ich musste

mir ein Herz fassen – die Königskerze – und Ant ein-
laden, damit er noch einmal wiederkommt und meine
Backwaren probiert. Und das Ergebnis?« Er nimmt
Ants Hand. »Wir teilen eine ewige Freundschaft – die
wunderschöne, zarte Freesie –, die in den letzten zehn
Jahren mit jedem Jahr stärker geworden ist.«

15.

Akelei – Verlassen

Nachdem Ant und Dec die Geschichte um die Blumen enthüllt und von ihrem Kennenlernen berichtet haben, wird uns mit einem Schlag klar, wie spät es ist.

Ant und Dec eilen in die Bäckerei zurück, um nachzusehen, ob Neil, ihre Wochenendaushilfe, in ihrer Abwesenheit allein zurechtgekommen ist, während Amber und ich uns darauf vorbereiten, unserem ersten Kunden die Tür zu öffnen.

»Was machst du da?«, frage ich Amber, als diese ein weißes Schleifenband quer in den Rahmen der Eingangstür spannt.

»Du musst doch den Laden offiziell eröffnen«, erwidert sie und bindet das eine Ende des Bandes zu einer hübschen Schleife.

»Welche offizielle Eröffnung denn? Ich dachte, wir machen um zehn Uhr einfach die Tür auf?«

»Poppy, du kannst doch nicht ein solch wichtiges Ereignis einfach verstreichen lassen, ohne für die nötige Feierlichkeit zu sorgen!«

»Nicht?«

»Nein.« Sie befestigt das andere Ende des Bandes. »Ich wollte eigentlich ein rotes Band spannen, aber nach allem, was Dec und Ant erzählt haben, halte ich ein weißes für angemessener.«

»Du glaubst doch nicht etwa an all diesen Blumenquatsch, oder?«, frage ich. »Dass Ant aufgetaucht ist, nachdem Dec die Blumen bekommen hat – das war doch nur ein Zufall.«

»Albert Schweitzer hat einmal gesagt: ›Der Zufall ist das Pseudonym, das der liebe Gott wählt, wenn er inkognito bleiben will.‹«

»Das hat Albert Schweitzer gesagt? Und ich dachte, der war Arzt und Wissenschaftler und hatte mit diesem versponnenen Quatsch nichts am Hut.«

Amber hält kurz inne, bevor sie die Tür aufschließt. »Schweitzer war ein sehr kluger Mann, Poppy. Und weißt du auch, warum?«

Ich schüttele den Kopf.

»Er hat nicht zugelassen, dass sein unglaublich kluges Hirn ihm das Nachdenken über jedes Thema trübt. Stattdessen hat er seinem Verstand erlaubt, sich einer Welt der neuen Möglichkeiten zu öffnen«, erwidert sie und schiebt den Riegel zurück. »Du meine Güte, ich hoffe, du kannst gut Reden halten!«

»Was soll das heißen?«, frage ich, als Amber die Tür aufreißt und ich eine kleine Menschenmasse erblicke, die sich auf dem Kopfsteinpflaster vor dem Laden versammelt hat. »Sch... Scheibenkleister!«, fange ich mich noch im letzten Augenblick und wähle meinen besten Empfangstonfall. »Ich hätte nie im Leben damit gerechnet, so viele von euch zu sehen. Hallo, herzlich willkommen! Wie schön, dass ihr alle gekommen seid!«

Die Menge starrt mich erwartungsvoll an, während ich auf der Schwelle zaudere.

»Das Band, Poppy!«, höre ich Jake aus der Menge rufen. »Du musst das Band durchschneiden, bevor wir reinkommen können!«

Dank Amber wird mir über meine linke Schulter plötzlich wie aus dem Nichts heraus eine silbergraue Schere gereicht.

»Eine Rede!«, ruft Amber hinter mir und versucht dabei, ihren Akzent zu verbergen.

Na, schönen Dank auch, Amber, das zahle ich dir später heim.

»Na gut ... Ähm ...« Ich grinse die Menschen vor mir manisch an. »Wie ich gerade schon gesagt habe, danke ich euch allen dafür, dass ihr hergekommen seid. Ich bin sicher, meine Großmutter wäre sehr gerührt, euch alle hier zu sehen.«

»Wahrscheinlich dreht sie sich eher im Grabe herum«, höre ich jemanden murmeln.

Ich lasse den Blick über die erwartungsvollen Gesichter vor mir schweifen, doch ich entdecke niemanden, der so etwas gesagt haben könnte, daher fahre ich schnell fort.

»Der Blumenladen hätte heute ohne die Hilfe und Unterstützung von vielen von euch nicht wiedereröffnet werden können. Jake Asher ...«, ich deute auf ihn und Miley, »die Damen von der Frauengemeinschaft von St. Felix ...«, ich winke kurz Harriet, Willow, Beryl und ein paar anderen zu. Da erst fällt mir auf, dass sich Caroline zu ihnen gesellt hat, obwohl sie bei der Renovierung des Ladens durch ihre Abwesenheit geglänzt hatte. Zudem sind unter anderem Bronte und Charlie gekommen, Woody, Lou, Mickey, Belle, Rita und Richie vom *Merry Mermaid*, Ant und Dec sowie ein paar andere Ladenbesitzer aus der Harbour Street – ja sogar Father Claybourne, der Dorfpfarrer, ist hier. »Wow«, rufe ich begeistert und bin sprachlos. »Ihr habt uns so unglaublich geholfen! Amber und ich sind uns sicher: Ohne euch hätten wir es nicht geschafft. Von daher danken wir euch aus tiefstem Herzen.«

Ich starre die Menschenansammlung an, die ein wenig verlegen zurückstarrt, bevor sich dann alle gegenseitig anstarren, weil sie nicht wissen, ob ich meine Rede schon beendet habe und sie jetzt applaudieren sollen oder nicht.

»Das Band, Poppy!«, fordert mich Jake glücklicherweise auf. »Schneid das Band durch!«

Ich schrecke auf. »Ja! Das Band, natürlich!« Ich platziere die beiden Klingen der Schere auf beiden Seiten des weißen Stoffs. »Damit erkläre ich nun den neuen *Daisy-Chain*-Blumenladen für eröffnet!«

Ich schneide das Band durch, und als die zwei Teile zu beiden Seiten wegfallen, erklingt höflicher Beifall. Dann trete ich beiseite und nehme die Glückwünsche aller entgegen, als ein Bewohner von St. Felix nach dem anderen – denn diese ersten Kunden sind alle aus der Stadt – den Laden betritt und freudig ausruft, wie schön alles geworden sei und wie viel sich doch verändert habe und dass Rosie stolz auf mich sein könne.

»Toll gemacht, Poppy!«, lobt Lou, während sie einen Cupcake isst, der mit einem Gänseblümchen verziert ist. »Rosie wäre hocherfreut darüber, wie es hier aussieht, und stolz auf dich, dass du den Laden tatsächlich übernommen hast.«

»Das war nicht nur ich«, beharre ich und wedele mit der Hand vor meinem Gesicht herum, um mir ein wenig frische Luft zuzufächeln. Ist es hier tatsächlich so heiß? Alle anderen scheinen nichts zu merken. »Ohne die Hilfe von allen – insbesondere von Amber und Jake – hätte ich das hier nicht geschafft.« Ich schaue zur Ladentür hinüber und frage mich, ob wir sie mit einem Keil offen halten können, doch das ist eigentlich nicht nötig, da ununterbrochen immer neue Kundschaft hereinströmt.

»Habe ich da meinen Namen gehört?«, ruft Jake und schlängelt sich durch die Menschenmenge zu uns hindurch. »Ich habe nach Miley gesucht, aber sie hat einen Riesenspaß dabei, für Amber die kleinen Blumensträußchen zu verteilen.«

Ich blicke zur Verkaufstheke hinüber und entdecke Miley, die tatsächlich jedem der Besucher einen von Ambers Ministräußen in die Hand drückt, ob sie wollen oder nicht. Ich drehe mich wieder um und lächele Jake an. »Ich habe gerade nur gesagt, dass ich den Laden ohne deine und Ambers Hilfe nicht so hinbekommen hätte.«

Jake erwidert mein Lächeln, und dann empfinde ich aus unerfindlichen, bizarren Gründen heraus plötzlich das Bedürfnis, mich zu recken und ihn auf die Wange zu küssen. »Danke«, flüstere ich.

Einen Augenblick lang starrt er mich an. »Kein Problem«, erwidert er leise, den Blick immer noch auf mich gerichtet. Dann räuspert er sich. »So, das war ja eine richtige kleine Rede, die du da draußen gehalten hast – du scheinst deine Angst, vor Leuten zu reden, verloren zu haben.«

»Was meinst du damit? Ich habe keine Angst davor, vor Leuten zu reden. Ich habe nur …«

»Ja, ja, du ziehst es nur vor, allein zu sein. Ich erinnere mich.«

Er zwinkert mir zu, und obwohl ich ihm gerne einen bösen Blick zuwerfen würde, kann ich es nicht. Stattdessen ertappe ich mich dabei, wie ich ihn schief anlächele, während ich in seine gütigen, nachdenklichen Augen schaue.

Wir werden angerempelt und voneinander getrennt, als sich immer mehr Besucher in den Laden drängen, und während ich Jake dabei zusehe, wie er mit Harriet ein höfliches Gespräch beginnt, frage ich mich insgeheim, ob das Interesse der Bewohner von St. Felix durch die Vorstellung eines neuen Floristen auf der Harbour Street angestachelt wird oder ob es vielleicht nur am Duft der kostenlosen Cupcakes liegt.

Während ich hier stehe und wie eine Braut an ihrem Hochzeitstag die Leute mit höflichen Dankesworten und einem Lächeln begrüße, merke ich, dass mir von Minute zu Minute heißer wird. Mir wird klar, dass es wieder passiert, und wenn ich nicht schnell etwas unternehme, um die Situation zu verändern, werde ich gleich in Schwierigkeiten geraten.

Ich schaue mich im Laden um, als sich eine weitere Person nach drinnen quetscht. Amber scheint ganz in ihrem Element zu sein, wie sie stolz den neuen Laden präsentiert. In ihrem langen, fließenden grünen Samtkleid, dessen anmutig wirkende Glockenärmel mit einem Goldrand versehen sind, sieht sie einfach hinreißend aus. Mit den langen rotbraunen Locken, die ihr über die Schultern fallen, wirkt sie beinahe feenhaft, wie sie im Laden zwischen all den Blumen umherhuscht.

Die Blumen.

Heute sind davon einfach zu viele da. Als Jake sie am Morgen ausgeladen hat, wäre ich bei ihrem Anblick und durch den intensiven, süßlichen Duft, der mir entgegengeweht ist, nachdem er die Türen seines Lieferwagens geöffnet hatte, beinahe an Ort und Stelle in Ohnmacht gefallen. Über die Jahre hinweg habe ich gelernt, mit dem Anblick von ein paar Blumen klarzukommen, wenn es eben nur wenige auf einmal sind. Ich ertrage den gelegentlichen Anblick eines einzelnen Straußes draußen vor der Tankstelle oder daheim bei jemandem in der Vase – dieser verhältnismäßig geringen Blumenpräsenz ausgesetzt zu sein, bringt mich nicht aus der Fassung, solange nicht zu viele Rosen darunter sind. Und auch wenn sie niemals zu meinen Lieblingsorten werden, so schaffe ich es doch, den ein oder anderen Blumenladen zu betreten, wenn es nötig ist – bei meiner Familie habe ich leider keine Wahl.

Es ist nicht immer einfach gewesen, doch ich habe es geschafft, mit meinen Problemen, die ich mit Blumen habe, auf meine Weise klarzukommen, und infolgedessen habe ich – vielleicht ein wenig naiv – angenommen, dass ich auch hiermit umgehen kann.

Das ist übrigens einer der Gründe, warum ich entschieden habe, dass der Laden neben echten Blumen auch die dazu passenden Accessoires verkaufen soll. Ich dachte, dass es einfacher für mich wird, je weniger frische Blumen hier auf einmal vor Ort sind. Als Jake heute Morgen seinen Lieferwagen auslud, standen wir draußen, weil ich ein wenig Seeluft schnuppern wollte, die durch die Harbour Street geweht kam. Vielleicht wird auch jetzt ein wenig salzhaltige Luft die Übelkeit vertreiben, die mich gerade zu übermannen droht.

Langsam schiebe ich mich durch die Menge zur Tür. Währenddessen fängt bereits alles an, sich um mich zu drehen, und alles Geplauder scheint zu einer Stimme zu verschwimmen. Durch die vielen Menschen, die sich in den Laden quetschen, ist der Duft der Blumen überwältigend. Ich kann die Rosen so deutlich herausriechen, dass sie für mich gut und gerne auch die einzigen Blumen hier sein könnten.

Panik steigt in mir hoch, als mir klar wird, dass ich in einem Raum sowohl mit vielen Menschen als auch mit Blumen eingesperrt bin, also meine zwei schlimmsten Albträume … Mir schnürt es die Kehle zu, in meinem Kopf dreht sich alles; ich bekomme keine Luft mehr. Darum stürze ich durch die Tür, raus aufs Kopfsteinpflaster.

Als ich mit langen, tiefen Zügen die Seeluft einatme, ist mir immer noch ein wenig schwindelig, als könnte ich jeden Augenblick ohnmächtig werden, daher stütze ich mich am Türrahmen ab.

»Magst du keine großen Menschenmengen?«

Die Stimme lässt mich zusammenfahren. Es ist Charlie, Jakes Sohn. Er lehnt am Schaufenster und beobachtet alles, was drinnen im Blumenladen vor sich geht, mit gelangweiltem Blick.

»Nein, nicht mehr«, erwidere ich und drehe mich zu ihm um. »Und du?«

Er zuckt mit den Schultern. »Nein, habe ich noch nie gemocht. Bronte versucht immer, mich zu ihren Konzerten nach Bristol mitzuschleppen – zu so Pogo-Veranstaltungen. Denn Dad will sie da allein nicht hingehen lassen. Aber für mich ist das überhaupt nichts. Wer will schon gern mit lauter Betrunkenen stundenlang auf einer winzigen Fläche eingepfercht sein, wo man nicht mal auf die Toilette kann und wo alle nach Schweiß stinken? Unter Spaß verstehe ich etwas anderes.«

»Du klingst wie mein Bruder«, erkläre ich ihm, als in mir ein weiteres vertrautes, unerwünschtes Gefühl aufsteigt. »Ihm haben solche Konzerte auch nie gefallen.«

»Vernünftiger Kerl«, stellt Charlie fest und stopft die Hände in die Hosentaschen, sodass er nun mit dem Rücken am Schaufenster lehnt.

»Ja«, nicke ich und muss an Will denken. »Das war er.«

Charlie dreht den Kopf kurz zu mir, um mich anzusehen, bohrt aber nicht weiter nach. Dafür mag ich ihn umso mehr.

»Gehst du wieder rein?«, fragt er mich und nickt in Richtung des Ladens.

Ich schüttele den Kopf. »Nicht jetzt.«

»Ist wahrscheinlich auch besser, so wie du aussiehst«, stellt Charlie klar. »Du bist kalkweiß. Möchtest du eine Runde spazieren gehen – und ein wenig frische Luft schnappen?«

»Sehr gern«, lächele ich dankbar. »Aber es ist mein Laden, ich kann nicht einfach so weg.«

»Ah ...«, nickt er vielsagend. »Und ich dachte schon, du mit deinen schwarzen Klamotten und den Docs und allem wärst ein wenig rebellischer ...«

Ich starre ihn an. »Sag das nochmal.«

Er ist verwirrt. »Was denn? Das mit den Docs?«

Ich schüttele den Kopf.

»Oh ... dass ich gedacht habe, du wärst ein wenig rebellischer?« Er grinst. »Oder bist du es?«

Ich werfe einen Blick in den Laden, und durch die ganzen Leute hindurch kann ich die Holztheke meiner Großmutter erkennen. Einen kurzen Moment lang fühle ich mich in eine andere Zeit zurückversetzt.

»Charlie Asher, du wirst es gleich herausfinden.«

16.

Immergrün – Zärtliche Erinnerung

Wie zwei Schulkinder laufen Charlie und ich davon – na ja, genauer betrachtet *ist* Charlie ein Schulkind, aber darüber will ich jetzt nicht nachdenken –, am Hafen entlang, raus aus der Stadt, Pengarthen Hill hinauf in Richtung der Klippen, die über der St. Felix Bay emporragen.

Mir ist klar, dass ich nicht einfach so hätte weglaufen dürfen, insbesondere nicht an unserem Eröffnungstag, aber wenn ich inmitten der Blumen und der Menschenmenge im Laden geblieben wäre, hätte ich das Bewusstsein verloren. Das ist schon mal passiert, und ich will nicht, dass darum viel Wirbel gemacht wird. Schlimm genug, dass ich diese Probleme habe, ohne dass auch noch Gott und die Welt darüber Bescheid weiß. Seit fünfzehn Jahren werde ich allein damit fertig, und mal abgesehen von dem ein oder anderen Therapeuten, den ich besucht habe, verspüre ich keinerlei Drang, meine Gründe irgendwem mitzuteilen, warum das so ist.

Hoch oben auf den Klippen ist der Wind stark und stürmisch, und er pustet mir das Haar so sehr ins Gesicht, dass ich es immer wieder zurückstreichen muss, um überhaupt sehen zu können, wo wir hinlaufen.

Aber das ist mir egal; hier oben sind jene Übelkeit und der Schwindel verschwunden. Tatsächlich waren sie in dem Moment, als wir vom Laden weggelaufen sind, wie weggeblasen.

»Wo laufen wir hin?«, frage ich Charlie, als dieser den Fußweg, der weiter nach oben und von St. Felix wegführt, verlässt und über das Gras in Richtung Meer läuft.

»Das wirst du gleich sehen«, antwortet er. »Aber sei vorsichtig, der Boden hier bietet wenig Halt.«

Ich halte einen Augenblick inne, um mich umzuschauen. Wir haben eine Art Kreuzung des Fußweges erreicht; einer führt zu Trecarlan Castle hinauf, der andere weiter an den Klippen entlang.

Ich zögere und diskutiere innerlich, für welche Richtung wir uns entscheiden sollen. Das Schloss weckt so besondere Erinnerungen in mir, dass ich mir irgendwann die Zeit nehmen und es besuchen muss. Von hier aus ist es nicht weit entfernt.

Doch Charlie hat den Weg verlassen und läuft schnell den grasbewachsenen Abhang des Cliffs hinunter, daher folge ich ihm, achte dabei jedoch sehr auf meine Schritte. Als ich das nächste Mal aufschaue, ist Charlie verschwunden.

»Charlie?«, rufe ich laut. Wo ist er nur?

Ich habe schon Bilder vor Augen, wie er in einem zusammengesackten Haufen unten am Fuße der Klippen liegt, als ich plötzlich seine Stimme höre.

»Hier unten, Poppy!«

Unterhalb von mir taucht sein blonder Schopf auf.

»Wie bist du da hinuntergekommen?«, frage ich und

setze mich auf einen grasbewachsenen Erdhügel an der Seite des Kliffs, sodass ich weit genug vorrobben kann, um zu sehen, wo Charlie ist.

»Guck mal links von dir«, ruft er mir zu. »Da sind grobe Stufen in den Fels gehauen. Wenn du die hinuntergehst – vorsichtig, denk bitte daran –, dann kommst du hier herunter.«

Wie beschrieben schaue ich mich um und entdecke tatsächlich ein paar ausgetretene Felsstufen, die von langem Gras und wilden Blumen halb verdeckt werden, die rund um die Felswand gewachsen sind.

Ich packe nach den Grasbüscheln an der Felsseite und steige vorsichtig die schmalen Stufen hinunter, während ich sorgsam darauf achte, genügend Halt mit den Füßen zu finden, bevor ich den nächsten Schritt wage. Wir befinden uns hier gefährlich nah am Klippenrand und an den zerklüfteten Felsen, die bedrohlich aus den Wellen herausragen, die unter mir zerschellen. Darum traue ich mich erst aufzuschauen, als ich an der untersten Stufe angekommen bin und wieder festen Boden unter den Füßen habe.

»Wow!«, rufe ich begeistert aus, als ich mich neben Charlie in einer winzigen Felshöhle wiederfinde, die seitlich ins Kliff hineinführt. »Das ist unglaublich!«

Es ist jedoch nicht nur unsere kleine Aussichtsplattform, die mich erstaunt – wie bemerkenswert sie mit ihrer versteckten Lage auch ist –; es liegt vielmehr an der Aussicht von hier.

Von unserem Versteck aus sieht man nichts als das dunkelblaue Meer und den blassblauen Himmel, die sich meilenweit in die Ferne erstrecken.

»Was für eine unglaubliche Aussicht«, staune ich, während ich fasziniert auf die unendliche Meereslandschaft starre. »Wie um Himmels willen hast du das hier gefunden? Zufällig?«

»Genau.« Charlie hockt im Schneidersitz auf getrocknetem Adlerfarn, das offensichtlich hier liegengelassen worden ist, damit man längere Zeit gemütlich dasitzen und die Aussicht genießen kann; ich lasse mich neben ihn plumpsen. »Als meine Mum gestorben ist, hab ich einen Ort gebraucht, zu dem ich gehen kann, wenn ich alles hinter mir lassen will. Eines Tages habe ich dann das hier gefunden, als ich spazieren war und nicht wusste, was ich mit mir anstellen sollte.«

»Da hast du aber Glück gehabt«, stelle ich fest und komme mir sofort ziemlich dumm vor. Warum kann ich in einer Situation wie dieser hier nie das Richtige sagen? »Also ich meine damit, wir alle brauchen einen Ort, an den man sich zurückziehen kann, wenn wir jemanden verloren haben, der uns so nahestand.«

Charlie schaut zu mir herüber.

»Hast *du* das denn?«

»Was?«

»Jemanden verloren, der dir nahestand?«

Einen Augenblick lang zögere ich. »Ja, meine Großmutter«, erwidere ich dann rasch. »Darum bin ich ja in St. Felix, nicht wahr?«

»Ach ja, natürlich.« Charlie nickt. »Deine Großmutter. Habe ich ganz vergessen. Tut mir leid.«

Wir sitzen beisammen und beobachten eine Weile die Seemöwen, wie sie über dem Meer ihre Kreise ziehen und auf ihre Chance warten, ins Meer hineinzutauchen und sich einen Fisch aus dem Wasser zu schnappen.

»Aber warum magst du keine Menschenansammlungen?«, erkundigt sich Charlie. »Eben im Laden hattest du ganz offensichtlich Probleme.«

»Als ich noch jünger war, gab es mal einen Zwischenfall, bei dem eine große Menschenmenge beteiligt war. Seitdem habe ich eine fast krankhafte Angst vor Menschenmengen.«

»Oh.« Charlie hält inne und denkt nach. »Konnte ich dich daher so leicht dazu überreden wegzulaufen?«

»Vielleicht. Es gibt aber auch noch andere Gründe.«

»Möchtest du darüber reden?«, fragt Charlie und klingt so verlegen, wie ich mich eben gefühlt habe, als er seine Mutter erwähnt hat. »Das fragen die Leute immer, oder? Ich bin nicht sicher, ob sie wirklich immer zuhören wollen, wenn sie das sagen.«

Ich lächele ihn an. »Nein, wirklich nicht. Um ehrlich zu sein, habe ich über die Jahre hinweg zu viel darüber geredet. Dabei weiß ich nicht mal, ob es mir überhaupt geholfen hat.«

»Ich auch nicht«, nickt Charlie. »Nach Mums Tod waren wir alle in Therapie – und wir hatten viele Therapien.« Er verzieht das Gesicht. »Ich glaube, es hat Bronte geholfen, aber sie war damals auch jünger als ich. Keine Ahnung, wie es bei Dad ist, er hat alles für sich behalten. Aber andererseits macht er das meiste mit sich selbst aus. Ehrlich gesagt glaube ich, dass Miley ihm mehr geholfen hat als jeder Therapeut.«

»Tatsächlich?« Ich muss an Jake und Miley denken sowie daran, wie vernarrt die beiden ineinander sind.

»Ja. Gott sei Dank gab es Tante Kate und Onkel Bob in den Staaten, mehr kann ich dazu nicht sagen. Dad ging es richtig schlecht, bevor sie ihn gebeten haben, Miley zu sich zu nehmen. Nachdem sie ein Teil unserer Familie geworden ist, ging es wieder ein wenig aufwärts – nicht nur für Dad, sondern auch für uns alle. Das war ein echter Wendepunkt. Diesem Äffchen haben wir viel zu verdanken.«

»Sie ist echt süß.«

»Miley?« Charlie verzieht das Gesicht. »Versuch du mal, mit ihr zu leben. Sie ist launischer und streitsüchtiger, als Bronte jemals war.«

Ich grinse. »Deine Schwester ist gar nicht so übel. Du hättest mich mal erleben sollen, als ich noch jünger war.«

»Du warst ein ziemlicher Rebell, oder?«, fragt Charlie und zwinkert mir zu. »Es hat dir ganz gut gefallen, als ich dich eben als rebellisch bezeichnet habe.«

»Auf jeden Fall. Ich war noch schlimmer als deine Schwester.«

»Das glaube ich kaum!« Charlie mustert mich skeptisch.

Ich zögere. »Na ja, mal abgesehen davon, dass ich meinen Schulabschluss in den Sand gesetzt habe und in der Schule andauernd richtig viel Ärger hatte, bin ich auch mit dem Gesetz in Konflikt geraten.«

Charlie starrt mich überrascht an. »Wie sehr?«

»Schon so viel, dass ich ein paarmal festgenommen worden bin. Lass mich nur so viel sagen: Eine Nacht in Polizeigewahrsam heilt dich schnell von allen rebellischen Anflügen.«

»Jede Wette. Hatten die Rebellionen etwas mit deinem Bruder zu tun? Du hast irgendwann mal gesagt, dass er recht sensibel war.«

»Du meine Güte, sieh dir das bloß mal an!«, warne ich plötzlich und deute auf ein paar dunkle Wolken, die wohl noch etwa eine Stunde von uns entfernt sind. »Vielleicht sollten wir uns allmählich auf den Rückweg machen.« Ich werfe Charlie einen Blick zu; hoffentlich merkt er nicht, dass ich nur ablenken will. Bis gerade sind wir gut miteinander ausgekommen, aber ich kann und will mit niemandem über Will sprechen.

»Klar«, nickt Charlie und steht auf. »Verstehe. Aber du weißt ja jetzt, wie du hierherkommen kannst. Wenn du also irgendwann mal das Gefühl hast, dass dir alles zu viel wird, ist dieser Platz hier für dich da, wie er es für mich ist.«

Ich will ihm gerade danken, als er fortfährt.

»Weißt du, ich habe dich eben angelogen«, stellt er fest und schaut mir direkt in die Augen. »Darüber, wie ich diese Stelle hier gefunden habe. Ich habe es so klingen lassen, als sei ich zufällig darüber gestolpert.«

»Und das bist du nicht?«

»Ich bin darüber gestolpert, das stimmt schon«, sagt er und dreht sich weg, um aufs Meer hinauszuschauen. »Aber nur, weil ich darüber nachgedacht habe zu springen.«

»Was meinst du?«

»Springen«, wiederholt Charlie. »Von den Klippen hinunter. Es war kurz nach Mums Tod, als es zu Hause am allerschlimmsten war. Wenn ich also sage, dass ich darüber gestolpert bin, dann hat mich mein Stolpern glücklicherweise diese Stufen hinuntergeführt, sodass ich dort gelandet bin, wo wir jetzt sind. Wenn nicht … Nun, dann würde ich mich heute nicht mit dir unterhalten. Dieser Ort hat mich gerettet in vielerlei Hinsicht.«

Ich kann es kaum glauben, dass er mir das erzählt hat. Über die Jahre hinweg habe ich mich immer wieder in tiefen Löchern befunden, aber dabei habe ich niemals versucht, mir das Leben zu nehmen. Und wie üblich habe ich mal wieder keine Ahnung, was ich antworten soll, wenn ich mit den Gefühlen von jemandem konfrontiert werde.

»Danke, Charlie …« Ich zögere. Ich habe das Gefühl, dass ich ihn umarmen sollte, aber ich will nicht, dass sich einer von uns beiden unbehaglich fühlt. »Ich weiß, wie schwer es ist, diese Sachen mit jemandem zu teilen. Wirklich.«

»Das weiß ich«, erwidert Charlie. »Das habe ich sofort gemerkt, als ich dich kennengelernt habe. Ich mag vielleicht kein Rebell sein wie du oder meine Schwester, aber lass es mich so sagen: Man muss etwas schon selbst einmal erlebt haben, um es bei anderen zu erkennen, nicht wahr?«

Ich nicke, und bevor ich es mir wieder anders überlegen kann, breite ich die Arme aus, um ihn zu umarmen.

Und ich bin erleichtert, als Charlie das erwidert.

Charlie und ich schlendern gemeinsam in die Stadt zurück, und ich bin dankbar, dass wir uns nun über normale Sachen unterhalten und die emotionalen Enthüllungen hoch oben auf den Klippen zurückgelassen haben. Als wir uns St. Felix nähern, habe ich mit meinem Handy wieder Empfang, und eine Nachricht nach der anderen trudelt ein.

Piep. Piep.

Amber: *Wo bist du? Hier ist die Hölle los. Komm schnell zurück! LG*

Piep. Piep.

Amber: *Poppy, was ist los? Mache mir Sorgen. LG A.*

Piep. Piep.

Jake: *Ist alles in Ordnung mit dir? Amber sagt, du bist verschwunden. Sag kurz Bescheid, ob es dir gut geht. Jake*

»Wirst du schon vermisst?«, fragt Charlie, als auch sein Handy piept. Er zieht es aus der Hosentasche und wirft einen Blick auf das Display. »Mein Dad«, stellt er fest. »Ich rufe ihn besser mal kurz an.«

Ich will gerade Amber eine Nachricht schreiben, als Charlie schon mit Jake spricht.

»Hey, Dad ... ja, mir geht's gut ... Ja, das habe ich – sie ist bei mir. Okay, klar. Ja, das mache ich. Bis gleich.«

Charlie legt auf.

»Dad ist noch im Blumenladen. Offenbar macht sich Amber große Sorgen um dich.«

Ich verziehe das Gesicht. »Oje, am besten ist, wenn ich gleich hingehe und die Suppe auslöffele, die ich mir eingebrockt habe.«

Das *Daisy Chain*, in das wir zurückkehren, ist um einiges stiller geworden, als wir es verlassen haben. Als ich vorsichtig durch die Eingangstür gehe, entdecke ich Amber, die hinter der großen Holztheke steht, hinter der ich meine Großmutter so oft gesehen habe. Amber setzt die letzten Cupcakes auf einen Teller, während Jake mit einem Besen eine Mischung aus Krümeln, Blättern und Blütenblättern auf dem Fußboden zusammenkehrt.

»So, da ist die Streunerin ja wieder«, stellt Jake fest, als er aufschaut. »Sogar beide Streuner, wie es aussieht«, fügt er hinzu und wirft Charlie einen fragenden Blick zu.

»Wo warst du denn?«, will Amber von mir wissen. »Hier war die Hölle los, überall waren Leute. Sie haben nach dir gefragt und wollten mit der Enkelin von Rosie sprechen. Als ich dich gesucht habe, warst du verschwunden.«

»Es tut mir wirklich leid«, entschuldige ich mich und habe nun ein noch schlechteres Gewissen, Amber einfach im Stich gelassen zu haben. »Ich musste kurz weg.«

»An deinem Eröffnungstag?«

»Ich weiß ... ich weiß, aber ich habe Panik bekommen.«

»Poppy hat ein Problem mit großen Menschenmengen«, erklärt Charlie hilfsbereit. »Nicht wahr, Poppy? Sie brauchte ein wenig frische Luft, darum haben wir einen Spaziergang gemacht, damit sie einen klaren Kopf bekommt.«

Ich nicke. »Es tut mir leid, das ist keine Entschuldigung für mein Verhalten. Ich weiß, dass ich dir hier hätte helfen müssen.«

»Menschenmengen?« Amber atmet erleichtert auf. »Das war's? Gott sei Dank. Wie du siehst, ist die Menschenmenge nicht geblieben, nachdem sich jeder Einzelne fünf Minuten lang alles angesehen hat, und ich kann mir beim besten Willen nicht vorstellen, dass es hier jemals noch einmal voll werden wird. So, wie du dich eben verhalten hast, dachte ich einen ganz kurzen Augenblick lang, du könntest ein Problem mit Blumen haben. Aber dann wiederum dachte ich, wer wäre denn so dumm und würde einen Blumenladen eröffnen, wenn er eine Blumenphobie hat?«

»Haha«, lache ich ein wenig zu energisch. »Eine Blumenphobie, wie blöd wäre das denn?«

»Nicht so blöd, wie du denkst«, entgegnet Amber wissend. »Wir haben in New York einmal einen Auftrag für die Hochzeit einer Frau bekommen, die Schnittblumen gehasst hat – irgendetwas war da in ihrer Kindheit vorgefallen, glaube ich. Jedenfalls mussten wir alles mit Seidenblumen herrichten. Das war eine ziemliche Herausforderung, aber deine Mom hat alles ganz hervorragend geschafft. Der Veranstaltungsort sah wunderbar aus!«

»Ernsthaft …?«, erwidere ich. »Das ist toll. Aber keine Sorge, was das anbelangt.« Ich deute auf den Laden. »Alles bei *Daisy Chain* ist gut und frisch!« Mein Blick bleibt an Jake hängen, als ich mich umdrehe, und mir fällt auf, wie er die Stirn runzelt und mich nachdenklich anstarrt. Schnell sehe ich weg.

»Na gut«, ergreift Jake das Wort. »Da du wohlbehalten wieder zurückgekehrt bist, kann ich dann ja jetzt gehen. Miley«, ruft er seine Affendame, die sich gerade mit einer Rolle Schleifenband schmückt. »Es ist Zeit.«

»Danke, Jake, dass du geblieben bist und geholfen hast. Das war lieb von dir«, bedankt sich Amber.

»Gern geschehen«, erwidert Jake und lächelt, als Miley auf seine Schulter klettert, immer noch mit dem Band in den Händen. »Jederzeit.« Er mustert Miley und verdreht die Augen. »Das nehmen wir wohl mit nach Hause, oder?«, fragt er sie, als sie mit dem Band über ihrem Kopf herumwirbelt, als sei sie bei der rhythmischen Sportgymnastik.

»Behalt es«, nickt Amber. »Orange gehört ohnehin nicht zu meinen Lieblingsfarben.«

»Na dann.« Jake versucht, Charlies Schopf zu zerzausen, der sich auf fast gleicher Höhe befindet wie seiner, doch Charlie duckt sich unter seiner Hand hinweg. »Lasst uns gehen. Bis später!«

Nachdem sich Jake, Miley und Charlie auf den Weg gemacht haben, drehe ich mich zu Amber herum.

»So«, verkündet Amber. »Jetzt bist du an der Reihe, hier im Laden eine Weile lang zu bedienen.«

»Wo gehst du hin?«, frage ich sie, als sie zur Tür hinauswill.

»Ich besorge ein wenig Milch, damit wir ein Tässchen Tee trinken können, natürlich«, erwidert sie und grinst, da sie in breitem englischen Slang gesprochen hat. »Dann kannst du mir gleich in aller Ruhe erzählen, wo du mit Charlie gewesen bist.«

17.

Distel – Menschenfeindlichkeit

Während der Mittagszeit geht es im Laden sehr ruhig zu. Erst am frühen Nachmittag entdecken wir ein paar Touristen, doch die meisten von ihnen laufen auf dem Weg zum Hafen hinunter an unserem Geschäft vorbei. Um spontan in der Frühlingssonne zu picknicken sind sie schwer mit Pasteten, Eiswaffeln und Kuchen beladen.

»Keine Sorge«, beruhigt mich Amber, als sie am Ende unseres ersten Verkaufstages den Kassensturz macht. »Wir sind neu hier, und die Leute müssen sich erst einmal wieder daran gewöhnen, hier auf der Hauptstraße Blumen kaufen zu können. Außerdem findet heute dieses – wie hat Harriet es genannt? – Pfadfinderfest in der Kirche statt. Das hat uns vielleicht auch einige Besucher gekostet. Das Geschäft wird auf jeden Fall noch anziehen.«

»Wahrscheinlich«, nicke ich von meiner Position nahe der Tür aus, wo ich die meiste Zeit des Tages verbracht und frische Luft geschnappt habe, weil mir jedes Mal wieder übel wurde, wenn mir der süßliche Duft der Rosen in die Nase stieg.

»Das wird es«, versichert mir Amber entschieden. »Ich weiß es einfach. Und ich liege niemals falsch.«

Ich lächele sie an. Amber ist das komplette Gegenteil von mir. Sie ist immer so fröhlich und optimistisch; während ich dazu tendiere, bei Menschen immer gleich das Schlimmste zu erwarten, sieht sie ausnahmslos das Beste in jedem. Es tut mir gut, sie um mich zu haben. Als Folge der vielen Zeit, die ich mit ihr verbringe, fühle ich mich irgendwie leichter.

»Was ist denn da draußen so Spannendes?«, fragt mich Amber. »Du stehst schon den ganzen Nachmittag an der Tür.«

»Ich habe zu Trecarlan hochgeschaut«, erkläre ich ihr. Das ist nicht einmal eine Lüge; denn das habe ich tatsächlich getan.

»Das alte Schloss oben auf dem Hügel?«, fragt Amber. »Das habe ich gesehen. Wer lebt denn da, weißt du das?«

»Ich weiß nicht, wie es jetzt ist, aber als ich klein war, gehörte die Burg Stan, einem älteren Exzentriker, den alle für verrückt hielten.«

»Tatsächlich? Wie wunderbar. Ich liebe exzentrische alte Leute. Wer ist dieser Stan? Ist er etwa ein herrschaftlicher Herzog?«

»Nein.« Beim Gedanken an ihn muss ich lachen. »Stan war die am wenigsten herrschaftliche Person, die du dir vorstellen kannst. Er war alleinstehend und lebte ohne Familie auf Trecarlan. Doch es ging das Gerücht, dass er einmal ein Dutzend riesige Pasteten hintereinander gegessen hat, was ihm den Spitznamen ›Verrückter Pastetenmann Stan‹ eingebracht hat.«

»Wow, das gefällt mir!« Amber klatscht begeistert in die Hände. »Erzähl weiter. Ich liebe diesen Stan jetzt schon.«

»Alle hielten Stan für etwas durchgedreht«, erinnere ich mich, als ich in eine Zeit meines Lebens zurückversetzt werde, in der ich rundum glücklich gewesen bin. »Aber ich habe mich immer nett mit ihm unterhalten, und während der Sommermonate haben wir oft oben auf Trecarlan Castle gespielt. Stan liebte es, von Trecarlans Vergangenheit zu erzählen, und wenn man eine Pastete für ihn dabeihatte, hat er einem gern die Geschichten rund um das Schloss erzählt – dabei ist es eigentlich gar kein richtiges Schloss«, erkläre ich, »sondern eher ein großes Landhaus, das von außen ein wenig wie ein Schloss aussieht.«

»Fantastisch! Als Kind hätte ich gern in einem Schloss gespielt. Hast du so getan, als wärst du eine Prinzessin?«, fragt Amber, deren Augen vor Begeisterung funkeln.

»Ja«, grinse ich. »Manchmal.«

Und Will hat immer den Prinzen gespielt, meistens jedoch einen Ritter mit einem Schwert, das er aus einem Baumzweig geformt hatte.

Will und ich haben Stan geliebt und viele Stunden mit ihm verbracht. Verrückt oder nicht: Für uns war er einfach ein freundlicher, wunderbarer Freund, der das Herz auf dem rechten Fleck hatte.

»Jedenfalls«, erkläre ich und reiße mich von meiner Träumerei los, »ist das Vergangenheit. Wir müssen das Geschäft für den Ladenschluss vorbereiten. Was kann ich tun, um dir zu helfen?«

Ich schließe die Ladentür und schiebe den Riegel hinüber. Dann drehe ich mich zur Arbeitstheke um.

»Das ist lieb. Ich bin im Augenblick noch mit dem

Kassensturz beschäftigt«, erklärt Amber und zählt weiter die Scheine in der Kasse. »Warum bringst du nicht schon mal die Blumeneimer in den Kühlraum?«

Lieber hätte ich die Kasse gemacht. Aber ich habe immer noch ein schlechtes Gewissen, Amber vorhin alleingelassen zu haben, deswegen tue ich das, worum sie mich bittet. Dabei versuche ich, den ersten Eimer eine Armlänge von meinem Gesicht entfernt zu tragen, ohne dass es zu sehr auffällt.

»Wie findest du die Menschen in St. Felix? Immerhin sind wir ja nun schon eine ganze Weile hier?«, ruft Amber, als ich gerade in den Laden zurückkehre, um den vierten Eimer zu holen. Die Rosen lasse ich bis zum Ende stehen in der Hoffnung, dass Amber bis dahin mit der Kasse fertig ist und mir hilft.

»Ähm …« Ihre Frage überrascht mich. »Alle scheinen sehr nett zu sein. Auf Caroline bin ich jedoch nicht gut zu sprechen. Sie hat es definitiv auf mich abgesehen. Jedes Mal, wenn ich sie sehe – was Gott sei Dank nicht so oft vorkommt –, starrt sie mich böse an. Dabei habe ich keine Ahnung, warum das so ist. Ich habe ihr nichts getan – mit Ausnahme der Nacht im Pub, aber das ist eine Ewigkeit her.«

»Das macht sie aber bei allen«, erwidert Amber und winkt ab, während sie Zahlen in ein Geschäftsbuch einträgt. »Du solltest sie mal bei den Treffen der Frauengemeinschaft erleben. Die regiert sie mit eiserner Hand.«

Durch Willow und Beryl ermuntert, hat sich Amber der Frauengemeinschaft angeschlossen und das erste Treffen, an dem sie teilgenommen hat, sehr genossen.

»Das glaube ich gern«, antworte ich und denke über Caroline nach, während ich einen Eimer mit Nelken hinaustrage und ihn zu den anderen in den Kühlraum stelle. »Was macht sie eigentlich in St. Felix?«, frage ich Amber. »Also einmal abgesehen davon, sich aufzuspielen? Hat sie einen Job?«

Amber zuckt mit den Schultern und fängt an, Münzstapel in winzige Plastikbeutel zu schieben. »Ich glaube nicht. Ich habe keine Ahnung, was sie macht. Sie wohnt in diesem hübschen Haus, an dem man vorbeikommt, wenn man aus der Stadt rausfährt, in diesem großen roten Prachtbau.«

»Da wohnt Caroline? Das Haus ist riesig! Sie und ihr Ehemann müssen stinkreich sein!«

»Ich habe Johnny bislang erst einmal gesehen. Ich meine, irgendwer hat mir erzählt, er sei Banker. Er scheint ein ziemlich cooler Typ zu sein. Aber da wir gerade darüber sprechen ...« Amber schaut mich an. »Jake ist auch ein wirklich netter Kerl. Findest du nicht?«

»Joah.« Ich versuche, so zurückhaltend wie möglich zu klingen, während ich den letzten Eimer packe, der keine Rosen enthält. »Scheint ganz nett zu sein.«

»Und obendrein ziemlich attraktiv.«

»Möglich.«

»Ach, komm schon, Poppy, selbst du musst das doch sehen.«

»Was meinst du denn mit ›selbst du‹?«, frage ich und setze den Eimer ab.

»Na ja, du versuchst kaum, mit *irgendwem* in Kontakt zu kommen – von Männern ganz zu schweigen.«

»Ich versuche es schon«, protestiere ich. »Aber ich bin nun mal kein großer Menschenfreund.«

»Was bist du denn dann – ein Tierfreund?«, hakt Amber grinsend nach. »Ich sehe dich auch nicht wirklich aufspringen, wenn Miley in der Nähe ist, um mit ihr zu spielen.«

»Ich bin allein besser dran, das ist alles. Am Ende verletzen dich Menschen nur, wenn du zulässt, dass sie dir nahekommen.«

Ich rechne fest damit, dass Amber mir widerspricht, doch stattdessen nickt sie. »Das ist leider oft der Fall. Aber du kannst doch nicht zulassen, dass dich das davon abhält, Leute zu finden, die dich *nicht* im Stich lassen.«

»Willst du damit andeuten, dass Jake eine solche Person sein könnte?«, frage ich mit weit aufgerissenen Augen.

»Vielleicht ist er es, vielleicht aber auch nicht. Warum lässt du es nicht einfach mal darauf ankommen? Offensichtlich mag er dich.«

»Wie? Wann hat er das denn gesagt?« Ich versuche, mich schockiert zu geben, doch innerlich fasziniert mich der Gedanke.

»Wie ich schon einmal gesagt habe: Ich weiß so etwas eben.« Ihr Blick huscht zur Schaufensterscheibe hinter mir. »Oh, wie wäre es, wenn du kurz zum Laden rüberläufst und Milch besorgst, während ich hier drinnen weitermache?«

»Hast du nicht eben schon Milch gekauft?«, frage ich und runzele die Stirn. »Wie viel Tee mit Milch haben wir denn getrunken?«

»Aber wir haben im Cottage keine Milch mehr im Kühlschrank, und du kennst doch meine Schwäche für euren englischen Tee. Würdest du kurz für mich zum Laden laufen, Poppy, *bitte*?«

»Okay«, seufze ich und muss an den Eimer mit den Rosen denken, der noch unheilvoll auf mich wartet. »Dein Wunsch ist mir Befehl!« Ich zwinkere ihr zu. »Dann nehme ich jetzt schon meine Tasche mit, und wir treffen uns im Cottage. Ist das in Ordnung für dich, wenn du hier zuschließt?«

»Ja, na klar. Und jetzt geh, geh!« Amber scheucht mich mit einem Handwedeln hinaus.

Ich schüttele den Kopf. »Man könnte glatt glauben, du willst mich aus dem Laden haben.«

Amber grinst. »Nö, ich will nur, dass du einkaufen gehst. Und wenn du schon einmal da bist und dir etwas Süßes ins Auge springt, dann nimm das doch auch gleich mit!«

Auf Ambers Bitte hin überquere ich nun die Straße, gehe zu dem kleinen Supermarkt und mache mich auf den Weg in die Molkereiabteilung. Dort nehme ich mir einen Liter Halbfettmilch, und als ich am Regal mit den Keksen vorbeikomme, bleibe ich stehen, um eine Packung Schokoladen-HobNobs und eine mit Tunnock's Teacakes mitzunehmen. Seit ihrer Ankunft hier ist Amber geradezu süchtig danach.

»Einen Augenblick lang auf der Zunge, ein Leben lang auf der Hüfte!«, ertönt es plötzlich hinter mir, und als ich mich umdrehe, steht Jake mit einem Einkaufskorb voller Lebensmittel vor mir.

»Die sind für Amber«, erkläre ich eilig.

»Ich dachte, Oreos wären eher ihr Geschmack«, stellt Jake fest, grinst und nimmt sich eine Packung aus dem Regal.

»Nö, angeblich sind englische Plätzchen die besten. Sie ist völlig versessen auf Tee mit Gebäck.«

»So sollte es auch sein«, erwidert Jake und legt das Paket in seinen Korb. »Nichts geht über eine gute Tasse Tee.«

Ich starre ihn an. Das ist er also; das ist der Grund, warum Amber so unbedingt wollte, dass ich einkaufen gehe. Sie hat Jake mit einer Jutetasche vorbeilaufen sehen, als er offensichtlich auf dem Weg zum Supermarkt war.

Während ich innerlich knurre, fällt mir plötzlich auf, dass sich der Laden, der bei meiner Ankunft noch fast menschenleer war, mit einem Mal mit einem Heer aus flaschengrün gekleideten Kindern füllt, die sich um Süßigkeiten und Brause balgen.

»Wölflings-Pfadfinderfest«, lässt Jake mich wissen, während wir beide beobachten, wie sie alle im Laden ausschwärmen. »Clarence hat erzählt, dass er eine größere Anzahl an Pfadfindern in den Außenanlagen der Kirche erwartet hat. Das Fest muss gerade vorbei sein.«

Ich nicke und lasse verzweifelt meinen Blick zum Ausgang schweifen. Ich muss raus hier, und zwar schnell; die Kinder sind einfach überall, und ich merke bereits, wie meine Temperatur wieder ansteigt.

Aber es ist unmöglich, irgendwo hinzugelangen: Sämtliche Gänge sind mit grünen Hemden und Hüten verstopft, und das wird auch noch so bleiben, bis sämtliche Gelüste auf etwas Süßes gestillt sind.

Ich schnappe mir ein Paket Kit-Kats aus dem Regal und fächele mir damit Luft zu.

»Alles in Ordnung mit dir, Poppy?«, fragt Jake. »Ist diese Kindermenge zu viel für dich?«

»Alles gut«, beharre ich angespannt. »Alles gut.« Aber ich merke, wie sich alles um mich dreht und das vertraute Gefühl der Übelkeit gegen meinen Willen wiederkehrt.

»Na gut, dann sehen wir mal zu, dass wir dich hier rausbekommen«, höre ich Jake sagen, als meine Knie nachgeben.

»Aus dem Weg, Kinder!«, befiehlt Jake mit strenger Stimme, als er meinen Arm um seine starken Schultern legt und mich halb zum Ausgang schiebt, halb trägt. »Das reicht, bewegt euch!«

Wie ein Taucher, der im tiefen, dunklen Meereswasser langsam an die Oberfläche steigt, erkenne ich Tageslicht, das vor wenigen Augenblicken noch unendlich weit entfernt gewesen ist. Doch nun nähern wir uns ihm, schlängeln uns durch die Kindermenge zum Ausgang, bis wir schließlich draußen an der frischen Luft sind.

»Hier, setz dich«, weist mich Jake an und setzt mich auf die Bank, die vor dem Supermarkt steht. Amber und ich haben uns angewöhnt, sie als die Klatsch- und Tratschbank zu bezeichnen, da hier für gewöhnlich zwei oder mehr der betagteren Einwohner von St. Felix sitzen und die Ereignisse des Tages bis ins kleinste Detail diskutieren. »Atme tief ein.«

Ich tue, was er sagt, und wie jedes Mal, wenn ich einem Auslöser meiner Phobien entkommen bin, geht es mir gleich schon wieder deutlich besser.

»Tut mir leid«, sage ich ihm, als Jake mich sehr besorgt mustert. »Mir geht es gut, ehrlich.«

»Ich habe schon befürchtet, du würdest mir da drinnen ohnmächtig werden«, sagt er und nickt in Richtung des Ladens.

»Das wäre ich wahrscheinlich auch, wenn du mich nicht rausgebracht hättest. Tut mir leid.«

»Das ist nichts, wofür du dich entschuldigen musst. Wir alle haben unsere Dämonen.«

Ich frage mich, was er damit wohl meint.

»Mir geht es gut, ganz ehrlich«, erkläre ich und will schon aufstehen, doch dabei gerate ich ins Taumeln.

Jake packt mich am Arm. »Ganz langsam! Ich begleite dich zum *Daisy Chain*!«

»Nein!«, schreie ich beinahe, als ich an den süßen Blumenduft denke, der alles nur wieder schlimmer machen würde. »Also nein, ich würde lieber einen Spaziergang machen – ein wenig frische Luft schnappen, weißt du?«

»Klar«, erwidert Jake, und nachdem er sich mit seinem Arm bei mir untergehakt hat, schlendern wir zum Hafen hinunter.

»Als du eben beinahe ohnmächtig geworden bist«, wendet sich Jake an mich, nachdem wir den ganzen Weg bis zum schmalen Leuchtturm am Ende des Hafens spaziert sind, der stolz aufragt, um die Fischerboote nach St. Felix hineinzuleiten, »das war wieder dein Problem mit Menschenmengen, oder?«

Ich nicke.

Jetzt, da es mir besser geht, ist mir nicht nur diese kleine Episode peinlich, sondern auch, wie Jake mich vor einer Gruppe Schulkinder retten musste.

An einem einzigen Tag bin ich beiden Phobien von mir – und ich hasse es, sie so zu bezeichnen – begegnet, und Jake war beide Male Zeuge davon. Probleme mit Menschenmassen zu haben, bedeutet jedes Mal, ins Zentrum der Aufmerksamkeit zu geraten, wenn ich eine meiner Panikattacken erleide, was mir entsetzlich peinlich ist. Meine Probleme mit frischen Schnittblumen konnte ich bislang gut vor allen verbergen, denn die meisten Menschen empfinden nur ein gewisses Maß an Mitgefühl, wenn sie von der Phobie hören. Die häufiger auftretenden Varianten wie Aviophobie, die Flugangst, und Klaustrophobie sind geläufig, und die Menschen begreifen, warum jemand Angst hat. Angst vor Spinnen, Vögeln oder bestimmten Tieren – ja, auch das kann man verstehen. Aber jemand, der eine irrationale Angst vor Blumen hat? Das kommt einem schlichtweg mehr als seltsam vor.

Eine meiner Therapeutinnen hat mir erklärt, dass die korrekte Bezeichnung meiner Angst »Anthophobie« lautet – die krankhafte Furcht vor Blumen. Aber selbst wenn man weiß, dass es einen offiziellen Namen dafür gibt, fühlt man sich nicht besser oder dadurch in der Lage, seine Sorgen mit irgendwem zu teilen. Ich weiß, warum ich keine Blumen mag, und noch so viele Therapien und Beratungen werden nichts daran ändern können.

Am Ende des Hafens lehnen Jake und ich uns an die

Brüstung und schauen aufs Meer hinaus. Es herrscht gerade Flut, sodass die Wellen an der Hafenwand zerschellen und Gischt über die Brüstung spritzt. Es fühlt sich frisch und belebend auf meiner Haut an. Die grauen Wolken werden vom stürmischen Wind über den Himmel gejagt und weichen herrlichem Sonnenschein.

»Leidest du auch unter Platzangst? Klaustrophobie?«, fragt Jake mich. »Hat es dir etwas ausgemacht, in dem kleinen Laden zu stehen, als es voll wurde?«

»Nein, daran lag es nicht. Hör mal, würde es dir etwas ausmachen, wenn wir nicht mehr darüber reden, bitte? Mir geht es jetzt wieder gut.«

»Klar, wenn du das gern möchtest.« Er dreht sich um, sodass wir nun wieder aufs Meer hinausschauen, während wir beide an der grünen Brüstung stehen und uns die salzige Gischt entgegenspritzt.

»Es ist nur so, dass du ja gesagt hast, dass du in Therapie warst, und da habe ich mich gefragt ...«

»Habe ich nicht gerade gesagt, dass ich nicht darüber reden will?«, blaffe ich, woraufhin sich sofort mein schlechtes Gewissen meldet. Jake ist unendlich nett zu mir gewesen, eine solche Reaktion hat er nicht verdient. »Es tut mir leid, ich wollte dich gerade nicht anmeckern«, entschuldige ich mich bei ihm. »Ich mag nur einfach nicht über meine Probleme reden, das ist alles.«

»Klar, das verstehe ich.« Jake nickt zwar, sieht mich dabei aber nicht an.

Schweigen breitet sich zwischen uns aus und wird einzig und allein durch das Rauschen der Brandung durchbrochen, die unverfroren weiter an die Mauer unter uns peitscht.

»In Therapie gewesen zu sein muss niemandem peinlich sein«, fährt er schließlich fort. Offensichtlich hat er beschlossen, meine Bitte zu ignorieren. »Ich war in Therapie, als Felicity ... von uns gegangen ist.«

Mir fällt auf, dass er *gegangen* und nicht *gestorben* gesagt hat.

Da ich nur allzu gut weiß, wie Therapien funktionieren, frage ich mich, ob diese absichtliche Wortwahl wohl das Ergebnis einer solchen Therapiesitzung ist.

»Ich weiß. Charlie hat mir davon erzählt.« Sofort bereue ich meine Worte. Vielleicht will Charlie ja gar nicht, dass sein Vater herausfindet, dass er mit mir darüber geredet hat.

Jake starrt mich überrascht an. »Das hat er getan?«

»Ja. Er hat gesagt, dass ihr alle in Therapie gewesen seid. Aber er meinte, dass Miley euch vielleicht besser geholfen hat als jede Therapiestunde. Wo ist sie überhaupt?«

»Bei Bronte. Miley und der Supermarkt sind keine gute Kombination.« Jake denkt einen Moment lang nach. »Wahrscheinlich hat Charlie recht, was Miley angeht. Natürlich hatte ich die Kinder, und sie waren mir eine große Hilfe; wir alle haben einander unterstützt. Aber Miley hat mir etwas Neues gegeben, worüber ich nachdenken konnte, etwas, das mich nicht an Felicity erinnert hat.« Er lächelt kläglich. »Das kleine Äffchen brauchte zu Beginn viel Aufmerksamkeit – sie hat uns ganz schön auf Trab gehalten.«

»Das kann ich mir vorstellen.«

»Dadurch musste ich mich auf etwas anderes konzentrieren, und du meine Güte, wie sehr habe ich das damals gebraucht. Ich glaube, ich wäre durchgedreht, wenn sie nicht gewesen wäre.«

»Sie ist wirklich ein cooles Kerlchen, so viel steht fest.«

»Das stimmt wohl.« Jake schaut auf die Wellen hinunter und scheint über etwas nachzudenken, sodass ich ihn nicht unterbrechen will. »Sieh mal, Poppy«, sagt er dann und dreht sich mit einem Mal zu mir um. »Mir ist klar, dass du mich noch nicht so gut kennst ...«

Jakes Miene ist sehr ernst, und ich frage mich wirklich, was er mir wohl sagen will.

»Ich erwarte gar nicht, dass du mit mir über das sprichst, was in deiner Vergangenheit passiert ist, das ist allein deine Sache. Aber wenn du jemals Hilfe ...«

»Was weißt du über meine Vergangenheit?«, frage ich scharf. Wir haben die ganze Zeit lang recht entspannt nebeneinander an der Hafenbrüstung gelehnt, doch jetzt stehe ich kerzengerade da, während sich meine Gedanken überschlagen. »Hat jemand mit dir gesprochen? Hat deine Tante, diese Lou, dir irgendetwas über mich verraten? Hat sie das?«

Jake schaut mich vollkommen fassungslos an. »Ich habe keine Ahnung, was du ...«

»Ich wette, das hat sie«, fahre ich fort und gebe ihm nicht einmal die Chance, seinen Satz zu beenden. »Das geht weder sie noch sonst irgendwen etwas an. Was passiert ist, ist vor Jahren passiert, und außer mir war niemand dabei. *Niemand* außer mir weiß, was passiert ist. Verstanden?«

Jake, augenscheinlich immer noch verwirrt, nickt.

»So, wo wohnt deine Tante?«, will ich wissen.

»Im Bluebell Cottage, oben auf der Jacob Street, aber ich weiß wirklich nicht, warum ...«

Doch seine Worte kommen zu spät; schon stürme ich den Hafen entlang auf die Jacob Street und das Bluebell Cottage zu.

Niemand lästert über meine Familie.

Niemand.

18.

Pfingstrose – Wut

Ich hämmere gegen die blaue Holztür und warte.

Schließlich holt mich Jake ein. »Was machst du da?«, keucht er, völlig außer Atem vom Laufen, als er hinter mir die Straße und den Hügel hinaufgejagt ist.

»Ich will nicht, dass die Leute sich über Will das Maul zerreißen!«, rufe ich und trommele jetzt mit der geballten Faust auf die Tür.

»Wer zum Teufel ist Will?«, fragt Jake.

Ich drehe mich zu ihm um, starre ihn an und ziehe es zwei Sekunden lang in Betracht, ihm die Frage zu beantworten, drehe mich dann jedoch wieder um. Ich will gerade wieder dagegen schlagen, als sie aufschwingt und eine zunächst verärgerte, dann jedoch überraschte Lou vor uns steht.

»Poppy, geht es Ihnen besser?«, erkundigt sie sich. »Warum hämmern Sie gegen meine Tür? Ist etwas passiert?« Ihr besorgter Blick schweift zu Jake zurück. »Ist was mit den Kindern?«

»Nein, Lou«, erklärt Jake hinter mir, »es …«

»Haben Sie's ihm erzählt?«, frage ich und unterbreche Jake. Ich weiß, wie unglaublich unhöflich ich bin, aber ich muss es einfach wissen.

Lou starrt mich verwirrt an. »Was soll ich ihm erzählt haben?«

Ich werfe ihr einen vielsagenden Blick zu.

»Poppy, ich habe keine Ahnung, was Sie meinen. Hört zu, ich muss wieder rein. Suzy bekommt gerade ihre Babys.«

Suzy? Wer ist Suzy?

»Jetzt gerade?«, fragt Jake aufgeregt. »Ich dachte, das dauert noch?«

»Damit hatte ich auch nicht gerechnet«, erwidert Lou und hält die Tür auf, damit Jake und ich hereinkommen können. »Aber wie es scheint, ist Basil doch früher zur Tat geschritten, als wir alle vermutet haben.«

Und wer ist jetzt schon wieder dieser Basil?

Als Jake und Lou im Haus verschwinden, habe ich keine andere Wahl, als ihnen zu folgen. Keine Ahnung, womit ich gerechnet habe, als ich Lous hübsches Cottage betrete und wir gemeinsam ins Wohnzimmer gehen – aber eine braun-weiße Cockerspanieldame, die in ihrem Hundekörbchen in der Ecke liegt, sicher nicht. Sie ist von Decken und Handtüchern umgeben, hechelt stark und macht einen sehr angespannten, geplagten Eindruck.

»Hast du den Tierarzt schon verständigt?«, fragt Jake, als er neben Suzy auf die Knie geht und ihr den Kopf streichelt.

»Ja, doch der ist oben auf der Monkswood Farm mit einer Kuh beschäftigt, bei der es zu Geburtskomplikationen gekommen ist. Wie es scheint, wollen alle Tiere in der Gegend am Maifeiertag zur Welt kommen! Ich war aber schon einmal bei einer Geburt dabei«, fährt

Lou ruhig fort. »Ich weiß, was ich zu tun habe. Ich bin vorbereitet.«

Draußen bellt ein weiterer Hund.

»Das ist Basil«, erklärt Lou, der auffällt, wie ich zur Hintertür schaue. »Das ist der Vater der Welpen, und das weiß er auch! Er läuft schon seit Tagen im Haus auf und ab, als würde er warten – ein wenig wie ich.«

»Ah, okay.« Ich werfe einen Blick zu Suzy. »Wie lange dauert es noch, bis sie kommen?«

»Es könnte in ein paar Minuten so weit sein, aber auch erst in ein paar Stunden«, erwidert Lou. »Sie kommen dann, wenn Suzy bereit ist. So, was ist der Grund dafür, dass ihr beide hergekommen seid?«

»Ach, das spielt jetzt keine Rolle«, entgegne ich. Nach allem, was ich hier gesehen habe, kommt mir mein Wutausbruch vergleichsweise banal vor. Ich werde mich mit Lou unterhalten, wenn sie nicht mehr so viel um die Ohren hat. »Kann ich irgendwie helfen?« Ich schaue auf die arme Suzy hinunter; sie keucht wirklich stark, und es wird garantiert nicht mehr lange dauern.

»Könnten Sie für mich mit Basil eine Runde Gassi gehen?«, bittet mich Lou. »Wie ich eben schon gesagt habe, ist er wegen der Welpen völlig durch den Wind, darum würde ihm eine kurze Runde sicher guttun. Ob er jedoch mitgeht, ist wohl eine andere Sache.«

»Klar, ich kann's gerne versuchen.«

»Ist das klug?«, gibt Jake zu bedenken. »Nach ... Bist du sicher, dass alles wieder in Ordnung ist bei dir?«

»Oh, was ist passiert?«, fragt Lou.

»Nichts, mir geht es bestens.«

Doch Lou dreht sich zu Jake um und wartet auf eine Antwort.

»Sie ist im Supermarkt beinahe ohnmächtig geworden«, erklärt er ihr. »Ich musste sie praktisch hinaustragen.«

»Oje, Sie armes Ding.«

»Es ist wirklich alles in Ordnung«, beharre ich und ärgere mich über Jake, dass er mich verraten hat. »Für einen Spaziergang mit Basil geht es mir wirklich gut genug.«

»Na, Sie werden es selbst am besten wissen, Liebes«, erwidert Lou und tätschelt meinen Arm. Dann läuft sie zur Tür. »Pass bitte kurz auf Suzy auf, Jake, ich bin sofort wieder zurück. Hier entlang, Poppy.«

Lou geleitet mich durch ihre Küche, von wo sie eine rote Hundeleine und ein paar Plastiktüten mitnimmt. Anschließend eilen wir durch die Hintertür, damit Basil nicht an uns vorbei nach drinnen stürmen kann.

Basil ist der betagte Basset Hound, mit dem ich Lou draußen vor dem Fish-and-Chips-Imbiss von Mickey an meinem ersten Abend hier in St. Felix gesehen habe. Er schaut mich mit seinen großen, traurigen braunen Augen wissend an, als wir in den Garten hinausgehen.

»Hey, Basil, willst du Gassi gehen?«, fragt Lou und fuchtelt ihm mit der Leine vor der Nase herum.

»Wuff!« Basil springt zu uns; Lou befestigt die Leine an seinem Halsband.

»Beim Gassigehen macht er überhaupt keine Probleme«, erklärt sie mir, »da er mittlerweile schon einige Jahre auf dem Buckel hat, muss er gar nicht mehr ellenlange Strecken laufen.«

Basil schnüffelt an meinen Füßen herum. Dann setzt er sich vor mich hin und sieht mich wieder mit dem gleichen wissenden Blick an wie eben, als wir in den Garten hinausgegangen sind.

»Sie scheinen ja einen ordentlichen Eindruck gemacht zu haben«, stellt Lou fest. »Denn Fremde mag er nicht immer. Vielleicht hat er was gemerkt.«

»Was soll er denn gemerkt haben?«, frage ich und mustere Basil von oben. Ich habe kein Problem mit Hunden oder welchen Tieren auch immer; ich bin nur einfach nicht an sie gewöhnt.

»Dass Sie mit Rosie verwandt sind. Oh, Sie wissen das gar nicht?«, ruft sie und schlägt sich mit der flachen Hand auf die Stirn. »Ich hatte angenommen, irgendwer hätte es Ihnen erzählt. Basil war Rosies Hund. Als sie ins Krankenhaus gekommen ist, habe ich ihr versprochen, mich um ihn zu kümmern. Immerhin hatte ich bereits Suzy, und die beiden kannten sich gut, also schien es die beste Lösung für alle zu sein. Aber als Rosie dann nicht mehr zurückgekehrt ist ...« Als wüsste Basil, worüber wir reden, stößt er ein lautes Jaulen aus. Lou kniet sich hin und krault ihm die Ohren. »Ich weiß, mein Freund, ich vermisse sie auch.«

Basil schmiegt sich an ihre Hand, woraufhin Lou ihn noch ein wenig fester krault.

»Also ist er seitdem bei mir geblieben, nicht wahr, Basil? Er und Suzy verstehen sich gut – eigentlich sogar ein wenig zu gut, was der Grund ist, warum ich gleich Gott weiß wie viele Welpen haben werde. Ich habe angenommen, Basil hätte all das hinter sich, sodass ich mir keine Sorgen zu machen brauche, doch wie es scheint, steckt immer noch Leben in dem alten Kerl, nicht wahr, Basil?«

Ich bin sicher, dass Basil gerade grinst.

»Lou! Komm jetzt besser zurück!«, ruft Jake von drinnen. »Ich glaube, da kommt ein Baby!«

Lou drückt mir Basils Leine und ein paar Plastiktüten in die Hand.

»Er macht sich Sorgen, wissen Sie?«, ruft sie, während sie durch den Garten ins Haus zurückeilt. »Jake – es ist einfach seine Art, er meint es nicht böse.«

Ich bin nicht sicher, ob sie damit die bevorstehenden Welpen meint oder Jakes vorherige Sorge angesichts der Tatsache, dass ich mit Basil Gassi gehe.

»Achten Sie nur darauf, dass Sie seine Geschäfte einsammeln«, weist Lou mich an, bevor sie wieder in die Küche verschwindet. »Der Gemeinderat verpasst Ihnen eine saftige Geldstrafe, wenn Sie es nicht tun.«

Ich schließe kurz die Augen. *Na super.*

Als ich sie wieder öffne, schaut mich Basil hechelnd an.

»Na, dann komm mal mit«, fordere ich ihn auf und führe ihn zu Lous Gartentür hinaus. »Aber sei doch so lieb und beschränk dich darauf, lediglich Bäume zu markieren.«

Lou hat recht: Mit Basil an der Leine spazieren zu gehen, bereitet überhaupt keine Probleme. Er spaziert neben mir, bleibt gelegentlich kurz stehen, um mit seiner großen, langen Nase an etwas zu schnüffeln, das ihn interessiert, und markiert – wenn nötig – sein Revier mit einer schmalen gelben Spur.

Mit ihm an der Leine spaziere ich wieder in die Stadt zurück und die Harbour Street entlang in dem Bestreben, am Hafen vorbeizulaufen und dann vielleicht zu den Klippen hinauf- oder zum Strand hinunterzugehen, wo derzeit Flut herrscht. Es ist Mai, sodass das Licht um diese Uhrzeit noch gut ist. Und die bedrohlichen Wolken von vorhin, von denen ich angenommen hatte, dass sie Regen bringen würden, als ich mit Jake unterwegs war, lösen sich allmählich auf.

Wir haben gerade die *Blue-Canary*-Bäckerei passiert, die bereits geschlossen ist, da es bereits weit nach achtzehn Uhr ist, und wollen am *Daisy Chain* vorbei, als Basil plötzlich stehenbleibt.

Weil ich darauf nicht vorbereitet bin, reißt er mir dadurch beinahe den Arm aus, als sich die Leine hinter mir straff spannt.

»Was ist los?«, frage ich ihn verwundert. Ich mustere ihn, wie er fest entschlossen auf dem Boden sitzt. »Musst du noch Kacka machen?«

Ich verdrehe die Augen. Was ist bloß aus mir geworden?

Basil starrt mich schweigend an, während seine großen dunklen Augen langsam blinzeln.

»Komm schon, Basil!« Ich zerre an seiner Leine. »Jetzt stell dich nicht so an, wir haben uns doch bis jetzt richtig gut verstanden!«

Er bewegt sich keinen Millimeter.

Aus dem Nichts heraus fängt er plötzlich an zu jaulen.

Ein langes, lautes, mitleiderregendes Jaulen, das mir einen Schauer über den Rücken jagt.

Er klingt ein wenig wie ein Wolf, tief in einem dunklen, dicht bewachsenen Wald. Mit Ausnahme der Tatsache, dass Basil ein leicht übergewichtiger, betagter Basset Hound ist, der auf einer Kopfsteinpflasterstraße in einer ruhigen kleinen Küstenstadt in Cornwall hockt – ein gerissener Wolf ist er ganz gewiss nicht.

»Hey, was ist los?«, zische ich, als uns ein paar Passanten schon seltsame Blicke zuwerfen. »Warum machst du das?«

Basil hört auf zu jaulen und stürzt auf die Tür des Blumenladens zu; dort fängt er an, verzweifelt an der Tür zu kratzen.

»Lass das!«, befehle ich ihm. »Die haben wir gerade erst angestrichen! Komm schon.« Ich zerre an der Leine, doch Basil bewegt sich kein Stück. Er bleibt vor der Tür sitzen und starrt sie an.

»Willst du in den Laden rein?«, frage ich ihn in einem sanfteren Tonfall, als mir klar wird, was los sein könnte. »Ist es das?«

Amber ist bereits nach Hause gegangen, darum greife ich in meine Tasche und krame meinen Ladenschlüssel hervor. Während Basils Schwanz schon schnell zu wedeln beginnt, schließe ich die Tür auf und lasse ihn herein. Mit immer noch wedelndem Schwanz stürmt er an mir vorbei und schnüffelt wie ein Bluthund am Boden.

»Sie ist nicht hier, weißt du«, erkläre ich ihm. »Wenn du nach Rosie suchst, Basil: Sie ist leider nicht hier.«

Basil ignoriert meine Worte und erkundet weiter den Laden. Überraschenderweise stößt er dabei kaum etwas um, während er umhertapst. Rosie muss ihn oft mitgenommen haben; er scheint sich hier bestens auszukennen. Er läuft sogar ins Hinterzimmer und schaut sich dort um, deswegen folge ich ihm bis zur Ladentheke.

Schließlich kehrt er mit eingezogenem Schwanz zurück, die langen Ohren beinahe auf dem Boden. Enttäuscht blickt er mich an, als sei es mein Fehler, dass er sein Frauchen im Hinterzimmer nicht finden konnte. Dann rollt er sich langsam unter der Theke zusammen, sodass ich mich unweigerlich frage, ob Rosie dort vielleicht ein Körbchen für ihn stehen hatte, wenn sie gemeinsam hier waren.

»Oh Basil, es tut mir so leid«, sage ich und hocke mich neben ihn, um ihn zu streicheln. Dann fällt mir jedoch ein, was Lou getan hat, und kraule ihm das Ohr. Basil hebt den Kopf und schmiegt sein Ohr an meine Hand. »Oh, das gefällt dir, oder?«, stelle ich leise fest.

Im Schneidersitz setze ich mich unter die Ladentheke und kraule ihn weiter. Es ist nett, ohne all die Leute und natürlich auch ohne die Blumen hier zu sein. Die echten Blumen befinden sich allesamt hinten im renovierten Kühlraum, sodass es hier nichts gibt, was mich in Bedrängnis bringen könnte. Ich, Basil und der Laden, das ist alles.

»Es ist schlimm, wenn jemand stirbt, Basil«, erkläre ich ihm, während wir gemeinsam unter der Holztheke sitzen. »Ich weiß genau, wie du dich fühlst.«

Mit seinem schwermütigen Blick schaut Basil zu mir auf.

»Für dich muss es noch schlimmer sein. Ich nehme an, du weißt nicht mal wirklich, was mit Rosie passiert ist; erst ist sie noch da, und einen Tag später ... Na ja, da lebst du schon bei jemand anderem.« Ich tue so, als würde ich ihn in die Seite stupsen. »Wenigstens hast du bei Lou ein wenig Action gehabt, was, Kumpel? Das war in deinem Alter bestimmt ein toller Bonus.«

Basil gähnt.

»Aber offensichtlich vermisst du meine Großmutter; darum wolltest du hierherkommen. Du wolltest dich ihr nahe fühlen. Vielleicht sehnen wir uns alle danach, Basil – nach der Chance, sich dem Menschen, den man verloren hat, nahe zu fühlen. Nur ein einziges, letztes Mal.«

Als Basil seinen Kopf auf meinen Schoß legt und die Augen schließt, hebe ich die Hand, um mit den Fingern über das Herz zu streichen, das unter der Theke eingeritzt ist.

Rebellen für immer ...

19.

Birnenblüten – Frost

Eine Zeit lang sitzen Basil und ich gemeinsam im Laden. Basil hat seinen Kopf auf meinen Schoß gelegt und schnarcht leise und zufrieden im Schlaf, während ich über die Vergangenheit und die Gegenwart in St. Felix nachdenke. Nach einer ganzen Weile beschließe ich jedoch, dass wir zu Lou zurückkehren müssen, um zu sehen, wie weit Suzy mit ihren Welpen ist. Darum wecke ich Basil auf und ermuntere ihn dazu, mit mir nach draußen zu laufen, um dann weiter Gassi zu gehen.

Als wir zu Lous Cottage zurückkehren, öffne ich mir selbst die Hintertür zum Garten, nehme Basil die Leine ab und fülle seinen Wassernapf auf, bevor ich ihm dann verspreche, wieder zurückzukommen, wenn ich in Lous Küche Futter für ihn gefunden habe.

»Ich bin gleich wieder da«, erkläre ich ihm, als er sich draußen in seinem Körbchen zusammenrollt. »Vielleicht bist du mittlerweile ein Daddy!«

Ich sehe mich in Lous in die Jahre gekommener Küche nach Hundefutter um und suche in jedem Schrank nach Dosen. Erst als ich mit dem dicken Zeh gegen einen Sack Hundetrockenfutter von Bakers stoße, der auf dem Boden steht, wird mir klar, dass zwei Hunde, die so groß wie Basil und Suzy sind, schon eine Menge Futter brauchen und nicht etwa nur die kleinen Hundefutterdosen von Caesar, die meine Nachbarin zu Hause in London ihren beiden Mopsrüden gibt.

Ich befülle einen sauberen Hundenapf aus Edelstahl, den ich auf der Küchentheke gefunden habe, und bringe ihn zu Basil hinaus. Erst schaut er zu mir hoch, als ich den Napf neben ihm abstelle, dann schnüffelt er am Inhalt und erlaubt mir schließlich, den Napf dort stehenzulassen, um ihn später eingehender zu prüfen.

»So viel also zu deiner Verzweiflung, deine Nachkommen sehen zu wollen, Basil«, sage ich und schüttele den Kopf. »Wie wäre es, wenn ich stellvertretend für dich mal die Lage überprüfe, während du nochmal ein Nickerchen machst?«

Basil scheint die Idee zu gefallen. Während er sich hinlegt und den Kopf auf seine Pfoten bettet, gehe ich nach drinnen, um bei Suzy nach dem Stand der Dinge zu schauen.

Ich bleibe kurz vor dem Wohnzimmer stehen, halte inne und überlege, ob ich anklopfen soll. Wie viel Privatsphäre braucht ein Hund während der Geburt? Während ich darüber nachdenke, fällt mir etwas an Lous Wand auf. Das ist interessant, denke ich und betrachte ein Bild, auf dem eine gestickte Edelwicke zu sehen ist. Es sieht ganz so aus wie das Stickbild, das Amber und ich in der Kiste mit den Blumenbüchern gefunden haben. Ich schaue genauer hin; wie bei uns sind die gleichen Initialen, VR, in die Blütenblätter der Edelwicke gestickt.

»Poppy, sind Sie das?«, ruft mich Lou zu sich, sodass ich meinen Blick von dem Bild löse und ins Wohnzimmer gehe.

Lou und Jake hocken vor Suzys Körbchen auf dem Boden.

»Kommen Sie herein«, winkt mich Lou zu sich. »Sie hat es geschafft.«

Ich gehe zum Körbchen hinüber, in dem Suzy zwar müde, aber sehr glücklich mit fünf kleinen Miniatursuzys liegt, die sich unter ihr winden und wetteifern, wer von ihnen als Erstes an die Zitzen der Mutter gelangt, um sich dort einen großen Schluck Milch abzuholen.

»Sie sind so winzig«, staune ich und kann mich nicht von ihrem Anblick losreißen. »Es muss schnell gegangen sein.«

Lou blickt zur Uhr auf dem Kaminsims hinüber. »Sie waren immerhin mehr als zwei Stunden fort«, stellt sie fest. »Das ist eine lange Zeit, und Suzy hat es wirklich toll gemacht.« Sie streckt die Hand aus und streichelt Suzy, die zu erschöpft ist, um irgendetwas zu tun, und daher nur die Augen schließt, um Lous Streicheleinheiten zu genießen. »Geht es Basil gut?«, erkundigt sich Lou.

»Ja, alles in Ordnung mit ihm. Es lief alles völlig ohne Probleme. Wir sind in den Blumenladen gegangen.«

Überrascht schauen mich Lou und Jake an.

»Er wollte dahin«, erkläre ich. »Er hat an der Tür gekratzt.«

»Und was ist dann passiert?«, fragt Jake.

»Wir sind reingegangen«, antworte ich verhalten. »Und … haben eine Weile dort gesessen. Es schien ihm zu gefallen.«

»Armer Basil«, seufzt Lou. »Ich glaube, er vermisst Rose immer noch.«

»Das denke ich auch«, stimme ich ihr zu.

Lou und Jake schauen einander an.

»Was?«, frage ich. »Was ist los?«

Lou steht auf. »Die Sache ist so, Poppy, dass Suzy jetzt ihre Welpen hat und ich nicht sicher bin, ob ich mich um sie alle und dazu noch um zwei ausgewachsene Hunde kümmern kann. Und da Sie heute so gut mit Basil zurechtgekommen sind …«

»Oh nein«, winke ich eilig ab, als mir klar wird, worauf sie hinauswill. Abwehrend hebe ich die Hand und weiche zurück. »Auf gar keinen Fall. Ich habe den Laden und …« Verzweifelt suche ich nach weiteren Gründen, doch mir wird bewusst, dass mir nichts anderes einfällt.

»Ich sollte mich eigentlich nur vorübergehend um Basil kümmern«, fleht Lou. »Poppy, Basil ist schon ziemlich in die Jahre gekommen, er braucht nicht mehr viel Pflege – er schläft die meiste Zeit. Außerdem würde es ihm sehr gefallen, in den Laden zurückzukommen.«

Jake steht auf und sammelt ein paar Handtücher ein.

»Während ihr beide, du und Poppy, das diskutiert, werde ich mich mal um das hier kümmern …«, erklärt er, macht einen großen Bogen um mich und hält das Handtuchbündel extra so, dass ich es nicht sehen kann.

»Was denn? Was macht er?«, frage ich, als er den Raum verlässt.

»Es ist nichts, Poppy.« Lou schaut sichtlich bekümmert zu Suzy hin und senkt dann die Stimme. »Einer der Welpen hat es nicht geschafft«, erklärt sie mit zitternden Lippen. »Jake und ich haben alles versucht, ihn wiederzubeleben, um ihm eine Chance zu geben, aber ...« Sie schüttelt den Kopf und schluchzt.

»Oh Lou.« Ich blicke zu Suzy, die ihren Kopf einen Moment lang von ihren Welpen hebt und mit hängenden Ohren Lou verzweifelt ansieht. Dann schaut sie zu mir herüber, als wolle sie sagen: »Ich kann im Augenblick nichts tun, du musst meinen gewohnten Job als Trösterin meines Herrchens übernehmen.«

Ich hole tief Luft, habe das Gefühl, mich weit außerhalb meiner Komfortzone zu befinden, und lege meinen Arm um Lou.

»Ich bin sicher, dass Sie alles versucht haben, Lou«, erkläre ich, sie halb tätschelnd, halb umarmend. »Und Suzy weiß das auch. Und sehen Sie ...«, ich deute auf das Körbchen, »Suzy ist Ihnen dankbar, die fünf gesunden Welpen auf die Welt gebracht zu haben, ebenso wie Basil.«

Lou schnieft und greift auf der Suche nach einem Taschentuch in ihre Schürze. »Ich weiß, aber er war so winzig und hilflos – der Kleinste im Wurf. Wir haben versucht, ihn zu retten, aber Mutter Natur hatte anderes im Sinn.«

»Warum setzen Sie sich nicht einen Augenblick lang«, schlage ich vor und führe Lou zum Sofa, das neben Suzy und den Welpen steht, damit sie die positiven Erfolge ihrer Mühen sieht und nicht weiter über die negativen Erlebnisse nachdenkt. »Wo bringt Jake ihn hin?«, frage ich vorsichtig, um sie nicht aufzuregen. »Also den Welpen?«

»Ich danke Gott für Jake – er ist ein toller Bursche. Er wirft einen Blick in meinen Schuppen, ob er dort eine schmale Holzkiste findet, in der wir den kleinen Kerl begraben können.«

Ich schlucke schwer. Die ganze Situation geht mir plötzlich auf viele Arten näher, als ich es erwartet hätte.

»Ich schaue mal kurz nach, ob alles in Ordnung ist, und wenn ich schon da bin, setze ich auch gleich Teewasser auf. Sie sehen aus, als könnten Sie eine Tasse vertragen.«

»Oh, das wäre ganz wunderbar, meine Liebe.« Lou lehnt sich auf dem Sofa zurück und seufzt. Sie wirkt fast so müde wie Suzy, als sie dort sitzt und zufrieden die Welpen betrachtet. »Dann können wir in Ruhe über Basil reden ...«

Ich gehe in die Küche zurück, finde den Wasserkessel, fülle ihn und setze ihn auf den Herd.

Als ich aus dem Küchenfenster schaue, entdecke ich Jake, der in Lous Garten mit einem Spaten unter einem Baum ein Loch gräbt.

Er muss also eine Holzkiste gefunden haben.

Ich stehe ein paar Sekunden lang am Fenster, bevor ich tief Luft hole und in den Garten hinausgehe.

»Hi«, grüße ich, als ich mich ihm nähere.

Jake fährt zusammen und stellt sich sofort vor das Holzkistchen, das neben ihm im Gras steht.

»Schon gut, ich weiß Bescheid ...« Ich nicke in Richtung der Kiste.

»Oh.« Auch Jake schaut nun auf die Kiste hinunter. »Ja, wirklich schade. Wir haben es versucht ...«

»Ja, Lou sagte das schon. Das nimmt sie ziemlich mit.«

Jake nickt, bevor er dann in den Baum hinaufschaut, und ich merke, wie er tief Luft holt. Erlebt er im Geiste noch einmal seinen eigenen Schmerz, wie ich es gerade tue?

»Du kannst weitermachen«, antworte ich darum eilig. »Ich wollte nur sicher sein, dass du ... na ja, du weißt schon.«

Jake sieht mich an. »Dass ich *was*?«

Ich trete nach einem Blatt. »Du weißt schon, dass bei dir alles in Ordnung ist ... nach allem, was passiert ist.« Mein Blick schweift wieder zu der Holzkiste.

»Klar, mir geht es gut. Dir denn?«

»Ja, *mir* geht es gut. Warum sollte es mir nicht gut gehen?«

Jake zuckt mit den Schultern. »Es ist nie einfach, mit dem Tod umzugehen, in welcher Form er einem auch begegnet.« Er blickt auf die Holzkiste hinunter. »Ob Mensch, ob Tier – es macht kaum einen Unterschied, wenn man geliebt hat, was nun für immer verloren ist.«

Ich schweige. Wie gern würde ich ihm sagen, dass ich weiß, was er meint. Dass ich sehr genau weiß, wie sich dieser Schmerz anfühlt. Aber ich kann es nicht. Diese Fähigkeit ist so unendlich tief in mir vergraben, dass sie nie mehr an der Oberfläche auftauchen wird.

Mir ist bewusst, dass Jake mich beobachtet. Auf eine Reaktion wartet. Doch immer noch schweige ich.

»Wie sieht es denn mit all der Verantwortung aus, die man dir in letzter Zeit aufgebürdet hat?«, fragt Jake leichthin und nimmt den Spaten, um weiterzugraben. Offenbar hat er beschlossen, dass ich ein kaltherziges Miststück ohne Gefühle bin. »Wir alle wissen ja, dass Verantwortung nicht gerade dein *Ding* ist.«

»Welche Verantwortung?«, frage ich und spiele mit in der Hoffnung, dass er das nicht wirklich von mir denkt. Gleichzeitig bin ich aber mehr als erleichtert über den Themenwechsel.

»Zuerst der Blumenladen und jetzt auch noch ein Hund ...«

»Basil?« Basil wacht kurz auf, als er seinen Namen hört, und hebt den Kopf. »Basil?«, flüstere ich dieses Mal. »Ich habe noch nicht gesagt, dass ich ihn zu mir nehme.«

»Aber das wirst du.« Jake schippt eine weitere Ladung Erde auf den Haufen neben dem Loch.

»Woher willst du das wissen?«

Jake hört auf zu graben, wirft den Spaten in die Erde und wischt sich dann ein paar Schweißtropfen mit dem Handrücken von der Stirn. »Weil«, sagt er und dreht sich zu mir um, »unter all der harten, schwarzen Schale, die du trägst, um dich zu schützen, ein starkes, großes Herz schlägt. Und es ist nicht irgendein altes Herz, Poppy: Es ist ein wunderschönes, gütiges, großzügiges Herz. Eines, wie auch Rosie es hatte.«

Während ich ihn immer noch anstarre und wieder einmal von seinem schönen Umgang mit Worten überrascht bin, nimmt er die Holzkiste und legt sie in das Erdloch, das er gerade ausgegraben hat.

»Das Leben ist hart, Poppy«, erklärt er, als wir beide gemeinsam in die Grube starren. »Wir beide wissen das. Manche leben ein einigermaßen gutes Leben, während anderen dies leider nicht vergönnt ist.«

Ich will ihm gerade zustimmen, halte dann jedoch inne. Obwohl ich mich in seiner Gegenwart wohlfühle, so kennt er doch nicht die ganze Wahrheit …

Da er von meinem Zögern nichts mitbekommt, fährt Jake fort: »Aber ganz gleich, was das Leben für einen in petto hat: Irgendwann wird einem klar, dass es weitergehen muss. Denn …«, er blickt wieder in das Grab hinunter, »was ist denn schon die Alternative?«

Es geht nicht immer weiter, denke ich. Manchmal ist es einfacher, in der Zeit gefangen zu bleiben, in der man glücklich gewesen ist. Eine Zeit, bevor die niemals enden wollende Trauer begonnen hat.

»Hast du je darüber nachgedacht …?« Ich nicke in Richtung des Erdlochs.

Jake schüttelt den Kopf. »Nein. Ich hatte die Kinder, an die ich denken musste, sie brauchten mich damals mehr als je zuvor. Das hat schon ausgereicht, um mich davon abzuhalten, diesen Weg einzuschlagen.« Er lächelt mich an. »Die Leute brauchen dich auch, Poppy. Du merkst es vielleicht nicht, aber es ist so. Du musst mit deinem Leben weitermachen.«

Ich will gerade Jake fragen, welche Leute mich brauchen und ob er vielleicht einer von diesen Leuten sein könnte, als ich eine feuchte Schnauze spüre, die meine Hand anstupst.

»Basil«, rufe ich, gehe neben ihm in die Hocke und lege meinen Arm um seinen leicht rundlichen Körper.

»*Er* braucht dich zum Beispiel«, stellt Jake über mir leise fest.

Ich streichele Basils Kopf, doch er erhebt sich und beugt sich über das Erdloch.

»Meinst du, er weiß Bescheid?«, frage ich Jake.

Jake zuckt mit den Schultern. »Wahrscheinlich, Hunde sind ja ziemlich sensibel, nicht wahr?«

Ich greife über Basil hinweg und zupfe ein Gänseblümchen ab, das inmitten des Rasens gewachsen ist.

»Hier«, sage ich und halte es Basil unter die Nase. »Das werfen wir jetzt für deinen kleinen Sohn hinein.« Ich werfe das Gänseblümchen in das Grab, auf die kleine Holzkiste. Danach sitzen Basil und ich ein paar Minuten lang schweigend da und schauen Jake dabei zu, wie er das Loch, das er zuvor gegraben hat, wieder mit Erde auffüllt.

Bevor wir drei dann ins Haus zurückkehren, um die anderen Welpen zu besuchen, bleiben wir einen Augenblick lang vor dem Grab stehen, jeder mit seinen eigenen Erinnerungen an diejenigen, die wir verloren haben.

20.

Freesien – Ewige Freundschaft

Jake hat recht.

Am gleichen Abend noch nehme ich Basil mit zu mir nach Hause – zu Ambers großer Freude. Die beiden sind wie beste Kumpels und rollen sich in einem von Basils energiegeladeneren Momenten, die mittlerweile nicht mehr so häufig sind, gemeinsam über den Boden. Von da an begleitet uns Basil jeden Tag in den Laden und sitzt fröhlich unter der Ladentheke in dem neuen Hundekorb, den wir für ihn gekauft haben.

Basil und ich haben eine etwas reifere Beziehung als er und Amber. Wir leben ziemlich glücklich miteinander und nehmen Rücksicht auf die Fehler des jeweils anderen, was bedeutet, dass Basil damit klarkommt, dass ich über seine Haare meckere, die er überall verliert, und ich dafür sein lautes Schnarchen ertrage.

Wir haben sogar etwas gemeinsam – wir beide lieben Käse. Das habe ich zufällig bemerkt, als ich herzhaft in einen Käsetoast beißen wollte, während Basil auf dem Balkon neben mir saß – sabbernd.

Ich für meinen Teil bevorzuge einen guten Cheddar, wohingegen Basil eine Vorliebe für Blauschimmelkäse hegt, insbesondere für Stilton. Ich weiß, dass ich ihm nicht allzu viele Leckerbissen geben sollte, aber ich schätze mal, dass ihm das ein oder andere nicht schaden wird.

Ohne es tatsächlich eingestehen zu wollen, gefällt es mir sogar ziemlich gut, Basil um mich zu haben. Seine Gesellschaft ist angenehm, und unsere täglichen Spaziergänge an den Klippen sowie am Strand entlang sind zu meinem persönlichen Highlight eines jeden Tages hier in St. Felix geworden.

Vor etwas mehr als sechs Wochen hat der Laden geöffnet, und die Hochsaison steht in Cornwall kurz bevor – ein Umstand, der die Stadt kaum zu scheren scheint, was ich gleichermaßen überraschend wie beunruhigend finde, als ich heute Morgen am Küchentisch sitze und die Einnahmen in unsere Geschäftsbücher eintrage.

Amber und ich haben einen Plan entwickelt, wie wir das Geschäft betreiben wollen, und für uns beide scheint es so gut zu funktionieren. Amber ist glücklich damit, sich um die Blumen zu kümmern – um Blumenschmuck und Sträuße. Aber auch der Blumeneinkauf fällt in ihren Arbeitsbereich. Ich dagegen kümmere mich um alle praktischen Dinge – um die Buchführung, den Kassensturz am Tagesende, die Bankgeschäfte sowie um die Neubestellungen für die Geschenkabteilung. Für Letzteres hatte es bislang noch nicht so viel Grund gegeben, da der Laden zwar einigermaßen lief, allerdings eben nicht hervorragend.

Wir werden immer noch sehr von den Bewohnern von St. Felix unterstützt. Die Leute kommen vorbei und kaufen Blumensträuße, um Farbe in ihre vier

Wände zu bringen oder die Blumen jemandem als Geschenk zu überreichen, und Amber hat ein paar Bestellungen für Sträuße zu Geburtstagen und Jubiläen erhalten – die zur großen Freude des Empfängers ausgeliefert wurden. Das ist eine weitere Aufgabe, die in meinen Bereich fällt – die Auslieferung. Ich habe immer noch den Leihwagen, einen Range Rover – obwohl ich mit einem kleineren Auto weitaus besser zurechtkommen würde angesichts der engen, schmalen Gassen von St. Felix. Bei den wenigen Gelegenheiten, als Bestellungen eingegangen sind, bin ich mit dem »Biest« losgefahren, wie ich es getauft habe, um Ambers wundervolle Kreationen auszuliefern.

Selbst jemand wie ich, die Blumen in jedweder Form hasst, kann erkennen, dass Amber im Umgang mit ihnen unglaublich talentiert ist, sodass ich mich tatsächlich schon gefragt habe, wie meine Mutter wohl in New York ohne sie klarkommt.

In den letzten Wochen hat mich meine Mutter mehrfach angerufen, um nachzuhören, wie der Laden läuft und wie es Amber geht. Natürlich kann ich nur Gutes über Amber berichten und, zu meiner großen Überraschung, auch darüber, wieder in St. Felix zu sein. Meine Mutter scheint sich darüber zu freuen, ist aber offenbar deutlich weniger verwundert als ich über die Tatsache, dass St. Felix mir gutzutun scheint.

»Besuchst du eigentlich niemanden?«, fragte mich meine Mutter gestern Abend.

In einem normalen Mutter-Tochter-Gespräch hätte sich das eindeutig auf einen Mann bezogen, doch in meiner Welt ist damit ein Therapeut gemeint.

»Nein, Mum, ich habe niemanden.« Meiner Mutter ist es schon immer unangenehm gewesen, mit mir über meinen Therapiebedarf zu sprechen. Tatsächlich benutzt sie selbst nur ganz selten das Wort »Therapeut«.

»Und du bist sicher, dass es dir damit gut geht? Wir können jederzeit dort jemanden in der Gegend finden, wenn du jemanden brauchst. Ich komme auch finanziell dafür auf.«

»Nicht nötig. Mir ist es nie besser gegangen«, versichere ich ihr und meine es aufrichtig. Mir fällt es zwar unglaublich schwer, es zuzugeben, doch diese kleine Küstenstadt tut mir unglaublich gut. Ich bin glücklicher, als ich es seit einer Ewigkeit gewesen bin, und wenn der Laden nicht so schlecht laufen würde, wäre alles bestens.

»Und du bist dir sicher, dass es okay für dich ist, dass ich Amber hierbehalte?«, fragte ich. »Vermisst du sie denn gar nicht?«

»Oh doch, schrecklich sogar, aber diese Veränderung wird ihr guttun. Ich habe sie nicht einfach nur losgeschickt, um dir zu helfen. Ich hoffe, dass St. Felix auch Amber helfen wird.«

»Warum braucht Amber Hilfe?«, erkundige ich mich und frage mich, was sie damit wohl meine.

»Amber wird dir davon schon erzählen, wenn sie so weit ist, denke ich. Hör mal, ich muss los, dein Vater führt mich heute zum Essen aus – in irgendein schickes Drehrestaurant, wie er mir erklärt hat.«

»Okay, Mum, euch beiden alles Gute zum Hochzeitstag. Grüß Dad lieb von mir.«

»Na klar. Pass auf dich auf, Liebes. Ich freue mich sehr, dass es dir dort so gut geht.«

Das tut es wahrscheinlich, denke ich jetzt, während ich die Geschäftsbücher durchgehe. Es ist ein vollkommen neues Erlebnis für mich, dass alles gut läuft. Wer hätte gedacht, dass es hier passiert?

Meine Großmutter ist offenbar weiser gewesen, als ich dachte.

»Na gut«, sage ich zu Basil, der unter dem Tisch zu meinen Füßen liegt. »Ich glaube, mir reicht es jetzt erst einmal mit den Zahlen. Wie wäre es mit einem kurzen Spaziergang, bevor wir in den Laden zurückkehren, um Amber zu treffen?«

Basil hebt den Kopf, reckt und streckt sich eine Weile, bevor er schließlich mit dem Schwanz wedelt.

Als wir zu unserem Spaziergang aufbrechen, sind in St. Felix nicht sonderlich viele Menschen unterwegs. Es ist einer dieser düsteren, stürmischen Morgen, die die Touristen lieber im Haus verbringen. Das Wetter hier ist so unbeständig; mit dem Wechsel von Ebbe und Flut kann ein Tag, der wie dieser beginnt, gut und gerne noch wunderschön sonnig werden – aber leider ist das eben nicht immer so.

Doch auch wenn das Wetter nur Schlechtes erahnen lässt, schlagen wir einen unserer Lieblingswege ein: durch die Stadt, am Sand im Hafen vorbei, der von der Flut noch feucht ist, dann die kurvenreiche Straße hinauf, die zu Pengarthen Hill führt. Ich frage mich gerade, ob heute der Zeitpunkt geeignet ist, um endlich zu Trecarlan Castle hinaufzugehen, als hinter mir ein

Auto hupt. Ich drehe mich um und entdecke Jakes Lieferwagen, der langsamer wird und neben uns zum Halten kommt.

Abgesehen von der Arbeit im Blumenladen und der Zeit, die ich mich um Basil gekümmert habe, habe ich mich in den letzten Wochen recht häufig mit Jake getroffen. Manchmal gehen wir nur im *Merry Mermaid* etwas trinken, oder wenn er in der Mittagspause Lou im Postamt besuchen geht, kommt er kurz zu uns in den Laden, um Hallo zu sagen. Ein paarmal haben wir sogar gemeinsam zu Mittag gegessen und uns dabei in der Mittagssonne mit dem Rücken an die Hafenmauer gelehnt wie an dem Tag, an dem wir den Laden renoviert haben.

Jake scheint lediglich mit mir befreundet sein zu wollen, mehr nicht. Je mehr Zeit wir miteinander verbringen, desto stärker fühle ich mich zu ihm hingezogen; doch mir reicht auch eine Freundschaft, wenn es das ist, was er will. In Jakes Gesellschaft fühle ich mich wohl, er ist locker, entspannt und witzig. Er bringt mich oftmals zum Lachen, was mir sehr gefällt; es gibt nicht viele Leute, die das schaffen. Sowohl bei ihm als auch bei Amber haben sich meine Mundwinkel öfter zu einem Lächeln gehoben als in den gesamten Jahren zuvor.

Jake kurbelt die Scheibe auf der Beifahrerseite herunter, als sein Lieferwagen zum Stehen kommt. Zwei Köpfe recken sich mir durch den Spalt entgegen.

»Hey, Jake, hey, Miley«, begrüße ich die beiden und lächele sie an.

»Ganz schön stürmisch heute für einen Spaziergang«, stellt Jake fest und rutscht auf den Beifahrersitz. »Nicht dass der arme Basil noch weggepustet wird.«

Miley hüpft vom Fenster aus auf den Bürgersteig hinunter und geht zu Basil, den sie absolut vergöttert. Basil mit seiner reservierten Art erlaubt Miley zwar, ihn zu umarmen, doch er erwidert ihre Begrüßung nicht.

»Ach, Basil, wir alle wissen doch, dass du sie liebst«, scherze ich und beuge mich zu ihm hinunter, um ihn ein wenig zu ärgern.

Basil beäugt mich und schüttelt sich dann, sodass Miley mit den Sandresten, die er noch im Fell hängen hatte, bestreut wird.

Jake und ich müssen beide lachen, als Miley versucht, das Gleiche zu tun, und sich wie ein Hund schüttelt.

»Hast du heute viel zu tun?«, fragt Jake. »Ich wollte dich fragen, ob du Lust hast, später in die Gärtnerei zu kommen. Du hast mal gesagt, dass du sie gern besuchen würdest.«

Das habe ich nie gesagt. Es muss wohl eher so gewesen sein, dass Jake mich einmal gefragt hat und ich irgendetwas gemurmelt habe, das der Höflichkeit willen zustimmend geklungen haben mag. Wochenlang hat er mir immer wieder angeboten, mich durch seine Gärtnerei zu führen, damit ich mir anschauen kann, woher die meisten der Blumen in unserem Laden stammen. Deswegen habe ich natürlich immer wieder Ausreden vorschieben müssen, um nicht mitgehen zu müssen. Mit einem Laden voller frischer Schnittblumen komme ich mittlerweile einigermaßen klar – solange wir die Tür offen stehen lassen, damit frische Luft hereinkommt. Aber ich bezweifle stark, dass ich mit Folientunneln und Gewächshäusern voller Blumen klarkomme.

»Ja … und ich würde gern«, erwidere ich und will schon meine gewohnten Ausflüchte machen, als ich plötzlich von meinem Handy erlöst werde, das in meiner Gesäßtasche klingelt. »Einen Augenblick«, bitte ich Jake und greife nach dem Handy. »Es ist Amber. Hi, Amber, was ist los?«, frage ich. »Nein, ich bin nicht zu Hause – ich bin kurz mit Basil spazieren … Oh, klar, hast du schon versucht … – das hast du schon? Okay, na gut, ich komme am besten zurück und schaue es mir mal an … Nein, noch keinen Klempner, das ist zu teuer. Lass mich erst danach sehen. Ich bin in ein paar Minuten da.« Dann beende ich das Gespräch.

»Was ist los?«, erkundigt sich Jake.

»Offenbar ist das Waschbecken im Laden verstopft, und Amber hat keine Ahnung, warum. Ich muss los und es mir ansehen. Tut mir leid, aus der Gewächshausbesichtigung wird heute nichts«, erkläre ich und versuche, enttäuscht zu klingen.

»Ach, schade«, erwidert Jake. »Hör mal, ich fahre ohnehin stadteinwärts. Soll ich Basil und dich mitnehmen?«

»Das wäre toll, vielen Dank!«

Jake rutscht auf die Fahrerseite zurück, und Basil und ich klettern auf den Beifahrersitz – Basil nimmt im Fußraum Platz, Miley auf meinem Schoß.

Jake grinst, als sein Blick auf uns fällt.

»Was für eine Ansammlung von Tieren, Miss Carmichael.«

»Kannst du uns so schnell wie möglich zum Laden bringen?«, bitte ich Jake. »Es ist nämlich normalerweise keine gute Idee, die Runde während des Gassigehens abzubrechen. Basil mag es, seinen gewohnten Rhythmus einzuhalten für sich und seine …«, ich zögere und suche nach einer höflichen Ausdrucksweise, »*seine* Geschäfte.«

»Schon dabei!«, ruft Jake, setzt den Blinker und fährt wieder auf die Straße, als sich ein nicht so appetitliches Aroma im Lieferwagen ausbreitet.

»Vielleicht sollten wir lieber die Fenster runterkurbeln«, entschuldige ich mich. »Er ist ja schon ein recht betagter Hund.«

Eilig kurbelt Jake das Fenster hinunter. »Keine Sorge«, erwidert er freundlich. »Miley leidet auch oft unter Blähungen. Ich kenne das schon.«

Auf meinem Schoß schlägt sich Miley die Hände vors Gesicht.

Als wir am Laden ankommen, lässt uns Jake direkt vor der Tür raus und sucht dann einen Parkplatz.

»Hey, du bist aber schnell da«, staunt Amber, als wir durch die Ladentür treten. Interessiert mustert sie Miley, die sofort zu den Geschenkbandrollen hinüberhüpft – ihrem Lieblingsspielzeug im Laden. »Warst du mit Jake unterwegs? Ich dachte, du warst mit Basil Gassi?«

»Bei unserer Runde sind wir Jake über den Weg gelaufen, und er hat uns netterweise mitgenommen«, erkläre ich ihr, während ich Basil von der Leine löse

241

und seinen Napf mit frischem Wasser fülle. »Was ist denn mit dem Becken?«

»Der Abfluss ist verstopft«, erwidert Amber, als wir Miley, die fröhlich mit dem Geschenkband spielt, allein lassen und ins Hinterzimmer gehen, um uns den Abfluss anzuschauen. »Ich wollte das Wasser aus einem Blumeneimer auskippen, aber es hat nicht funktioniert – siehst du?«

Ich werfe einen Blick in das große weiße Keramikbecken, in dem dreckiges Wasser steht, und rümpfe die Nase. »Igitt, das stinkt ja!«

»Ich weiß, darum wollte ich ja auch das Wasser im Eimer austauschen.«

»Haben wir einen Pümpel?«, erkundige ich mich.

»Einen was?«

»Einen Pümpel. Eine Saugglocke. So ein Gummiding mit einem Holzgriff – damit kann man Sachen aus dem Ausguss raussaugen.«

»Ja klar. Ein Pümpel eben.«

»Haben wir denn einen?«

Amber zuckt mit den Schultern.

Die Türglocke ertönt. »Wo liegt denn das Problem, Ladys?«, fragt Jake und umrundet die Ladentheke, um ins Hinterzimmer zu gelangen. »Braucht ihr einen Mann, der helfen kann?«

»Nicht, wenn du keinen Pümpel dabeihast«, entgegne ich und bin ein wenig verärgert über Jakes altmodische Einstellung.

»Na ja ...« Jake grinst, und Amber lacht.

»Vielleicht können wir uns einen borgen?«, schlägt Amber vor.

»Oder ich könnte kurz nach Hause fahren und euch einen holen?«, schlägt Jake vor. »Dauert nur ein paar Minuten. Wir haben auf jeden Fall einen da – ich habe ihn vor noch nicht allzu langer Zeit im Bad benutzt.«

»Nein danke, es ist alles in Ordnung. Ich sehe mir das mal von unten an. Vielleicht ist das Rohr verstopft. Ich habe meinem Dad ein paarmal dabei zugesehen.«

»Ich kann das gern für dich übernehmen«, bietet sich Jake an, als ich mich auf alle viere niederknie. »Damit du nicht dreckig wirst.«

»Danke, Jake, aber ich habe heute meinen Reifrock gar nicht angezogen. Ich bin sicher, ich komme klar.«

»Okay ...« Jake nickt, und mir fällt auf, wie er und Amber sich einen Blick zuwerfen, als ich unter das Becken gleite. »Man könnte meinen, du bist unter die Suffragetten gegangen.«

»Alles klar. Es tut mir wirklich leid«, entgegne ich und blinzele ihm von unter der Spüle aus zu, »aber auch eine Frau kann einen verstopften Abfluss reparieren, weißt du?«

»So war sie auch, als ich ihr einen Drink ausgeben wollte«, höre ich Jake zu Amber sagen, während ich das Abflussrohr losschraube, das zum Becken hochführt. Ich bin ziemlich zuversichtlich, dass ich weiß, was ich da tue, auch wenn diese Rohre etwas anders aussehen und zudem älter sind als die, die mein Vater repariert hat. »Da wird sie nervös.«

Ich weiß genau, dass Jake mich nur aufziehen will, daher ziehe ich es vor zu schweigen und kümmere mich stattdessen um mein Rohr.

»So ist sie, unsere Poppy«, nickt Amber. »Süß und im Inneren ein weicher Kern, aber außen eine harte, knusprige Schale. Wie eine wunderbare M&M-Schokolinse.«

»Oder wie ein echt fieser Pickel«, fügt Jake hinzu. »So einer, der wie ein Vulkan in alle Richtungen explodiert, wenn man ihn ausdrückt.«

»Ey!«, blaffe ich und versuche, mich aufzurichten, wobei ich allerdings vergesse, dass ich unter dem Becken sitze. »Autsch!«, jammere ich, als mein Kopf an die Keramik knallt und ich gegen das Rohr zurückpralle, das ich gerade losgeschraubt habe. »Iiiiiiihh!«, schreie ich, als es daraufhin vom Schmutzwasserablauf abfällt und sich dreckiges, stinkendes Wasser über mich ergießt.

Jakes Kopf taucht unter dem Becken auf, als ich mir das siffige, stinkende Haar aus dem Gesicht streiche.

»Du hattest recht«, erklärt er und hat augenscheinlich Mühe, sich das Lachen zu verkneifen, »was weibliche Klempner angeht. Dieses Rohr hast du ordentlich frei gemacht, das Becken ist jetzt komplett leer!«

21.

Gestreifte Landnelke –
Ich kann nicht mit dir zusammen sein

Mit den winzigen Handtüchern, die wir im Laden haben, trockne ich mich so gut wie möglich ab. Danach besteht Jake darauf, mich zum Cottage zu begleiten, während Miley im Laden bleibt und fröhlich Bänder in Ambers langes Haar knotet.

»Wir sind gleich wieder da«, erklärt er Amber, »nachdem wir unserem Mario hier – oder ist Luigi der Klempner? – trockene Kleidung besorgt haben.«

Amber muss lachen. »Ich glaube, beide sind Klempner!«, erwidert sie. »Mein Bruder und ich haben in Amerika früher all diese Videospiele gespielt.«

»Seid ihr beide jetzt damit fertig, euch über mich lustig zu machen?«, protestiere ich. »Im Übrigen kann ich auch recht gut allein zum Cottage gehen.« Ich will nämlich nicht, dass Jake mich eine Minute länger als nötig so sieht oder riecht.

Doch Jake besteht darauf. »Ich fühle mich zum Teil mitverantwortlich«, stellt er fest, während wir gemeinsam zum Cottage laufen. »Mir ist schon einmal etwas Ähnliches passiert, als ich versucht habe, ein Spülbecken wieder frei zu bekommen. Wahrscheinlich hätte ich dich warnen sollen.«

»Was ist passiert?«, frage ich überrascht. Jake scheint doch sonst immer alles zu können.

»Bronte hat netterweise einen Eimer mit Fußboden-reiniger in die Spüle entleert, als ich darunterlag!«

Ich verziehe das Gesicht. »Jede Wette, dass du danach besser gerochen hast als ich jetzt«, entgegne ich, als wir am Cottage ankommen und ich die Haustür öffne.

»Ein wenig – ich verströmte einen Hauch von Zitrone und war dank des Desinfektionsmittels porentief rein.«

Ich muss lachen. »Jedenfalls danke …«, sage ich und bleibe zögernd auf der Türschwelle, da ich annehme, dass er gleich geht.

»Soll ich dir in der Zwischenzeit eine heiße Tasse Tee kochen?«, bietet Jake mir an. »Der Wind ist heute ganz schön ruppig – dir ist doch bestimmt eiskalt, nachdem du mit nassen Haaren und Klamotten durch die Gegend gelaufen bist. Normalerweise bist du schon blass, Poppy, aber jetzt wirkst du fast ein wenig bläulich!«

»Stimmt – mir ist tatsächlich ziemlich kalt«, muss ich zugeben. »Aber musst du nicht zur Arbeit zurück?«

Jake wirft einen Blick auf seine Armbanduhr. »Betrachten wir es als meine Mittagspause. Das ist der Vorteil, wenn man sein eigener Chef ist. Die Jungs in der Gärtnerei können sich mal eine Weile lang allein um alles kümmern.«

»In dem Fall wäre ein Tee wirklich toll, vielen Dank. Aber denk daran, ein anständiger Tee – nicht dieser Kräuterquatsch von Amber!«

»Als würde ich einen solchen Tee kochen!« Jake grinst mich an. »Tee darf meiner Meinung nach nur auf eine Art und Weise zubereitet werden: handwerkerstark!«

Ich lasse Jake in der Küche zurück, wo er mit dem Teekessel hantiert, während ich eine wunderbar heiße Dusche nehme. Das Cottage meiner Großmutter mag alt sein, aber die Warmwasserversorgung ist erstklassig, wenn man ein heißes Bad nehmen oder duschen will.

Ein paar Minuten später kehre ich mit einer grauen Jogginghose und Ambers lilafarbenem Kapuzensweater von der New York University zurück; das Haar habe ich zwar gekämmt, doch es hängt mir noch feucht über den Rücken.

»Einen Tee!«, verkündet Jake und stellt einen dampfenden Becher auf den Küchentisch. »Zwei Zuckerstücke, richtig?«

Ich nicke. »Ja, stimmt. Danke!«

Jake schaut mich kurz an und sieht dann weg.

»Was ist?«, frage ich und fahre mir unsicher mit der Hand über das noch feuchte Haar. »Ist was?«

»Nein. Du trägst nur was Buntes, das ist alles.« Jake grinst. »Das ist so, als würde man mit einem Mal vom Schwarz-Weiß- zum Farbfernseher umschalten.«

Verwirrt schaue ich ihn an.

»Oh, tut mir leid, wahrscheinlich bist du zu jung, um dich an Schwarz-Weiß-Fernseher zu erinnern, oder?«

»Nein, ich erinnere mich vage daran, dass meine Großmutter einen Schwarz-Weiß-Fernseher hatte, bevor meine Eltern ihr einen Farbfernseher geschenkt haben, damit sie Gartensendungen gucken konnte. Das hier ist jedenfalls Ambers Pulli, ich habe ihn mir nur geborgt, damit mir warm wird.«

»Ah, das war ja klar«, erwidert Jake und nickt. »Schade, die Farbe steht dir.«

Ich werde rot, doch glücklicherweise sind meine Wangen bereits von der megaheißen Dusche gerötet. »Fang nicht schon wieder mit der Farbe meiner Kleidung an«, fordere ich ihn auf. »Was glaubst du, wer du bist – Cornwalls Antwort auf Guido Maria Kretschmer?«

Jake muss lachen.

»Außerdem«, fahre ich fort – erleichtert, dass ich mich aus der verlegenen Situation befreit habe und wir uns wieder gegenseitig aufziehen, »bist du fast genauso schlimm wie ich mit deiner Uniform aus karierten Hemden, blauer Jeans und den immer gleichen Timberland-Boots!«

»Autsch, jetzt hast du mich«, stellt Jake fest und sieht an seiner Kleidung hinunter. »Touché, Miss Carmichael.«

Mein voller Name lautet Poppy Carmichael-Edwards. Die Kombination aus den Namen meiner Mutter und meines Vaters. Doch wenn Jake mich Miss Carmichael nennt, verspüre ich jedes Mal ein komisches Flattern im Bauch. Als hätte jemand einen ganzen Schmetterlingsschwarm losgelassen. Darum habe ich ihn nie korrigieren wollen.

»Sollen wir damit hier ins Wohnzimmer umziehen?«, frage ich und hebe meinen Becher an. »Bei sonnigem Wetter ist es oben viel schöner als hier unten in der Küche.«

»Klar«, nickt Jake.

Wir gehen hinauf und machen es uns auf dem Sofa bequem, während die Sonnenstrahlen durch die bodentiefen Fenster hereinfallen und meinen eiskalten Körper aufwärmen.

»Erstaunlich, nicht wahr?«, stellt Jake fest, als er aus dem Fenster sieht. »Wie es draußen so herrlich aussehen kann, wenn es doch in Wirklichkeit eiskalt ist.«

»Ich denke, das ist eine der Freuden, wenn man am Meer wohnt. Der Wind ist unser ständiger Begleiter.«

»Das stimmt wohl. Obwohl ich wirklich gern hier lebe. Ich wollte immer am Meer wohnen, und jetzt, wo ich es tue, werde ich mich nicht darüber beschweren.«

»Wo hast du vorher gelebt?«, frage ich, während ich den sehr starken, aber leckeren Tee schlürfe.

»Als die Kinder noch klein waren, haben wir in Ostengland gelebt – in Bedfordshire, genauer gesagt, nicht weit von Milton Keynes entfernt.«

»Was hast du dort gemacht? Blumen angebaut?«

»Nein, nichts dergleichen. Ich habe im Safaripark in Woburn gearbeitet.«

Ich reiße die Augen weit auf. Damit hätte ich nicht gerechnet. »Ernsthaft? Wie toll! Was hast du da genau gemacht? Dich um die Tiger gekümmert?«, scherze ich, da ich eher damit rechne, dass er in der Verwaltung oder etwas ähnlich Langweiligem gearbeitet hat.

»Nicht ganz – vor allem um Menschenaffen, aber auch um Kapuzineräffchen und Koboldmakis.«

Natürlich. Jetzt ergibt auch Miley einen Sinn.

»Wow, das ist aber was anderes, als hier in einer

Gärtnerei in Cornwall Blumen anzubauen. Warum der Berufswechsel?«

»Mein Vater wurde krank«, erklärt Jake traurig. »Er brauchte dringend jemanden, der das Familienunternehmen übernahm – ich bin Einzelkind, weißt du? Es gab einfach niemanden sonst.«

»Das Gefühl kenne ich nur allzu gut«, antworte ich. »Sowohl was das Einzelkind angeht als auch das Familienunternehmen.«

Jake nickt. »Zuerst habe ich mich dagegen gesträubt. Ich mochte meine Arbeit, und mir war klar, dass es die Familie entwurzeln würde. Doch damals waren die Kinder noch klein, und Felicitys Familie kam ursprünglich aus St. Felix – einer jener seltsamen Zufälle, die das Leben einem manchmal präsentiert –, daher wollte sie auch unbedingt hierher ziehen.«

Jake verstummt, als er sich eine Weile in seinen Erinnerungen verliert.

»Hast du es je bereut?«, frage ich sanft. »Den Umzug?«

Jake denkt nach. »Nein. Hier am Meer aufzuwachsen, ist ein viel besseres Leben für die Kinder, da bin ich mir sicher. Und Felicity war glücklich, ein Teil der Gemeinschaft hier zu sein.«

»Aber was ist mit dir?«, dränge ich. »Bist du hier mit dem Anbau von Blumen glücklicher als mit deiner Arbeit mit den Tieren?«

Jake blickt mich an. »Poppy, wenn du mich das fragst, um zu rechtfertigen, was du getan hast, indem du hergezogen bist, dann kann ich dir diese Frage für dich nicht beantworten.«

250

»Klar, das verstehe ich.« Ich schaue in meinen Becher hinunter.

»Wenn du es wirklich wissen willst: Ich habe hier in St. Felix mein Glück gefunden«, fährt Jake sanft fort. »Und das kann nicht so verkehrt sein, oder? Also glücklich zu sein.«

Ich schüttele den Kopf. »Du hast recht. St. Felix scheint immer wieder diese Wirkung auf Leute zu haben.«

»Auf jeden Fall.« Jake beugt sich vor und nimmt sich ein Buch vom Wohnzimmertisch. »Du scheinst jetzt viel glücklicher zu sein als bei deiner Ankunft hier. Ruhiger vor allem.«

Ich denke darüber nach, während Jake durch das Buch blättert.

»Ja, ich glaube, das bin ich auch. Glaubst du, wir haben hier vielleicht das Lourdes von Cornwall gefunden?«, frage ich und denke über die französische Stadt nach, die für die Heilkräfte ihrer Quelle bekannt ist.

»Sollte das so sein, wäre das toll für die Stadt«, erwidert Jake lächelnd. »Stell dir nur mal all die Touristen vor, die wir damit anlocken könnten, wenn wir hier jeden Besucher von seinen Leiden befreien könnten. Was ist das hier?«, fragt er dann und hält ein Buch hoch. »Da stehen lauter Namen, Blumen, Probleme und dergleichen drin.«

Mir ist gar nicht aufgefallen, dass er sich eines der Notizbücher geschnappt hat, die Amber und ich gefunden haben.

»Ach, nichts. Wir haben ein paar alte Notizbücher

im Laden entdeckt, in dem frühere Kunden aufgelistet sind. Amber hat sie eingehend studiert.«

Jeden Abend versinkt Amber geradezu in diesen Blumenbüchern. Sie beharrt immer noch darauf, dass wir sie auf die eine oder andere Art brauchen könnten.

»Zumindest sind sie interessant zu lesen«, stellt Jake fest und blättert die Seiten durch. »Hat deine Großmutter wirklich geglaubt, die Menschen mit ihren Blumen heilen zu können?«

»Es scheint so«, antworte ich ein wenig beschämt darüber, dies Jake gegenüber zugeben zu müssen. Ich erzähle ihm von den anderen Büchern, die wir gefunden haben, und dass Amber tatsächlich glaubt, unser Schicksal beeinflussen zu können, indem wir die Blumen wie beschrieben einsetzen.

Jake nickt. »Ein Versuch wird nicht schaden, denke ich«, stellt er zu meiner Verwunderung fest.

»Willst du mich auf den Arm nehmen?« Ich beäuge ihn misstrauisch. »Das meinst du doch nicht ernst?«

»Was soll denn schon passieren? Sieh es doch einmal so, Poppy: St. Felix benötigt dringend Hilfe, eine Art Spritze, sonst werden wir über kurz oder lang noch weitere Geschäfte auf der Harbour Street verlieren. Vielleicht ist ein magischer Blumenladen genau das, was wir brauchen, um die Leute herzulocken. Du hast selbst gesagt, dass die Stadt heilende Kräfte besitzt – das könnte also gut passen!«

»Ich weiß nicht ...« So sehr wie ich Amber vergöttere – ihr Seelenheilungskram gefällt mir überhaupt nicht.

»Deine Großmutter war eine weise Frau, Poppy«,

stellt Jake fest. »Wenn sie dachte, dass es funktioniert, dann kannst du dein Leben darauf verwetten, dass es das tut.«

»Du hast recht, sie war eine sehr kluge Frau. Das war sie definitiv – und liebevoll und gütig. Ich vermisse sie.« Ich überrasche mich selbst mit diesem Geständnis.

»Du erinnerst mich an sie – sehr sogar«, fährt Jake fort und legt das Buch auf den Tisch zurück. »Nicht nur äußerlich, sondern auch hier drinnen.« Jake tippt sanft mit seinen Fingern auf meine Brust, und ich bin sicher, dass er spüren muss, wie mir das Herz bis zum Hals klopft.

»Das glaube ich kaum«, entgegne ich eilig. »Meine Großmutter war eine tolle Frau. Ich bin überhaupt nicht wie sie.«

»Oh doch, das bist du, Poppy«, beharrt Jake und zieht seine Hand zurück. »Das weiß ich.«

Plötzlich, ohne meinen Verstand einzuschalten, der mir auf jeden Fall sehr nachdrücklich davon abgeraten hätte, beuge ich mich auf dem Sofa vor und küsse Jake. Und zwar nicht auf die Wange, sondern mitten auf den Mund.

Ich spüre, wie er für den Bruchteil einer Sekunde zögert, bevor er dann den Kuss erwidert. Doch als ich mich selig in dieses himmlische Gefühl fallen lasse, Jake so nah zu sein, merke ich, wie er vor mir zurückweicht.

»Ich … ich muss gehen!«, sagt er und erhebt sich so plötzlich, dass er beinahe seinen Tee verschüttet. »Ich sollte besser wieder in den Laden zurück – Miley … Du weißt ja, wie sie ist.«

»Oh ... klar, ja, natürlich«, erwidere ich mit Wangen, die dem scharlachroten Kissen, das Jake gerade auf dem Sofa frei gemacht hat, ziemlich ähneln. Als ich darauf starre, fällt mir auf, dass der Abdruck seines Gürtels noch auf dem Stoff zu sehen ist.

»Tut mir leid, Poppy«, sagt Jake und klingt nun mehr entschuldigend als panisch. »Ich bin dazu noch nicht bereit. Es ist noch zu früh.«

Ich blicke zu ihm hinauf. »Nach Felicitys Tod, meinst du?«, frage ich und bin erneut überrascht, dieses Mal über meine Direktheit.

Er nickt.

»Aber sie ist doch schon seit fünf Jahren tot, oder?«

»Was das betrifft, könnten es auch zehn Jahre sein«, erwidert er, die Stirn besorgt in Falten gelegt. »Ich kann einfach nicht. Vielleicht wird es nicht für immer so sein ... Verstehst du das?«

Jetzt bin ich an der Reihe und nicke.

»Klar verstehe ich das. Vielleicht ist es dann besser, wenn du jetzt gehst.«

Ich drehe mich um und sehe zum Fenster hinaus. Die Sonne ist hinter einer dunklen Wolkenwand verschwunden, die dort unheilvoll verharrt und unbeständiges Wetter prophezeit.

Ich höre, wie sich die Haustür des Cottages öffnet und wieder schließt, und in diesem Moment passen meine Gefühle perfekt zu dem düsteren Wetter.

22.

Blaues Halskraut – Unbeachtete Schönheit

Ich sitze allein im Cottage, lecke meine Wunden und versuche, über meine Scham hinwegzukommen. Was habe ich mir bloß dabei gedacht, Jake zu küssen? Ganz offensichtlich ist er nicht bereit für eine Beziehung, und obendrein hat er mir jetzt auch noch gesagt, dass es wahrscheinlich niemals dazu kommen wird. Ich beschließe, dass es besser ist, in den Laden zu Amber zurückzukehren und nach Basil zu sehen.

Darum tausche ich Ambers Sweatshirt gegen mein gewohntes Schwarz ein und versuche dabei, nicht an Jakes Komplimente zu denken, als ich es getragen habe. Anschließend nehme ich die Geschäftsbücher und schleiche mit dem riesigen Regenmantel bekleidet, in dem ich mich an meinem ersten Abend in St. Felix versteckt habe, zum Laden zurück. Dieses Mal verstecke ich mich nicht nur vor dem Regen, der auf das Kopfsteinpflaster der Harbour Street hinunterprasselt, sondern auch vor allen, die vielleicht mit mir reden möchten.

Jakes Zurückweisung trifft mich hart. Das ist der Grund, warum ich es mir niemals erlaube, mich auf

Menschen einzulassen – sie enttäuschen einen nur. Ich habe mir törichterweise erlaubt, Gefühle für Jake zu entwickeln, Gefühle, die er offensichtlich nicht erwidert, und wie immer bin ich nun diejenige, die am Ende verletzt wird.

Amber und ich verbringen den Rest des Nachmittags zusammen im Laden. Ich gebe mir Mühe, den Nachmittag nicht von meiner schlechten Laune bestimmen zu lassen, doch Amber kennt mich zu gut, und ihre beharrlichen Versuche herauszufinden, was los ist, sind gleichermaßen bewundernswert wie nervig.

Was im Cottage mit Jake passiert ist, erzähle ich niemandem. Es reicht mir schon, diese Zurückweisung einmal durchlebt zu haben, aber zweimal? Das wird definitiv nicht passieren.

Das schlechte Wetter führt dazu, dass am Nachmittag Kunden ausbleiben. Dies bietet mir jedoch die ideale Gelegenheit, mich mit Amber über den Laden zu unterhalten sowie darüber, wie die Geschäfte laufen. Außerdem lenkt es mich für kurze Zeit von meinen Problemen ab.

»Was wollen wir unternehmen?«, frage ich Amber, nachdem ich mit ihr die Verkaufszahlen der letzten sechs Wochen durchgegangen bin. »Ich weiß, du sagst immer, dass das Geschäft noch anziehen wird, aber das tut es nicht.«

Amber seufzt. Obwohl sie immer die positiven Aspekte sieht, steht ihr nun die Sorge ins Gesicht geschrieben. »Vielleicht, wenn die Touristen in den Schulferien eintrudeln?«, überlegt sie.

»Was aber, wenn sie ausbleiben? Ich habe mich neulich mit Ant und Dec unterhalten, und beide meinen, dass im Juli und August nicht mehr sonderlich viele Touristen nach St. Felix kommen – die Urlauber neigen wohl dazu, eher die größeren Küstenorte anzusteuern. Die beiden meinen sogar, dass sie nicht überleben würden, wenn Dec nicht Eigentümer des Hauses wäre.«

Amber denkt darüber nach. »Dann müssen wir die Touristen eben *hier*herlocken, nicht wahr? Weg von den größeren Küstenstädten.« Sie greift unter die Theke. »Ich weiß, dass du nicht an diese kleinen Bücher hier glaubst«, erklärt sie und hält eines der alten Notizbücher hoch, die wir im Laden gefunden haben. »Und mir ist auch bewusst, dass du dich bislang dagegen gesträubt hast, sie zu benutzen. Aber ich finde, einen Versuch ist es allemal wert.«

Skeptisch beäuge ich die Bücher in ihrer Hand und versuche, nicht darüber nachzudenken, was Jake gesagt hat.

»Ernsthaft?«

Amber nickt. »Du hast gesehen, dass ich sie gelesen habe – und ich habe zudem ein wenig im Internet recherchiert. Ich denke, an der Sache könnte was dran sein. Deine Großmutter muss eine frühe Form der alternativen Heilmethoden genutzt haben, als sie diesen Laden noch hatte, basierend auf der viktorianischen Bedeutung von Blumen. Es ist durchaus möglich, dass es eine Gabe war, die von Generation zu Generation weitergegeben wurde, seit Daisy dieses Buch hier geschenkt bekommen und dann dieses Geschäft eröffnet hat.«

»Okay – wir, nein, wohl eher du – du nutzt also diese Bücher, wenn du Sträuße bindest und so weiter. Glaubst du ernsthaft, dass das einen solchen Unterschied ausmacht?«

»Ja, das tue ich«, nickt Amber begeistert. »Dieser Laden hat etwas Besonderes an sich, Poppy. Ich habe gleich eine Art magische Energie gespürt, als ich zum ersten Mal hier hereingekommen bin. Wenn wir uns diese Energie zunutze machen, können wir das Schicksal dieses Geschäfts beeinflussen, vielleicht sogar auch das Schicksal von ganz St. Felix.«

»Okay, erzähl weiter«, seufze ich, da ich tief in meinem Herzen weiß, dass sowohl Amber als auch Jake mit ihrer Vermutung recht haben könnten. Das *Daisy Chain* ist in der Vergangenheit immer ein Erfolg gewesen; es muss etwas geben, das wir tun können, um diesen Erfolg wiederherzustellen.

»Nun …«, fängt Amber gerade an, als sich plötzlich die Ladentür öffnet, die wir wegen des Regens geschlossen haben. Eine Dame in einem roten Regenmantel tritt rückwärts durch die Tür herein, während sie gleichzeitig mit ihrem lilafarbenen Schirm kämpft.

»Du meine Güte! Tut mir leid«, entschuldigt sie sich, als sie den ganzen Boden volltropft. »Aber was für ein schreckliches Wetter da draußen!«

»Lassen Sie mich Ihnen helfen«, ruft Amber und eilt zu der Frau hinüber, um ihr den Schirm abzunehmen.

Während die sich mit der Hand durch das nasse Haar fährt, steckt Amber das sperrige Ding in den Schirmständer, den wir vorne im Laden aufgestellt haben, damit keine nassen Schirme – die es in St. Felix sehr oft gibt – den Fußboden volltropfen.

»Wie können wir Ihnen behilflich sein?«, frage ich, als die Frau ihren Regenmantel abstreift und weitere Wassertropfen auf den Boden rieseln.

»Warten Sie – kennen wir uns nicht?«, fragt Amber und mustert die Frau interessiert.

Die Frau nickt. »Ja, ich war vor ein paar Wochen hier, und Sie haben mir einen besonderen Blumenstrauß gebunden.«

»Das stimmt, jetzt erinnere ich mich wieder«, erwidert Amber eifrig. »Hat es denn funktioniert?«

»Ja«, strahlt sie. »Und wie!«

Mein Blick schweift zwischen den beiden aufgeregten Frauen hin und her.

»Was denn?«, frage ich. »Was hat funktioniert?«

»Ihr magischer Blumenladen!«, sprudelt es aus der Frau hervor. »Das ist einfach unglaublich!«

Amber kocht der Frau, die Marie heißt, wie ich erfahren habe, eine Tasse Tee. Während sie allmählich trocken wird, berichtet sie der hocherfreuten Amber und mir, die es kaum glauben kann, alles, was geschehen ist.

Offenbar war Marie eines Tages recht aufgelöst in den Blumenladen gekommen. Sie wollte ihre Familie in einer nahe gelegenen Stadt besuchen und sich unbedingt wieder mit ihrer Schwester versöhnen, mit der sie mehr als zehn Jahre lang kein Wort gewechselt hatte. Deshalb kam sie in den Laden, um ein paar Blümchen als Friedensangebot zu kaufen. Doch Amber hat die alten Bücher meiner Großmutter genutzt und sich etwas anderes einfallen lassen: Einen Strauß mit lilafarbener Hyazinthe, die um Vergebung bittet, und Haselnusszweigen, die für Versöhnung stehen.

Nachdem mir der Beginn der ganzen Geschichte erzählt worden ist, fährt Marie fort: »Als ich an die Tür meiner Schwester geklopft und ihr den Blumenstrauß überreicht habe, hatte ich einen Augenblick lang das schreckliche Gefühl, dass sie mir die Tür vor der Nase zuschlagen würde. Aber dann ist etwas sehr Seltsames passiert. Sie hat mir den Blumenstrauß abgenommen, sich vorgebeugt und an den Blüten geschnuppert. Dann hat sie aufgeschaut und gesagt: ›Marie, ich habe dich vermisst. Bitte verzeih mir.‹« Marie kramt ein Päckchen Taschentücher hervor, zieht ein Tuch heraus und tupft sich damit die Tränen von den Augen. »Tut mir leid«, entschuldigt sie sich. »Es ist alles noch ganz frisch und wund.«

Amber nickt mitfühlend.

»Dann hat mich Julie, das ist meine Schwester, hereingebeten, und es war, als wären wir nie getrennt gewesen. Wir verstehen uns wieder wie beste Freundinnen. Im Oktober fahren wir sogar gemeinsam mit unseren Ehemännern nach Alicante. Und das alles nur dank Ihnen und Ihres magischen Blumenladens!«

Nach dem Tee verlässt Marie den Laden wieder, nachdem sie versprochen hat, all ihren Freundinnen von uns zu berichten und darauf zu bestehen, dass sie herkommen und hier ihre Blumen kaufen.

»Soso«, wende ich mich an Amber, nachdem wir uns von einer wieder getrockneten Marie – von Regen und

Tränen – verabschiedet haben. »Du *denkst* also nur darüber *nach*, die Blumenbücher im Laden zu benutzen, ja?«

Amber grinst mich an. »Ich hab's dir schon mal gesagt, Poppy, die Sprache der Blumen ist eine wunderbare, magische Angelegenheit. Du musst nur daran glauben ...«

Der nächste Tag wird viel freundlicher, sowohl für St. Felix als auch für mich.

Basil und ich wollen unsere gewohnte morgendliche Runde gehen. Mit der Sonne im Rücken und dem strahlend blauen Himmel über unseren Köpfen erscheint mir das Leben viel leichter als noch einen Tag zuvor. Über Nacht habe ich beschlossen, dass die Ereignisse von gestern nichts sind, wofür ich mich schämen muss, und ich darf mir durch Jakes Zurückweisung nicht meine Zeit hier vermiesen lassen.

»Du bist jetzt so weit gekommen, Poppy«, redete ich mir ein, als ich im Bett lag, »also lass nicht zu, dass dich dieser Zwischenfall zurückwirft.« Jake ist nur eine einzige Person in St. Felix; ich werde ihm nicht erlauben, meine Einstellung zu allem hier zu trüben.

»Komm schon, Basil!«, rufe ich daher, als wir losgelaufen sind. »Ein neuer Tag ist für uns angebrochen, wer weiß, was er uns bringen mag. Er könnte großartig werden!«

Basil blickt zynisch zu mir auf, als wüsste er, dass seine Tage sich niemals verändern werden. Basil interessiert sich ausschließlich für seine Spaziergänge und das Futter, das jederzeit vorrätig ist. Davon abgesehen gibt es nichts, was ihn in seinem Leben belastet – bisweilen bin ich ziemlich neidisch auf ihn.

Wir wollen gerade unsere Runde über die Klippen fortsetzen, als ich mich umdrehe und den Weg hinaufschaue, der zu Trecarlan Castle führt, wie ich es gestern auch getan habe, bevor sich Jake zu uns gesellt hat. Ich schüttele den Kopf. Nein, heute ist weit und breit nichts von Jake zu sehen.

Seit ich mit Charlie hergekommen bin, habe ich schon öfter darüber nachgedacht, den Weg hinaufzulaufen und mich umzuschauen, doch die Wahrheit ist, dass ich zu viel Angst habe vor dem, was ich dort finden könnte. Die Besuche auf Trecarlan bei Stan waren ein solch wesentlicher Bestandteil meiner Kindheit in St. Felix, dass der Gedanke, das Schloss ohne ihn zu besuchen – und, Gott bewahre, sein geliebtes Heim verlassen vorzufinden –, nichts war, dem ich mich stellen konnte.

Doch heute ist ein neuer Tag, erinnere ich mich. Vielleicht ist die Zeit reif, um den ersten Schritt auf einem neuen Weg zu gehen. Daher atme ich tief ein und ziehe sanft an Basils Leine. Gemeinsam machen wir uns auf den langen Weg, der zum Schloss hinaufführt.

Als Basil und ich uns Trecarlan nähern und die verschwommenen Umrisse des grauen Steingebäudes langsam schärfer werden, bin ich überrascht, wie wenig es sich über die Jahre hinweg verändert hat.

Ja, es ist verwilderter und überwachsener, als ich es in Erinnerung habe; Efeu bedeckt die Mauern, und es sieht ein wenig vernachlässigt aus mit dem alten Riss im Mauerwerk, doch im Grunde ist es immer noch genau so wie damals, als ich noch ein Kind war. Als Basil und ich dastehen und zum herrschaftlichen Eingang hinaufschauen, rechne ich fast damit, dass Stan gleich die Treppe hinunterkommt, um uns zu begrüßen.

Aber mir ist klar, dass das nicht passieren wird. Nachdem Amber und ich am Eröffnungstag des Blumenladens über Stan gesprochen hatten, habe ich ein paar Erkundigungen eingezogen. Laut der Handvoll Leute, die sich noch an ihn erinnern, hat er vor einigen Jahren das Schloss verlassen; seitdem steht Trecarlan leer.

Ich nehme Basil die Leine ab, damit er eine Weile alleine alles erkunden kann. Danach gehe ich die Steinstufen hinauf, die zum Eingang des Schlosses führen, und hoffe inständig, dass ich durch eines der Fenster einen Blick nach drinnen erhaschen kann. Doch obwohl die Vorhänge nicht zugezogen sind, ist es im Inneren des Hauses so dunkel, dass es schwerfällt, etwas zu erkennen.

»Basil!«, rufe ich meinen umherlaufenden Begleiter, der gerade sein Bein an einem der schroff aussehenden Wasserspeier hebt, die die Steintreppe bewachen. »Komm, es wird Zeit, dass wir weitergehen.«

Widerwillig trottet Basil hinter mir her, als wir durch die Anlagen streifen und nach und nach schöne Erinnerungen geweckt werden, als ich die Orte wiedererkenne, an denen Will und ich als Kinder gespielt haben.

Stan hat uns immer so oft herkommen lassen, wie wir wollten. Um ehrlich zu sein, glaube ich, dass es ihm gefallen hat, hier Gesellschaft zu haben. Er hatte keine Familie, nur ein paar Angestellte, die für ihn arbeiteten – seine Helferlein, wie Stan sie immer genannt hat.

Da gab es die Dame, die zum Reinemachen herkam ... Ich zermartere mir das Hirn und versuche, mich an ihren Namen zu erinnern ... Maggie, ja, so hieß sie! Jetzt erinnere ich mich wieder an sie. Dann war da noch ein Ehepaar, das sich in Vollzeit ums Kochen und um den Garten kümmerte ... oh, wie hießen die beiden noch gleich? Mit einem Mal erscheinen mir diese Details unglaublich wichtig, und ich ärgere mich über mich selbst, dass ich ihre Namen vergessen habe.

Bertie! So hieß der Mann, und die Frau hieß Babs.

Ich erinnere mich daran, dass Babs zu Will und mir immer nett gewesen ist. Sie hat uns stets mit Kuchen und Saft versorgt, und manchmal, wenn sie für Stan gebacken hat, durften wir bei ihr sitzen und ihr zuschauen. Wenn wir besonders lieb waren, hat sie uns erlaubt, die Teigschüssel und den Löffel abzuschlecken, wenn sie fertig war.

Glückliche Kindheitserinnerungen ...

Manchmal sind wir allein zu Trecarlan hochgelaufen, manchmal mit meiner Großmutter. Sie war mit Stan sehr gut befreundet und hat ihm am Ende der Woche oft nicht verkaufte Blumen aus dem Laden gebracht, um ein wenig Farbe in diesen »trostlosen alten Kasten« zu bringen, wie sie das Schloss immer scherzhaft bezeichnet hat.

»Irgendetwas stimmt hier nicht, Basil«, erkläre ich ihm, als wir auf der Rückseite stehenbleiben und ich mich umschaue. »Wenn hier niemand mehr lebt, warum sehen dann die Außenanlagen so gut aus?«

Seit dem ersten Moment, als wir uns hier umgesehen haben, kam mir das seltsam vor. Obwohl das Schloss nach außen hin verlassen aussieht, sind der Rasen und die Büsche ringsum sorgsam geschnitten und wunderschön gepflegt.

»Hmmm«, wundere ich mich. Basil lässt das völlig kalt; stattdessen konzentriert er sich voll und ganz darauf, die Zweige eines Buschs zu beschnuppern, der makellos in Form eines Kegels geschnitten ist. »Ich frage mich ...?«

Der von einer kleinen Mauer umgebene Bereich, vor dem wir nun stehen, war einmal der Küchengarten. Will und ich haben manchmal Bertie dabei geholfen, hier Gemüsesämlinge zu pflanzen, und wenn wir dann ein paar Monate später in den nächsten Ferien wieder herkamen, waren aus unseren winzigen Samen leckere Gemüsesorten gewachsen, mit denen Babs Eintöpfe und Suppen für Stan kochte.

Ich hebe den rostigen alten Riegel an der Holzpforte hoch und hoffe, dass sie nicht verschlossen ist. Zu meiner großen Freude schwingt die Pforte auf. Ich rufe Basil, und wir betreten einen verwilderten Küchengarten, der nur noch wenig Ähnlichkeit mit den ordentlichen, sauber gepflegten Gemüsebeeten von früher aufweist.

»Okay, Basil, wenn ich mich recht erinnere, gab es hier immer einen Schlüssel ...« Ich bücke mich und hebe eine lose Gehwegplatte an, »und zwar genau hier!«, rufe ich triumphierend und recke das verrostete Ding in die Höhe. »Und er sollte ...«, ich stecke ihn in das Schloss der Tür direkt vor mir und drehe ihn um, »*hier passen!* Ich habe recht!«

Ich drücke die Klinke der Küchentür hinunter – die

einmal blau gewesen ist, doch mit der Zeit ist so viel Farbe abgeblättert, dass man kaum noch feststellen kann, welcher Farbton es einmal gewesen ist – und trete ein. »Komm schon, Basil!«, rufe ich. »Wir gehen hinein!«

Das Innere von Trecarlan Castle sieht im Grunde so aus, wie ich es in Erinnerung habe.

Es ist riesig – insofern, als dass die Räume einfach groß sind und in einigen Fällen fast überladen dekoriert wurden, sodass man sich gut vorstellen kann, wie die Bewohner hier in der Vergangenheit gelebt haben müssen. Und dass sie Bedienstete hatten, die sich um alle Belange gekümmert haben. Aber eben nicht so groß, dass es nicht mehr wie ein Zuhause wirkt. Genauso erinnere ich mich daran – an Stans Zuhause. Ein Ort, wo wir spielen und uns sicher fühlen konnten.

Die Ausstattung mag altmodisch sein; eine dicke Staubschicht bedeckt hier jede Oberfläche, und riesige Spinnweben spannen sich an Orten, wo sie nicht sein sollten, doch immer noch strahlt alles eine gewisse Gemütlichkeit aus. Ein warmes, willkommenes Gefühl, sodass ich weder Angst noch Sorge habe, was mir entgegenspringen könnte, als ich mit Basil an meiner Seite von Raum zu Raum streife. Stattdessen erinnere ich mich wehmütig an eine Zeit, als ich noch jung, sorglos und glücklich gewesen bin.

Während ich das gesamte Haus erkunde, entdecke ich nicht ein einziges Anzeichen von Leben im Schloss. Hier wohnt definitiv niemand – jahrelang ist keiner mehr hier gewesen, so viel steht fest. Aber wenn niemand mehr im Haus lebt, warum ist der Garten dann so gepflegt?

Schließlich stehen wir vor dem Eingang zum Ballsaal, in dem viele prachtvolle Ereignisse in der Geschichte des Schlosses stattgefunden haben müssen. Ich kann mich noch an ihn erinnern, weil dort etwas ganz besonders Lustiges passiert ist.

Während Basil angeregt am Eingang herumschnüffelt, gehe ich zur einen Seite des Raumes und streife dort meine Schuhe ab. Keine Ahnung, warum ich mich erst nach beiden Seiten umschaue, ob wohl irgendjemand kommt – alte Gewohnheiten lassen sich wahrscheinlich eben nicht so leicht abstreifen, denke ich. Doch mit einem breiten Grinsen auf den Lippen laufe ich über den Boden. Nachdem ich die Fläche etwa zur Hälfte überquert habe, neige ich mich ein wenig zur Seite und rutsche den restlichen Weg auf meinen Socken über den polierten Holzboden.

»Ach, das war toll!«, rufe ich Basil zu. »Will und ich haben das immer gemacht, wenn wir hier waren.«

»Und jetzt auch?«

Auf dem Absatz meiner Socken drehe ich mich zu der anderen, kleineren Tür zum Ballsaal um, die Stan uns immer als Dienstboteneingang beschrieben hat.

»Wer sind Sie?«, frage ich einen amüsiert ausschauenden jungen Mann, der eine khakifarbene Hose sowie ein weißes T-Shirt trägt. Mir fällt auf, dass er einen Spaten in der rechten Hand hält.

»Du bist Poppy, oder?«, antwortet er stattdessen.

»Ja ...«, erwidere ich zögerlich. »Aber ...«

»Das dachte ich mir. Meine Schwester hat mir alles über dich und den Blumenladen erzählt.«

Ausdruckslos starre ich ihn an.

»Ich bin Willows Bruder, Ash«, erklärt er. Er kommt zu mir herüber, wischt sich die freie Hand an der Hose ab und hält sie mir dann entgegen. »Ich freue mich, dich kennenzulernen!«

»Willow von der Frauengemeinschaft – ja, natürlich! Hallo!«, erwidere ich, immer noch ein wenig verwirrt von seinem plötzlichen Auftauchen. »Ach, Willow und Ash ...«

»Ich weiß ... Weide und Esche ...«, erwidert er und verdreht die Augen. »Bäume. Meine Eltern waren begeisterte Gärtner.«

»So wie du, wie es scheint.« Ich deute auf den Spaten in seiner Hand.

»Das liegt in der Familie«, nickt er. »Mein Großvater war hier vor vielen Jahren der Gärtner.«

»Ach, du musst Berties Enkelsohn sein!«, rufe ich und mustere den breitschultrigen, hochgewachsenen blonden Kerl. »Jetzt erinnere ich mich auch wieder, du warst noch ein kleiner Junge, der in Windeln hier rumgelaufen ist, als ich als Kind hergekommen bin.«

»Ja, das war ich«, erwidert er ohne erkennbare Anzeichen von Scham. »Obwohl ich nicht immer nur Windeln getragen habe – zumindest hoffe ich das, da wir immerhin bis zu meinem siebten Lebensjahr in St. Felix gelebt haben!« Er zwinkert mir zu. »Meine Eltern sind mit der Familie wieder hergezogen, als mein Großvater krank wurde«, erklärt er. »Nach seinem Tod sind wir geblieben, um in Grandma Babs Nähe zu bleiben.«

»Wie alt bist du denn?«, frage ich in dem Versuch, ihm zu folgen.

»Zweiundzwanzig.«

»Das kommt etwa hin. Von meinem fünfzehnten Lebensjahr an bin ich nicht mehr nach St. Felix gekommen, obwohl ich bis dahin auch nicht mehr wirklich spielend um das Schloss gelaufen bin. Wir sind damals nur noch zu kurzen Besuchen hier heraufgekommen, um bei Stan vorbeizuschauen, wenn wir meine Großmutter besucht haben.«

»Tut mir leid mit deiner Großmutter«, sagt Ash traurig. »Rose war ein toller Mensch.«

»Ja, das war sie, und dein Großvater ebenfalls.«

Wir blicken uns an, gefangen in einem Moment der Verlegenheit.

»So, du hast mir noch nicht verraten, warum du hier in diesem schmutzigen alten Haus herumläufst. Oder«, Ashs blaue Augen zwinkern mir zu, »wie du es geschafft hast, hier einzubrechen.«

»Und du hast mir noch nicht erklärt, was du hier in Stans altem Haus machst und warum du mit einem Spaten herumfuchtelst.«

23.

Apfel – Versuchung

Ash und ich schließen Trecarlan wieder ab und gehen mit Basil durch die Gartenanlage zurück. Ash stellt seinen Spaten wieder in einen Schuppen, in dem sich eine komplette Gärtnerausrüstung befindet.

»Wie kommt es, dass du hier immer noch im Garten arbeitest?«, frage ich ihn, nachdem ich ihm erklärt habe, wie und warum ich ins Haus gekommen bin.

»Das habe ich meinem Großvater versprochen«, erwidert Ash, schließt die Schuppentür und dreht den Schlüssel im Schloss um. »Nachdem Stan Trecarlan verlassen hat, haben sich meine Großeltern um den Garten gekümmert. Bertie sagte, nur weil Stan fort ist, bedeutet das nicht, dass das hier alles vor die Hunde gehen muss. Er hat sich weiterhin um den Garten gekümmert.«

»Oh, das ist aber lieb von ihm.«

»Ich weiß«, antwortet Ash. Dann deutet er auf den Weg. »Gehen wir in die Stadt?«

Ich nicke, und gemeinsam schlendern wir den Hügel hinunter.

»Kurz nachdem Großvater erkrankt ist, hat er mich darum gebeten, hier nach dem Rechten zu sehen, bis es ihm wieder besser geht. Doch er hat sich nie mehr erholt.«

»Das tut mir leid«, erwidere ich und meine es wirklich ernst. »Dein Großvater war ein toller Mann, ich erinnere mich noch gut an ihn.«

»Ebenso wie ich mich an deine Großmutter noch gut erinnern kann«, nickt Ash und lächelt dann. »Deswegen kümmere ich mich um Trecarlan, wann immer ich ein wenig Zeit zwischen meinen Gärtneraufträgen habe, da es niemand anderen gibt, der es sonst tun würde.«

»Stan hat also das Schloss nie verkauft?«, frage ich und versuche, die Puzzlestücke zusammenzusetzen.

»Nein. Er ist immer noch der Besitzer, soweit ich weiß. Er überlässt es dem Gemeinderat, sich um alles zu kümmern. Und der macht nicht viel. Man hat einfach nicht die finanziellen Mittel, um für die Kosten eines solchen Hauses aufzukommen.« Er denkt kurz nach. »Diese Caroline kann ganz schön grauenvoll sein. Sie ist bald wahnsinnig geworden, als sie herausgefunden hat, dass ich hier die Gartenarbeiten übernehme. Sie wollte mir vorschreiben, was ich zu tun habe, aber dem habe ich schnell ein Ende bereitet.«

»Wie denn?«

»Ich habe ihr gesagt, dass sie mir gern sagen kann, was ich zu tun habe, wenn der Gemeinderat mich bezahlen möchte. Bis dahin sei der Garten einzig und allein meine Angelegenheit.«

»Brillant!«

»Lustigerweise habe ich danach nie wieder auch nur einen Mucks von ihr gehört. Man scheint doch recht glücklich darüber zu sein, dass ich hier vorbeischaue und kostenlos die Gartenarbeit erledige.«

»Jede Wette.« Ich denke kurz nach. »Was ist denn aus Stan geworden? Ich habe überall nachgefragt, doch alle scheinen sich nur recht ungenau darüber äußern zu wollen, was passiert ist.«

»Ich glaube nicht, dass irgendwer die Details kennt. Ich persönlich denke, dass er Geldprobleme hatte – wie ich schon sagte, braucht man richtig Kohle, um ein Haus wie Trecarlan zu unterhalten, und ich bezweifle, dass Stan so viel Geld hatte. Obwohl ja irgendwer für sein Heim aufkommen muss.«

»Sein Heim? Wo lebt er denn jetzt?«

»Ich weiß es nicht genau, aber mir ist zu Ohren gekommen, dass er irgendwo in einem Seniorenheim wohnt. Meine Großmutter sagt immer ›oben im Norden‹, wenn sie über ihn spricht – was nicht allzu oft vorkommt. Ich glaube, sie macht Stan für Großvaters Ableben verantwortlich.«

»O nein, wie schrecklich.«

Ash zuckt mit den Schultern. »Sie ist eben schon alt. In ihren Gewohnheiten festgefahren. Da ist es natürlich leichter, jemand anderem die Schuld zu geben, als der Tatsache ins Auge zu blicken, dass Großvater täglich zwanzig Kippen geraucht und fünf Abende pro Woche im *Merry Mermaid* verbracht hat!«

Wir sind in der Stadt zurück, und als wir vor dem *Daisy Chain* anhalten, löse ich Basil von der Leine, damit er in den Blumenladen laufen und Wasser trinken kann. Als ich mich wieder aufrichte, schaut Ash mich an.

»So«, ergreift er das Wort, als wir draußen vor der Tür zögerlich herumstehen. »Musst du jetzt sofort wieder rein und an deinen Knospen herumfummeln?« Seine Augen, die sich von seiner sonnengebräunten Haut und dem von der Sonne gebleichten, wuscheligen Haar hell abheben, blitzen nun wie Saphire neckisch auf. »Oder kann ich dich zu einem frühen Mittagessen ins *Mermaid* einladen?«

Ich merke, wie ich rot werde, doch ich schaffe es, bei meiner Antwort fast keine Miene zu verziehen. »Ich fummele nicht an meinen Knospen herum, ich bevorzuge es, wenn jemand anderes das übernimmt.«

Ash grinst breit.

»Jedenfalls«, fahre ich fort, »hat Amber gleich Pause, und ich habe niemanden, der sich in der Zwischenzeit um den Laden kümmern könnte. Deswegen muss ich leider ablehnen.«

Ash verzieht traurig das Gesicht. »Ah, verstehe, nicht schlimm ...« Dann kehrt das Funkeln in seine Augen zurück. »In diesem Fall hast du vielleicht heute Abend Zeit für einen Drink?«

»Oh ...«

»Wir könnten in Erinnerungen an Stan schwelgen und an mich in Windeln zurückdenken ...«

Ein Bild von Jake gestern im Cottage taucht vor meinem geistigen Auge auf. Schnell schiebe ich es beiseite.

»Klar, warum nicht?«, stimme ich zu, ohne darüber nachzudenken.

»Super!« Ash grinst. »Dann sehe ich dich um ... acht im *Mermaid*?«

»Acht ist prima.«

Ash winkt mir freudig zu, als er über das Kopfsteinpflaster weiterläuft – gerade als Amber mit einem fas-
zinierten Ausdruck im Gesicht in der Tür auftaucht.

»Wer war das denn?«, gurrt sie und reckt den Hals,
um Ash hinterherschauen zu können.

»Das ist Ash – er ist Gärtner oben im Trecarlan
Castle.«

»Ein sexy Gärtner!« Sie stößt einen anerkennenden
Pfiff aus.

»Sein Großvater hat schon im Schloss gearbeitet, als
ich als Kind dort zum Spielen war. Ich kenne Ash also
schon von klein auf.«

»Jede Wette, dass jetzt nichts mehr klein an ihm ist.«
Amber stupst mich an.

»*Amber*!« Ich werfe ihr einen warnenden Blick zu.

»Was denn? Du musst mal aus dir herausgehen,
Poppy, und ein wenig Spaß haben. Als ich hier ankam,
dachte ich zuerst, du würdest mit Jake Spaß haben,
aber das scheint ja zu nichts zu führen, warum also
nicht mit diesem Ash?«

Lässig dreht sie sich um und kehrt in den Laden zurück.

»Jake und ich sind nur Freunde«, protestiere ich, eile
ihr hinterher und frage mich insgeheim, ob wir das
nach gestern überhaupt noch sind.

Amber rückt ein paar Sonnenblumen in einem der
Eiseneimer zurecht. »Klar, Süße, das weiß ich jetzt
auch, aber ganz zu Beginn, als ich hergekommen bin
und gesehen habe, wie du ihn angeschaut hast, habe
ich schon gedacht, dass da vielleicht mehr zwischen
euch sein könnte.«

Ich kann Amber nur anstarren – natürlich hat sie recht, aber das werde ich ihr gegenüber auf gar keinen Fall zugeben.

»*Poppy*, jetzt komm schon – Jake ist sexy, nicht so sexy vielleicht wie Lady Chatterleys Lover da draußen, zugegeben, aber für einen älteren Kerl ist er immer noch verdammt heiß.«

»Jake ist gar nicht so alt«, entgegne ich und gebe mir Mühe, es so klingen zu lassen, als wäre es mir egal.

»Er ist älter als Ash.«

»Welche Rolle spielt denn das? Jake ist neununddreißig; also wie ich gesagt habe: nicht alt.«

»Ich glaube, er hat bald Geburtstag. Beim letzten Mal, als ich Bronte gesehen habe, hat sie irgendwas von einer Party erwähnt.«

Jakes Geburtstag – na prima. Das kann ja lustig werden. Oh, warum musste ich ihn bloß küssen und damit alles verderben?

»Wie alt ist denn unser Mr Hot hier?«, fährt Amber fort. Völlig untypisch für sie scheint sie mein Unbehagen nicht zu spüren.

»Zweiundzwanzig, aber ich verstehe nicht, was ...«

»Ooh, jetzt fliegt sie vom älteren Mann auf einen Toy-Boy, was für ein Teufelsweib!«

»Amber, Schluss damit! Ash hat mich lediglich gefragt, ob ich heute Abend was mit ihm trinken gehe, das ist alles.«

Ambers Augen leuchten auf.

»Und bevor du irgendwas sagst: Wir werden nur in Erinnerungen an die guten alten Zeiten oben auf Trecarlan schwelgen.«

Amber zieht die Augenbrauen hoch. »Stimmt das auch?«

»Ja«, nicke ich und umrunde die Ladentheke, »das stimmt. Und jetzt geh endlich und besorg dir was zum Mittagessen. Falls du in die Nähe des *Blue Canary* kommst, könntest du mir bitte ein Thunfischsandwich mitbringen, wenn du reingehst?« Ich zwinkere ihr zu und hoffe, dass ich Erfolg habe und sie es damit gut sein lässt.

Amber seufzt. »Du kannst das Thema so oft wechseln, wie du willst, aber mein sechster Sinn kribbelt, und ich kann mich nicht daran erinnern, dass ich mich je geirrt habe.«

24.

Kapuzinerkresse –
Leidenschaftliche Liebe

Als ich mich um kurz vor acht am gleichen Abend auf den Weg zum *Merry Mermaid* hinunter mache, versuche ich, währenddessen nicht allzu viel über Ash nachzudenken. Seit einer Ewigkeit bin ich nicht mehr bei einem richtigen Date gewesen, und obwohl ich Amber gegenüber darauf bestanden habe, dass dies keines ist, sondern ich nur mit Ash über die guten alten Zeiten quatschen will, so werde ich dennoch das Gefühl nicht los, dass ihre Prophezeiungen für den Abend zutreffender sind als meine.

Während ich also die Straße zum Hafen in Richtung des Pubs hinunterlaufe, erlaube ich es anderen Themen, die mir durch den Kopf gehen, sich einen Kampf darum zu leisten, wer sich gegen meine Gedanken rund um Ash durchsetzt.

Zum einen ist da die Geschichte, die Marie uns gestern über die Versöhnung mit ihrer Schwester erzählt hat. Kann Ambers Blumenauswahl dabei wirklich eine solche Rolle gespielt haben? Das kann doch eigentlich nur ein Zufall gewesen sein, oder? Vielleicht hatte Julie schon lange daran gedacht, sich mit Marie zu versöhnen, und als diese dann bei ihr vor der Tür stand, war das nur der Anstoß, den sie gebraucht hatte.

Was aber, wenn Amber recht hat und es wirklich an den Blumen gelegen hat? Kann an der Sache tatsächlich etwas Wahres dran sein? Amber hat hinterher zugegeben, dass sie die Bücher bereits mehrfach benutzt hat, um Sträuße zu binden, doch Marie ist die erste Kundin gewesen, die zurückgekehrt ist und berichtet hat, dass es geklappt hat. Was, wenn noch weitere Leute wiederkehren und uns erzählen, dass der Blumenzauber auch bei ihnen gewirkt hat? Ant und Dec beharren ja immer noch darauf, dass meine Großmutter ihnen dabei geholfen hat zusammenzukommen. Einmal ganz abgesehen von all den Ortsansässigen hier, die steif und fest behaupten, das *Daisy Chain* habe magische Kräfte … Sogar Jake scheint zu glauben, dass da was dran ist. Und trotz unseres Streits schätze ich seine Meinung sehr.

Meine Gedanken schweifen zu Jake, und sofort meldet sich mein schlechtes Gewissen.

»Hör auf damit, Poppy«, schelte ich mich. »Jake hat klipp und klar gesagt, dass er keine Beziehung mit dir will, du tust also nichts Unrechtes, wenn du heute Abend mit Ash was trinken gehst«, erinnere ich mich. »Ich gehe mit einem Freund von früher was trinken. Mehr nicht.«

Es ist Freitagabend, sodass im Pub schon ordentlich Betrieb herrscht, als ich dort ankomme.

Ich bahne mir einen Weg durch die Ortsansässigen

und die wenigen Touristen, bis ich Ash an der Bar entdecke.

»Hey«, begrüßt er mich und dreht sich um, als ich ihm auf die Schulter tippe. »Da bist du ja. Du siehst toll aus!«

Auf Ambers Rat hin und nach langem Zureden war ich – völlig untypisch für mich – sehr abenteuerlich bei der Auswahl meines Outfits für heute Abend. Ich trage zwar immer noch mein gewohntes Schwarz in Form einer hautengen Jeans und Stiefeln, doch es liegt an meinem Top, dass ich mich ein wenig unwohl fühle. Ich habe mir eines von Ambers schlichteren Oberteilen geborgt – auch schwarz, aber mit vielen bunten Punkten darauf, die willkürlich auf dem Stoff angeordnet sind. Das Shirt hat viel von Amber; ich bin mir nur nicht sicher, ob es auch viel von mir hat.

»Es ist immerhin ein Anfang«, hat Amber stolz verkündet wie eine Mutter, die ihrer Tochter bei der Auswahl für das allererste Date hilft. »Hab Spaß!«, hat sie mich bestärkt, als sie winkend in der Cottagetür stand und mir hinterherschaute, als ich die Straße hinunterlief.

»Danke«, lächele ich Ash an. »Du aber auch.«

Ash trägt eine dunkelblaue Jeans und ein hellgrünes Hemd, das seine sonnengebräunte Haut gut zur Geltung bringt und ihn kerngesund aussehen lässt, wie er dort lässig an der Theke lehnt. »Was kann ich dir bestellen?«, fragt er. »Die Welt des *Merry Mermaid* liegt dir zu Füßen.«

»Für mich bitte einen Weißwein«, sage ich. Glücklicherweise konnte ich mich im letzten Moment davon abhalten, mir ein Pint zu bestellen. Dies ist definitiv ein Abend, an dem ich die »Belle« in mir rausholen will, wenn es denn so ein anmutiges, apartes Wesen in meinen vier robusten Wänden geben sollte.

»Rita, hast du kurz Zeit?«, ruft Ash, öffnet seine Brieftasche und wedelt Rita mit einem Geldschein zu.

»Du bist der Nächste, Ash, Süßer«, ruft Rita ihm vom anderen Ende der Theke zu. »Oh, hallo, Poppy, ich habe dich gar nicht gesehen.« Mir fällt ihr Gesichtsausdruck auf, als ihr aufgeht, dass Ash und ich gemeinsam hier sind.

Ich hebe die Hand und winke ihr kurz zu, bevor ich die Hand dann irgendwie beschämt wieder sinken lasse. Rita fragt sich offensichtlich, was mit meinem gewohnten Tischnachbarn Jake passiert ist.

»Wie war dein Nachmittag?«, erkundigt sich Ash. »Hattest du alle Hände voll zu tun, schöne Sträuße zu binden?«

»Nein, im Laden bin ich nur der Handlanger; Amber kümmert sich um die Arbeit rund um die Blumen. Sie ist der kreative Kopf von uns beiden.«

»Tatsächlich? Mich überrascht, dass du den Laden dann als Blumenladen übernommen hast. Die meisten Leute hätten daraus ein Café gemacht oder eine Teestube, das scheinen heutzutage alle zu wollen.«

»Alte Familientradition.«

»Ah, das kenne ich. Mein Großvater war Gärtner, mein Vater auch, wie sollte es bei mir anders sein.«

»Magst du deinen Beruf nicht?«

Ash lächelt, und ich komme in den Genuss, einen Blick auf seine perfekten weißen Zähne zu erhaschen.

»Ja, es ist schon okay. Mir gefällt es, an der frischen Luft zu sein, und ich bin praktisch mein eigener Boss. Die Bezahlung könnte besser sein, aber ich kann arbeiten, wie und wann ich will, das ist schon ein Vorteil.« Er tut, als würde er sich umschauen, und zwinkert mir dann zu. »Ich musste nur schnell sehen, ob Kunden in Hörweite sind. Die würden wahrscheinlich etwas anderes sagen!«

»Ha, ich denke, du bist heute Abend vor Nachstellungen sicher«, entgegne ich und tue nun ebenfalls so, als würde ich mich in der Bar umschauen.

»Oh?« Ash lässt ein weiteres entwaffnendes Lächeln aufblitzen. »Ich habe mir eigentlich etwas anderes erhofft ... Ach, Rita, ja, bitte, ein Glas vom feinsten Weißwein für die Lady hier und für mich bitte einen Whisky-Cola.«

Ich hole tief Luft, als er sich kurz von mir abwendet.

Du meine Güte, Ash lässt heute Abend aber seinen ganzen Charme spielen. Doch nicht auf eine schleimige, kriecherische Art und Weise, das hätte ich nicht ertragen. Nein, Ashs Art von Charme ist viel gefährlicher; es ist die Sorte Charme, die einen völlig unvorbereitet trifft, einen sprachlos macht, erröten lässt und dafür sorgt, dass man nicht weiß, was man tun soll. Am allerschlimmsten ist, dass man sich dabei ertappt, es zu mögen.

»Dort drüben ist ein Platz frei geworden, möchtest du dich dort hinsetzen?«, fragt Ash, nachdem er unsere Getränke bekommen hat.

Gemeinsam gehen wir zu einem niedrigen Tisch am anderen Ende des Pubs hinüber, wo ich mich auf dem

Sofa niederlasse, das an der einen Seite steht, und erwarte eigentlich, dass Ash sich auf einen der bequemen Stühle auf der anderen Seite setzt. Was er jedoch nicht tut; stattdessen nimmt er direkt neben mir Platz.

»So«, sagt er. »Dann lass uns mal reden!«

Während der nächsten halben Stunde schwelgen wir gemeinsam in Erinnerungen an den alten Stan und das Schloss.

»Für Stan muss es schmerzhaft gewesen sein, Trecarlan zu verlassen«, stelle ich fest und denke liebevoll an meinen alten Freund zurück. »Er hat das Schloss so geliebt. Ich bin sicher, er hätte es niemals verlassen, wenn es nicht unbedingt nötig gewesen wäre. Und selbst dann noch hätte er sich am Schloss festgeklammert, bis man ihn dort wegzerrt. Stan mag ein wenig eigenbrötlerisch und verschroben gewesen sein, aber er hatte ein gutes Herz. Will und mir gegenüber war er immer ganz entzückend.«

»Was macht eigentlich dein Bruder jetzt?«, erkundigt sich Ash. »Wollte er nicht den Blumenladen übernehmen?«

Ich greife nach meinem Glas und stelle bestürzt fest, dass es leer ist.

»Ich habe nichts mehr zu trinken«, erwidere ich und hoffe inständig, dass Ash den Wink versteht.

»Ja, ich auch nicht mehr«, antwortet er und hält sein Glas hoch. »Ich gehe gleich zur Bar, da ist im Augenblick viel zu tun.«

»Nein, meine Runde«, widerspreche ich und springe auf. »Das Gleiche noch einmal?«

Ash hat im Grunde keine Gelegenheit zu antworten; ich bin schon unterwegs.

Erleichtert atme ich auf, während ich an der Theke auf Rita oder Richie warte. Ich hätte es eigentlich wissen müssen, dass Ash nach Will fragen wird. Darauf hätte ich vorbereitet sein sollen.

Im Pub ist es heute Abend deutlich voller als in letzter Zeit – ich bin zwar überrascht, freue mich aber für Rita und Richie. Die beiden verdienen diesen Erfolg, sie sind ein so wunderbares Paar. Jemand quetscht sich in die Lücke neben mir und rempelt mich an. Ich will denjenigen gerade anmeckern, doch ein bisschen aufzupassen, als ich mich umdrehe und sehe, dass Jake neben mir steht.

»Hi!«, grüßt er, und es scheint ihm sichtlich unwohl dabei zu sein, direkt neben mir zu stehen. »Mit dir hatte ich hier heute Abend überhaupt nicht gerechnet. Kann ich dir etwas spendieren?«

»Ähm … nein danke.«

Oje, das ist unangenehm. Ich werfe einen Blick zu Ash hinüber, doch er schaut gerade in die andere Richtung.

»Poppy, darf ich dir einen Drink ausgeben, um die Sache von gestern wiedergutzumachen? Wir sind doch noch Kumpels, oder?«

Jake scheint Angst zu haben, dass ich nein sagen könnte.

»Natürlich sind wir das noch«, erwidere ich und entspanne mich ein wenig. »Das gestern war einfach ein dummer Fehler von mir. Tut mir leid.«

»Poppy, du musst dich für nichts entschuldigen.«

Jake legt seine Hand auf die meine, die auf der Theke ruht. Doch die Berührung ist zu viel für mich, ich ziehe meine Hand sofort weg.

»Wie wäre es, wenn ich *dir* einen Drink ausgebe«, erwidere ich schnell, »um dir zu zeigen, dass für mich alles in Ordnung ist. Okay?«

Jake nickt, doch meine Abfuhr hat ihn offenbar schockiert.

»Was möchtest du denn?«, hake ich nach und hoffe, dass sich Rita und Richie beeilen und mich schnell erlösen.

»Das *Gewohnte*«, antwortet Jake und scheint überrascht zu sein, dass ich fragen muss. »Ein Bier.«

»Ja, na klar«, nicke ich. »Richie!«, rufe ich dann laut und versuche, auf mich aufmerksam zu machen.

»Hey, Poppy, was kann ich für dich tun?«, fragt Richie und taucht vor mir an der Theke auf. Er wirkt ziemlich überrascht, Jake neben mir zu sehen. »Oh, du bist mit Jake hier. Wusste ich es doch, dass sich Rita geirrt hat, als sie sagte, du wärst mit …«

»Ein Bier, ein kleines Glas Weißwein und einen Whiskey-Cola, bitte, Richie«, unterbreche ich ihn.

»Ah, alles klar … schon verstanden.« Er zwinkert mir zu und beginnt, die Drinks einzuschenken.

»Drei Getränke, Poppy?«, erkundigt sich Jake. »Bist du heute Abend besonders durstig?«

»Nein, das dritte Glas ist für jemand anderen.«

»Aber kein Bier für dich? Außerdem trägst du etwas Farbiges. Donnerwetter, da willst du aber jemanden beeindrucken!« Ich weiß, dass Jake nur scherzt, und normalerweise bin ich viel entspannter, wenn wir uns gegenseitig etwas aufziehen, doch gerade ist er mir ein wenig zu nah an der Wahrheit dran.

»Nein, ich hatte nur mal Lust auf etwas anderes, das ist alles.«

»Daran ist nichts auszusetzen, Veränderung ist gut.« Jake lächelt mich an, und ich drehe mich weg. Die Situation wird von Sekunde zu Sekunde misslicher.

Richie hat alle Getränke eingeschenkt und stellt sie nun vor mir ab. Ich reiche ihm einen Zwanzigpfundschein.

»Das gehört dir, denke ich.« Als ich Jake das Bier hinüberschiebe, berühren sich unsere Fingerspitzen, als er das Glas entgegennimmt. Unsere Blicke treffen sich eine Sekunde lang über den Glasrand hinweg.

»Prost, Poppy.« Jake hebt sein Bierglas und trinkt einen Schluck. »Welches ist deines?«, fragt er und mustert die beiden Gläser in meinen Händen.

Ich hebe das Weinglas.

»Sehr schön, und das andere Glas ist für …?«

Mein Blick schweift zu Ash.

Ich meine zu sehen, wie Jake zusammenzuckt, als er meinem Blick folgt, doch sicher bin ich nicht.

»Der Jungspund Ash ist also der glückliche Empfänger des Whiskys. Sehr schön.«

Ich warte darauf, dass Jake fortfährt, doch das tut er nicht, er nimmt einfach sein Bier und trinkt einen weiteren Schluck.

»Okay, na gut, ich gehe besser mal wieder zurück. Genieß dein Bier.«

Einen kurzen Moment lang habe ich den Eindruck, dass Jake etwas sagen will, doch dann nickt er mir nur kurz zu, und ich befinde mich wieder auf dem Weg zu Ash zurück, hoffentlich ohne etwas zu verschütten.

»Alles in Ordnung?«, erkundigt sich Ash, als ich mich hinsetze. »Ich habe mich gefragt, ob du dich noch daran erinnerst, als du und dein Bruder Verstecken gespielt habt und ich mitspielen durfte ...«

Während er erzählt, schweifen meine Gedanken ab, ich muss an Jake denken.

Warum hat er nichts gesagt, als wir eben nebeneinander an der Bar gestanden haben? Ist es ihm egal, dass ich hier ein Date mit Ash habe? Ihm muss doch klar sein, dass es nichts anderes als das ist? Offenbar hat er keinen Grund mehr, sich darum zu scheren, was ich vorhabe. Das hat er gestern ja mehr als klargestellt.

Ein paar Sekunden lang schmolle ich, bevor ein paar vernünftige Gedanken an meiner schlechten Laune vorbei in mein Hirn sickern.

Was habe ich denn erwartet, was er sagen würde, selbst wenn es ihm nicht egal wäre?

»Ash ist nicht gut genug für dich. Ich hatte unrecht, lass mich dich zu meinen Blumenbeeten bringen, wo wir uns sofort leidenschaftlich lieben werden.«

Bei diesem Gedanken erröte ich beinahe. Aber was hätte es denn geholfen, wenn er das gesagt hätte? Bei all den Blumen würde ich doch nur wieder durchdrehen und abhauen!

Nein, ich muss mich an den Gedanken gewöhnen, dass Jake nur mit mir befreundet sein will, mehr nicht. Wenn ich etwas anderes will, werde ich mich anderswo danach umsehen müssen.

»... und ich erinnere mich noch genau, wie Will in

der Speisekammer eingesperrt war, und als meine Oma Babs dann hereinkam, um das Mittagessen zu kochen, hat sie sich schrecklich erschrocken ... Poppy? Hörst du mir überhaupt zu?«, fragt mich Ash, den Kopf zur Seite geneigt.

»Natürlich!« In meiner Vorstellung schlage ich mit einem dumpfen Knall auf den Boden der Realität auf. »Will hat eine Geschichte erfunden, die er vorgeschoben hat, warum er dort in der Vorratskammer war: Er denke darüber nach, Koch zu werden, wenn er mit der Schule fertig ist. Als dann der wahre Grund herauskam, musste er bleiben und Babs dabei helfen, Sandwiches für Stans Mittagessen zu schmieren.«

»Ja, das stimmt.« Ash denkt nach. »Du wolltest mir eben noch von Will erzählen: Was macht er heute?«

»Will ist tot«, verkünde ich, weil ich plötzlich jemandem davon erzählen will, anstatt es die ganze Zeit lang geheim zu halten. Ich bin es leid, Geheimnisse zu haben. »Er ist vor fünfzehn Jahren gestorben.«

»Oh, das tut mir leid«, sagt Ash und starrt mich entsetzt an. »Ich hatte ja keine Ahnung! Ich hätte nicht noch einmal nachgefragt, wenn ich das gewusst hätte.«

»Schon gut. Manchmal ist es nett, über ihn zu reden und sich an ihn zu erinnern.«

»Was ist denn passiert? Oder sollen wir lieber das Thema wechseln?«

Ich bin zwar bereit, jemandem zu sagen, dass Will nicht mehr am Leben ist, aber ich kann noch nicht ins Detail gehen.

»Nein, lieber nicht, wenn es dir nichts ausmacht.«

Ash trinkt einen großen Schluck.

»Darf ich mal was von deinem Drink haben?«, frage ich ihn. »Ich habe gerade das Gefühl, dass ich etwas Stärkeres als Wein brauche.«

»Nur zu«, erwidert er und hält mir sein Glas hin.

Ich nehme es entgegen und trinke einen großen Schluck Whisky, dann noch einen und noch einen dritten, bis das Glas leer ist.

»Wow«, staunt Ash beeindruckt. »Alles in Ordnung?«

»Ja, mir geht's gut. Wollen wir gehen? Langsam wird es mir hier ein wenig zu stickig.«

Es ist ziemlich heiß im Pub, aber ausnahmsweise hat mein Gefühl, hier drinnen zu ersticken, einmal nichts damit zu tun, dass es voll ist oder dass mir Blumenduft in die Nase steigt. Es liegt einzig und allein daran, dass mir sehr bewusst ist, dass Jake alle paar Minuten zu uns herübersieht.

»Na klar.« Ash erhebt sich.

Wir bahnen uns einen Weg durch den belebten Pub und treten in die kalte Nachtluft hinaus. Ich halte einen Augenblick inne und atme die frische, salzige Seeluft ein, die vom Meer herüberweht.

»Ist alles okay mit dir?«, wiederholt Ash. »Tut mir leid mit deinem Bruder ...«

»Ash, ich sollte dir dankbar sein«, erwidere ich und drehe mich zu ihm um. »Das ist das erste Mal, seit ich wieder in St. Felix bin, dass ich jemandem von ihm erzählen konnte. Es ist, als hättest du etwas in mir freigesetzt, etwas, das freigelassen werden musste.«

»Tatsächlich?«, fragt Ash und dreht sich leicht zu mir um. Er streckt die Hand aus und schiebt sanft eine

Haarsträhne, die im Wind flattert, hinter mein Ohr. »Gibt es da sonst noch etwas, von dem du dich gern befreien würdest?«

Seine Hand ruht an meiner Wange, und seine Finger streichen so zart über meine Haut, dass ich kaum weiß, ob er es ist oder ob der Wind über mein Gesicht weht.

Ich schaue zu ihm auf und nicke.

Ash beugt sich zu mir herunter, sein Gesicht verharrt einen Moment lang vor mir, während der Blick seiner blauen Augen mein Gesicht abtastet, bis er auf meine Lippen fällt. Dann beugt er sich noch ein winziges bisschen mehr vor, und ich spüre seine Lippen auf meinem Mund.

25.

Edelwicke – Delikates Vergnügen

Am nächsten Morgen wache ich in meinem Bett im Cottage auf und betrachte die unebene Zimmerdecke über mir.

Was nicht ungewöhnlich ist; das tue ich morgens meistens, sobald die Sonnenstrahlen sich einen Weg durch die dünnen Vorhänge bahnen und mich aufwecken. Was ungewöhnlich ist – und das wird mir klar, sobald ich mich an die vergangene Nacht erinnere –, ist die zusätzliche Person, die nackt neben mir im Bett liegt.

Vorsichtig drehe ich den Kopf, um ihn nicht zu wecken, und betrachte den friedlich schlafenden Ash, dessen Gesicht auf dem Kissen mir zugewandt ist.

Oh Gott ... ich habe doch nicht wirklich ...!

Doch, ich habe.

Gestern Abend waren Ash und ich ein wenig übermütig, nachdem er mich draußen vor dem Pub geküsst hat. Wir liefen zum Hafen hinunter, dann über die andere Seite des Hügels, an den sich St. Felix schmiegt, weiter zum Strand, wo wir uns die Schuhe auszogen und lachend und küssend am Sandstrand entlangrannten, bis Ash mich in seine Arme schloss und mich so heftig küsste, dass wir beinahe an Ort und Stelle auf dem Sand übereinander herfallen wollten.

Gott sei Dank hatte ich noch ein letztes Fünkchen Verstand in mir und schaffte es, mir ihn lange genug vom Leib zu halten, um ihm nahezulegen, dass wir es im Cottage deutlich gemütlicher haben könnten.

Bei unserer Rückkehr schlichen wir uns leise hinein, falls Amber immer noch wach sein sollte. Sie hatte mir vorher gesagt, dass sie ein Bad nehmen, dann meditieren und anschließend früh zu Bett gehen wollte.

Darum verschwanden Ash und ich auf Zehenspitzen direkt und so leise wie möglich in mein Zimmer. Mir ging kurz durch den Kopf, dass ich mich ein wenig leichtsinnig verhalte – denn trotz allem kenne ich Ash kaum, und schließlich ist er einige Jahre jünger als ich. Ich mag einige Dinge in meinem Leben angestellt haben, die verantwortungslos waren, aber auf schnellen Sex lasse ich mich normalerweise nicht ein.

Doch das hier fühlte sich gut und richtig an. Ich musste Dampf ablassen, und Ash – einmal abgesehen davon, dass er sehr attraktiv ist – war der Katalysator dafür.

Und am allerbesten ist, dass ich dabei nicht ein einziges Mal an Jake gedacht habe.

Es ist schon eine ganze Weile her, dass beim Aufwachen jemand neben mir im Bett gelegen hat. Doch ich erinnere mich, dass ich mich damals genauso verlegen gefühlt habe wie heute.

Ich wundere mich, wie tief und fest Ash schläft; er rührt sich keinen Millimeter, als ich mich bewege.

Darum schiebe ich die Decke beiseite und setze mich auf. Er wälzt sich ein wenig hin und her, macht aber die Augen nicht auf. Darum steige ich nun langsam aus dem Bett und schnappe mir meinen Schlafanzug, der auf dem Stuhl liegt. Ich wünschte, ich hätte einen Morgenmantel, in den ich jetzt total sexy hineinschlüpfen könnte. Doch damals beim Packen hätte ich niemals damit gerechnet, so lange in St. Felix zu bleiben, deswegen komme ich heute Morgen nicht in den Genuss meines Morgenmantels. Ich werfe dem schlafenden Ash einen letzten Blick zu, bevor ich mich durch die Tür schlängele.

»Na na na!«, ruft Amber, die mich von ihrem Platz an der Spüle mustert, als ich die Küche betrete. »Na, sieh mal einer an, wer da so früh aus dem Liebesnest geschlichen kommt!«

»Was meinst du denn damit?«, frage ich sie und gehe zum Kühlschrank hinüber, um mir Saft zu holen.

»Ach, komm schon, Poppy, ich mag ja manchmal ein wenig begriffsstutzig sein, aber ich bin doch nicht taub! Ich habe gehört, wie du und dein Loverboy euch letzte Nacht hereingeschlichen habt.«

»Ah ... das.«

»Ja, *das*«, erwidert sie und trocknet sich die Hände an einem Handtuch ab. »Und?«, flüstert sie dann. »Wie ist er so?«

Ich bin überrascht, dass Amber nicht erschrockener darüber ist, dass ich mit Ash gleich schon bei unserem ersten Date, das ich ihr gegenüber nicht einmal als solches hatte bezeichnen wollen, geschlafen habe.

»Er ist sehr nett«, antworte ich ein wenig geziert.

»Nett als Mensch oder *nett*«, sie verzieht das Gesicht, »im Bett? Weil das zwei grundverschiedene Dinge sind.«

»*Amber.*« Ich starre sie an. »Er ist ein netter Mensch, mit dem man gerne Zeit verbringt, und ...« Ich werde rot. »Auf dem anderen Gebiet ist er auch ziemlich gut.«

»Uh, Jackpot!«, jubelt sie und zieht an einem unsichtbaren Kassenhebel.

»Hat jemand etwas gewonnen?«

Wir beide wirbeln auf dem Absatz herum und erblicken Ash, der zur Küchentür hereinkommt. Sein Haar ist zerzaust; er hat sich eine Jeans übergestreift, doch seine Füße und die wohlgeformte Brust sind nackt.

»Ich denke, Poppy«, antwortet Amber und blickt mit hochgezogenen Augenbrauen zu mir herüber.

»Tee, Ash? Oder lieber Kaffee?«, biete ich ihm an.

»Kaffee wäre toll«, nickt er. »Macht es euch etwas aus, wenn ich kurz unter die Dusche springe?«

Mir fällt auf, dass Amber schwer schlucken muss.

»Nein, mach ruhig«, sage ich zu ihm. »Frische Handtücher liegen an der Seite.«

»Danke. Dann bis gleich!«

»Wow«, staunt Amber, nachdem er gegangen ist. »Du kannst dich verdammt glücklich schätzen, meine Liebe.«

»Er ist ziemlich gut gebaut, was?« Ich kann nicht anders: Ich grinse breit.

»Ähm ... ja!«

»Mich überrascht, dass du gar nicht entsetzt bist, dass ich ihn letzte Nacht mit hergebracht habe.«

»Quatsch.« Amber winkt ab. »Ich wusste, dass du ihn mitbringst.«

»Woher? Ich habe dir gegenüber doch sogar darauf bestanden, dass es nicht mal ein Date ist.«

Amber tippt sich seitlich an den Kopf. »Du solltest niemals an Ambers Kräften zweifeln«, stellt sie fest. »Ich weiß viele, viele Dinge, bevor sie passieren.«

»Okay …« Nun winke ich ab; ich will lieber nicht wissen, ob sie wieder Karten gelegt, ihre Kristalle befragt oder sonst was getan hat. »Aber ich wette, du kannst nicht vorhersagen, was ich gleich tun werde?«

»Ash ein Frühstück zubereiten?«

»Haha! Siehst du, falsch!« Ich gehe zur Tür, durch die Ash gerade verschwunden ist. »Selbst du konntest das nicht vorhersagen, Amber. Ich werde mich jetzt zu Ash unter die Dusche gesellen …«

»Poppy, du Luder!«, höre ich Amber mir hinterherrufen, als ich nach der Badezimmerklinke greife.

Später sind Amber und ich wieder im Blumenladen und warten auf ein junges Pärchen, Katie und Jonathan, das einen Termin bei uns gemacht hat. In wenigen Wochen wird das *Daisy Chain* die Blumen für ihre Hochzeit in einem großen Landhotel, etwa dreißig Minuten von St. Felix entfernt, liefern.

Dies ist die erste Hochzeit, für deren Blumenschmuck wir gebucht worden sind, und Amber ist verständlicherweise nervös.

»Aber ich habe noch nie den Blumenschmuck für eine Hochzeit allein hergestellt«, sagte sie, als wir den Auftrag bekommen haben. »Deine Mom hat immer die gesamte Organisation übernommen, ich habe nur ausgeholfen.«

»Das wirst du super hinbekommen, Amber. Du bist eine brillante Floristin. Die Braut hätte nicht explizit nach dir gefragt, wenn das nicht so wäre.«

»Die Braut hat das *Daisy Chain* um die Blumengestaltung gebeten, nicht mich«, antwortete sie mit immer noch besorgter Miene. »Der gute Ruf deiner Großmutter hat uns diesen Auftrag beschert.«

Schließlich konnte ich sie überzeugen, dass dies eine Aufgabe war, die sie meistern würde – und das auch noch hervorragend, sodass wir ein Vorabtreffen mit der Braut vereinbaren konnten, um ihre Wünsche zu besprechen.

Heute Nachmittag nun will Katie mit ihrem Bräutigam, Jonathan, vorbeikommen, um die Entwürfe, die sich Amber für die Hochzeit hat einfallen lassen, anzusehen und die Bestellung für die benötigte Anzahl an Blumen aufzugeben – und, am allerwichtigsten: um die Kosten zu kalkulieren.

»So«, seufzt Amber, als wir auf die Ankunft der beiden warten und sie letzte Hand an ein Gesteck zum Geburtstag einer Großmutter legt, das aus hellrosa Rosen – Anmut – und weißen Lilien – Würde – besteht. »Wie läuft es mit dir und deinem Loverboy?«

Ich verdrehe die Augen. Seit Maries Besuch geht Amber sehr offen mit der Nutzung der Blumenbücher als Ratgeber für ihre Sträuße und Gestecke um, und sie setzt mich immer gern darüber in Kenntnis, welche Blumen sie gerade benutzt und warum. Das Wissen dahinter – ich bevorzuge es, das Ganze als »Wissen«

und nicht als »Magie« zu bezeichnen – ist faszinierend, doch mir ist es immer noch lieber, wenn sich Amber um das tatsächliche Binden oder Stecken der Blumen kümmert. Ich bin noch nicht so weit, in diesem Bereich mit anzupacken, obwohl ich zugeben muss, dass es mir mittlerweile deutlich leichter fällt, mich im Laden aufzuhalten.

»Ich schätze mal, du meinst Ash?«, entgegne ich und tue so, als sei ich entsetzt. »Wir hatten doch erst ein Date!«

»Aber es war ja ein *langes* und, wenn ich das so sagen darf, sehr *lautes* Date.« Amber zwinkert mir zu, als sie den letzten Blumenstiel in die grüne Steckmasse drückt, auf die das Arrangement aufgebaut ist.

Ich erröte. »Wenn du es wissen willst: Er hat gesagt, er ruft mich an.«

»Ooh, wie ein: ›Ich kann es kaum abwarten, dich wiederzusehen‹? Oder eher wie ein ›Bis demnächst mal!‹?«

»Ich vermute Ersteres. Aber ...«, unterbreche ich Amber, bevor sie etwas sagen kann, »es ist nichts Ernstes. Ash ist nicht der Typ dafür, und ich bin im Augenblick ebenfalls an keiner dauerhaften Beziehung interessiert.«

Amber zuckt mit den Schultern. »Okay, wenn du das sagst.« Sie schiebt das Gesteck auf der Arbeitstheke hin und her, um es von allen Seiten zu begutachten. »Zumindest nicht, was Ash betrifft«, murmelt sie vor sich hin.

»Was hast du gesagt?«

»Ach, nichts«, flötet sie. »Oh, sieh nur, da ist ja

unser Brautpaar! Ich bringe das Gesteck mal schnell nach hinten.«

Katie und Jonathan tauchen in der Eingangstür auf, und ich eile zu ihnen, um sie zu begrüßen.

»Hallo«, rufe ich und schüttele Katie die Hand. »Und Sie müssen der glückliche Bräutigam sein«, wende ich mich an einen tatsächlich nicht allzu glücklich dreinschauenden Jonathan, der mir deprimiert die Hand gibt. »Ist alles in Ordnung?«, frage ich, als sich die beiden auf den Stühlen Platz nehmen, die wir extra für diesen Termin in eine Ladenecke gestellt haben. »Sie wirken so bekümmert.«

Katie wirft Jonathan einen Blick zu, als würde sie jeden Moment in Tränen ausbrechen.

»Die Hochzeit muss abgesagt werden!«, stammelt sie und kämpft mit den Tränen, als Amber von hinten wieder zurückkehrt und zu uns geeilt kommt. »Unser perfekter Tag ist abgesagt.«

»Nein, ist er nicht, Liebes.« Jonathan legt seinen Arm um Katie und versucht, sie zu trösten. »Jedenfalls noch nicht«, wendet er sich dann an uns.

»Aber warum? Was ist passiert?«, erkundige ich mich.

»Im Hotel gab es eine Verwechslung rund um unsere Buchung«, erklärt Jonathan, während Katie an seiner Schulter schluchzt. »Man hat uns gesagt, dass unsere Hochzeit dort nicht stattfinden kann, da sie für diesen Tag bereits eine andere Hochzeit angenommen haben. Das andere Paar hat Vorrang, da es als erstes die Anzahlung geleistet hat.«

»Die können Ihnen doch nicht so ganz und gar absagen«, beharre ich. »Man kann Ihnen doch bestimmt ein anderes Datum anbieten, oder?«

Katie schüttelt den Kopf. »Keiner der Termine passt bei uns. Sie liegen entweder mitten in der Woche oder viel später im Jahr – alle anderen sind ausgebucht. Das Hotel hat einen hervorragenden Ruf, darum wollen wir unsere Hochzeit dort feiern. Außerdem sind die Außenanlagen absolut atemberaubend, das wäre für unsere Hochzeitsbilder perfekt gewesen.«

»So was kommt vor«, erwidert Amber. »Als ich im Blumenladen in New York gearbeitet habe, war ein Paar Kunde von uns, das aus dem gleichen Grund im Plaza kurzfristig eine Absage bekommen hat! Kaum zu fassen, dass es bei einem Hotel wie dem Plaza zu solchen Terminverwechslungen kommen kann! Am Ende ist aber alles gut ausgegangen. Die beiden haben im Central Park geheiratet, was sehr romantisch gewesen sein soll, wie ich gehört habe. Viel schöner, als es im Plaza hätte sein können.«

»Vielleicht finden Sie ja noch einen anderen Ort für die Hochzeitsfeier?«, schlage ich vor. Wir können es uns nicht leisten, diesen Auftrag zu verlieren, er ist zu wichtig, sowohl für unsere Finanzlage als auch für Ambers Selbstvertrauen.

Jonathan schüttelt den Kopf. »Nein, für den Sommer ist alles ausgebucht. Wir werden wohl die Hochzeit ins nächste Jahr verlegen müssen …«

Katie stößt einen lauten Schluchzer aus und kramt nach einem Taschentuch.

Amber holt ein wunderschönes weißes Spitzentuch hervor und reicht es ihr stattdessen.

»Vielen Dank«, schnieft Katie. »Sie sind beide so wunderbar, darum wollten wir unbedingt, dass Sie sich um den Blumenschmuck für unsere Hochzeit kümmern. Es wäre etwas ganz Besonderes gewesen, wenn das *Daisy Chain* uns die Blumen geliefert hätte. Meine verstorbene Mutter war ein großer Fan davon, was Ihre Großmutter mit den Blumen gemacht hat. Noch bis zu ihrem Tod hat sie von ihr geschwärmt. Sie hat dann auch die Blumen für ihre Beerdigung geliefert.«

Ich nicke. Und ich denke nach. Etwas, was Amber gesagt hat, hat mich auf eine Idee gebracht.

»Wie wäre es, wenn Sie eine etwas andere Hochzeit feiern würden?«, frage ich zögerlich, während mein Gehirn versucht, mit all den neuen Ideen, die mir plötzlich kommen, Schritt zu halten. »So wie Ambers Paar aus New York?«

»Was meinen Sie damit?«, fragt Jonathan und blickt mich zweifelnd an.

»Ich habe da eine Idee ... Ich kann nichts versprechen, aber wenn es funktioniert, würde es Ihnen etwas deutlich Erinnerungswürdigeres als ein fades altes Landhotel bescheren. Und«, fahre ich fort, als ich sehe, dass ich ihr Interesse geweckt habe, »die Fotos würden dort einzigartig werden.«

26.

Kamille – Kraft in der Not

Es ist ja alles schön und gut, wenn man eine Idee hat. Aber wie um alles in der Welt soll ich die verwirklichen, frage ich mich, während ich mit dem Stift auf den Deckel meines Notizbuches poche und dann einen weiteren Schluck Orangensaft trinke.

Ich sitze im *Merry Mermaid* und warte auf Amber. Es ist unser erstes offizielles Treffen, um die Hochzeit zu besprechen, nachdem ich Katie und Jonathan heute Nachmittag im Laden in meine Idee eingeweiht habe. Als die beiden gegangen waren – und dabei deutlich fröhlicher wirkten als noch bei ihrer Ankunft –, wurde es im Laden ungewöhnlich voll, und wir hatten bisher keine Gelegenheit, mit meinem Plan weiter in die Details zu gehen.

Meine Idee sieht vor, dass Katie und Jonathan ihre Hochzeit oben auf Trecarlan Castle abhalten. Ich bin sicher, dass ich den Gemeinderat davon überzeugen kann, der Sache zuzustimmen. Warum auch nicht? Das Schloss wird anderweitig nicht genutzt, und es wäre eine fantastische Kulisse für eine Hochzeit.

Ich muss grinsen, als ich darüber nachdenke, was Stan wohl dazu sagen würde. Ich bin hundertprozentig sicher, dass er seine helle Freude daran hätte. Früher gefiel es ihm immer am besten, wenn es auf Trecarlan von Leuten nur so wimmelte; er sagte immer, dass das Haus traurig sei, wenn es sich einsam fühle. Ich bin absolut sicher, dass er meiner Idee zustimmen wird. Doch ich habe keine Ahnung, wo Stan ist, und niemand scheint über seinen Aufenthaltsort Bescheid zu wissen. Daher muss ich also nun Caroline und den Rest des Gemeinderates überzeugen, in seiner Abwesenheit grünes Licht für die Sache zu geben.

»'n Abend, Poppy. Heute Abend allein unterwegs?«, erkundigt sich Woody, der in seiner Zivilkleidung zögernd an meinem Tisch stehenbleibt: Er trägt ein marineblaues Sweatshirt, eine dunkelblaue Jeans und ein blau-weiß kariertes Hemd.

»Ja – ich meine nein. Ich warte auf Amber, die eigentlich jeden Augenblick kommen müsste.«

Woodys Augen leuchten auf, als ich ihren Namen erwähne.

»Warum setzt du dich nicht zu mir, Woody?«, frage ich und grinse ihn an. »Sie ist bestimmt gleich hier.«

Erfolglos versucht Woody, mit Coolness auf meine Einladung zu reagieren. »Das ist nett«, erwidert er und bleibt beim Stuhl neben mir stehen. »Aber das wollte ich gar nicht wissen, weißt du?« Er fährt sich mit der flachen Hand über das Haar, um es glattzustreichen, und lässt dann den Blick zur Tür schweifen.

»Na gut, wie du meinst, Woody«, antworte ich und zwinkere ihm zu.

Zunächst tut er schockiert, lässt dann aber die Maske fallen. »Okay, du hast mich ertappt«, gibt er zu und lässt sich auf dem Stuhl neben mir nieder. »Ich finde deine amerikanische Freundin überaus attraktiv.«

Ich bewundere Woodys Sprachstil, er ist so ... anständig. Ja, genau, das trifft es. Höflich und Anständig sollten Woodys zweiter und dritter Vorname sein.

»Tut mir leid, wie unhöflich von mir. Darf ich dir ein Getränk spendieren?«, erkundigt er sich und mustert mein Glas.

»Nein danke, nicht nötig«, entgegne ich und hebe mein Glas Orangensaft hoch, das ich erst zur Hälfte ausgetrunken habe.

»Was hast du vor?« Er nickt in Richtung meines Notizbuches.

»Ach, das ist eine lange Geschichte.«

»Ich mag Geschichten, warum erzählst du sie mir nicht, wenn du magst?«, schlägt Woody vor und schaut zur Tür hinüber, falls Amber in der Zwischenzeit eingetroffen sein sollte.

Wenn ich den Gemeinderat davon überzeugen will, mir mein Vorhaben zu erlauben, brauche ich so viele Menschen wie möglich auf meiner Seite. Außerdem kann es nicht schaden, wenn unser Wachtmeister einer davon wäre. Daher erzähle ich Woody von dem Pärchen und ihrem Rückschlag sowie von meiner Idee für ihre Hochzeit.

»Das ist eine wirklich tolle Idee«, befindet er, nachdem ich fertig bin. »Meinen Segen hast du. Ich liebe schöne Hochzeiten. Obwohl ich letztlich jedes Mal weinen muss – ruiniert meinen Ruf als harter Bulle total.«

Ich lächele ihn an. »Ja, das glaube ich gern.«

»Wie weit bist du denn mit deinen Plänen?«, fragt er und zieht meinen Notizblock zu sich herüber. »Oh«, entfährt es ihm, als er die leere Seite sieht. »Du steckst also noch in den Anfängen?«

Ich verziehe das Gesicht. »Die Sache ist, dass ich so etwas noch nie gemacht habe. Ich weiß nicht einmal, wo ich anfangen soll.«

»Teamarbeit«, nickt Woody wissend. »Das hat man uns beim Militär beigebracht. Team bedeutet: *Together Everyone Achieves More* – zusammen erreicht man mehr.«

»Wow, das gefällt mir. Du warst also auch beim Militär?«, frage ich überrascht. Den sanftmütigen Woody als Polizeiwachtmeister kann ich mir ja so gerade noch vorstellen. Aber als Soldat?

»Das war, bevor ich Polizist geworden bin ... Allerdings nicht allzu lange«, fügt er hinzu. »Wir passten nicht gut zueinander, das Militär und ich.«

»Ja, das kann ich mir vorstellen. Also, ich finde, du bist viel besser darin, für eine kleine Küstengemeinde wie St. Felix verantwortlich zu sein. Das ist eher dein Ding.«

»Findest du?« Woody sieht mich erstaunt an.

»Ja. In einer Stadt wie dieser muss man wissen, wie man mit den Leuten umgeht, um das Beste in ihnen zum Vorschein zu bringen. Da braucht man *Feingefühl.*«

Woody nickt nachdenklich. »Ja, das gefällt mir. Ich besitze Feingefühl. Mein Sergeant auf der Polizeischule hat immer gesagt, ich sei ein ganz Gefühliger. Ich schätze mal, dass das dann bestimmt der Grund ist, warum ich hierhin versetzt wurde.«

Wieder lächele ich ihn an. »Jede Wette.«

Der wunderbare Woody ist definitiv einer meiner Lieblingsmenschen hier in St. Felix. Einmal abgesehen davon, dass er sich stets sehr korrekt und anständig verhält, ist er obendrein auch noch richtig nett, sehr freundlich und verständnisvoll gegenüber jedem, der seine Hilfe braucht. Obwohl Woody keinerlei Hoffnung hegt, hier in dieser Stadt einmal ein Verbrechen zu verhindern oder gar die Autorität zu verströmen, nach der er sich sehnt, kennen alle Woody. Und wichtiger noch: Alle haben ihn gern.

»Du hast von Teamarbeit gesprochen«, erinnere ich ihn.

»Ach ja. Vielleicht bin ich noch nicht so lange hier in dieser Stadt, Poppy, aber während dieser Zeit habe ich gelernt, dass Orte wie St. Felix nur über Komitees, Organisationen, Gemeinschaften und dergleichen funktionieren. Ohne diese kommt man nicht weit.«

»Du meinst die Frauengemeinschaft?«

»Ja, diese und den Gemeinderat.« Woody verzieht das Gesicht. »Obwohl der eine ganz schön harte Nuss ist. Sogar ich hatte schon Probleme mit ihm. Ich, in meiner Position!«

»Ich freue mich keineswegs darauf, mich mit dem Gemeinderat auseinandersetzen zu müssen – insbesondere nicht mit Caroline. Ich glaube nicht, dass sie mich sonderlich mag.«

»Ich glaube nicht, dass Caroline viele Leute mag«, entgegnet Woody. »Aber man kann mit ihr auskommen, Poppy. Ich bin sicher, du kannst das. Und weißt du auch, woher ich das weiß?«

Ich schüttele den Kopf.

Er beugt sich vor. »Weil du schon eine sehr wichtige Person auf deiner Seite hast.«

»Habe ich das?«

»Ja«, nickt Woody eifrig. »Wer in einer solch kleinen Stadt wie dieser nötigt allen Bewunderung ab?«

»Ähm …«

»Zu wem schauen die Leute auf und wem hören sie zu, wenn derjenige spricht?«

»Clarence?«, wage ich einen Versuch und hoffe, dass ich mit unserem Pfarrer ins Schwarze getroffen habe.

Woody sieht bestürzt aus, fährt aber unbeirrt fort: »Ja … Father Claybourne ist definitiv *einer* unserer Verbündeten, *und* …«

Es gibt mehr als einen?

»Jake?«, frage ich und zucke mit den Schultern.

Woody hat Mühe, seine Verärgerung nicht zu zeigen, als er sich auf seinem Stuhl zurücklehnt.

»Ja, ich bin sicher, auch Jake steht hinter dir. Aber ich finde, die Beschreibung passt eher zu *mir* als zum örtlichen Blumenzüchter.«

»Oh! Davon bin ich jetzt ausgegangen, Woody.« Ich beuge mich vor und nehme seine Hand. »Natürlich weiß ich, dass du auf meiner Seite bist.«

Woody errötet und blickt auf meine Hand hinunter, die die seine hält. »Für euch tue ich alles, was ich kann – das wisst ihr doch, oder?«

»Ooh, was macht ihr zwei denn da?«, ruft Amber

uns zu, als sie hinter uns auftaucht und uns über die Schulter schaut.

Sofort zieht Woody seine Hand zurück und springt auf, wobei er seinen Stuhl umstößt. »Nichts! Überhaupt nichts, Amber!«

Amber grinst. »Wer's glaubt, wird selig, Woody. Aber Poppy hat ohnehin nur Augen für Jake!«

Amber hebt Woodys Stuhl auf und geht zur anderen Seite des Tisches. »Danke, Woody«, sagt sie, als er zu ihr hechtet und ihren Stuhl vom Tisch zurückzieht. »Sehr freundlich.«

Ich starre sie über den Tisch hinweg an, während Woody sich bei ihr erkundigt, ob sie einen Drink haben möchte.

»Ein Guinness, bitte, Woody«, erwidert Amber, woraufhin er zur Bar läuft. »Was denn?«, fragt sie unschuldig, als ihr mein böser Blick auffällt.

»Was du über Jake gesagt hast!«, zische ich. »Du meintest sicherlich Ash, oder?«

»Ups, tut mir leid, da habe ich mich wohl versprochen!« Amber grinst mich an und scheint kein bisschen verlegen zu sein, den falschen Namen genannt zu haben.

»Würdest du bitte damit aufhören, Jake und mich zusammenbringen zu wollen! Wir sind lediglich gute Freunde, und das weißt du auch. Mehr ist da nicht zwischen uns, und mehr wird da auch nie sein!«

»Klar, verstehe schon«, entgegnet Amber und macht nicht den Eindruck, als würde sie mir glauben.

»Das ist die Wahrheit!«

»Und du bist dir hundertprozentig sicher, dass Jake auch so denkt?«

»Was denke ich?«

Wir beide wirbeln zu der dunklen, sanften Stimme herum, die sich zu unserer Unterhaltung gesellt hat.

»Hey, Jake!«, hat sich Amber als Erste gefangen. Als sie sich wieder zu mir umdreht, schneidet sie mir eine Grimasse, die Jake über ihre Schulter hinweg nicht sehen kann.

»So denkst du über ... Frauen, die Männern Getränke ausgeben!«, rette ich schnell die Situation und atme innerlich erleichtert auf. »Amber hat erzählt, dass du immer noch dagegen bist, und ich habe ihr nur gesagt, dass du nichts dagegen hattest, dass ich dir gestern Abend einen Drink ausgegeben habe.«

Verblüfft starrt Jake uns an, als Woody mit Ambers Guinness zu uns stößt.

»Oh Jake, du bist ja hier«, stellt Woody fest und blickt bestürzt auf das Bier, das er gerade für Amber gekauft hat. »Was möchtest du trinken?«

»Ein Bier wäre toll, danke, Kumpel.« Jake klopft Woody auf die Schulter und setzt sich auf dessen Platz.

Woody seufzt und kehrt zur Bar zurück.

»Heute Abend nicht mit Ash unterwegs?«, fragt Jake beiläufig und nimmt sich eine Speisekarte von der Mitte des Tisches.

»Nein, er ist bei einem Junggesellenabschied in Newquay«, erwidere ich und fühle mich recht unwohl, mit ihm über Ash zu reden. »Morgen ist er wieder da.«

»Wie schön. Ich kann mich gar nicht erinnern, wann ich das letzte Mal bei einem Junggesellenabschied war«, stellt Jake fest, während er die Karte überfliegt. »Ich bin sicher, er hat viel Spaß.«

Mein Blick schweift zu Amber. Sie verzieht das Gesicht.

»Ja, ich bin sicher, das hat er«, antworte ich angespannt. Offenbar ist Jake wegen Ash überhaupt nicht beunruhigt. Mit meinen Vermutungen von gestern Abend scheine ich also goldrichtig zu liegen.

»Esst ihr was?«, fragt Jake und schaut von der Speisekarte auf.

»Ähm …« Ich drehe mich zu Amber um.

Sie nickt begeistert.

»Klar, warum nicht?«, erwidere ich und beschließe, mich in Jakes Gegenwart nicht so befangen zu fühlen. »Wir hatten heute Mittag nur Zeit für einen kurzen Snack, da im Laden heute richtig viel Betrieb war. Mir ist aufgefallen, dass Richie einen Ale-Pie auf der Tafel mit den Tagesgerichten hat, der ist immer gut.«

»Klingt super!«, nickt Jake und legt die Karte weg. »Wie sieht es mit dir aus, Amber?«

»Ich bin Vegetarierin«, entgegnet Amber. »Ich nehme die vegetarische Alternative.«

»Begrenzt das nicht sehr die Auswahl, wenn du auswärts essen gehst?«, erkundigt sich Jake interessiert. »Ich bewundere deine Einstellung sehr – und ich liebe Tiere, versteh mich nicht falsch –, aber ich würde Fleisch schon sehr vermissen, wenn ich darauf verzichten müsste.«

»Das kommt sehr darauf an, wohin man geht. Die meisten Restaurants haben heutzutage zumindest ein fleischloses Gericht auf der Karte, wenn nicht gar mehr.«

Jake nickt. »Das ist toll. Und eine super Sache, die du da für unsere tierischen Freunde machst.«

»Wo wir gerade davon sprechen – wo ist Miley denn heute Abend?«, frage ich und vermisse sie plötzlich. Basil ist im Cottage geblieben, gemütlich zusammengerollt in seinem Korb. Doch es ist unwahrscheinlich, dass Miley gerade dasselbe macht.

»Bronte arbeitet heute Abend an einer Art Collage für ihr Kunstprojekt in der Schule, und Miley liebt es, Sachen mit Kleber zu verzieren. Wir haben es für das Beste gehalten, ihr etwas zum Spielen zu geben, bei dem es nicht schlimm ist, wenn es voller Kleber ist, bevor Miley noch unsere Socken an die Wand pappt, wenn ihr einmal langweilig sein sollte.«

Amber und ich lachen beide, als Woody mit Jakes Bier zurückkehrt.

»Prost, Woody«, sagt Jake und hebt sein Glas. »Die nächste Runde geht auf mich.«

Wir alle suchen uns etwas aus und bestellen das Essen bei Rita an der Theke, bevor wir dann in der Wartezeit am Tisch miteinander plaudern. Die Verlegenheit, die ich zuvor zwischen Jake und mir verspürt habe, scheint hinwegzuschmilzen, und Woody und Amber verstehen sich ebenfalls prächtig.

»Poppy will eine Hochzeit auf Trecarlan stattfinden lassen«, berichtet Woody Jake. »Und unsere wunderbare Amber hier wird sich um den gesamten Blumenschmuck kümmern.« Verträumt lächelt Woody Amber an.

»Ernsthaft?«, fragt Jake und schaut mich überrascht an. »Wie um alles in der Welt willst du das anstellen? Das Schloss ist doch verfallen oder etwa nicht?«

»Nein. Es ist nur nicht bewohnt. Der verrückte Stan,

der vorherige Besitzer, musste in ein Seniorenheim, als er dort nicht mehr länger leben konnte.«

»Der verrückte Stan?«, hakt Jake nach. »Ich habe noch nie gehört, dass man ihn so nennt.«

»So haben die Einwohner von St. Felix ihn genannt. Stan war ein wenig … exzentrisch, könnte man sagen. Wie lange lebst du denn schon in St. Felix, dass du dich nicht mehr an Stan erinnerst?«

Jake denkt nach. »Ähm, wir sind vor etwa sieben Jahren hergezogen, als ich die Gärtnerei übernommen habe, und nach zwei Jahren ist dann Felicity … na ja, ihr wisst schon.«

Schnell nicke ich. »Vielleicht erinnerst du dich darum nicht mehr an Stan. Er muss umgezogen sein, bevor ihr kamt.«

»Hört sich an, als sei Stan ein toller Kerl gewesen«, stellt Amber fest. »Ich mag ja ältere Leute – sie können so viele interessante Geschichten erzählen.«

»Dann hättest du Stan geliebt; er hatte immer Geschichten auf Lager. Wobei nicht alle der Wahrheit entsprachen, denke ich.«

»Du hast immer noch nicht erklärt, warum du eine Hochzeit auf dem Schloss abhalten willst«, beharrt Jake.

Schnell fasse ich für ihn zusammen, was sich eben im Geschäft ereignet hat.

»Na, dann mal viel Glück«, erwidert er und verzieht skeptisch das Gesicht. »Ich bezweifle sehr, dass Caroline euch da eine Hochzeit feiern lässt.«

»Warum nicht? Sie ist doch nicht die Besitzerin von Trecarlan.«

310

»Aber so, wie sie sich verhält, könnte man das fast meinen. Es scheint fast, als hätte sie es sich selbst zur Aufgabe gemacht, sich für alles in St. Felix verantwortlich zu fühlen.«

»Na ja, dieses Mal aber nicht«, widerspreche ich. »Trecarlan war Stans Haus, nicht ihres, und ich beabsichtige, diesem alten Gemäuer wieder Leben einzuhauchen – ob mit oder ohne Caroline Harrington-Smythes Erlaubnis!«

Wir reden noch eine Weile über die Hochzeit, die hoffentlich im nächsten Monat auf Trecarlan gefeiert werden wird. Wir sind uns einig, dass ich nicht nur den Segen des Gemeinderates benötige, sondern auch die Hilfe einiger Bürger von St. Felix.

»Du musst eine Versammlung abhalten«, schlägt Woody vor. »Die Leute hier sind sehr hilfsbereit, und ich weiß, dass sie gern wieder für dich da sind wie bei deinem Laden.«

Jake nickt. »Er hat recht. Ganz gleich, wie sehr es einem missfällt, dass hier jeder jeden kennt: Die Leute hier versuchen immer, füreinander da zu sein, wenn Hilfe gebraucht wird.«

»Darum gefällt es mir hier so«, gesteht Amber liebevoll. »Diese Nähe. Wenn man aus New York stammt, kommt einem St. Felix wie eine andere Welt vor.«

»Vermisst du die Stadt nicht?«, fragt Jake. »Das kleine beschauliche St. Felix lässt sich wohl kaum mit dem Big Apple vergleichen.«

»Ich vermisse die Energie«, gesteht Amber. »Dieser Rausch und der Rummel in Manhattan sind unvergleichlich. Und natürlich vermisse ich meine Freunde und meine Familie, sehr sogar. Außerdem vermisse ich den Herbst in New York.«

»Ist der so schön?«, erkundigt sich Woody. »Ich war noch nie in Amerika.«

»Oh ja, sehr. Wenn man ins Hinterland fährt, werden die Farben noch intensiver und schöner als in der Stadt.«

»Das klingt unglaublich, Amber«, schwärmt Woody und hängt an ihren Lippen wie ein Welpe, der auf eine Belohnung seines Herrchens wartet. »Da würde ich gerne mal hin. Ich bin sicher, es ist atemberaubend schön.«

»Das ist es, Woody – es würde dir gefallen. Aber St. Felix ist ein ebenso wunderschönes Fleckchen Erde, das darf man nicht vergessen. Natürlich vermisse ich einiges, aber hier«, sie zeigt mit der Hand in den Raum, »in diesem tollen Pub, an den wunderschönen Sandstränden, wenn man diese malerischen Gassen entlangspaziert, wenn man den Hafen besucht, in dem die bunten Boote auf dem Wasser auf und ab schaukeln – da …« Sie sucht nach den richtigen Worten. »Da ist man sicher. In St. Felix fühle ich mich geborgen, als ob mir hier nichts und niemand etwas anhaben kann.«

Mir fällt auf, dass Ambers Unterlippe zittert, als sie ihre spontane Rede beendet. Eilig greift sie nach ihrem fast leeren Bierglas und trinkt den letzten Schluck ihres zweiten Guinness an diesem Abend.

»Wenn sich Richie nicht ein wenig mit dem Essen beeilt, habe ich gleich einen Schwips«, stellt sie mit leicht verschleiertem Blick fest. »Das sagt man hier doch so, oder? Einen Schwips haben?«

Wir alle nicken, gerührt von Ambers bewegter Rede, aber gleichzeitig auch verwirrt.

»Na gut, diese Runde geht auf mich!«, verkündet sie angespannt. »Alle das Gleiche noch einmal?«

Ohne eine Antwort abzuwarten, springt sie auf und läuft zur Bar.

»Ist alles in Ordnung mit ihr?«, fragt Woody und schaut ihr besorgt hinterher. »Sie scheint aufgebracht zu sein.«

Ich beobachte Amber, wie sie an der Bar steht und darauf wartet, bei Rita ihre Bestellung aufzugeben.

»Ja, das glaube ich auch«, nicke ich und erinnere mich daran, was mir meine Mutter gestern am Telefon gesagt hat. »Ich glaube, die Kristallkugeln und die Räucherstäbchen unserer Amber sind nicht alles. Ich denke, sie verbirgt irgendetwas.«

»Und was soll das sein?«, fragt Jake und schaut zu Amber hinüber, die immer noch an der Bar wartet.

»Ich bin mir nicht sicher. Aber so, wie ich St. Felix kenne, gehe ich jede Wette ein, dass es ihr schon hilft, einfach nur hier zu sein.«

27.

Lobelie – Missgunst

Amber und ich stehen zusammen im Ballsaal von Trecarlan, während die Abendsonne durch die Fenster scheint und nicht nur den Staub auf jeder Oberfläche betont, sondern auch die Spinnweben in allen Ecken des Raumes hervorhebt.

»Mir war nicht klar, dass es so schlimm ist«, stellt Amber fest, nachdem sie sich umgesehen hat. »Wie sollen wir das hier in einen Ort verwandeln, an dem eine Hochzeit gefeiert werden kann?«

»Das schaffen wir schon. Ich habe so viele Hilfsangebote von den Bewohnern von St. Felix bekommen.«

Noch an jenem Abend im Pub haben sich unzählige freiwillige Helfer bei mir gemeldet. Sobald wir Rita und Richie davon erzählt hatten, was wir für Katie und Jonathan auf die Beine stellen wollen, haben sie die Neuigkeit an ihre Gäste weitergegeben. Neuigkeiten verbreiten sich in St. Felix für gewöhnlich wie ein Lauffeuer, und so bin ich innerhalb kürzester Zeit mit Angeboten überschwemmt worden. Viele wollen uns beim Saubermachen helfen, bei der Dekoration Hand anlegen oder uns bei Musik und Catering unterstützen.

Alles, was ich zu tun habe, besteht darin, die Hilfsangebote zu bündeln und in konkrete Aktionen umzuwandeln, und schon könnten wir aus dem Schneider sein. Ich habe eine Dringlichkeitssitzung des Gemeinderates beantragt, um mein Vorhaben zu besprechen. Wir werden uns am Donnerstag mit den Mitgliedern treffen, um hoffentlich grünes Licht zu bekommen.

»Wir sind heute nur hier«, erkläre ich Amber, »um zu klären, wie wir das Ganze aufziehen wollen. Ich habe so was noch nie gemacht – und du?«

Amber schüttelt den Kopf. »Wenn ich daran denke, dass ich mir vor ein paar Tagen allein schon den Kopf nur über ein paar Blumen zerbrochen habe! Jetzt werden wir die ganze Hochzeit planen. Wie konnte das nur passieren?«

»Keine Ahnung.« Ich zucke mit den Schultern. »Das ist normalerweise überhaupt nicht mein Ding. Ich wollte den beiden einfach nur helfen. Sie sind so ein süßes Paar.«

»Ahaaa …« Amber deutet auf meine Brust. »Ich habe dir doch gesagt, dass sich darin irgendwo ein Herz verbirgt, und ich denke, dass wir es jetzt endlich gefunden haben!«

»Wie witzig«, entgegne ich und verdrehe die Augen. »Während ich aufhöre zu lachen, könntest du mal den Schreibblock aus deiner Tasche rausholen und damit anfangen, dir zu notieren, was alles anfällt.«

»Die Mühe brauchen Sie sich gar nicht erst zu machen, Amber!« Eine schrille Stimme ertönt, die besorgniserregend nach Caroline klingt. »Denn hier wird keine Hochzeitsfeier stattfinden!«

315

Wir beide drehen uns um und erblicken Caroline, die in einer marineblauen Steppjacke und grünen Regenstiefeln mit großen Schritten über den Ballsaalboden marschiert.

»Für wen halten Sie sich eigentlich? Was gibt Ihnen das Recht, uns sagen zu können, was wir tun und lassen sollen?«, belle ich zurück und ärgere mich, dass sie bereits jetzt schon versucht, uns einen Strich durch die Rechnung zu machen. Caroline und ich haben seit meinem ersten Abend hier in St. Felix nicht mehr viel miteinander zu tun gehabt, doch ich bin ihr in der Stadt oft genug in die Arme gelaufen und habe von etlichen Leuten so viel Negatives über sie zu hören bekommen, dass ich weiß, dass ihr Ruf auf keinen Fall unberechtigt ist. Sie kann uns große Probleme bereiten, wenn sie sich das einmal in den Kopf setzt.

»Der Gemeinderat wird dieses Vorhaben schlicht und einfach nicht erlauben«, fährt Caroline fort und wickelt sich einen Schal mit Paisleymuster vom Kopf. »Sie haben schon mal keine Konzession.«

»Eine Konzession?«, fragt Amber fassungslos.

»Ganz genau, meine amerikanische Freundin«, erwidert Caroline schadenfroh und streicht sich das Haar glatt. »Ein Gebäude in England muss vom Gemeinderat erst eine Genehmigung erteilt bekommen, damit dort eine standesamtliche Trauung auf dem Grundstück legal stattfinden darf. Versuchen Sie, die Hochzeit hier ohne Konzession abzuhalten, so ist dies illegal, und ich muss Sie verhaften lassen.«

»Oh, tatsächlich?«, frage ich und gebe mir Mühe, nicht arrogant zu wirken.

»Ja, das können Sie gern in den Gesetzestexten nach-
lesen.« Caroline verschränkt die Arme vor ihrer winzigen Brust.

Ich lächele kühl. »Tatsächlich, Caroline? Es ist nur
so, dass die Eheschließung selbst gar nicht hier stattfinden wird, sondern nur die anschließende Feier. Und *das*
benötigt, soweit ich weiß, keinesfalls die Erlaubnis des
Gemeinderates und ist zudem auch nicht illegal, nicht
wahr?«

Carolines Körper versteift sich leicht, doch sie fährt
unvermindert fort.

»Das macht keinen Unterschied«, erklärt sie mit er-
hobenem Kinn. »Sie brauchen dennoch eine Lizenz für
die Bewirtung, und wahrscheinlich wollen Sie auch
Alkohol ausschenken. Ich werde alles ablehnen.«

»Ich denke, dies ist ein Fall für den Stadtrat und
nicht für den Gemeinderat«, entgegne ich und bin froh,
mich im Vorfeld informiert zu haben. »Und soweit ich
weiß, Caroline, haben selbst Sie keine Kontrolle über
den Stadtrat, oder?«

Caroline mustert mich mit eisigem Blick und erkennt, dass sie geschlagen ist.

»Was haben Sie eigentlich gegen uns?«, fahre ich in
einem sanfteren Tonfall fort. Ich verstehe wirklich
nicht, warum Caroline so derartig auf die Hochzeit
reagiert. »Das hat doch nichts mit Ihnen zu tun, warum
sind Sie also so kleinlich?«

Doch Caroline geht nicht auf meine versöhnlichen
Töne ein; stattdessen seufzt sie dramatisch und verdreht die Augen. »Erstens gehört Trecarlan zur Geschichte von St. Felix, und ich kenne keinen guten

Grund, warum ein historisches Gebäude wie dieses geschändet und entweiht werden sollte, indem man es als Veranstaltungsort für eine Party missbraucht. Und zweitens«, fährt sie fort, bevor ich ihr eine passende Antwort darauf geben kann, »ist es etwas Persönliches.« Sie starrt mich mit eisigem Blick an. »Die Carmichaels haben sich nie gut mit den Harringtons verstanden, daher ist es meine Art der Rache für den Verrat und die Treuebrüche der Vergangenheit, Ihnen, Poppy, die Pläne zu durchkreuzen, wo ich nur kann.«

Sie beäugt uns einen kurzen Moment, bevor sie dann kurz nickt – Aufgabe erledigt. »Ihnen einen schönen Tag«, sagt sie dann, macht auf dem Absatz kehrt, so gut sie dies in ihren Gummistiefeln kann, und marschiert über den Ballsaalboden davon.

»B-bitte?«, stottere ich ungläubig, während ich ihr hinterherschaue. »Was um alles in der Welt meint sie? Welche Treuebrüche?«

»Fragen Sie Ihren Freund Stan!«, ruft Caroline, ohne sich umzudrehen. »Ein kleines Vöglein hat mir gezwitschert, dass Sie beide früher Kumpels waren.« Bevor sie dann zur Tür hinaus verschwindet, dreht sie sich noch einmal um. »Oh, warten Sie kurz«, stellt sie mit einem triumphierenden Flackern in ihren Augen fest. »Sie wissen ja nicht mal, wo er ist, nicht wahr? Na, auf Wiedersehen, meine Damen. Und viel Glück!«

»Was zum Teufel meint sie?«, fragt Amber und starrt mich entgeistert an.

»Rache für frühere Treuebrüche? Ich komme mir gerade vor, als befände ich mich in einem eurer englischen Kostümdramen, in dem wir Korsetts und lange

Kleider tragen sollten ... Das kann ja noch lustig werden!«

»Ich habe absolut keine Ahnung, Amber«, seufze ich, während ich immer noch Caroline hinterherschaue. »Aber ich bin nicht bereit zuzulassen, dass sie uns aufhält. Und ich habe auch schon eine Idee, wie wir an die nötige Erlaubnis kommen, um hier auf Trecarlan eine Hochzeitsfeier stattfinden lassen zu können. Dabei können wir dann gleich auch herausfinden, was sie damit gemeint hat.«

»Und wie sollen wir das anstellen?«

»Indem wir einen sehr lieben Freund von mir finden.«

28.

Königskerze – Sich ein Herz fassen

Nach der Begegnung mit Caroline spreche ich mit Ash und erzähle ihm von meinem Plan, Babs in ihrem Cottage zu besuchen. Er arrangiert sofort ein Treffen bei seiner Großmutter für den nächsten Tag.

Ash und ich verstehen uns prima. Ich verbringe gerne Zeit mit ihm – er ist immer sehr entspannt und relaxt. Manchmal gehe ich mit Basil am Meer spazieren, um Ash und seinen Kumpels beim Surfen auf den Wellen zuzuschauen, die an den langen Sandstrand von St. Felix branden. Wenn das Wetter gut ist, picknicken Ash und ich dann anschließend zusammen am Strand, auf oder unter einer Decke zusammengekuschelt, während Basil neben uns glückselig ein Käsesandwich frisst.

Ash versucht immer wieder, mich dazu zu überreden, mit ihm auf ein Surfbrett zu steigen. Doch ich beharre darauf, dass meine Zeiten als Surferin vorbei sind. Ich genieße es jedoch sehr, ihm beim Wellenreiten zuzuschauen und dabei an der frischen Luft zu sein.

Ich bin mit Will surfen gegangen. Deswegen surfe ich nicht mehr.

Bis zu meiner Rückkehr nach St. Felix ist mir nicht

bewusst gewesen, wie sehr ich den Geschmack, den Geruch und das Gefühl der salzigen Seeluft vermisst habe. Während meiner Zeit sowohl in London als auch in verschiedenen anderen Städten, in denen ich im Laufe der Jahre gewohnt habe, habe ich mich an die stickige, smogerfüllte Luft gewöhnt – und dabei völlig vergessen, wie sauber, frisch und belebend die Seeluft ist; jetzt kann ich davon gar nicht mehr genug bekommen.

»Ich treffe mich mit Babs!«, rufe ich Amber zu, als Basil und ich uns fertig machen und den Laden verlassen wollen. »Bist du sicher, dass du allein klarkommst?«

»Ja, sicher, alles in Ordnung. Viel Glück, Poppy!«, antwortet sie und taucht aus dem Hinterzimmer auf, wo sie gerade einen Strauß für einen jungen Mann bindet, den er seiner Freundin überreichen will, wenn er ihr einen Heiratsantrag macht. Die Nachricht von Ambers magischen Blumensträußen verbreitet sich allmählich, und wir bekommen Anfragen aus ganz Cornwall von Leuten, die unsere Hilfe benötigen. »Ich hoffe inständig, dass Babs dir etwas über Stan erzählen kann«, fährt Amber fort. »Und nicht nur wegen der Hochzeit. Für mich klingt das eher so, als müsstest du ihn dringend wiedersehen.«

Bevor ich antworten kann, öffnet sich die Ladentür, und unsere fünfte Kundin an diesem Tag kommt herein. Dabei ist es gerade mal zehn Uhr vormittags. Wenn das so weitergeht, müssen wir jemanden einstellen, der uns hilft; Amber kann sich nicht gleichzeitig um den Laden kümmern und all die Blumen binden;

dabei ist es unausweichlich, dass es auch mal Zeiten geben wird, in denen wir beide nicht gemeinsam hier sein werden.

»Ich habe gehört, dass Sie *besondere* Sträuße anbieten?«, fragt die Frau Amber, als Basil und ich zur Tür hinausgehen. »Meine Mutter war in letzter Zeit sehr krank, und ...«

Basil und ich überlassen die Kundin Amber – denn das ist definitiv ihr Gebiet.

Mittlerweile sind wir an einem Punkt angelangt, dass wir bereits im Vorfeld sagen können, ob ein Kunde nach einem besonderen Strauß von Amber fragt. Oftmals sind es diejenigen, die vorher eine ganze Weile unentschlossen vor dem Laden herumlungern, bis sie schließlich hereinkommen und so tun, als würden sie sich erst einmal umschauen wollen. Nachdem sie sich dann endlich ein Herz gefasst haben und uns fragen, ob wir ihnen einen »besonderen« Strauß binden können, verweise ich sie an Amber. Sie erkundigt sich sehr diskret nach dem jeweiligen Anliegen und verschwindet nach hinten, um ihre Bücher zu befragen, bevor sie dann den perfekten Strauß bindet, immer mit einem weißen Schleifenband versehen.

Als Basil und ich die Straße hinunterlaufen und im Vorbeigehen Ant und Dec zuwinken – auch die Bäckerei scheint heute extrem viel zu tun zu haben –, bin ich in Gedanken bei Stan.

Natürlich hat Amber Recht. Ich hätte gleich nach meiner Ankunft in St. Felix versuchen sollen, Stan ausfindig zu machen, aber mit dem Laden und Basil, um die ich mich kümmern musste ...

Nein, ich darf mir nichts vormachen; das waren einfach nur vorgeschobene Ausreden. Ich bin nicht auf die Suche nach Stan gegangen, weil ich wusste, dass mich das Wiedersehen mit ihm an vergangene Zeiten erinnern wird, die ich hier in St. Felix mit Will verbracht habe. Obwohl ich es geschafft habe, mit Ash über Will zu sprechen, ist mir klar, dass Stan noch viel mehr in Erinnerungen schwelgen wollen wird, und ich bin nicht sicher, ob ich dazu schon bereit bin.

Aber ich muss es tun. Es ist wichtig, nicht nur für Katie und Jonathan, sondern auch für mich.

Darum bin ich gedanklich in der Vergangenheit unterwegs, als wir zu Babs Cottage gehen und gelegentlich Pause machen, damit Basil in Ruhe sein Geschäft erledigen kann.

»Hey! Rufen Sie Ihren Hund zurück!«

Ich reiße mich von meinen Erinnerungen los und sehe, wie Basil gerade sein Bein seitlich an einem Elektromobil heben will. »Du meine Güte, tut mir leid!«, rufe ich einer älteren Frau zu, die ein Einkaufsnetz voller Lebensmittel schleppt. »Basil!« Ich ziehe ihn von den Rädern weg. »Aus!«

»Oh, das ist Basil«, sagt die Dame und lässt sich auf dem elektrischen Rollstuhl nieder. »Ich habe meine Brille nicht an, daher habe ich dich nicht erkannt, mein Junge!« Sie kramt in ihrer Handtasche und holt eine Brille hervor. »So, nun ist es besser«, erklärt sie und setzt sie auf. »Na du!« Sie bückt sich, um Basil zu streicheln, der sich, wie immer, nicht zweimal bitten lässt. »Dich habe ich ja eine halbe Ewigkeit nicht mehr gesehen, mein Junge! Wie geht es dir?«

Die Dame schaut zu mir auf. »Poppy?«, fragt sie. »Bist du das? Das letzte Mal, als ich dich gesehen habe, warst du noch ein kleines Mädchen.«

Ich mustere die Frau eingehend.

»Babs!«, rufe ich dann aus. »Ich bin gerade auf dem Weg zu Ihnen!«

Babs nickt. »Ash hat mir gesagt, dass du mit mir reden willst. Ich habe uns gerade ein wenig Kuchen besorgt.« Sie verdreht die Augen. »Ich kann mittlerweile nicht einmal mehr selbst welchen backen.«

»Wie geht es Ihnen denn? Ash sagte, in letzter Zeit nicht besonders gut?«

»Ich muss zugeben, dass es mir schon mal besser ging«, erwidert sie und deutet auf das Elektromobil. »Aber frisch gewagt ist halb gewonnen, nicht wahr? Ich habe schon gehört, dass du wieder in der Stadt bist und dich um Rosies Laden kümmerst. Ich wäre gern mal vorbeigekommen, aber in letzter Zeit bin ich nicht mehr viel unterwegs gewesen; eine Bronchitis hat mich ziemlich schachmatt gesetzt. Aber heute habe ich mich davongemacht und mir gestattet, ein wenig unterwegs zu sein.«

»Gut gemacht!« Ich habe Babs schon so lange nicht mehr gesehen, dass ich sie beinahe nicht wiedererkenne. Sie hat deutlich abgenommen, ihr Haar ist grau geworden. »Ich habe von Stan gehört«, sage ich und frage mich sofort, ob es vielleicht zu früh ist, ihn zu erwähnen. »Dass er beschlossen hat, das Schloss zu verkaufen, und dann weggezogen ist. Eine Schande, dass es so weit gekommen ist. Er hat das Schloss so geliebt.«

»Hmpf«, macht Babs. »Zumindest wollte er das allen weismachen.«

»Wie meinen Sie das?«

Verstohlen schaut sie die Straße auf und ab, bevor sie mich dann zu sich heranwinkt und die Stimme senkt.

»Stan hat sich in den Jahren, als du nicht mehr nach Trecarlan gekommen bist, Poppy, verändert – und nicht zum Guten. Er hat es ziemlich krachen lassen, und ich glaube, er war oft nicht richtig bei Sinnen.«

»Oh, armer Stan. Was ist passiert?«

»Du weißt, dass ich keine Tratschtante bin, aber …« Sie sieht sich um. »Aber Stan hat sich mit den falschen Leuten eingelassen. Oben auf dem Schloss wurde viel getrunken.« Wieder schaut sie die Straße auf und ab, doch das Wetter hat eine seiner berühmten Kehrtwendungen eingelegt, sodass nun Regenwolken unheilvoll über uns hängen und jeder, den es heute Morgen an die frische Luft getrieben hat, schon irgendwo Schutz gesucht hat. »Glücksspiel«, flüstert sie so leise, dass ich es kaum hören kann.

»Ernsthaft?« Ich kann mir kaum vorstellen, dass Stan dort einen ausschweifenden Spielerring betrieben hat, wie Babs es hier gerade andeutet.

Babs nickt. »Er hat regelmäßig dort oben Partys veranstaltet und Gott und die Welt hereingelassen. Er hat mich gebeten, das Essen dafür zuzubereiten, aber ich habe abgelehnt. Ich hatte die Aufgabe, mich um ihn zu kümmern, und nicht etwa um eine Horde von Halunken mit mehr Geld als Verstand. Darum«, Babs schlägt eine Hand auf die Brust, »hat er einen Caterer von außerhalb kommen lassen!«

Stan hätte genauso gut auch Serienmördern Einlass gewähren können. Dies war die ultimative Beleidigung für Babs gewesen.

»Wie schrecklich, Babs! Ich kann mir nicht mal vorstellen, dass Stan das getan haben soll – dir das angetan haben soll. Er hat dich und Bertie geliebt.«

»Hmmm.« Babs verschränkt die Arme vor der Brust. »Das sollte man meinen nach allem, was wir für ihn getan haben. Aber so, wie er uns behandelt hat, waren wir für ihn offensichtlich nichts weiter als reine Bedienstete.«

»Wovon reden Sie? Was hat er getan?«

Das klang in meinen Ohren alles sehr seltsam und sah dem Stan, den ich gekannt hatte, so gar nicht ähnlich.

»Na ja, eines Abends hat Stan eine weitere Party veranstaltet. Bertie und ich waren natürlich nicht beteiligt. Aber wir haben gehört, dass er wieder eine Horde Rowdies dahatte – aus *London*.«

Babs spie das Wort aus, als sei es pures Gift. »Sie kamen in ihren Nobelschlitten her und haben alle in ganz St. Felix herumkommandiert, bevor sie überhaupt bei der Party waren. Ich schätze mal, dass an jenem Tag die halbe Stadt wegen ihrer windigen Art und Weise angepisst war. Entschuldige bitte meine drastische Ausdrucksweise, Liebes.«

»Kein Problem. Was ist dann passiert?«

»Ich weiß nicht genau, was passiert ist, nachdem sie an jenem Abend zum Schloss hochgefahren sind, ich kann nur mutmaßen.«

»Schießen Sie los.«

»Nun, es kam zum gewohnten Ablauf: Zu viel Alkohol und Gott weiß was noch. Aber das Ergebnis war, dass Stan sein gesamtes Vermögen verloren hat – bei einem Kartenspiel.«

»Nein!«

»Doch, leider ist es wahr. Kurz danach ist Stan ausgezogen, und wir alle haben unsere Jobs verloren.« Babs spitzt die Lippen. »Bertie und ich haben diesem Mann unser Leben geopfert, und dann wendet er uns den Rücken zu und macht so etwas.«

»A-aber das ergibt keinen Sinn«, erwidere ich und versuche, alle Puzzlestücke zusammenzusetzen. »Stan hätte niemals sein Zuhause und Ihre Lebensgrundlage aufs Spiel gesetzt.«

Stan mochte keine Familie und nur wenige Freunde gehabt haben, doch ich wusste genau, wie gut er sich immer um seine »Helferlein« gekümmert hat. Das passte so gar nicht zu dem Mann aus meiner Erinnerung.

»Das sind die Fakten, Poppy. Ich habe dir alles erzählt, was ich weiß, und einiges, was mir hinter vorgehaltener Hand berichtet worden ist.« Sie seufzt. »Kurz nachdem das alles passiert ist, ist mein Bertie krank geworden, vielleicht war es daher am besten, dass wir dort raus waren. Nach seinem Tod hat man mir gesagt, er sei an einem Herzinfarkt aufgrund einer Herzanomalie gestorben. Ich behaupte ja immer noch, dass der wahre Grund sein gebrochenes Herz war, nachdem man ihn gewaltsam von dem Ort vertrieben hat, den er geliebt hat. Schon als Kind hatte er auf Trecarlan gearbeitet. Aber du weißt ja, wie Bertie war: Nach Stans Weggang hat er sich weiterhin um die Gartenanlage gekümmert, auch wenn er kein Geld mehr dafür bekam. Gott hab ihn selig.«

»Als ich von Berties Tod gehört habe, war ich sehr traurig«, erkläre ich ihr. »Ash hat mir davon erzählt.«

Babs lächelt breit. »Ich habe gehört, dass ihr beide ein Paar seid. Ich war vielleicht in den letzten Wochen in mein Cottage verbannt, aber ich bin immer noch auf dem Laufenden!«

Ich werde rot.

»Er ist ein guter Junge, mein Ash«, stellt Babs fest. »Und er sieht blendend aus, ein wenig wie sein Großvater, als der noch jung war. Aber was viel wichtiger ist, er hat das Herz am rechten Fleck. Er wird auf dich aufpassen.«

»Vielen Dank«, sage ich, doch ich will noch mehr über Stan erfahren. Irgendetwas kommt mir da komisch vor. »Haben Sie Stan danach noch einmal wiedergesehen?«

Babs schüttelt den Kopf. »Nein, er ist irgendwo oben im Norden in ein Altenheim gezogen. Aber durch Bertie und die ganze Angelegenheit bin ich nie dazu gekommen, ihn zu besuchen.« Sie beugt sich vor. »Die Wahrheit ist, dass es böses Blut gab, nachdem wir unsere Jobs verloren haben, und dann habe ich auch noch Bertie verloren. Deswegen wollte ich nicht gehen. Und dann, nach einer Weile, war es zu spät, um einen Versuch zu wagen, um alles wiedergutzumachen.«

»Natürlich, unter diesen Umständen verstehe ich das. Sie wissen nicht zufällig, in welchem Heim er sich befindet, oder?«, frage ich hoffnungsvoll. Vielleicht könnte ich dort anrufen.

»Nein, Liebes, tut mir leid. Lou müsste es eigentlich wissen. Ich glaube, sie besucht ihn gelegentlich.«

Das ist aber lieb von Lou, für einen Besuch bei Stan jedes Mal so weit zu fahren, denke ich; die beiden müssen einander sehr nahegestanden haben.

»Danke, dann frage ich sie das nächste Mal, wenn ich sie sehe.«

»Du warst immer ein tolles Mädchen, Poppy«, stellt Babs klar und schaut von ihrem Elektromobil aus zu mir auf. »Den Schalk im Nacken, aber herzensgut. Es tut mir leid, was mit deinem Bruder passiert ist – schrecklich.«

»Ja ... na ja ... Wissen Sie ...« Ich schaue zu Basil hinunter, der sich neben uns auf den Boden gelegt hat. »Wie es aussieht, will Basil weitergehen«, erkläre ich und ziehe an der Leine, um ihn aufzuwecken.

Basil gähnt und blickt widerwillig zu mir hinauf.

»Schön, Sie wiedergesehen zu haben, Babs. Jetzt, wo es Ihnen wieder besser geht, müssen Sie mal bei uns im Laden vorbeischauen.«

»Oh ja, gerne. Aber du musst mich auch mal besuchen und auf eine Tasse Tee hereinkommen.« Sie stupst mich an. »Und du passt schön auf meinen Enkelsohn auf, verstanden? Er ist ein guter Junge. Mach dir nicht so viele Sorgen um Stan, er war schon immer ein Schlitzohr, selbst in jüngeren Jahren. Es war klar, dass ihn dies eines Tages einholen würde.«

Ich winke Babs zu, als sie mit ihrem Elektromobil losfährt und über das Kopfsteinpflaster hoppelt.

»Na gut, Basil.« Ich drehe mich um. »Wie es aussieht, werden wir dann jetzt mal deine alte Freundin Lou besuchen.«

»Hallo, Poppy, hallo, Basil!«, begrüßt uns Lou, als sie uns die Tür öffnet. Lou trägt einen Maleranzug, das Haar ist mit einem Kopftuch zusammengebunden und in der Hand hält sie einen Pinsel.

»Oh, komme ich ungelegen?«, frage ich, als sie beiseitetritt, um mich hereinzulassen.

Lous Diele, die bei meinem letzten Besuch voller Bilder und anderem Kram war, ist leergeräumt, und die Hälfte der Wände ist blau angestrichen.

»Nein, ich kann eine Pause gut brauchen, außerdem freue ich mich immer, Basil zu sehen.« Sie legt den Pinsel auf einer offenen Farbdose ab und bückt sich, um Basil zu kraulen. »Die Welpen sind in der Küche, wenn du zu ihnen gehen magst? Jetzt sollte es auch kein Problem mehr sein, Basil zu ihnen zu lassen.«

Gemeinsam gehen wir in Lous Küche hinüber, wo wir auf tumultartige Zustände treffen, da fünf quirlige Welpen umherspringen, auf Pinseln herumkauen, sich auf Decken rollen und generell nur Unsinn im Kopf zu haben scheinen.

Ich löse Basil von der Leine, und sofort läuft er zu den Welpen, um sie zu beschnuppern.

»Tee?«, fragt Lou und füllt Wasser in den Teekessel.

»Nein danke, ich kann leider nicht lange bleiben, ich muss zum Laden zurück. Amber hat im Augenblick alle Hände voll zu tun.«

»Das Geschäft läuft also gut?«, erkundigt sich Lou.

»Ja, es zieht definitiv an.«

»Prima, ich freue mich, das zu hören.« Lou setzt das Teewasser auf und dreht sich dann zu mir um. »Ich hatte die ganze Zeit das Gefühl, dass es besser werden würde. Aber was kann ich für dich tun? Ich werde das Gefühl nicht los, dass dies hier nicht nur ein einfacher Besuch ist.«

»Weißt du, wo Stan ist?«, frage ich ohne jede Umschweife.

»Ja, natürlich. Warum? Möchtest du ihn besuchen?« Ich nicke.

Lou geht zu einer Schublade hinüber und holt eine weiße Visitenkarte heraus. »Hier«, sagt sie und reicht mir die Karte. »Camberley House, das ist ein tolles Pflegeheim oben in Bude.«

»Bude! Aber ich dachte, Stan sei weit weg – Babs sprach immer von ›oben im Norden‹!«

Lou grinst. »Na ja, es ist immerhin im Norden Cornwalls.«

»Hätte ich gewusst, dass er so nah ist, hätte ich ihn schon früher besucht«, erkläre ich und starre auf die Visitenkarte.

»Hättest du das wirklich?«, fragt Lou vorsichtig. »Vielleicht hast du einfach nur auf den geeigneten Zeitpunkt gewartet, sowohl für dich als auch für ihn?«

»Wie meinst du das?«

»Poppy, du musstest dich nach deiner Ankunft hier in St. Felix um sehr vieles kümmern – und ich meine damit nicht nur den Laden und unseren lieben alten

Basil. Vielleicht warst du vorher einfach noch nicht bereit, Stan wiederzusehen.«

Quer durch die Küche hinweg schaue ich sie an.

»Aber jetzt, Poppy«, fährt sie wohlüberlegt fort, »jetzt weiß ich, dass du so weit bist.«

29.

Chrysanthemen – Wahrheit

Zum ersten Mal seit einer gefühlten Ewigkeit verlasse ich St. Felix. In meinem Range Rover fahre ich die schmalen, gewundenen Straßen entlang und denke dabei unentwegt an Stan, Will und daran, was ich heute tun werde.

Als ich in Bude ankomme, dirigiert mich das Navi hilfreich durch die belebten Straßen, in denen es von Urlaubern nur so wimmelt, bis wir am anderen Ende der Stadt eine ruhige Wohnstraße hinunterfahren und mir mitgeteilt wird, dass ich »mein Ziel« erreicht habe.

Camberley House ist ein großer, moderner Bungalow, der sich auf einem weitläufigen Gelände inmitten von akkurat geschnittenen Rasenflächen und perfekt angelegten Blumenbeeten befindet. Ich parke mein Auto auf der Kiesauffahrt und steige aus. Währenddessen lächelt mir ein älterer Mann zu, als er mit Hilfe eines hölzernen Gehstocks an mir vorbeihumpelt.

»Der Empfang befindet sich dort entlang«, ruft er mir zu und deutet mit seinem Gehstock in Richtung des Eingangs. »Sie sehen ein wenig verloren aus, Liebes.«

»Ah, vielen Dank!«, erwidere ich und blicke zu der Milchglastür. »Stimmt, ich bin zum ersten Mal hier.«

»Na, ich bin sicher, ganz gleich, wen Sie besuchen wollen: Derjenige wird sich freuen, Sie zu sehen«, erwidert er nickend. »Normalerweise freuen wir alle uns über Besuch.«

Er nickt mir kurz zu und humpelt dann weiter, sodass ich mich auf den Weg zum Empfang mache.

Hinter der Eingangstür befindet sich ein heimeliger Korridor, in dem ein polierter Holztisch als Empfangstheke dient.

»Guten Tag«, grüßt mich eine elegant gekleidete Dame, die hinter dem Tisch sitzt. »Herzlich willkommen bei uns im Camberley House. Wie kann ich Ihnen weiterhelfen?«

»Ich würde gern Stan besuchen.«

»Stan?«, fragt sie. »Wie lautet sein Nachname?«

»Ähm …« Daran habe ich überhaupt nicht gedacht. Ich kannte ihn nur als »Verrückten Pastetenmann Stan«. »Leider kenne ich seinen Nachnamen nicht.«

»Hmmm …« Die Frau wirft mir einen seltsamen Blick zu. »Wir können hier nicht so einfach jeden hereinlassen, wissen Sie? Es gibt Regeln, und die Pflege und die Sicherheit unserer Bewohner stehen hier in Camberley an erster Stelle.«

»Oh ja, das verstehe ich voll und ganz. Es ist nur so, dass ich Stan von früher kenne, als er noch unten in St. Felix gelebt hat. Kennen Sie Trecarlan Castle?«, frage ich hoffnungsvoll.

Die Frau starrt mich reglos an.

»Eine Frau namens Lou kommt ihn regelmäßig besuchen?«

Die Frau starrt mich weiterhin eiskalt an.

334

»Haben Sie hier einen Stan, der gern Pasteten isst?«, wage ich einen letzten Versuch.

Da leuchtet das Gesicht der Frau plötzlich auf. »Ach, Sie meinen Stanley«, sagt sie und lächelt. »Natürlich, Stanley bekommt nie genug von diesen Pasteten, obwohl seine Zähne das mittlerweile nicht mehr so ganz mitmachen. Wen darf ich ihm melden?«

»Poppy«, erwidere ich schnell, bevor sie ihre Meinung wieder ändert. »Aber er erinnert sich vielleicht nicht an mich. Wie gesagt, ich habe ihn seit meinem fünfzehnten Lebensjahr nicht mehr gesehen.«

Sie läutet ein kleines Glöckchen, woraufhin eine weitere jüngere Frau auftaucht, dieses Mal in einer grünen Uniform.

»Melanie, würden Sie bitte Stanley ausrichten, dass Poppy hier ist, um ihn zu besuchen?«

Melanie nickt. »Natürlich.« Und schon verschwindet sie wieder dahin, woher sie gekommen ist.

»Es dauert nicht lange. Bitte setzen Sie sich doch solange.« Die Empfangsdame deutet auf eine mit Brokat bezogene Chaiselongue hinter mir.

Mit einem unbehaglichen Gefühl lasse ich mich dort nieder und schaue mich um, während die Empfangsdame sich wieder ihrem Computerbildschirm zuwendet.

Hier ist alles hervorragend organisiert und keineswegs so, wie ich es erwartet hatte. Nach allem, was Babs mir darüber erzählt hat, dass nämlich Stan sein ganzes Vermögen verloren haben soll, hatte ich insgeheim befürchtet, ihn in einem heruntergekommenen Seniorenheim vorzufinden, in dem die Farbe von den Wänden abblättert und das Personal inkompetent ist.

Camberley House scheint nach allem, was ich bislang gesehen habe, sehr gut geführt zu sein, obwohl ich natürlich aus Zeitungen und vom Hörensagen her Geschichten über Pflegeheime kenne, bei denen das, was man nach außen hin sieht, nicht immer der Wahrheit entspricht.

»Stanley möchte Sie sehen«, verkündet Melanie nach ihrer Rückkehr. »Bitte hier entlang.«

Ich folge ihr durch einen langen Flur voller geschlossener Türen, und ich kann mir nicht helfen: Ich frage mich, was sich wohl dahinter verbirgt.

»Das sind nur Büros«, erklärt sie, möglicherweise hat sie meine Gedanken erraten. »Nichts Schlimmes, das kann ich Ihnen versichern.«

»Tut mir leid«, entschuldige ich mich. »Man hört immer mal wieder so schreckliche Geschichten über Pflegeheime.«

»Ja, das stimmt. Es ist wirklich abscheulich, was in manchen Heimen vor sich geht. Das Problem ist, dass wir alle über den gleichen Kamm geschoren werden, wenn diese Geschehnisse bekannt werden. Dabei gibt es doch in Wahrheit so viele, in denen die Alten und Gebrechlichen wunderbar versorgt werden. Über die guten Pflegeheime wird nämlich nie berichtet.« Sie bleibt vor einer Glastür stehen und öffnet diese dann. »Hier befindet sich unser Tagesraum.«

Ich folge Melanie in den Raum hinein, und anstatt einer Horde älterer Leute, die auf Stühlen mit hoher Rückenlehne hocken und Decken über den Beinen liegen haben, stelle ich überrascht fest, dass es hier hoch hergeht.

Eine ganze Reihe weiß- und grauhaarige Achtzig-jährige spielen Billard und Tischtennis, eine andere Gruppe von Bewohnern Scrabble, einige andere sitzen entlang der Wand vor Computern und surfen im Internet.

»So«, sagt Melanie und schaut sich um. »Wo ist Stanley hingegangen? Vor wenigen Minuten war er noch am Billardtisch. Ah, ich habe ihn entdeckt, er sitzt drüben am Fenster und erwartet Sie.«

Wir durchqueren den betriebsamen Raum und nähern uns zwei Lehnstühlen, die am Fenster stehen. Dann sehe ich ihn.

»Poppy, mein Mädchen!« Stan hat Mühe, sich von dem Sessel zu erheben, daher hilft Melanie ihm. »Ich kann es kaum fassen, dass du nach all der Zeit hier bist!« Er umarmt mich, und ich spüre seinen gebrechlichen Körper an meinem.

»Stan, wie schön, dich wiederzusehen!«, begrüße ich ihn und trete einen Schritt zurück, um ihn zu mustern.

Der Stan, den ich gekannt habe, war groß und breit und verfügte über eine sonore Stimme und ein lautes, fast grölendes Lachen. Der Stan vor mir scheint von der Statur her geschrumpft zu sein; ich bin größer als er, und seine Stimme ist mittlerweile krächzend und schwach.

»Dann lasse ich Sie beide mal allein«, verkündet Melanie. »Rufen Sie mich einfach, wenn Sie von seinen alten Geschichten genug haben.«

»Melly, Liebes«, erwidert Stan und lässt sich wieder auf dem Sessel nieder. »Sie wissen doch, dass jedes Wort, das mir über die Lippen kommt, wahr ist.«

»Klar. Und ich bin Kate Middleton«, entgegnet sie lächelnd. »Dann gehe ich jetzt mal meine Krone polieren.«

Stan blickt ihr lächelnd hinterher, als sie sich durch den Raum schlängelt und währenddessen mit den Bewohnern plaudert. »Sie ist ein prima Mädchen. Setz dich, mein Kind, wir haben einiges aufzuholen.«

Stan berichtet mir von seinem Leben im Heim. Von allen Aktivitäten, die veranstaltet werden, von Ausflügen, von den Freundschaften, die er über die Jahre hinweg dort in Camberley geschlossen hat. Gelegentlich muss er kurz pausieren, da er sich nicht mehr so schnell erinnert, wie er es gern würde. Doch ich lausche ihm geduldig und lasse ihm Zeit, in seinen Erinnerungen zu schwelgen.

»Ich habe dir nun alles über mich erzählt, jetzt bist du an der Reihe«, erklärt Stan. »Was hast du die ganze Zeit gemacht? Und noch wichtiger: Wie klappt es mit dem Blumenladen? Ich hatte schon gedacht, du würdest mir wie früher einen Blumenstrauß mitbringen.«

»Nein, nein, ich habe keine Blumen mitgebracht, dafür aber das hier«, entgegne ich und greife in meine Handtasche. Ich hole eine Papiertüte hervor und reiche sie Stan.

»Ah, wie in guten alten Zeiten«, antwortet er und schnuppert in die Tüte hinein. »Frisch von heute Morgen?«

Ich nicke. »Aus der *Blue-Canary*-Bäckerei.«

Stan schaut mich verwirrt an.

»Oh, früher hieß der Laden Mr Bumbles, doch jetzt hat er neue Besitzer. Sie sind sehr gut«, versichere ich ihm.

»Die Pastete hebe ich mir fürs Abendbrot auf.« Er lächelt und legt die Bäckertüte auf den Tisch neben sich. »Die Pasteten, die es hier gibt, kann man getrost vergessen – billiger Supermarktkram. Die wird mir schmecken, vielen Dank! Aber jetzt erzähl mir vom *Daisy Chain*! Lou hat mir berichtet, dass du wieder in St. Felix bist. Es ist so schade, dass deine Großmutter gestorben ist – was für eine tolle, tolle Frau sie war.«

»Ja, das war sie«, stimme ich ihm zu und denke an sie.

»Aber das bringt frischen Wind für das Geschäft und eine neue Gelegenheit zu glänzen – und der Blumenladen wird mit dir an der Spitze glänzen, da bin ich sicher.«

Ich zucke mit den Schultern. »Vielleicht. Wir kommen zurecht.«

»Ihr kommt nur zurecht? Benutzt ihr denn die *Bücher*?«

»Du weißt davon?«

»Natürlich. Schon seit die echte Daisy den Laden in der viktorianischen Ära eröffnet hat, war er etwas Besonderes. Sie hat sich die viktorianische Sprache der Blumen zunutze gemacht, um ihre eigene Form der Magie entstehen zu lassen, doch der gesamte Laden ist verzaubert. Soll ich dir eine Geschichte erzählen?«, fragt er mich mit leuchtenden Augen.

»Na klar«, erwidere ich und erinnere mich, wie gern Stan uns Geschichten erzählt hat, als wir noch klein waren. Ich brenne zwar zu erfahren, warum er Trecarlan verlassen hat, doch das kann noch ein paar Minuten warten.

»Nun, es wird erzählt, dass der Boden, auf dem der Laden erbaut wurde, früher einmal von einer Hexe namens Zethar aus Cornwall gesegnet worden ist. Zethar sollte wegen Hexerei vor ein Gericht gestellt werden, doch sie entkam ihren Verfolgern, floh und landete in St. Felix. Die Bürger der Stadt hatten in ihrer Notlage Mitleid mit ihr, versteckten sie und kümmerten sich um sie, bis ihre Verfolger durch die Stadt geritten waren. Als Dank für ihre Freundlichkeit verzauberte Zethar das Gebäude, in dem sie versteckt worden war, sowie den Boden darunter. Alle, die künftig in einem Gebäude auf diesem Fleckchen Erde wohnen würden, sollten vor jeglichem Unheil geschützt sein. Dann belegte sie noch die ganze Stadt mit einem weiteren Zauber, sodass jeder, der herkommen würde, immer in Sicherheit sei, Glück und Zufriedenheit innerhalb der Stadtgrenzen fände, ganz gleich, in welcher Notlage sich dieser Mensch auch befände. So ist St. Felix zu diesem Namen gekommen, denn Felix bedeutet …«

»Der Glückliche!«, beende ich den Satz für ihn. »Stimmt, das hatte ich ganz vergessen, aber irgendwann habe ich das schon mal gehört. Aber mal im Ernst, Stan«, widerspreche ich sanft. »Ich bin nicht mehr acht Jahre alt. Erwartest du ernsthaft, dass ich an das Märchen glaube, das du mir gerade erzählt hast?«

»Ob du daran glaubst oder nicht, liegt allein bei dir, aber es ist die Wahrheit«, erwidert Stan und lehnt sich in seinem Sessel zurück.

Mir ist klar, dass ich es dabei belassen sollte. Stan ist ein alter Mann, was schadet es da schon, wenn er seine Geschichten für wahr hält? Ich jedoch kann ihnen keinen Glauben schenken. Märchen, Mythen und Legenden sind für mich nichts anderes als Ambers ganzheitliche Heilmethoden und spirituelle Ansätze oder eben ihre Auffassung, dass bestimmte Blumensorten Menschen heilen könnten – obwohl ich mittlerweile mehrere Berichte aus erster Hand gehört habe, dass es tatsächlich funktioniert hat.

»Woher willst du wissen, ob es die Wahrheit ist?«, frage ich. »Diese Geschichte ist Jahrhunderte alt; irgendjemand kann sie sich ausgedacht haben, als derjenige eines Tages einmal Langeweile hatte.«

Stan mustert mich mit seinen schlauen meeresgrünen Augen. »Du hast dich kein bisschen verändert«, stellt er schließlich fest. »Schon als kleines Mädchen hast du immer meine Geschichten hinterfragt.«

»Habe ich das?«

Stan nickt. »Dein Bruder hat einfach nur dagesessen und höflich zugehört, aber du ...« Er grinst. »Du wolltest immer Beweise haben und die Gründe erfahren, warum irgendwas passiert ist.«

Ich öffne die Lippen, um ihm eine Antwort zu geben, doch Stan fährt fort.

»Aber das ist gut, Poppy. Du *sollst* Dinge hinterfragen; du sollst die Gründe wissen wollen. Das *Warum* ist jedoch manchmal ein wenig schwierig zu beantworten ...« Er beobachtet mich eine Weile. »Funktioniert die Magie?«, fragt er dann. »Im Laden zuerst einmal?«

»Na ja ...« Ich wähle meine Worte mit Bedacht.

341

»Ambers besondere Blumensträuße stellen sich als recht beliebt heraus.«

»Bindet sie sie mit einem weißen Band zusammen?«

»Ja.«

Stan lächelt zustimmend. »Und zweitens: Wirkt sich der Zauber von St. Felix auch auf dich aus?«

»Wie meinst du das?«

»Geht es dir besser, seitdem du zurückgekehrt bist? Nach allem, was passiert ist, war es verständlich, dass du nicht mehr nach St. Felix gekommen bist. Aber ich hätte nicht gedacht, dass es bis zu deiner Rückkehr so lange dauern würde. Ich glaube, damit hätte keiner von uns gerechnet.«

»Ja ... na ja ...«, murmele ich, »es war schwierig zurückzukommen ... nach Will.«

»Er war ein toller Junge. Ein ehrenwerter, vertrauenswürdiger, gutaussehender Kerl obendrein. Die Guten sterben immer zu früh.«

Ich muss schlucken.

»Ich habe von Bertie gehört«, sage ich und wechsle voller Absicht das Thema. »Das tut mir leid. Aber Babs geht es gut. Ich habe sie neulich getroffen.«

Mit einem Schlag verändert sich Stans heiteres Verhalten, und seiner Miene ist der Kummer deutlich anzumerken, als Erinnerungen wach werden. »Sie waren mir gute Hilfen. Ich wollte nicht, dass sie ihre Jobs verlieren, als ich das Anwesen verlassen habe. Die Frau sagte, sie würde sie übernehmen. Sie hat mir ihr Wort gegeben.«

Ich wusste doch, dass Stan Babs und Bertie nicht im Stich gelassen hätte.

»Welche Frau, Stan?«, hake ich nach. »Welche Frau hat gesagt, sie würde Babs und Bertie behalten?«

Stan runzelt die Stirn. »Ich versuche, mich daran zu erinnern. Eine ziemlich herrschsüchtige Frau mit lauter Stimme – sehr schrill, weißt du?«

Oh, die kenne ich nur allzu gut.

»Lautete ihr Name vielleicht Caroline, Stan? Caroline Harrington-Smythe?«

»Genau, das ist sie. Sie sagte, sie würde ihnen eine Jobgarantie geben, wenn ich dem Gemeinderat die Verantwortung für Trecarlan überlasse.«

Caroline hatte mal wieder zugeschlagen.

»Aber *warum* hast du das Schloss verlassen, Stan?« Ich zögere, bevor ich fortfahre: »Hast du dein Vermögen beim Kartenspiel verloren?«

Stan lässt den Kopf hängen und starrt auf seinen Schoß.

»Die Wahrheit, bitte, Stan«, sage ich sanft. »Ich muss es wissen.«

»Die Wahrheit ist, dass ich pleite war, Poppy«, erklärt Stan, und als er den Kopf hebt, steht ihm die Trauer ins Gesicht geschrieben. »Ich hatte kein Geld mehr, um Trecarlan zu unterhalten. Es kostet eine Menge Geld, um ein Anwesen wie dieses zu finanzieren.«

»Es überrascht mich nicht, dass du pleite warst, wenn du all dein Geld verspielt hast. Babs hat mir von deinen Partys erzählt.«

»Ach, die liebe alte Babs, sie hatte immer schon eine Vorliebe für Klatsch und Tratsch. Es stimmt, es gab Partys, die ich auf Trecarlan veranstaltet habe. In dieser Zeit wurde in diesem Haus eine Menge Geld gewonnen und verloren. Aber ich war nicht derjenige, der gespielt hat, ich habe es lediglich anderen gestattet, dies auf meinem Anwesen zu tun. Es war nicht legal, das ist mir klar, aber für mich und Trecarlan war es lukrativ. Es hat mir erlaubt, mein geliebtes Heim ein wenig länger zu halten.«

Beim Gedanken an sein ehemaliges Zuhause blickt mich Stan voller Wehmut an.

»Das Schloss musste dringend saniert werden; es gab Risse an Stellen, wo keine sein sollten. Tiefe Risse, die, wenn sie nicht repariert würden, das gesamte Gebäude instabil machen würden. Ich hatte zwei Möglichkeiten: mich danebensetzen und zuschauen, wie alles um mich herum zusammenfällt, oder etwas Illegales für mich nutzen und erlauben, dass diese Partys weiter stattfinden.«

»Was ist dann passiert?«, ermuntere ich ihn. Er tut mir leid, doch gleichzeitig möchte ich die Wahrheit erfahren.

»Eines Abends gab es eine Polizeirazzia – ein anonymer Hinweis, wie es aussieht. Glücklicherweise bin ich mit einer Geldstrafe davongekommen; aufgrund meines Alters und meines Rufs als ... wie soll ich es nennen ... verrückter Alter war der Richter nachsichtig mit mir!« Er zwinkert mir zu. »Doch die Geldbuße war schlimm genug. Was zur Folge hatte, dass ich nicht nur kein Geld mehr für das Anwesen hatte, sondern auch keine Möglichkeit mehr besaß, irgendwie Geld einzunehmen, daher blieb mir keine andere Wahl, als fortzugehen und nach Camberley zu ziehen. Gott sei Dank konnte ich ein paar Dinge aus dem Schloss verkaufen, um meine Rechnungen hier für ein paar Jahre zu decken, aber es wird leider nicht für ewig reichen.«

Stan schaut mich mit einer Mischung aus Angst und Grauen in seinem Blick an. »Wenn das Geld zur Neige geht, Poppy, muss ich meine Freunde hier verlassen und …« Stan schluckt. »Die Wahrheit ist, dass ich keine Ahnung habe, was dann aus mir werden soll«, erklärt er und verstummt. Er klopft auf seine schwachen Beine. »Die hier wollen nicht mehr so richtig. Ich bin wohl kaum mehr in der Lage, für mich selbst zu sorgen.«

»Oh, Stan«, rufe ich und beuge mich vor, um seine Hand zu nehmen. »So weit wird es nicht kommen. Das lasse ich nicht zu.«

Stan drückt meine Hand. »Poppy, es ist wunderbar, dich wiederzusehen. Ich kann dir gar nicht sagen, wie viel mir das bedeutet. Aber ich bin nichts, worum du dich kümmern musst. Du hast dein eigenes Leben. Verantwortung.«

»Und da liegst du falsch, Stan«, widerspreche ich und schaue ihm direkt in seine freundlichen Augen. »Du hast dich um Will und mich gekümmert, als wir noch klein waren, und jetzt bin ich an der Reihe, mich dafür zu revanchieren. Ich bin jetzt für dich, Stan, verantwortlich, und Widerstand ist zwecklos!«

30.

Orangenblüten – Großzügigkeit

»Wir müssen los, mach dich fertig!«, erkläre ich Ash, als er mich davon abhalten will, aus dem Bett zu klettern. Es ist Mittwochabend, halb sieben; Ash sollte eigentlich nur »kurz auf einen Happen« vorbeikommen, bevor wir zum *Merry Mermaid* aufbrechen, um uns dort für die Vorbereitungen der Hochzeit auf Trecarlan zu treffen. Aber wie es so oft passiert, wenn er nur mal »kurz vorbeikommt«, sind wir wieder im Bett gelandet, und jetzt bin ich extrem spät dran.

»Wollen wir nicht noch ein wenig liegenbleiben und kuscheln?«, fleht Ash. »Hier ist es so gemütlich, und draußen herrscht ein Mistwetter. Warum willst du unbedingt aufstehen und da hinausgehen?«

»Ich *will* nicht«, entgegne ich und streiche ihm übers Haar, während er mich in seinen muskulösen Armen hält. »Ich *muss*. Ich darf das Treffen heute Abend nicht versäumen, es ist das letzte vor der Hochzeit am Samstag.«

Stan hat uns seine Erlaubnis gegeben, auf Trecarlan eine Hochzeitsfeier zu veranstalten, und damit Caroline und den Gemeinderat für den Augenblick zum Schweigen gebracht. Mehrere Mitglieder des Gemeinderates kamen bereits zu mir und boten ihre Hilfe an, daher weiß ich, dass definitiv und ausschließlich Caroline das Problem ist. Aber ich habe immer noch keinen blassen Schimmer, warum das so ist.

In dem Bemühen, alle Helfer zu koordinieren, habe ich Woodys Ratschlag, alle in Teams einzuteilen, angenommen und versucht, ein Hochzeitskomitee zu bilden – zunächst einmal jedoch ohne großen Erfolg.

Wie Jake vorhergesagt hat, boten alle mit Feuereifer ihre Dienste an, um dem jungen Pärchen zu helfen. Der winzige Gemeindesaal platzte beinahe aus allen Nähten, als wir unser erstes Treffen anberaumt haben. Doch alle Ideen und die Begeisterung aller in die Tat umzusetzen, erwies sich als recht schwierig. Am Ende bat ich die Leute, sich in zwei Gruppen aufzuteilen: in eine Gruppe derer, die nur am Tag selbst helfen wollen, und in eine, die ein Vorbereitungskomitee mit mir gründen wollen, um die Hochzeit im Vorhinein zu planen. Ich bat alle, ihre Namen auf die zwei entsprechenden Teilnehmerlisten zu schreiben.

Die folgenden Treffen des neugegründeten Komitees waren deutlich erfolgreicher, und ich freue mich darüber, wie sich alles entwickelt. Und obwohl alle in diesem Stadium problemlos ohne mich auskämen, will ich sie an diesem Abend nicht im Stich lassen. Zu meiner großen Überraschung macht mir die Organisation der Hochzeit sehr viel Spaß.

»Bitte?«, fragt Ash, den Kopf zur Seite geneigt, als er mich anschaut.

»Nein ... dieses Mal wirst du mich nicht überreden. Ich muss wirklich los.«

347

»Nicht mal, wenn ich das hier mache?«, fragt Ash und richtet sich im Bett so auf, dass er mir zärtlich den Nacken küssen kann.

»Nein ...«, protestiere ich, obwohl ich seinem Charme allmählich erliege.

»Oder das hier?« Er küsst meinen Hals bis zur Brust hinunter, sodass ich in freudiger Erwartung erzittere.

Meine Verteidigung ist zunichtegemacht, und ich kapituliere.

»Tut mir leid, dass ich zu spät bin!«, entschuldige ich mich, als ich am reservierten Tisch im *Merry Mermaid* ankomme. Als ich mich eilig auf dem einzigen noch freien Stuhl niederlasse, fällt mir ein recht offiziell aussehendes Schild auf der Mitte des Tisches auf, auf dem »Ausschließlich Hochzeitskomitee« steht.

»Alles in Ordnung mit dir, Poppy?«, fragt Lou. »Du bist so rot im Gesicht.«

Verstohlen sehe ich zu Amber hinüber, die mich breit angrinst, weil sie genau weiß, wo ich gewesen bin. Ich kann nicht anders: Mein Blick wandert zur anderen Seite des Tisches, wo Jake sitzt.

Er sieht Amber grinsen und schaut mich enttäuscht an.

Sofort senke ich den Blick und starre auf das sorgfältig niedergeschriebene Protokoll vor mir. Zu meinem großen Ärger merke ich, wie sich meine Wangen nun dunkelrot färben.

»Ja, ja, alles klar, danke. So, womit wollen wir anfangen?«

»Am Anfang?«, schlägt Jake knapp vor und deutet

auf das Blatt in seiner Hand. »Willow hat sich netterweise die Mühe gemacht, eine Tagesordnung auszu-
arbeiten und ein Protokoll des letzten Treffens anzufer-
tigen.«

Auf der Suche nach Willow lasse ich den Blick durch
die Runde schweifen. »Vielen Dank, Willow«, sage ich
und lächle sie an. »Das war sehr tüchtig.«

Willows Wangen röten sich. »Nun, ich bin zur
Schriftführerin gewählt worden«, erklärt sie stolz.

»Und du, Poppy, solltest als Vorsitzende jetzt mal
langsam einen Schritt zulegen«, ermahnt mich Jake.
»Manche von uns haben nicht den ganzen Abend
Zeit.«

Ich starre Jake an. Du meine Güte, warum ist er
heute Abend bloß so empfindlich? Es kann doch nicht
einfach nur daran liegen, dass ich zu spät bin, oder?

Von Willows Tagesordnungspunkten arbeiten wir
einen nach dem anderen ab, und alles scheint für den
großen Tag am Samstag bereit zu sein. Die Damen von
der Frauengemeinschaft werden unter der Anleitung
von Harriet und Willow die Tische und den Tanzsaal
für den Hochzeitsempfang dekorieren. Rita und Richie
werden die ersten zwei Gänge des Dinners liefern und
für den Abend dort eine Bar aufbauen. Ant und Dec
sind für die Desserts und natürlich die Hochzeitstorte
zuständig. Bands und Musiker aus dem Dorf sollen für
die Unterhaltung sorgen – Charlie ist schon dabei, passende Künstler für uns auszusuchen. Damit ist nur
noch ein Bereich übrig, der seltsamerweise für alle am
spannendsten zu sein scheint: die Blumen.

»Die Blumen sind das Wichtigste«, hat Belle bei einem unserer früheren Treffen geschwärmt, »insbesondere so, wie Amber sie bindet.«

»Wie kommen denn deine *besonderen* Blumensträuße an?«, hat Lou leise gefragt, woraufhin alle anderen die Ohren gespitzt haben.

»Oh, sehr gut«, hat Amber geantwortet. »Es kommen immer und immer mehr Leute herein, die danach fragen.«

Und das stimmt; im *Daisy Chain* ist von Tag zu Tag mehr zu tun. Und es sind nicht nur die besonderen Sträuße, die die Leute zu uns kommen lassen; die traditionelleren Blumengestecke für Hochzeiten, Taufen, Geburtstage und Jubiläen sind ebenso beliebt.

Unser Treffen findet schließlich ein Ende, und alle fangen an, ihre Sachen einzupacken. Ich winke Ash zu, der während unseres Treffens gekommen ist und sich ein ruhiges Plätzchen an der Bar gesucht hat, bis wir fertig sind. Jetzt nimmt er sein Bierglas und kommt zu mir herüber.

»Wie ist es gelaufen?«, fragt er und küsst mich auf die Wange, während er seinen Arm um meine Taille legt.

»Prima, vielen Dank. Katie und Jonathan scheinen jedenfalls glücklich zu sein.« Ich winke den beiden über den Tisch hinweg zu.

Im Gegenzug wirft mir Katie eine Kusshand zu.

»Jake, was tust du denn für die Hochzeit?«, fragt Ash, als Jake versucht, Miley zu sich zu rufen, um die Versammlung heimlich zu verlassen.

Als sich Jake zu uns umdreht, fällt sein Blick auf Ashs Arm.

»Ich steuere die Blumen bei«, antwortet er schnell und will sich wieder abwenden.

»Und das ist alles?«, fragt Ash leichthin. »Ich dachte, als Mitglied von Poppys Komitee müsstest du mehr als das tun?«

Jake sieht kurz zu mir herüber, bevor sein Blick wieder zu Ash wandert.

»Und ich dachte, als Poppys Freund müsstest du ein wenig mehr mithelfen, als nur an der Bar herumzulungern.«

»Eins zu null für dich, Kumpel«, stimmt ihm Ash zu und hebt sein Bierglas. »Poppy, dein Wunsch ist mir Befehl. Ich tue alles, was du willst.« Er zwinkert mir zu, und ich weiß genau, dass er nicht die Hochzeit meint.

Leider weiß das auch Jake. Mit Bedacht dreht er sich um und verwickelt Belle in ein Gespräch. Belle ist überglücklich.

»Charmant«, stellt Ash fest. »Aber jetzt mal im Ernst, Poppy, was *kann* ich tun? Ich habe irgendwie das Gefühl, dass ich dich im Stich lasse.«

»Natürlich tust du das nicht«, entgegne ich, in Gedanken immer noch bei Jake. Ärgert ihn Ashs Gegenwart so sehr? Oder ist mein Herz schuld, das den Verstand außer Kraft setzt, sobald Jake ins Spiel kommt? Ich habe ihn in letzter Zeit nicht oft gesehen. Einmal abgesehen von der Mithilfe bei der Hochzeit und den Blumenlieferungen an den Laden scheint Jake einen großen Bogen um mich zu machen. »Am Samstag wird es bestimmt etwas für dich zu tun geben.«

»Na gut. Und bis dahin besteht meine Aufgabe darin, die Chefin glücklich zu machen, nicht wahr?«, stellt er fest und küsst meinen Hals.

»Die Aufgabe erledigst du schon ziemlich gut«, erkläre ich ihm, und als ich mich strecke, um ihn zu küssen, versuche ich, alle Gedanken an Jake für immer aus meinem Kopf zu verbannen.

31.

Kranzschlinge –
Glück und Zufriedenheit in der Ehe

Die Hochzeit wird zu meiner großen Freude ein voller Erfolg.

In den Tagen zuvor haben wir alle Bereiche des Schlosses gereinigt, geschrubbt und poliert, die für die Gäste zu sehen sein würden, und bekamen dabei Unterstützung von den örtlichen Pfadfindern sämtlicher Altersgruppen. Teams der Frauengemeinschaft haben die Empfangshalle mit selbstgefertigten Wimpelgirlanden und Schleifen geschmückt sowie den Ballsaal mit weißen Tischdecken, glänzendem Besteck und makellos weißem Porzellan eingedeckt, das wir in den Schränken an der Seite des Ballsaales gefunden haben, um die Mahagonitische ein wenig aufzulockern.

Wie schon zu erwarten war, hat Caroline natürlich versucht, sich einzumischen, und dafür gesorgt, dass sich niemand von den Bereichen des Schlosses entfernt, deren Nutzung ich mit dem Gemeinderat vereinbart hatte. Als sie versucht hat, auch alles andere an sich zu reißen, bin ich schnell dazwischengegangen und habe sie in ihre Schranken verwiesen. Was sie natürlich nicht sonderlich gut aufgenommen hat.

Amber und ein kleines Helferteam haben sowohl den Ballsaal als auch den Schlosseingang mit Blumen geschmückt, die perfekt für eine Hochzeit sind: rote Nelken – innige Liebe; Kranzschlinge – Glück und Zufriedenheit in der Ehe; rosafarbene Rosen – Anmut; lilafarbene Rosen – Verzauberung; Calla – Sittsamkeit; und Levkojen – in meinen Augen wirst du immer schön sein. Die Blumen sehen sagenhaft aus und werden von allen gelobt. Sogar ich kann erkennen, wie viel sie zur Hochzeitsfeier beitragen und wie sehr sich die Gäste an ihnen erfreuen.

Die Mutter des Bräutigams berichtet mir verzückt, dass das Catering des *Merry Mermaid* absolut köstlich sei. Und Ants und Decs Windbeutelturm und der extravagante Hochzeitskuchen finden einen reißenden Absatz bei den Partygästen.

Die Hochzeit ist also ein voller Erfolg. Nicht nur für Amber und mich, sondern für ganz St. Felix.

Mittlerweile ist es Abend geworden, und die Mahagonitische sind von einem Helferteam aus Brontes Schule (das ebenfalls als Bedienpersonal eingesprungen ist) beiseitegeräumt worden, um Platz zum Tanzen zu schaffen. Die Band spielt gerade Rock'n'Roll-Stücke aus den Fünfziger- und Sechzigerjahren, zu denen die Hochzeitsgäste auf der Tanzfläche Jive und Twist tanzen.

»Wir haben es geschafft«, stellt Amber fest, während wir dem glücklichen Ehepaar beim Tanzen zuschauen.

Katie hat ihren langen, weißen Rock bis zu den Knien hochgerafft, um bequem tanzen zu können, und Jonathan, dessen Wangen hochrot gefärbt sind, hat Jackett und Krawatte ausgezogen und die Ärmel seines Hemdes hochgekrempelt. Die Gästeschar applaudiert, als er seine Braut hochhebt und sich mit ihr auf dem Arm dreht. »Wir haben eine Hochzeit zustande gebracht, Poppy!«

»Ich weiß, und es fühlt sich toll an, oder? Aber denk daran, das waren wir nicht allein – ganz St. Felix hat an einem Strang gezogen, um das hier möglich zu machen.«

»Ganz genau wie bei unserem Laden. Oh, was ist das für ein wunderbarer Ort!«, seufzt Amber euphorisch. »In den Staaten könnte ich mir so etwas nur schwer vorstellen.«

»Ich könnte mir so was nirgendwo sonst, wo ich schon gewohnt habe, vorstellen. Mit Ausnahme von Brontes Schulfreunden, die ein wenig Geld für ihre Arbeit bekommen haben, haben alle, die uns ihre Hilfe angeboten haben, das ohne Bezahlung getan. Katie und Jonathan müssen nur unsere Ausgaben und die Kosten des Essens übernehmen. Die komplette Hochzeit basiert auf der reinen Herzensgüte der Menschen hier – das ist wirklich unglaublich.«

»Wie du siehst, gibt es also einige wirklich gute Menschen hier«, stellt Amber betont fest. »Du solltest nicht alle aufgrund früherer Erlebnisse verurteilen. Ich tue das jedenfalls nicht.«

Ich drehe mich zu ihr um.

»Nichts für ungut, Amber, aber du hast in der Vergangenheit nicht das Gleiche erlebt wie ich. Mein Leben war ziemlich beschissen.«

»Nichts für ungut, Poppy«, erwidert Amber harsch und klingt dabei ungewohnt verärgert, »aber du hast ebenso wenig die blasseste Ahnung von dem ganzen Mist, mit dem ich in der Vergangenheit zu tun hatte!«

Bevor ich die Chance habe, mich bei ihr zu entschuldigen oder zu fragen, was sie denn damit meint, stürmt Amber auch schon davon.

»Amber, warte!«, rufe ich ihr hinterher, doch sie eilt schon den Schlosskorridor in Richtung Küche hinunter. Ich will ihr gerade folgen, als Charlie und Bronte zu mir kommen.

»Hey, alles klar bei euch?«, frage ich sie und starre den Korridor entlang. Doch Amber ist außer Sichtweite. »Ihr beide habt eure Arbeit heute Abend hervorragend gemacht. Echt super.«

»Vielen Dank, Poppy«, erwidert Charlie. »Die Hochzeit ist ein voller Erfolg, oder? Glaubst du, du kannst hier noch weitere Feiern abhalten? Der Veranstaltungsort ist fabelhaft!«

»Oh, ich weiß nicht – es sollte eigentlich nur eine einmalige Sache sein, um Katie und Jonathan zu helfen.«

»Na ja, wir würden gern Dads Geburtstag hier feiern!«, platzt Bronte hervor.

»Bronte!« Charlie starrt sie böse an. »Nicht so laut! Es soll doch eine Überraschung werden!« Er beugt sich zu mir vor und fährt mit gesenkter Stimme fort: »In ein paar Wochen wird Dad vierzig, und wir organisieren eine Überraschungsparty für ihn. Eigentlich sollte die im *Merry Mermaid* stattfinden, doch die Gästeliste ist so lang geworden – ich befürchte, wir brauchen einen größeren Raum.«

»Es wäre ja sooooo cool, wenn wir hier feiern könnten«, fleht mich Bronte an. »Meinst du, der Verrückte würde uns das erlauben?«

»Stan ist nicht wirklich verrückt«, erkläre ich ihr. »Er war ein wenig exzentrisch, das ist alles. Ähm ...« Ich lasse den Blick durch den Tanzsaal schweifen und sehe, wie sich alle amüsieren. Heute so viele Menschen im Schloss zu haben, hat Trecarlan wieder Leben eingehaucht; fast ist es, als könnte ich spüren, wie das Schloss lächelt.

»Wir würden uns auch um alles kümmern«, beharrt Charlie. »Du müsstest nichts machen, versprochen!«

Ich muss an Jake denken und wie es wäre, hier auf Trecarlan eine Geburtstagsparty für ihn zu veranstalten.

»Nein«, sage ich, schüttele den Kopf und beobachte, wie sich der Feuereifer in ihren Mienen in Enttäuschung verwandelt. »Wenn ihr eine Party für Jake veranstaltet, dann will ich mitmachen. Ich bin dabei!«

»Yay!«, jubelt Bronte, bis Charlie sie wieder zum Schweigen bringt.

»Wir besprechen das nur ein anderes Mal, okay?«, bitte ich sie. »Ich ... ich muss mich gerade um etwas anderes kümmern.«

Wieder werde ich von Leuten, die mir für den tollen Abend danken wollen, sowie von Katie, dich mich auf die Tanzfläche zerrt, sich ein Mikrofon schnappt und einen Toast auf mich ausspricht, davon abgehalten, auf direktem Weg in die Küche zu laufen.

Als ich endlich dort ankomme, treffe ich dort nicht nur auf Amber, die am großen, schweren Holztisch in der Mitte des Raumes sitzt, sondern auch auf Woody und Jake.

Woody hat den Abend über den Conférencier gegeben – eine Aufgabe, die ihm sichtlich Spaß gemacht hat. Soviel ich weiß, war Jake heute nicht in das Geschehen eingebunden, außer dass er die Blumen geliefert hat. Deswegen bin ich überrascht, ihn hier zu sehen.

Amber trinkt Wein, allerdings direkt aus einer der vielen Flaschen, die für die heutige Feier besorgt worden sind. Sie hebt die Flasche hoch, als ich die Küche betrete.

»Ah, da ist sie ja, unsere kleine Miss Trübsinn«, ruft Amber und trinkt einen weiteren Schluck Wein. »Wusstet ihr eigentlich, Jungs«, wendet sie sich an Woody und Jake, »dass niemand so schlimme Probleme hat wie Poppy?«

»Sie hat ein bisschen zu viel getrunken«, entschuldigt sich Woody. »Jake und ich haben sie hier vor ein paar Minuten so vorgefunden.«

»Stimmt, das haben sie!«, ruft Amber und grinst die beiden an. »Meine Ritter in glänzender Rüstung, nicht wahr?«

»Amber, es tut mir leid«, entschuldige ich mich und eile zu ihr. »Was ich gesagt habe, tut mir leid, das war nicht so gemeint.«

Wankend steht Amber auf und legt ihren Arm um meine Schultern.

»Ich weiß das, meine Freundin.« Sanft neigt sie ihren Kopf auf meine andere Schulter, bevor er dann wieder nach oben schießt. »Poppy, du weißt, dass du wirklich darüber hinwegkommen musst ... was auch immer *es* ist ... Du weißt schon, die Sache, diese Sache, weshalb du das da trägst ...« Sie deutet auf meine gewohnte, obwohl heute im Gegensatz zu sonst etwas elegantere schwarze Kleidung. »Süße, du musst es auf sich beruhen lassen.«

Ich nicke nur. Dies hier ist weder der geeignete Moment noch der geeignete Ort, um Amber Rede und Antwort zu stehen. Die Zeit, die ich gebraucht habe, um herzukommen, hat sie offenbar genutzt, um eine Menge Wein zu trinken.

»Was machst du hier heute Abend?«, frage ich Jake, als Amber wieder auf ihren Stuhl zurückgeglitten ist. »Ich dachte, du hättest nur kurz Zeit, um uns die Blumen zu liefern?«

»Ich habe hier ausgeholfen.« Jake deutet mit der Hand auf den riesigen Turm gespülter und abgetrockneter Teller, der sich auf der Küchenarbeitsplatte stapelt. »Mir kam zu Ohren, dass Schlösser eher selten über eine Spülmaschine verfügen.«

»Tut mir leid«, entschuldige ich mich mit einem schlechten Gewissen. »Ich wusste nicht, dass du am großen Tag selbst mit anpacken wolltest.«

»Du hast mich nicht gefragt, oder?«

Wie starren einander ein paar Sekunden lang an. Die Stille wird nur von den Gluckgeräuschen unterbrochen, als Amber wieder aus der Flasche trinkt.

»Eine tolle Hochzeit!«, schwärmt Woody begeistert

und versucht, die Stimmung zu heben. »Ich möchte auch mal heiraten.«

Als niemand antwortet, fährt er fort: »Ich finde, die Ehe ist eine wunderbare Institution. So dauerhaft.« Um seine Aussage zu verstärken, haut er mit der Faust auf den Tisch, schlägt jedoch ein wenig zu hart zu. »Autsch«, schreit er und schüttelt die Hand.

»Es ist aber nicht immer so«, erwidert Amber, als würde sie laut denken. »Manchmal kann sie auch völlig, völlig schieflaufen.«

»Ja, das stimmt wohl auch«, antwortet Woody, als er mit der anderen Hand über die schmerzenden Finger reibt. »Meine Eltern haben sich scheiden lassen, als ich noch klein war. Daher wurde ich hauptsächlich von meiner Mutter und meiner Tante aufgezogen.«

»Nein …« Amber winkt mit der Flasche über den Tisch hinweg, »ich meinte nicht Scheidungen, ich meine, wenn die *Ehe* wirklich *richtig* schiefläuft, wenn es zum Beispiel Gewalt in der Ehe gibt.«

»Das ist eine schlimme Sache«, nickt Woody, während Jake und ich nur zuhören. »Als ich noch in der Ausbildung war, mussten wir einmal zu einem Zwischenfall mit häuslicher Gewalt.«

»Was hat der Mann getan?«, frage ich. Diese Art von Verhalten kann ich nicht ausstehen: Männer, die denken, sie könnten bei einer Frau ihre Fäuste zum Einsatz bringen, nur weil sie sich nicht ihrer Art zu denken fügen will. Das ist barbarisch, kein bisschen besser als bei den Höhlenmenschen.

»Oh, nicht der Mann hat zugeschlagen, sondern die Frau«, erinnert sich Woody. »Sie – entschuldigt bitte meine drastische Ausdrucksweise, meine Damen – hat ihm die Scheiße aus dem Leib geprügelt. Der Mann musste mit dem Rettungswagen ins Krankenhaus.«

»Hat er Anzeige erstattet?«, erkundigt sich Jake.

Woody schüttelt den Kopf. »Nein. Er hat sich zu sehr für das geniert, was seine Frau ihm angetan hat, um weitere Schritte einzuleiten.«

»Wie schrecklich«, stelle ich fest und schüttele den Kopf. »Wenn mir jemand so etwas antäte, würde ich keine Minute zögern und die Polizei verständigen.«

»Das kannst du nicht wissen, Poppy«, sagt Amber leise. »Du weißt es nicht, bis du erst einmal selbst in dieser Lage bist.«

»Oh, das weiß ich sehr wohl, ich …«

»Nein, das weißt du *nicht*!« Ambers Tonfall überrascht mich. »*Du* weißt es nicht, Poppy, aber ich weiß es.« Ihr Blick schweift durch unsere Runde, und sie senkt die Stimme. »Ich weiß genau, wie das ist, da ich genau das erlebt habe. Ich bin geschlagen und verprügelt worden. Und zwar von meinem eigenen Ehemann.«

Völlig geschockt von Ambers Beichte sitzen wir alle schweigend um den Tisch herum.

»Wann war das, Amber? Wann ist das passiert?« Ich bin die Erste, die sich wieder gefasst hat, und kann es doch nicht glauben. Ich bin nicht nur geschockt von Ambers Geschichte, sondern auch von der Tatsache, dass ich nicht einmal gewusst habe, dass sie verheiratet war.

Amber schaut von dem Punkt auf dem Tisch auf, den sie angestarrt hat, und statt der normalerweise fröhlichen, vor Freude übersprudelnden, selbstsicheren Amber sehe ich nun eine verletzliche, verängstigte junge Frau.

»Es ist immer wieder passiert, seit wir vor etwa zwei Jahren geheiratet haben. Nur wenige Leute wissen davon. Ray, mein Ehemann, ist in der Geschäftswelt von New York hochangesehen. Aber hinter den Kulissen ist er in allerhand zwielichtige Geschäfte verwickelt. Er weiß genau, wie er all das verbergen kann, was niemand erfahren soll – inklusive der verprügelten Ehefrau.«

Ich merke, wie Woody zornig wird.

»Hat meine Mutter davon gewusst?«, frage ich und füge die Puzzlestücke aneinander.

»Ja«, nickt Amber. »Es fing damit an, dass ich nicht zur Arbeit erschienen bin, und dann, als ich wiederkam, konnte ich meine blauen Flecken nicht gut genug verstecken, um sie zu täuschen. Sie war jedoch wunderbar zu mir, ich durfte bei ihr zu Hause bleiben, bis ich wieder auf den Beinen war. Und sie hat mir geholfen, eine neue Wohnung zu finden.«

In mir breitet sich eine Woge der Liebe für meine Mutter aus.

»Das ist auch der Grund, warum ich zu diesem neuen spirituellen Lebensweg gekommen bin. Ich habe Leute in meinem Wohnblock kennengelernt, die mir von ihrem Glauben erzählt haben, und es ergab alles einen Sinn für mich. Zum ersten Mal seit langer Zeit war ich glücklich. Alles lief gut, bis Ray herausgefunden hat, wo ich bin. Er hat versucht, mich dazu zu bewegen, wieder nach Hause zu kommen, doch ich habe mich geweigert. Wie ich schon gesagt habe, hat Ray einige zwielichtige Kontakte, deswegen hatte ich wirklich Angst davor, was er tun könnte. Als ich deiner Mom davon erzählt habe, schlug sie vor, ich sollte hierherkommen, um etwas Abstand von allem gewinnen zu können.«

Mir wird bewusst, dass wir alle Amber mit einer Mischung aus Staunen und Entsetzen anstarren.

Bei allem, was ich mir vorgestellt hatte, was Amber verbergen mochte, war mir häusliche Gewalt niemals in den Sinn gekommen. Amber war immer so zuversichtlich und selbstsicher – wie hatte ihr das nur widerfahren können? Und wie hatte sie es bloß geschafft, darüber hinwegzukommen und die Fähigkeit wiederzuerlangen, glücklich zu sein und das Leben so positiv anzugehen?

»Bist du denn sicher?«, fragt Jake besorgt. »Kann dich dein Mann hier finden?«

»Der ist Gott sei Dank bald mein Exmann.« Amber schüttelt den Kopf. »Nein, Poppys Mutter sagte, sie würde ihm erklären, dass ich abgehauen sei und sie keine Ahnung habe, wohin. Auf gewisse Art und Weise ist es ja auch genau das, was ich getan habe: Ich bin vor meinen Problemen weggelaufen, anstatt mich ihnen zu stellen.«

»Nein, das hast du nicht«, beharre ich, setze mich neben sie und lege meine Hand über die ihre. Ich weiß es besser als alle anderen, was es bedeutet, vor etwas wegzulaufen, das einem keine Ruhe lässt. »Nein, du warst tapfer. Du hast ihm die Stirn geboten, indem du deinen eigenen Weg in der Welt gegangen bist, und ich für meinen Teil bin sehr froh, dass du das getan hast. Ohne dich wäre ich in unserem kleinen Laden verloren. Ich bin so dankbar, dass du hergekommen bist!«

»Und ich auch!«, beharrt Woody und unternimmt einen sehr Woody-untypischen Schritt, indem er nach Ambers anderer Hand greift.

»Amber, wir alle hier in St. Felix haben dich gern«, fügt Jake hinzu. »Und Poppys Mutter hat recht: Bei uns bist du sicher. St. Felix ist sehr gut darin, alte Wunden zu heilen. Dafür kann ich bürgen.«

Amber drückt Woody und mir die Hände, bevor sie ihre wieder zurückzieht und nach der Flasche greift.

»Dann stoßen wir jetzt gemeinsam auf St. Felix an«, verkündet sie. »Ich will nicht mit negativen Gefühlen an diesen Abend zurückdenken – die Hochzeit war einfach zu schön und zu romantisch, um mit einer Enttäuschung zu enden. Kommt schon, erhebt die Gläser!«

Während Amber schnell eine weitere Flasche öffnet, schnappen wir anderen uns eine Tasse oder ein Glas und halten es ihr hin, damit sie einschenken kann.

»Auf St. Felix«, prostet Amber uns zu, als wir alle unsere Gläser und Tassen erhoben haben. »Auf die heilsamen Wege, herrlichen Aussichten und die wunderbaren Menschen in dieser Stadt! Im Augenblick möchte ich nirgendwo anders sein. Und«, fährt sie fort, als wir gerade an unseren Gläsern nippen wollen, »auf die Liebe. Auf dass sie immer einen Weg zu uns findet!«

»Auf die Liebe!«, stimmen wir ihr alle zu, und ich kann es nicht lassen, kurz zu Jake hinüberzuschauen.

Und ich bin überrascht, als er genau das auch tut.

32.

Goldrute – Vorsichtige Ermunterung

Als der Sommer seinen Höhepunkt erreicht, bekommen wir in St. Felix deutlich mehr Urlauber zu Gesicht. Das *Daisy Chain* fängt mit vielen anderen Läden in der Harbour Street an, einen gesunden Profit abzuwerfen. Und es sind nicht nur die gewohnten Blumen und Ambers besondere Sträuße, mit denen wir Geld verdienen, wir verkaufen auch sehr viel mehr Schmuck, Vasen und dergleichen.

Und zwar so viel, dass der Großteil der Kleinigkeiten, die Belle uns für den Laden besorgt hatte, mittlerweile ausverkauft ist. Deswegen bin ich persönlich an die Hersteller dieser Dinge herangetreten und habe sie gefragt, ob sie den Laden regelmäßig damit beliefern können. Hocherfreut haben sie zugestimmt. In der Folge haben sich auch viele andere Künstler der Stadt gemeldet, die nun ihre Arbeiten neben den Blumen im Laden ausstellen.

An diesem Nachmittag bin ich auf dem Weg zu Bronte, um mit ihr zu Hause darüber zu reden, ob sie nicht einige ihrer Kreationen im Laden verkaufen möchte.

Abgesehen von den Keramikarbeiten, die Jake mir

an dem Abend gezeigt hat, als wir in ihrer Schule waren, ist mir aufgefallen, dass Bronte einen Großteil ihres Schmucks selbst herstellt – einiges davon aus Pappmaché, anderes aus Perlen und wiederum anderes aus Gegenständen, die sie am Strand gefunden hat, wie zum Beispiel aus Muscheln, Kieselsteinen, vom Meer rund gewaschenen Glasscherben und winzigen Stücken Treibholz. Alles ist wirklich hübsch und dabei sehr unterschiedlich; und so, wie ich die Leute einschätze, die wir hier mit unserem Laden anziehen, bin ich sicher, dass die Kunden des *Daisy Chain* auch diese Sachen mögen werden.

Die anderen Läden in der Harbour Street verkaufen nichts von alledem; ihr Sortiment ist eher praktischer Natur, für den alltäglichen Gebrauch wie Essen, Zeitungen oder Schreibwaren oder umfasst die eher traditionelleren Küstenartikel wie Eimer und Sandschaufeln, Eis, Sonnencreme und Strandlaken. Von Belle mit ihrem Atelier einmal abgesehen traut sich niemand, etwas anderes auszuprobieren. Was eigentlich eine Schande ist, da die Harbour Street und St. Felix so viel Potential haben. Die wenigen leerstehenden Ladenlokale am oberen Ende der Straße könnten mit so vielen anderen Dingen gefüllt werden anstatt mit einem weiteren Secondhandladen, den wir wahrscheinlich bekommen werden, wenn sich die Situation nicht langsam erholt. Doch da in der Stadt nun mehr Betrieb herrscht, hege ich die Hoffnung, dass dadurch vielleicht neue Gewerbe nach St. Felix gelockt werden.

Als Basil und ich heute Morgen nach Primrose Hill hinaufgehen, um uns dort mit Bronte zu treffen, bin ich heiter und beschwingt, obwohl mich die Aussicht, gleich Jakes Haus zu betreten, ein wenig nervös macht. Darum komme ich absichtlich während der Arbeitszeit in der Hoffnung, dass er in der Gärtnerei beschäftigt ist. Doch seine Arbeitsstätte ist nun mal gleichzeitig auch sein Zuhause, daher drücke ich mir selbst die Daumen, dass ich ihn nicht sehen muss – oder zu viele seiner Blumen. In letzter Zeit bin ich zwar etwas entspannter, wenn ich von Blumen umringt bin, aber ich muss es ja nicht gerade herausfordern – das würde wohl ein wenig zu weit gehen.

Basil und ich erreichen die Gärtnerei, passieren ein Tor und laufen einen langen Weg zu einem hübschen Bauernhaus hinauf. Nachdem ich geklingelt habe und einen Schritt zurückgewichen bin, um zu warten, legt sich Basil sofort hin und ruht sich aus.

Als ich mich umschaue, entdecke ich ein paar Folientunnel, viele Gewächshäuser und einige Felder, die sich seitlich und hinter dem Haus ausdehnen. Ob ich will oder nicht, ich schüttele mich bei dem Gedanken an all die Blumen, die dort lauern könnten – ein Meer von Blumen, gebündelt an einem Ort …

Ich hoffe inständig, dass Jake nicht zu Hause ist. Nicht, weil Bronte und ich seinen Geburtstag besprechen müssen; es hat bereits einige Geheimtreffen mit Bronte und Charlie im Hinterzimmer des *Daisy Chain* gegeben, und so nimmt unser Plan, seine Party auf Trecarlan zu feiern, allmählich Gestalt an. Nein, der Grund, warum ich Jake heute nicht über den Weg laufen will, ist ganz einfach: Ich habe Angst, er könnte mir eine Tour durch sein Blumenimperium vorschla-

367

gen. So, wie sich Jake in letzter Zeit mir gegenüber verhalten hat, ist dies jedoch mehr als unwahrscheinlich.

Jake hat sich verändert, seit Ash und ich zusammengekommen sind. In der Mittagszeit schaut er nicht mehr im Laden vorbei, und er fragt mich auch nicht mehr, ob ich mit ihm nach der Arbeit im *Merry Mermaid* kurz etwas trinken möchte. So sehr, wie ich Ash mag, so stimmt mich doch diese Distanz, die Jake zwischen uns gebracht hat, sehr traurig. Ich möchte nicht Ash als meinen Freund gewinnen und dafür einen guten Freund wie Jake verlieren, doch genau das scheint passiert zu sein.

»Hey, Poppy. Hey, Basil«, begrüßt uns Bronte, als sie die Tür öffnet. »Kommt rein.«

Wir folgen ihr in einen aufgeräumten Flur, an dem sauber und ordentlich Bilder an den Wänden hängen, und gehen in eine makellose Küche durch, wo Bronte ihren Schmuck für mich auf einem großen, gescheuerten Holztisch ausgebreitet hat.

»Möchtest du etwas trinken?«, fragt sie. »Kaffee oder Tee?«

Ich werde das Gefühl nicht los, dass die sonst so selbstsichere Bronte nervös ist.

»Was trinkst du da?«, frage ich und mustere die Getränkedose, die an der Seite steht.

»Pepsi light«, erwidert Bronte. »Möchtest du eine?«

»Ja, das wäre toll.«

Bronte holt mir eine Dose und stellt Basil einen Wassernapf hin, bevor wir uns dann gemeinsam hinsetzen und ihren Schmuck begutachten. Ich frage sie, wie sie ihn herstellt, woher sie ihre Inspiration nimmt und was sie alles für den Laden anfertigen könnte.

»Bist du denn sicher, dass die Leute meinen Schmuck kaufen wollen?«, fragt sie. »Es ist doch nur ein Hobby von mir.«

»Hast du schon mal Schmuck für deine Freunde gemacht?«

»Klar. Die wünschen sich zum Geburtstag und zu Weihnachten nichts anderes als meinen Schmuck.«

»Und tragen sie ihn?«

»Klar, immer.«

»Da hast du deine Antwort. Mehr muss ich nicht wissen.«

»Das ist toll!«, ruft sie begeistert. »Ich kann es nicht fassen, dass man meinen Schmuck bald in einem echten Laden kaufen kann!«

»Geht das denn auch für deinen Dad in Ordnung?«, gebe ich zu bedenken und frage mich, ob Jake wohl da ist.

»Dad? Na klar. Er war derjenige, der mich dazu ermuntert hat, mit dem Schmuck weiterzumachen, als ich den Kram schon hinschmeißen wollte.« Sie hält inne. »Mum und ich haben all so was zusammen gemacht, bevor sie gestorben ist«, gesteht sie mir dann. »Sie war künstlerisch sehr begabt – Dad sagt immer, dass ich dieses Talent von ihr geerbt habe.«

Ich nicke.

»Also, wir haben nicht diesen Schmuck zusammen hergestellt – ich war damals erst zehn, als es passiert ist. Wir haben Perlenketten aufgefädelt, und ich erinnere mich noch gut daran, wie wir zusammen gemalt und gezeichnet haben.« Sie verzieht das Gesicht. »Manchmal fällt es mir schwer, mich an Dinge zu erinnern. Klingt das nicht schrecklich, Poppy?«

Ich schüttele den Kopf. »Nein, ich weiß genau, was du meinst. Mit der Zeit verschwimmen unsere Erinnerungen. Was nicht bedeutet, dass du deine Mum dann weniger lieb hast. Neue Erfahrungen nehmen einfach den Platz in deinem Kopf ein, der den Erinnerungen zugewiesen ist.«

»Das gefällt mir«, erwidert Bronte und nickt langsam. »Und es klingt logisch. Wie ein USB-Stick, der voll ist und auf dem nur noch ganz wenig Speicherplatz bleibt. Mein Memory-Stick ist so voll, dass ich erst eine ganze Datenmenge löschen muss, um was Neues draufpacken zu können.«

»Genau«, lächele ich sie an. »So in der Art.«

»Hey, Dad!«, ruft Bronte plötzlich und schaut zur Küchentür. »Du bist ja schon zurück! Poppy ist hier, um sich meinen Schmuck für den Laden anzuschauen.«

Jake bleibt an der Türschwelle stehen und lächelt uns an, bevor er dann in die Küche kommt. Miley springt von seiner Schulter herunter und läuft sofort zur Obstschale auf der Küchentheke.

Ich frage mich, wie viel Jake wohl von dem gehört hat, was ich gerade gesagt habe.

»Nur eine, Miley!«, weist Jake das Äffchen an, das bereits mit großem Geschick eine Banane schält. »Ich hoffe, sie macht dir einen guten Preis, Bronte«, kommentiert Jake auf dem Weg zum Teekessel.

»Das mache ich«, erwidere ich. »Ich denke, dass Brontes Schmuck prima ankommen wird.«

»Meine Bronte hat ziemlich viel Talent«, stellt Jake fest und zwinkert Bronte zu. »Tee?« Er schaut mich fragend an.

»Nein danke.« Ich hebe demonstrativ meine Getränkedose hoch.

»Möchtest du die Stücke, die dir gefallen, schon mitnehmen, Poppy?«, fragt Bronte. »Ich habe oben einen Karton; ich könnte den Schmuck für dich da hineinlegen.«

»Das wäre super, vielen Dank.«

Bronte läuft zur Treppe. »Bin gleich wieder zurück.« Jake dreht sich um und lehnt sich an die Küchenarbeitsplatte, während er darauf wartet, dass das Teewasser kocht. Mit ihm allein zu sein, fühlt sich ein wenig seltsam an; das letzte Mal scheint eine Ewigkeit her zu sein.

»Sie ist ganz aus dem Häuschen, dass du an ihrem Schmuck interessiert bist«, stellt Jake fest, und nachdem er den schnarchenden Basil entdeckt hat, kommt er herüber und geht neben ihm in die Hocke, um ihn zu kraulen. »Sie will eine Kunsthochschule besuchen, wenn sie alt genug ist.«

»Das wäre toll«, erkläre ich ihm. »Sie hat Talent.«

»Wir müssen allerdings erst einmal herausfinden, was Charlie machen will. Er hat nur noch ein Jahr bis zum Schulabschluss, danach will er auf die Uni, hat aber immer noch keine Ahnung, was er studieren will.«

»Charlie ist ganz anders als Bronte, aber ich bin sicher, dass er seinen Weg machen wird. Ich wette, du wirst die beiden sehr vermissen, wenn sie zur Uni gehen.«

Jake steht auf und läuft zum Teekessel zurück.

»Die Wahrheit ist, Poppy«, sagt er, während er mir den Rücken zuwendet, als er einen Teebeutel in seine Tasse hängt und diesen mit kochendem Wasser aufgießt, »dass ich keine Ahnung habe, was ich ohne die beiden hier machen soll. Das Haus wird wie ausgestorben sein.«

Ich warte darauf, dass Jake fortfährt, doch er schweigt und steht still da, während er aus dem Küchenfenster schaut. Miley, die neben mir auf dem Tisch hockt, blickt zu Jake auf. Dann springt sie über die Küchenschränke zu ihm und bietet ihm den Rest ihrer Banane an.

»Natürlich habe ich dann immer noch dich, du kleines Monster«, stellt Jake fest und streichelt ihr den Kopf. »Nein, behalt du mal deine Banane, vielen Dank.«

Miley dreht sich zu mir um, und ich bin sicher, dass sie mit den Schultern gezuckt hat.

Ich stehe auf und gehe zur Küchentheke hinüber, wo Jake seinen Tee zubereitet. Dies scheint ihn in Hektik zu versetzen; er schnappt sich die Milch und lässt einen Riesenschuss davon in seinen Becher schwappen.

»Mist«, murmelt er.

»Du magst also keine Milch mit Tee?«, frage ich grinsend.

Als er sich zu mir umdreht, sehe ich, dass er Tränen in den Augen hat.

»Ach Jake.« Ich schließe meine Hand um die seine, die auf der Küchentheke ruht. »Wenn das passiert –

und wie du selbst schon gesagt hast, wird es noch ein Jahr dauern, bis Charlie zur Uni geht, wenn er sich denn dafür entscheidet –, dann wirst du auch damit klarkommen, ganz bestimmt.«

Jake starrt auf meine Hand hinunter, versucht aber nicht, seine wegzuziehen.

»Woher willst du das wissen?«, fragt er. »Es war schon schlimm, als ich Felicity verloren habe – aber wenigstens haben mir die Kinder da Gesellschaft geleistet. Dieses Mal werde ich ganz allein sein, wenn sie aus dem Haus sind.«

»Aber du hast Freunde in St. Felix, und du hast Lou.« Ich merke selbst, wie schwach dieser Trost klingt.

»Ja, ich weiß, und ich bin dafür natürlich auch sehr dankbar, aber manchmal …« Er sucht nach den richtigen Worten. »Wenn du alleine bist, ganz allein, und sich dann die Tür zur restlichen Welt da draußen schließt, dann kann das sehr einsam sein, wenn du nur deine Erinnerungen als einzige Gesellschaft hast. So habe ich mich jede Nacht gefühlt nach Felicitys Tod.«

Ich weiß genau, was er meint, und ich würde ihm das auch gern sagen, aber ich kann es nicht, die Worte wollen mir nicht über die Lippen kommen, daher drücke ich ihm stattdessen die Hand.

Jake schaut mir in die Augen. »Poppy, ich …«

»Ich konnte den Karton nicht finden!«, verkündet Bronte von der Tür aus und kommt in die Küche gelaufen. Sie hält inne und starrt Jake und mich an, wie wir dem Anschein nach händchenhaltend an der Spüle stehen. Sofort lösen wir uns voneinander, und Bronte fährt mit gesenktem Kopf fort, als hätte sie nichts gesehen. »Natürlich stand er ausgerechnet unter meinem Bett«, erklärt sie und räumt die Schmuckstücke in einen verzierten Schuhkarton.

»Das ist super«, erwidere ich und eile zum Tisch hinüber. »Wenn ich dir diese Stücke jetzt schon bezahle«, ich greife nach meiner Tasche und krame mein Portemonnaie hervor, »dann könntest du noch mehr herstellen, wie wir besprochen haben – ja?«

»Klar«, nickt Bronte schnell. Sie lässt den Blick von Jake zu mir schweifen. »Das wäre toll.«

Ich bezahle Bronte und sammle den Karton voller Schmuckstücke ein – immer noch verärgert darüber, dass Bronte uns so gesehen hat. »Ich habe mich gefragt, Bronte«, sage ich, als mir plötzlich eine Idee kommt, »ob du vielleicht Interesse an einem Teilzeitjob im Laden hast?«

Bronte starrt mich entgeistert an. »Ehrlich? Du möchtest, dass ich im *Daisy Chain* arbeite?«

»Wenn du magst. Wir haben mittlerweile viel mehr zu tun, und ich bin sicher, dass Amber sehr froh darüber wäre, weniger Zeit im Laden und dafür mehr Zeit im Hinterzimmer zu verbringen, um dort ihre Sträuße und Gestecke zu kreieren. Wie fändest du das?«

»Wahnsinn!«, antwortet Bronte mit leuchtenden Augen. »Das wäre toll! Erlaubst du mir das, Dad?«, fragt sie und schaut zu Jake.

»Natürlich.« Jake sieht mich an. »Danke, Poppy«, sagt er, und unsere Blicke treffen sich erneut.

Schnell schaue ich weg. »Ich mache mich jetzt besser auf den Weg. Komm mich doch bald mal im Laden besuchen, Bronte, dann besprechen wir alles Weitere. So, wo ist jetzt mein Hund bloß hin?«

Wir alle suchen nach Basil, der bis vor wenigen Augenblicken noch friedlich unter dem Tisch geschlummert hat.

»Und wo ist Miley?«, fragt Jake.

Wir alle eilen auf den Flur hinaus, wo Basil langsam im Kreis läuft; Miley reitet auf seinem Rücken und hält sich an seinem Halsband fest.

»Oh, Basil«, seufze ich und grinse ihn an. »Was macht sie da bloß mit dir?«

»Wie es aussieht, trainiert sie mit ihm für das Grand-National-Pferdehindernisrennen«, stellt Bronte fest, und wir alle müssen lachen.

»Wo du nun ohnehin einmal da bist: Möchtest du sehen, woher all deine Blumen kommen?«, fragt Jake hoffnungsvoll. »Du hast mal gesagt, du würdest gern eine Tour durch die Gewächshäuser machen.«

Grundgütiger, nach allem, was Jake vor wenigen Minuten gesagt hat, kann ich doch jetzt nicht nein sagen! Außerdem ist es schön, dass er wieder mit mir redet; ich habe ihn wirklich vermisst. »Klar, warum nicht«, erwidere ich, wobei mir die Worte beinahe im Hals stecken bleiben.

Bronte bleibt im Haus, während Jake mit Basil, Miley und meiner sehr zögerlichen Wenigkeit zu den Gewächshäusern aufbricht. Alles ist viel größer, als ich es mir vorgestellt habe: Etwa ein Dutzend Gewächshäuser sind auf der einen Seite des Grundstücks nebeneinander angeordnet, daneben gibt es Felder voller dunkler, reichhaltiger Erde, auf denen sich Folientunnel befinden. Dazwischen laufen zwei von Jakes vier Mitarbeitern umher. Er stellt mich Gemma und Christian vor, die damit beschäftigt sind, Schubkarren voller Kompost zu den Gewächshäusern hinüberzukarren, um dort neue Jungpflanzen einzutopfen. Dann gehen wir in ein anderes Gewächshaus, wo Jake mir dir Tür offen hält.

»A-aber w-was ist mit Basil und Miley«, stottere ich und schaue über die Schulter zurück. Basil läuft schnüffelnd wie ein Bluthund umher, während Miley versucht, ihr Idol nachzuahmen.

»Die beiden kommen schon klar«, erwidert Jake und deutet mir an hereinzukommen. »Wir sind ja sofort wieder da.«

Ich atme tief ein und betrete das Gewächshaus, das voller leuchtend bunter Blumen ist.

»Das ist der Posten, der morgen ausgeliefert wird«, erklärt Jake stolz. »An deinen Laden und die vielen anderen Floristen, die ich hier in der Gegend beliefere. Ein Teil wird heute Nacht noch nach Covent Garden für den Markt morgen transportiert.«

»Tatsächlich?«, frage ich und versuche einzuatmen, ohne dabei allzu viel Blumenduft aufzunehmen, was ziemlich schwer ist. Der Geruch hier drinnen ist überwältigend süßlich.

»Ja, das sind meine Blumen höchster Qualität.« Jake tritt von der Eingangstür weg und läuft weiter ins Gewächshaus hinein. »Diese Schönheiten sind in allerbestem Zustand – komm und sieh es dir an!«

Ich habe keine andere Wahl, als ihm weiter ins Gewächshaus hinein zu folgen. Links und rechts von mir erstrecken sich lange Tische, auf denen zehnmal mehr Blumen stehen, als unser kleiner Blumenladen je unterbringen könnte. Ich erblicke Nelken, Chrysanthemen, Lilien – und aus Angst, eine Rose zu entdecken, versuche ich, mich nicht weiter umzuschauen.

»Wie schaffst du es, dass sie auf den Punkt blühen?«, frage ich und vermeide es, zu sehr die Blumen anzustarren, indem ich mich voll und ganz auf Jake konzentriere. »Musst du nicht viele wegschmeißen, wenn sie zu weit aufgeblüht sind?«

»Nein, wir halten die Gewächshäuser auf verschiedenen Temperaturniveaus. Wir stellen eine kühle Temperatur ein, damit die Blumen nicht zu früh blühen, und wärmere Temperaturen, wenn wir das Wachstum ein wenig beschleunigen wollen.«

»Welche Temperatur herrscht hier?«, frage ich, als Jake näher kommt. Heute trägt er eine blaue Jeans, hellbraune Timberland-Boots und das karierte Hemd, das von seinen vielen karierten mein Lieblingshemd ist. Es ist genau so tief aufgeknöpft, dass ich einen Blick auf seine rötlich braune Brustbehaarung erhasche. Schnell schaue ich hoch, als mir klar wird, wo ich da hinstarre.

»Diese ist einfach perfekt«, sagt er leise und schaut mich an.

Ich öffne den Mund, um etwas zu sagen, doch mir kommt kein Ton über die Lippen. Jake kommt noch näher, sodass ich seinen warmen Atem in meinem Gesicht spüren kann, als er sich zu mir herunterbeugt und …

»Sind hier drinnen Rosen?«, frage ich plötzlich, als mich ein vertrauter Duft einhüllt.

»Bitte?« Jake starrt mich verwirrt an.

»Rosen – ich glaube, ich rieche Rosen.«

»Ja, etwa zweihundert. Sie befinden sich am Ende des Gewächshauses, möchtest du sie sehen?«

»Zwei… zweihundert Rosen … hier drin?«

»Ja, aber …«

»Tut mir leid, Jake, ich muss los.« Ich laufe zur Tür des Gewächshauses und fummele an der Klinke herum. Ich werde immer panischer aus Angst, hier nicht rauszukommen.

Eine große Hand greift über mich hinweg und öffnet ganz locker die Tür.

Ich stolpere hinaus und schnappe so schnell, wie ich kann, mehrfach ganz tief Luft.

»Was um Himmels willen ist los, Poppy?«, fragt mich Jake. Offensichtlich ist er mir gefolgt. Er schließt die Gewächshaustür hinter sich, und es ist, als hätte er damit alle Rosen auf diesem Planeten vernichtet. Meine Atmung normalisiert sich wieder, und ich werde wieder ein (na ja, weitgehend) normaler Mensch.

»Nichts, mir ist nur gerade eingefallen, dass ich einen Termin habe. Jetzt.« Ich laufe auf Jakes Bauernhaus zu. »Komm schon, Basil!«, rufe ich, und zu meiner großen Erleichterung gehorcht er und läuft mit.

»Ah, alles klar, jetzt verstehe ich, was du da machst«, ruft Jake mir hinterher, der stehengeblieben ist. »Ich hab's kapiert – jetzt zahlst du's mir heim.«

378

Ich drehe mich zu ihm um, und für den Bruchteil einer Sekunde überlege ich, ob ich ihm alles sagen soll.

»Nein, du verstehst gar nichts«, murmele ich, als ich mich wieder umdrehe und mit Basil an meiner Seite den Hügel hinunterlaufe. »Das ist es ja gerade. Niemand versteht es.«

33.

Rosa Nelken –
Ich werde dich nie vergessen

Am nächsten Tag sitze ich mit Stan im Garten von Camberley House. Es ist ein sonniger Nachmittag, daher haben wir es uns in zwei Liegestühlen gemütlich gemacht, die zum Teil von den Zweigen einer riesigen Eiche überschattet werden.

»Wie geht es dir, Poppy?«, fragt Stan und mustert mich besorgt. »Du scheinst heute ein wenig bedrückt zu sein. Gehen die Pläne für die Geburtstagsparty voran?«

Ich habe Stan bei einem meiner letzten Besuche gefragt, ob wir Jakes Geburtstagsparty auf Trecarlan feiern dürfen, und natürlich hat er zugestimmt.

»Es ist schön zu wissen, dass das alte Mädchen noch gebraucht wird«, hat er mir mit vergnügtem Blick gestanden. »Ich ertrage die Vorstellung nur schwerlich, dass Trecarlan leer und verlassen daliegt.«

»Alles läuft bestens«, antworte ich ihm nun. »Jedenfalls, was die Party betrifft.«

»Und alles andere?«, hakt Stan weiter nach.

Ich blicke ihn an. »Nicht so gut.«

»Der Laden?«

Ich schüttele den Kopf. »Nein. Uns geht es besser als je zuvor.«

»Freunde?«

»Teils.«

»Teils ... Hmmm, lass mich mal raten ... Dann muss es also die Liebe sein.«

Ich schweige.

»Macht der junge Ash dir Kummer?«

»Oh, nein, Ash ist wunderbar. Wir kommen prima miteinander aus.«

»Ist das so?«, fragt Stan und kneift die Augen zusammen.

»Ja. Es ist großartig, mit Ash zusammen zu sein. Alles ist entspannt, unverkrampft. Genau das, was ich im Augenblick brauche.«

Stan mustert mein Gesicht, bevor er wieder das Wort ergreift. »Das sind aufschlussreiche Worte – ›im Augenblick‹. Wenn Ash ›im Augenblick‹ der Richtige für dich ist, wer ist dann derjenige, der für die Zukunft perfekt wäre?«

»Ich weiß nicht, was du meinst«, lüge ich.

Natürlich weiß ich genau, was Stan meint, da Amber nach meiner Rückkehr von Jake so ziemlich das Gleiche gesagt hat ...

»Wie ist es gelaufen?«, fragt Amber und schaut von den Edelwicken auf, die sie gerade in einer Vase arrangiert.

»Womit ...?«, frage ich und löse Basils Leine.

»Mit Bronte?«

Bronte. Nach allem, was eben mit Jake passiert ist, hätte ich beinahe den Grund vergessen, warum ich überhaupt dort hingegangen bin.

»Sie wird uns auf jeden Fall mit ihrem Schmuck beliefern. Der ist spitze.« Mist, ich bin eben so überstürzt aufgebrochen, dass ich gar nicht mehr in Jakes Haus zurückgekehrt bin, um dort Brontes Karton zu holen. Ich muss ihr eine SMS schicken und sie bitten, mir ihn im Laden vorbeizubringen, wenn sie wegen des Jobs vorbeikommt. Auf gar keinen Fall werde ich zu Jakes Haus zurückgehen – nicht nach allem, was passiert ist.

»Und ich habe sie gefragt, ob sie in Teilzeit hier im Laden arbeiten möchte – an Wochenenden und dergleichen. Weil du doch mit Sträußen und Gestecken alle Hände voll zu tun hast.«

»Das ist eine tolle Idee! Ich mag Bronte sehr.« Amber schnuppert an den Blumen und stellt sie dann auf einen der Tische. »Hast du dort Jake getroffen? Er war nämlich eben hier im Laden. Als ich ihm gesagt habe, wo du bist, ist er Hals über Kopf abgerauscht.« Unter ihren langen Wimpern wirft sie mir einen vielsagenden Blick zu.

»Ja, habe ich, ganz kurz. Er kam heim, als ich gerade mit Bronte fertig war. Er hat mich dann in seiner Gärtnerei herumgeführt. Warum?« Ich bringe es nicht fertig, ihr von dem Gewächshaus zu erzählen, da es alles nur verkomplizieren würde. Und alles ist so schon kompliziert genug.

»Ach, nur so. Ich dachte mir schon, dass er wahrscheinlich nach Hause gefahren ist, nachdem er wusste, dass du da bist.«

Ich beobachte Basil, der lautstark Wasser aus seinem Napf säuft, bis dieser fast leer ist. »Hey, mein Junge, dann will ich dir mal neues Wasser holen«, sage ich, nehme seinen Napf und steuere auf das Wasserbecken im Hinterzimmer zu.

»Und was, wenn er das getan hat? Schließlich ist es sein Haus«, rufe ich Amber zu.

»Das ist es wohl. Was für ihn zweifellos noch einladender war, nachdem er wusste, dass du da bist.«

Ich trage den Wassernapf in den Laden und setze ihn dort ab, wo Basil nach seinem Ausflug eingeschlafen ist.

»Das musst du mir schon erklären, Amber«, erwidere ich knapp, verschränke die Arme und drehe mich zu ihr um.

»Ich sag ja nur, was ich gesehen habe«, erwidert sie unbeeindruckt. »Und ich sehe nicht nur einen, sondern zwei attraktive Männer, die an unserer lieben Poppy interessiert sind.«

»Mach dich nicht lächerlich«, entgegne ich ein wenig zu schnell. »Das haben wir alles schon durch. Jake hat kein Interesse an mir, darauf kann ich dir Brief und Siegel geben. Und du weißt ganz genau, dass ich jetzt mit Ash zusammen bin.«

Amber nickt kurz. »Stimmt, das bist du. Aber wie lange noch?«

»Wie bitte?«

»Wie lange noch? Ash ist doch nur eine Zwischenlösung für deine Probleme. Er ist wie ein lustiges, buntes Pflaster, das du auf eine Wunde klebst. Was du aber wirklich brauchst, Poppy, ist ein Chirurg, der diese Wunde ein für alle Mal zunäht.«

Ich weiß, worauf Amber mit ihrem Vergleich hinauswill, doch ich ziehe es vor, mich dumm zu stellen. Glücklicherweise werden wir von einem Kunden, der in den Laden geschneit kommt, unterbrochen.

Während ich nun mit Stan im Garten sitze, denke ich erneut darüber nach, was sie gesagt hat.

»Gibt es denn einen anderen, Poppy?«, fragt Stan. »Du musst mir das natürlich nicht erzählen. Aber zu meiner Zeit war ich ein ganz schöner Hingucker, weißt du. Die Aufmerksamkeit der Frauen war mir sicher, daher weiß ich aus eigener Erfahrung sehr genau, wie kompliziert Herzensangelegenheiten manchmal sein können.«

Ich grinse Stan an. »Das glaube ich gern, dass du bei den Frauen beliebt warst!«, erwidere ich und seufze dann. »Ja, da gibt es einen anderen. Aber nicht so, wie du denkst. Es ist jemand, den ich seit langer Zeit sehr mag – tatsächlich sogar seit dem ersten Tag, als ich nach St. Felix zurückgekommen bin. Aber das Problem dabei ist, dass er nie Interesse an mir gezeigt hat.«

Bis gestern zumindest. Aber ist das nur eine spontane Sache gewesen? Hat Jake tatsächlich versucht, mich zu küssen? Oder ist nur mein Wunschdenken schuld an dieser Vorstellung?

Wahrscheinlich werde ich es niemals herausfinden. Jake hat offensichtlich meine Flucht als eine Art Rache für damals gehalten, als ich im Cottage versucht hatte, ihn zu küssen, und er daraufhin die Beine in die Hand genommen hat.

»Was ich mir nur schwerlich vorstellen kann«, stellt

Stan mit großen Augen fest. »Bei einem so hübschen Mädchen wie dir?«

»Das ist nett von dir, aber das ist die Wahrheit, Stan.«

»Jetzt hör mir mal zu, mein Mädchen. Ich mag vielleicht über achtzig sein, aber ich kann immer noch eine hübsche junge Dame erkennen, wenn ich eine sehe, und du bist eine. Für meinen Geschmack trägst du zwar ein wenig zu viel Schwarz, und du könntest ruhig öfter mal lächeln, aber unter all dem wartet eine strahlende Schönheit darauf, zum Vorschein zu kommen.«

»Oh, Stan!« Ich stehe auf und umarme ihn. »Du sagst immer so nette Sachen.«

»Meine Liebe, ich sage nur, wie es ist. Und wenn ein alter Mann wie ich das sehen kann und Ash, warum kann das dann dieser andere Kerl nicht auch?«

»Jake ist kompliziert«, antworte ich, ohne nachzudenken, als ich mich wieder hinsetze.

»Oh, es ist Jake? Lous Neffe?«

Ich werde rot. Mist, ich wollte seinen Namen nicht verraten!

»Aber ist das nicht der Kerl, für den du die Geburtstagsparty organisierst?« Stan runzelt die Stirn.

»Das ist er.«

»Ah … Jetzt wird es interessant.«

»Damit tue ich lediglich Jakes Kindern, Bronte und Charlie, einen Gefallen. Die beiden sind ganz wunderbar, und sie wollen ihrem Dad einen besonderen Geburtstag bereiten.«

»Genau wie du«, erwidert Stan und nickt langsam. »Richtig?«

385

Jetzt bin ich diejenige, die nickt.

»Ach, Poppy, Herzensangelegenheiten sind immer kompliziert. Nur selten entwickelt sich alles so, wie wir es wollen, völlig ohne Herzschmerz und Kummer.«

»Da sagst du was.«

»Was ich aber weiß, ist, dass das Leben uns oftmals auf Wege schickt, die wir eigentlich nicht einschlagen wollen; doch meist sind wir dann froh, dass wir sie gegangen sind.«

»Vielleicht.«

»Wie wäre es, wenn ich dir eine Geschichte erzähle?«, fragt Stan. »Es ist eine längere Geschichte, aber hab Geduld, sie lohnt sich.«

»Klar. Warum nicht?«, antworte ich und zeige Nachsicht bei seinem Lieblingszeitvertreib. Ich lehne mich auf meinem Liegestuhl zurück und lausche, wie Stan tief Luft holt und dann mit der Geschichte beginnt.

»1846 hat Königin Victoria Cornwall besucht – wusstest du das? Es war ihr einziger offizieller Besuch hier.«

Ich schüttele den Kopf.

»Um das zu feiern, hat eine Stickerin aus der Gegend ein Ensemble von vier Bildern für sie als Geschenk gefertigt. Am Tage, als die Königin ihre Stadt besuchte, schaffte es die Frau, die Bilder ihrer Kammerfrau zu überreichen, die sie sofort der Königin zeigte. Die Stickerin war begeistert, wie du dir denken kannst.«

»So weit kann ich noch folgen«, stelle ich fest und frage mich, worauf er mit der Geschichte hinauswill.

»Gut. Nun, die Kammerfrau der Königin hatte ein Auge auf den damaligen Besitzer von Trecarlan geworfen, Lord Harrington. Er war ein Parlamentsabgeordneter und fuhr dafür regelmäßig von St. Felix nach London, um an den Parlamentssitzungen teilzunehmen. Er und die Kammerfrau bewegten sich in den gleichen Kreisen, und sie hatten ein Techtelmechtel, wenn er in London war. Als sie also die Gelegenheit hatte, ihn zu Hause auf Trecarlan bei sich zu besuchen … nun, ich muss nicht ins Detail gehen, denke ich. Lass es mich so sagen: Sie haben die Gelegenheit ausgiebig genutzt!«

»Du meine Güte, und ich habe immer gedacht, die Leute in der viktorianischen Ära seien sittsam und verklemmt gewesen!«

Stan grinst. »Das ist alles ein großer Trugschluss; es hat eben nur alles hinter den Kulissen stattgefunden. Jedenfalls musste die Kammerfrau eines Tages schnell das Schloss verlassen, als sie früher als erwartet zur Königin zurückbeordert wurde. In ihrer Eile ließ sie ihre Tasche zurück, in der sich die Bilder sowie eine handgeschriebene Nachricht der Königin an die Handwerksfrau befanden, in der sie ihr für die wunderschönen Blumenstickbilder dankte.«

»Die Bilder blieben also auf Trecarlan?«, frage ich.

Stan nickt. »Kurz danach wechselte auf Trecarlan der Besitzer. Eine schmutzige Angelegenheit, wenn man den Gerüchten im Dorf glauben darf. Lord Harrington soll wieder sein Unwesen getrieben haben, dieses Mal mit der Tochter eines einheimischen Landeigentümers. Tztztz.« Stan schüttelt den Kopf. »Als die Affäre aufflog, drohte der Vater des Mädchens Lord Harrington mit einem üblen Schicksal, wenn er nicht die Finger von seiner Tochter lassen würde. Doch es war schon zu spät, das Mädchen war bereits schwanger. Um einem Schicksal aus dem Weg zu gehen, das schlimmer noch als der Tod war, floh Harrington aus dem Schloss und nahm den Großteil seiner Besitztümer mit. Die Blumenbilder jedoch ließ er zurück, da er sie für wertlos hielt. Du wärst überrascht, wie viele Besitzer das Haus über die Jahre hinweg gehabt hat, Poppy. Nun ja, ich könnte dir da Geschichten erzählen …«

»Die eine reicht mir gerade, Stan«, versuche ich, ihn wieder auf Kurs zu bringen.

»Dies war der Zeitpunkt, als meine Familie, die Marracks, Trecarlan übernahmen«, erzählt Stan, dessen Augen vor Stolz leuchten. »Dieses junge Mädchen war meine Ur-Ur-Großmutter, und die Marracks haben seitdem auf dem Schloss gelebt.«

»Wow, das ist eine unglaubliche Geschichte«, staune ich. Aber es gibt ein Detail, das mich beschäftigt. »Stan, du hast gerade gesagt, dass der vorherige Besitzer von Trecarlan Harrington hieß, nicht wahr?«

Stan nickt.

»Könnte dieser unter Umständen mit Caroline Harrington-Smythe verwandt sein?«

»Ja, ich glaube, das könnte schon sein«, erwidert Stan, als sei ihm dieser Gedanke gerade erst gekommen. »Ich erinnere mich daran, dass sie erwähnte, sie habe dort noch Erbstücke, als sie mir bestätigte, dass sich der Gemeinderat um Trecarlan kümmern würde. Aber ich habe damals eins und eins nicht zusammengezählt.«

»Hmmm …«, murmele ich und grüble darüber nach.

»Wenn das stimmt, könnte dies der Grund sein, warum Caroline immer so schwierig ist, wenn es um Trecarlan geht. Diese alte Geschichte bedeutet, dass nicht ihre, sondern deine Familie das Schloss erbte. Allerdings erklärt das nicht, warum sie dann ein Problem mit *mir* hat …«

»Ach, das ist leicht zu verstehen«, entgegnet Stan und lehnt sich auf seinem Liegestuhl zurück. »Ich erinnere mich an die Geschichte.«

»Tatsächlich? Und?«

»Ja. Weißt du, warum Daisy und William nach St. Felix kamen, um dort den allerersten *Daisy-Chain*-Laden zu eröffnen?«

»Ähm … nein. Ich habe angenommen, ihnen gefiel die Küstengegend.«

Stan schüttelt den Kopf. »Der Grund war, dass Daisys Großmutter in St. Felix lebte. In jungen Jahren war sie eine Dienstmagd im Schloss gewesen.«

»Und?«, frage ich, als ich ihm nicht folgen kann.

»Daisys Großmutter, so die Geschichte, war diejenige, die Lord Harrington in dieser Affäre hat auffliegen lassen. Bei ihrer Arbeit auf dem Schloss hatte sie alles mitbekommen, was dort vor sich ging.«

»Ah … jetzt ergibt alles einen Sinn. Darum hat also Caroline ein Problem mit mir – eine Vorfahrin von mir ist verantwortlich dafür, dass sie nicht Trecarlan geerbt hat!«

»So scheint es«, nickt Stan. »Die Geschichte ist schon eine komische Sache.«

»Na ja, das hat meine Familie gut gemacht, die Harringtons davon abzuhalten, das Schloss weiterzuvererben, würde ich sagen. Caroline hätte sicherlich keine gute Schlossherrin abgegeben.«

Stan nickt zustimmend. »Wenn es Daisys Großmutter nicht gegeben hätte, würden wir vielleicht nicht heute im wunderbaren Sonnenschein beisammensitzen.«

»Genau! Aber was ist aus diesen vier Stickbildern geworden? Befinden sie sich immer noch im Schloss?«

Stan schüttelt den Kopf. »Nein, und das ist der zweite Teil der Geschichte. Ich hoffe, du kannst mir noch folgen, Poppy – ich hatte ja angekündigt, dass es eine lange Geschichte ist. Wie ich eben schon gesagt habe, genoss ich sehr viel Aufmerksamkeit von den Damen der Stadt – inklusive deiner Großmutter.«

Ich mache große Augen. Damit habe ich nicht gerechnet, doch andererseits schien meine Großmutter immer ein Faible für Stan gehabt zu haben.

»Nach dem Tod deines Großvaters haben Rosie und ich viele Stunden zusammen verbracht, und während dieser Zeit habe ich ihr als Zeichen meiner Zuneigung eines der Stickbilder geschenkt – das Bild nämlich, auf dem eine lilafarbene Rose abgebildet ist.«

»Oh ja!«, rufe ich und erinnere mich. »Wir haben es in einem der alten Kartons gefunden, die im Geschäft gelagert waren. Das erklärt dann auch die Initialen VR, die dort aufgestickt sind – Victoria Regina! Wenn man einmal die Verbindung zu Königin Victoria kennt, ergibt alles einen Sinn.«

»Rosie hat das Bild also behalten?«, fragt Stan, offenbar erfreut. »Ich hatte es so gehofft! Weißt du, wofür die lilafarbene Rose steht, Poppy?«

»Ja, das weiß ich tatsächlich; Amber hat sie als eine der Blumen für die Hochzeit genutzt. Sie steht für Verzauberung.«

»Ganz richtig. Deine Großmutter hat mich verzaubert, deshalb habe ich ihr genau dieses Bild geschenkt.«

»Großartig, aber ich verstehe nicht, was das …«

»Geduld, Poppy, du wirst es gleich erfahren, lass mir Zeit. Erinnerst du dich? Es waren vier zusammenhängende Bilder. Das zweite gestickte Blumenbild habe ich einer anderen Dame geschenkt, mit der ich befreundet bin, die du meiner Meinung nach auch kennst – Lou.«

»Stan, du alter Schwerenöter! Auch Lou?«

Stan lächelt verlegen. »Was soll ich sagen? Es gab so viele wunderbare Damen in St. Felix, es waren die Siebziger, es ging um freie Liebe und dergleichen. Auf Lous Bild befindet sich eine Edelwicke – sie steht für delikates Vergnügen, und die Zeit mit Lou war durchaus …«

»Nein, Stan! Genug Informationen, vielen Dank!«, erkläre ich, lächele dabei jedoch. Wer hätte gedacht, dass der alte Stan ein solcher Schürzenjäger gewesen ist! »Lou hat ihres auch noch«, berichte ich Stan. »Es hängt in ihrem Flur. Am Tag, als Basils Welpen geboren wurden, ist es mir in einer Gruppe von Bildern aufgefallen.«

»Die liebe alte Lou«, lächelt Stan. »Ich habe mich so gefreut, als ich gehört habe, dass sie nach St. Felix zurückgekehrt ist. Ich habe es sehr vermisst, sie zu sehen.«

»So, das waren also Rosie und Lou … Wen hattest du noch an der Angel?«

»Oh nein, immer nur eine Dame, Poppy, nicht mehrere gleichzeitig; so viel Anstand solltest du mir nun wirklich zutrauen.« Er zieht die weißen Augenbrauen hoch und schaut mich an. »In meinem Leben gab es nur drei Damen, die mir etwas bedeutet haben, und darum habe ich jeder von ihnen ein Bild geschenkt. Die letzte war Isabelle. Sie war nicht lange genug in St. Felix, ihre Familie hat sie mir genommen, kurz nachdem wir einander kennengelernt hatten. Sie hat das Stickbild einer rosafarbenen Nelke von mir bekommen, die bedeutet: ›Ich werde dich nie vergessen‹. Und das habe ich auch nicht, Poppy. Ich erinnere mich an sie, als wäre es gestern gewesen.« Wehmütig lässt er den Blick durch den Garten von Camberley schweifen, während er in Erinnerungen schwelgt; ich lasse ihm diesen Moment.

»Ich war nicht wahllos in meinen Liebschaften, Poppy«, beharrt Stan und kehrt in die Gegenwart zurück. »Ich möchte nicht, dass du das von mir denkst. Ich habe diese Damen hochgeschätzt, darum habe ich jeder von ihnen ein Geschenk gemacht als Zeichen meiner tiefen Zuneigung zu ihnen. Ein sehr wertvolles Geschenk.«

»Stan, das ist wirklich eine nette Geschichte, aber warum erzählst du mir das alles?«

»Manchmal kommt die Liebe in verschiedenen Verpackungen daher, Poppy. Manchmal ist sie nur flüchtig – wie bei Lord Harringtons Affären –, manchmal entbrennt sie ganz plötzlich – wie bei meinen Damen aus St. Felix. Und manchmal«, er schluckt, »manchmal verliebt man sich in jemanden, der einem nicht gehören kann, den man aber niemals vergisst – wie Isabelle.«

»Oh, Stan.«

»Nein, nein, ich erzähle dir das nicht, damit du Mitleid mit mir hast. Ich sage dir das, damit du eines verstehst: Ganz gleich, um welche Art der Liebe es geht, es gibt immer einen Grund. Die Liebe ist ein so großes, gewaltiges Gefühl. Lass es dir gesagt sein: Es gibt einen Grund dafür, dass du etwas für Jake empfindest. Warte nur ab, du wirst es schon sehen.«

34.

Heliotrop –
Hingebungsvolle Liebe und Zuneigung

Es ist der Abend von Jakes vierzigstem Geburtstag und seiner Überraschungsparty, und Amber, Ash und ich laufen den Hügel zu Trecarlan hinauf.

Amber trägt ein wunderschönes langes, regenbogenfarbenes Kleid mit Gladiatorensandalen. Nachdem ich meinen gesamten Kleiderschrank durchwühlt und nicht ein einziges Teil gefunden habe, das für diesen Anlass angemessen gewesen wäre, habe ich mir ein weiteres Mal etwas von Amber ausgeliehen: ein hinreißendes Kleid in Taubengrau – eine Farbe, die ich, glaube ich, noch nie in meinem Leben getragen habe und auch selbst niemals gewählt hätte, wenn Amber mich nicht dazu ermuntert hätte. Das Kleid ist auf dem figurbetonten Oberteil mit Stickereien verziert und verfügt über schmale Träger, darunter befindet sich ein weiter, fließender, weicher, hauchdünner Rock.

Es ist schon eine super Sache, dass Amber und ich etwa die gleiche Größe haben, sonst wäre ich aufgeschmissen gewesen. Amber ist in der Lage, unendlich viele Outfits zu kreieren, von denen sie einige aus New

York mitgebracht hat, während sie andere in den Second-Hand-Läden in St. Felix und der näheren Umgebung erstanden hat.

Bronte, Charlie und ich haben alle Gäste angewiesen, eine Viertelstunde vor der Ankunft des Geburtstagskindes um halb acht am Schloss zu sein, während Woody den Auftrag hat, Jake zur Party zu lotsen. Keiner von uns hat auch nur den blassesten Schimmer, wie Woody das anstellen will, doch Bronte und Charlie haben mich beschwichtigt, mir keine Sorgen zu machen, man habe alles im Griff.

Als wir am Schloss ankommen, werden wir von Charlie nach drinnen begleitet, der uns erklärt, wo wir uns verstecken sollen. Ash und Amber sind ganz aufgeregt, doch ich selbst frage mich, wie sehr Jake es überhaupt genießen wird, auf diese Art und Weise überrascht zu werden. Jake habe ich immer als sehr bescheiden, nüchtern und praktisch erlebt, sodass ich gar nicht sicher bin, ob Überraschungspartys überhaupt seiner Vorstellung von Spaß entsprechen. Andererseits sind die Kinder für Jake sein Ein und Alles, und wenn er erfährt, dass sie diejenigen sind, die diese Feier organisiert haben, wird er sich alle Mühe geben, die Überraschungsparty auch zu genießen.

Als wir den Tanzsaal betreten, wird mir erst klar, wie beliebt Jake ist. Hier drängen sich die Leute und warten mit Sektgläsern in den Händen ungeduldig darauf, ihm zu gratulieren. An einer Wand hängt ein riesengroßes Geburtstagsbanner, das keinerlei Fragen offenlässt, wie alt Jake heute wird, und die weißen Tischdecken, die bei der Hochzeit noch so makellos und elegant gewirkt haben, sind heute mit bunten Helium-ballons und Konfetti in Form von kleinen Vierzigern dekoriert.

Zum vereinbarten Zeitpunkt quetschen wir uns in einen winzigen Raum hinter dem Tanzsaal. Stan hat mir einmal erzählt, dass sich die Damen bei den großen Bällen, die im letzten Jahrhundert in diesem Schloss stattfanden, hier das Gesicht gepudert haben. Doch als wir uns nun alle wie die Ölsardinen im Dunkeln zu-sammenquetschen, fällt es mir schwer, mir hier ein ele-gantes Puderzimmer mit Damen vorzustellen, die über ihre Verehrer plaudern.

»Schschsch«, zischt jemand, »er ist da!«

Wir stehen allesamt so still und leise da, wie wir kön-nen, und warten auf unser Signal, als wir plötzlich Jakes Stimme hören.

»Was zum Teufel ist hier los, Woody? Warum hast du mich hergebracht?«

»Los!«, ruft jemand, und wir alle springen mit einem lauten »Überraschung!« aus unserem Puderzimmer.

Doch es ist nicht nur Jake, der einen Schreck be-kommt. Uns geht es genauso, als wir ihn in der Mitte des Tanzsaales stehen sehen, die Hände hinter dem Rücken in Handschellen gelegt.

»Was zum Geier …?«, schreit er, als er uns erblickt.

»Alles Liebe zum Geburtstag«, brüllen Bronte und Charlie und stürzen gemeinsam mit Miley los, um ihn zu umarmen.

Jake will die Umarmung erwidern, ist jedoch immer noch bewegungsunfähig.

»Darum hast du mich also zu Hause festgenommen!«, ruft er und dreht sich zu Woody um, während ihm Miley auf die Schulter klettert. »Ich dachte schon, du hättest den Verstand verloren!«

»Tut mir leid, Jake«, erwidert Woody, holt einen Schlüssel aus der Tasche und schließt die Handschellen auf. »Ich hatte die Aufgabe, dich herzubringen, ohne dass du sofort errätst, was los ist, und das war der einzige Weg, der garantiert funktionieren würde.«

»Indem du mich festnimmst?« Jake reibt sich die Handgelenke.

»Ich habe das aber vorher mit Bronte und Charlie abgeklärt«, antwortet Woody verlegen. »Sie haben gesagt, es würde dir nichts ausmachen.«

»Das glaube ich gern«, schnaubt Jake schroff und dreht sich zu seinen Kindern um. »Aber ...« Plötzlich grinst er breit. »Ich denke, ich kann euch noch einmal verzeihen. Das sieht toll aus!«

»Lass uns was trinken, Jake!«, ruft Lou und drückt ihm ein Glas Sekt in die Hand. »Herzlichen Glückwunsch!«, sagt sie und hebt ihr eigenes Glas.

»Danke, Lou.« Jake dreht sich zu seinen Gästen um. »Auf euch, Leute!« Er prostet allen zu. »Und vielen Dank, dass ihr alle gekommen seid!«

Die Überraschungsparty ist ein voller Erfolg; eine Band aus der Stadt, die auch schon bei der Hochzeit gespielt hat, macht Musik, und die Leute fangen bald schon an, die Tanzfläche zu erobern, um in die Nacht hineinzutanzen. Der Alkohol fließt in Strömen (wieder eine improvisierte Bar vom *Merry Mermaid*), und alle lassen sich kleine Imbisse schmecken (vom neuen Cateringteam in St. Felix geliefert, das aus Richie, Ant und Dec besteht).

»Was für eine tolle Party!«, lobe ich, als ich Charlie ein wenig später am Büfett über den Weg laufe. »Bronte und du, ihr habt hervorragende Arbeit geleistet!«

»Aber ohne dich, Poppy, hätten wir das nicht geschafft, und auch nicht ohne die Hilfe vom Rest der Stadt«, entgegnet er. »Alle wollten beteiligt werden und mithelfen, darum haben wir jetzt so viel zu essen und zu trinken.« Er deutet auf den langen Tisch. »Selbst nachdem Ant und Dec angeboten haben, das Catering für uns zu übernehmen, haben wir immer noch Sandwiches und Nachtisch von allen möglichen Leuten bekommen. Wir wussten gar nicht, wohin mit all dem Essen.«

»Das liegt daran, dass euer Dad so beliebt ist.« Ich mustere die Servierplatten. »Wie es scheint, verschwindet alles aber sehr schnell. Ich glaube nicht, dass viel übrig bleibt.«

»Ich weiß, die Bewohner von St. Felix haben einen gesunden Appetit!«

»Mein Sohn!« Jake kommt zu Charlie gelaufen und schlingt seine Arme um ihn. Wie es aussieht, hat er bereits den einen oder anderen Drink zu sich genommen. »Bin ich nicht der glücklichste Dad der Welt, weil ich zwei so fantastische Kinder habe?«

»Ja, zweifellos.« Ich lächele Jake an. Es ist schön, ihn wiederzusehen. Seit dem seltsamen Zwischenfall im Gewächshaus haben wir einander kaum noch gesehen, und ich habe schon befürchtet, dass unser Wiedersehen heute Abend ein wenig unangenehm werden könnte.

Doch Jakes Gesichtsausdruck nach zu urteilen, ist es das ganz und gar nicht.

»Und kannst du es fassen, Poppy, wie alt ich heute geworden bin?«

Ich will gerade antworten, als er fortfährt. »Vierzig! Vierzig Jahre alt! Wie konnte das nur passieren?«

Ich schüttele den Kopf.

»Ich wünschte, Felicity wäre hier, um das mitzuerleben.« Er breitet die Arme in Richtung des Tanzsaales aus. »Sie liebte Partys, besonders Geburtstagsfeiern.« Die Freude in seiner Miene weicht einem traurigen Ausdruck.

Charlie legt ihm eine Hand auf die Schulter. »Ich bin sicher, dass Mum heute bei uns ist, Dad.«

Jake nickt. »Ja, du hast recht. Habe ich dir schon einmal gesagt, was für ein tolles Kind du bist?«

Charlie grinst. »Schon ein paar Mal heute Abend.«

»Gut, gut!«, nickt Jake und klopft ihm auf den Rücken. »Nun denn, Poppy«, verkündet er und schwankt ein wenig, als er Charlie loslässt. »Möchtest du tanzen?«

»Ähm …«

»Denn *ich* habe Lust zu tanzen, und du bist bei weitem die hübscheste Tanzpartnerin in diesem Saal, die ich sehe. Außerdem …«, er beugt sich zu mir vor und senkt die Stimme. »Außerdem sehe ich Ash nirgendwo, von daher geht das bestimmt in Ordnung.«

Jakes Worte lassen meine Wangen hochrot glühen. Will er mich anbaggern? Habe ich doch recht mit dem, was beinahe im Gewächshaus passiert ist?

»Oh Ja-hake!« Belle kommt herübergeschwebt; sie trägt ein bodenlanges rotes Neckholderkleid, das in ihrem schmalen Rücken sehr tief ausgeschnitten ist, dazu goldene Sandalen. »Ich hatte noch gar nicht die Gelegenheit, dir zum Geburtstag zu gratulieren!« Sie küsst ihn auf die Wange.

»Danke, Belle«, erwidert Jake höflich. »Ich hoffe, du hast heute einen schönen Abend.«

»Nun, den könnte ich haben«, erwidert Belle und zieht einen Schmollmund, »wenn ich nur einen Tanzpartner finden würde …«

»Ich habe gerade noch gesagt, dass ich gern tanzen würde!«, antwortet Jake und grinst breit. »Worauf warten wir noch?«

Er packt Belles Hand und zieht sie auf die Tanzfläche, wo er ihr den Arm um die Taille legt und sie herumwirbelt, während Belle hysterisch lacht.

»Tut mir leid«, sagt Charlie, als er mich dabei ertappt, wie ich den beiden traurig hinterherschaue. »Dad hat zu tief ins Glas geschaut. Ich bin sicher, er hätte lieber mit dir getanzt.«

»Oh nein, das macht doch nichts«, entgegne ich schnell und wende mich von der Tanzfläche ab. »Ich habe es ohnehin nicht so mit dem Tanzen.« Mein Lächeln ist aufgesetzt, obwohl ich mir sicher bin, dass Charlie es als nicht echt erkennt.

»Hey!«, ruft Ash, als er sich zu uns gesellt. »Was ist los?«

»Nichts«, erwidere ich gutgelaunt und gebe ihm einen Kuss. »Gefällt dir die Party?«

»Ja, sie ist prima.«

Ich werde das Gefühl nicht los, dass Ash das nur Charlie zuliebe sagt.

»Das hast du super gemacht«, wendet sich Ash auch sogleich an ihn. »Die Organisation. Als ich in deinem Alter war, habe ich mich nur fürs Surfen und die Mädels interessiert.«

»Und was hat sich daran geändert?«, necke ich ihn.

»Haha, witzig.« Ash legt seine Hand um meine Taille und küsst mich auf den Hals. »Du weißt doch, du bist die Einzige für mich.«

Aus unerfindlichen Gründen fühle ich mich bei diesen Worten seltsam. »Charlie surft auch gern, nicht wahr, Charlie?«, sage ich, um schnell das Thema zu wechseln.

»Würde ich ja gern, wenn ich die Gelegenheit dazu hätte«, erwidert Charlie ironisch.

»Was hält dich denn davon ab?«, erkundigt sich Ash.

»Man muss mit den richtigen Leuten befreundet sein, nicht wahr? Man muss zur Surfertruppe gehören.« Er wirft Ash einen vielsagenden Blick zu.

Ash denkt nach. »Ich glaube schon, dass wir eine eng zusammengewachsene Gruppe sind, aber wir sind für Neulinge immer offen.«

Charlie sieht aus, als würde er ihm kein Wort glauben.

»Hast du morgen schon was vor?«, fragt Ash.

»Nicht viel«, erwidert Charlie. »Wahrscheinlich muss ich hier saubermachen.«

»Vergiss das bloß!«, erklärt Ash. »Das Leben ist zu kurz zum Putzen!«

Ich stupse ihn mit dem Ellbogen an.

»Okay …«, beschwichtigt mich Ash und sieht mich

an. »Vergiss das. Aber wenn du mit Saubermachen fertig bist, dann komm doch zum Strand runter! Laut Wettervorhersage sollte die Brandung stark genug sein.«

Charlie zuckt mit den Schultern. »Ich weiß nicht …«

»Komm schon, sei ein Mann! Willst du jetzt auf den Wellen reiten oder nicht? Der Rausch ist unglaublich!«

»Okay, ich komme ja!«, erwidert Charlie grinsend.

»Hast du ein Surfbrett?«, erkundigt sich Ash. »Wenn nicht, kannst du dir gerne eines von meinen ausleihen.«

»Ich habe ein Board, ich benutze es nur nicht allzu oft.«

»Dann müssen wir es wahrscheinlich noch wachsen!«

Ash und Charlie unterhalten sich begeistert über das Surfen, und ein paar Minuten später beschließe ich, dass der Zeitpunkt gekommen ist, um mich heimlich davonzuschleichen. Ich habe etwas Wichtiges zu tun.

Nachdem mir Stan die Geschichte von den viktorianischen Bildern erzählt hat, unterhielten wir uns noch weiter über seine Sammlung.

»Stan, was meinst du: Könnten diese Bilder etwas wert sein?«, frage ich, als mir eine Idee kommt. Seitdem er mir seine finanzielle Situation gebeichtet hat, habe ich verzweifelt nach einer Möglichkeit gesucht, wie er in Camberley bleiben könnte.

»Oh ja, zweifellos. Insbesondere, wenn sie als Set mit dem Brief von Königin Victoria verkauft werden könnten. Wenn wir wüssten, wo die Bilder alle sind, wäre dies in der Tat eine sehr wertvolle Sammlung.«

Während ich nicke, denke ich immer noch nach. »Wir wissen ja, wo die lilafarbene Rose ist – ich habe sie zu Hause im Cottage. Die Edelwicke ist definitiv bei Lou, dort habe ich sie selbst gesehen.« Obwohl die Flurwände bei meinem letzten Besuch bei Lou alle nackt gewesen sind, weil sie renoviert hat. Doch ich bin ziemlich sicher, dass sie das Bild nicht weggeben würde, wenn Stan es ihr geschenkt hat. »Aber wo sind die anderen zwei?«

»Meines habe ich im Schloss zurückgelassen«, erklärt Stan beschämt. »Es war das Bild eines Vergissmeinnichts.«

»Warum hast du das Bild zurückgelassen? Du musst doch gewusst haben, wie viel es wert ist?«

»Mir ging es nicht gut, als ich Trecarlan verlassen musste, Poppy. Ich habe nicht mal daran gedacht, eine Zahnbürste einzupacken, ganz zu schweigen vom Bild einer Blume, deren Bedeutung ich schon längst vergessen hatte. Und allein ist das Bild nicht viel wert – der Wert entsteht erst durch das Viererset.«

»Natürlich.« Da ich nicht weiter darauf herumreiten will, dass er sein Zuhause verloren hat, fahre ich schnell fort: »Aber was ist denn mit dem Bild einer rosafarbenen Nelke, das du dieser Isabelle geschenkt hast? Das wird doch bestimmt nicht mehr in St. Felix sein. Wie um alles in der Welt sollen wir dieses Bild finden?«

»Oh, welche Rolle spielt das denn schon, Poppy?« Stan seufzt. »Das war alles vor langer, langer Zeit. Du solltest dich auf das Hier und Jetzt konzentrieren, auf deinen Blumenladen und deinen Freund.«

»Nein, Stan, ich gebe erst dann Ruhe, wenn ich

weiß, dass du hier in Camberley bleiben kannst. Das bin ich dir schuldig.«

»Poppy, Liebes, du bist mir gar nichts schuldig.«

»Oh doch, Stan. Ich habe dich mehr als fünfzehn Jahre lang im Stich gelassen, während ich mich in meinem eigenen Elend gesuhlt habe. Jetzt werde ich es wiedergutmachen.«

Kurz lasse ich den Blick durch den Ballsaal schweifen; alle scheinen mit Tanzen, Trinken oder Gesprächen beschäftigt zu sein.

»Ich bin gleich wieder da«, raune ich Ash zu.

»Alles klar, Baby«, erwidert er und dreht sich sofort wieder zu Charlie. Einen Surferkumpel zum Quatschen gefunden zu haben, scheint Ashs Laune um einiges zu heben.

Erneut lasse ich den Blick durch den Raum schweifen. Jake tanzt immer noch mit Belle, hat das Tempo ein wenig gedrosselt und wiegt sich nun im Takt zur Musik. Belle hat die Arme provokativ um Jakes Schultern geschlungen, während Jakes Hände zu meiner großen Erleichterung ganz förmlich auf Belles Taille ruhen. Während ich ihnen so zuschaue, fällt mir auf, dass sich Jake umsieht, als suche er nach einer Ausrede, um ihr zu entkommen. Amber hat Woody zum Tanzen aufgefordert – so muss es zumindest gewesen sein, denn ich kann mir kaum vorstellen, dass Woody den Mut aufbringen würde, Amber um einen Tanz zu bitten. Lou tanzt überraschenderweise mit Ant, und Rita und Richie haben alle Hände voll zu tun und servieren mit Dec zusammen an der Bar Drinks. Hervorragend –

alle, denen etwas auffallen könnte, sind beschäftigt, und niemand wird mich vermissen, wenn ich mich kurz davonschleiche.

Unbemerkt von Charlie und Ash gehe ich zur Tür. Dann, mit einem letzten schnellen Blick zurück, ob mich doch noch jemand beobachtet, schleiche ich mich aus dem Tanzsaal.

Stan hat mir verraten, dass er das letzte Bild – zusammen mit dem Brief von Königin Victoria – im Keller von Trecarlan versteckt hat.

Und nun mache ich mich genau dorthin auf den Weg.

Es ist die erste Gelegenheit für mich, mich ohne Begleitung auf Trecarlan zu bewegen, seitdem mir Stan die Geschichte erzählt hat. Bei meinen vorherigen Besuchen sind entweder Bronte und Charlie bei mir gewesen, die die Vorbereitungen für heute Abend überwacht haben, oder Amber, die die wunderschönen Gestecke mit Blumen aus Jakes Gärtnerei auf Podesten arrangiert hat. Sogar als ich so getan habe, als sei ich mit Basil zum Gassigehen hergekommen, hat mich Ash auf dem Weg hierher abgefangen und mir erzählt, dass er auf dem Weg zum Schloss sei, um dort die Rasenflächen zu mähen.

Obwohl es heute Abend im Schloss nur so von Leuten wimmelt, konzentriert sich das Vergnügen auf den Ballsaal. Keine Menschenseele ist weit und breit zu sehen, als ich durch den Hauptkorridor eile und dann die Steinstufen zum früheren Dienstbotentrakt hinunterlaufe, wo ich das Licht anschalte. Obwohl wir diesen Bereich während der Hochzeit genutzt haben, jagt es mir Angst ein, hier unten allein zu sein. Das Schloss ist mehrere hundert Jahre alt – was, wenn es hier Gespenster gibt?

»Hör auf damit, Poppy!«, ermahne ich mich. »Es gibt keine Gespenster! Du hast eindeutig zu viel Zeit mit Amber verbracht!«

Der Kellereingang befindet sich unweit der Küche. Er ist mir neulich aufgefallen, als ich hier unten gewesen bin. Doch als ich an der Klinke der Holztür rüttele, merke ich, dass die Tür verschlossen ist.

Mist!

Wo sich wohl der Schlüssel verbirgt?

Möglicherweise in der Küche? Ich erinnere mich daran, dass Babs eine ganze Sammlung von Schlüsseln an schwarzen Eisenhaken in ihrer Vorratskammer aufbewahrt hat. Ist er vielleicht dort?

Zu meiner großen Freude und Begeisterung gibt es nicht nur die schwarzen Haken noch, sondern auch alle Schlüssel – und alle mit beschrifteten Anhängern versehen! Ich schnappe mir den mit der »Keller«-Aufschrift und eile wieder in den Flur zurück.

Einen Augenblick lang meine ich, Schritte gehört zu haben, doch als ich innehalte und lausche, ist da nur der Klang der Musik in der Ferne. »Jetzt bilde dir nicht irgendwelche Dinge ein!«, ermahne ich mich. »Sonst wirst du es nicht schaffen, das hier für Stan zu tun!«

Und er ist meine treibende Kraft bei alldem: Stan. Ich habe ein richtig schlechtes Gewissen, dass ich ihn im Stich gelassen habe und nicht da gewesen bin, als er Trecarlan verlassen musste. Hätte ich das gewusst, wäre ich vielleicht gekommen und hätte ihm geholfen oder möglicherweise sogar versucht, es zu verhindern. Doch damals bin ich selbst zu sehr in meine eigenen Probleme verstrickt gewesen, um überhaupt auch nur einen Gedanken an St. Felix zu verschwenden, geschweige denn hierher zurückzukehren.

Ich nähere mich der Holztür und schiebe den Schlüssel ins Schlüsselloch. Wie von Zauberhand öffnet sich quietschend die Tür und gibt den Blick auf eine Steintreppe frei, die in die Dunkelheit des Kellers hinunterführt.

Glücklicherweise brauche ich heutzutage keine Laterne mehr zu tragen. Ich kann einfach den Lichtschalter betätigen, damit mein Weg beleuchtet ist.

Als ich unten am Fuß der Treppe ankomme, finde ich mich in einem riesigen Keller wieder, der von Weinregalen gesäumt ist, in dem Unmengen von Flaschen gelagert sind: Wein, Champagner, Whisky ... Es ist, als befände man sich im Keller eines Pubs, mit Ausnahme der Tatsache, dass die Flaschen alle verstaubt sind und irgendwie verloren aussehen, als hätten sie lange darauf gewartet, dass jemand kommt und sie aussucht, um mit ihnen einen Geburtstag oder eine Dinnerparty zu begießen.

Stan hat mich angewiesen, in die hintere rechte Ecke des Kellerraumes zu gehen und dort einen schmalen Durchgang zu suchen. Im Gegensatz zum Rest des Kellers ist dieser Seitengang nicht beleuchtet, sodass ich die Taschenlampenfunktion meines iPhones nutze und mich eher vorantaste – an weiteren Weinregalen entlang, bis ich an das Ende des Korridors gelange. Mir fällt auf, dass in diesem Kellerteil die meisten Regale leer sind. Ich zähle drei Regalbretter ab, fünf Weinflaschenmulden zur Seite und greife mit der Hand hinauf dorthin, wo sich eine Weinflasche befinden sollte.

Aber dort ist nichts. Das Fach ist leer. Ich leuchte mit dem Handy hinauf auf den Regalboden, falls ich mich verzählt haben sollte, aber dort ist nichts, nur eine leere Fläche, wo einmal Flaschen gelegen und darauf gewartet haben, getrunken zu werden.

Wie seltsam. Stan hat steif und fest behauptet, dass er das Bild und den Brief dort versteckt hat, in einer Blechbüchse, um beides zu schützen.

Ich muss noch einmal mit ihm reden. Denn hier ist nichts, also muss Stan einen Fehler gemacht oder sich falsch erinnert haben. Ich seufze und kehre um. Doch als ich erst ein paar Schritte auf das Licht des Hauptkellers zugelaufen bin, wird plötzlich alles schwarz. Gott sei Dank habe ich mein iPhone, denke ich und halte es höher, um den Weg aus dem Keller hinauszufinden.

Genau in diesem Augenblick höre ich etwas, das mir vor Angst das Blut in den Adern gefrieren lässt.

Es ist das Geräusch der Kellertür, die über mir ins Schloss fällt und dann von außen verriegelt wird.

35.

Bartnelke – Ritterlichkeit

Etwa zehn Sekunden lang bin ich wie erstarrt; nachdem mir dann klar wird, dass alles nichts hilft, nutze ich den winzigen Lichtstrahl meines Handys, um zur Treppe zurückzukehren und vorsichtig die Stufen emporzusteigen.

Als ich oben ankomme, drücke ich vorsichtig gegen die Tür, falls ich mich verhört haben und sie gar nicht verschlossen sein sollte. Doch die Tür bewegt sich keinen Millimeter.

Ich will gerade um Hilfe rufen, als mir einfällt, dass ich eigentlich gar nicht hier unten sein sollte und dass, falls mich jemand hört, ich erklären müsste, warum ich hier und nicht bei der Party bin. Stan hat mir aufgetragen, niemandem etwas von den Bildern zu erzählen, bis wir sie alle gefunden haben. Wenn es sich irgendwie vermeiden lässt, will er nicht, dass alle – insbesondere nicht Lou – von seinen anderen Damen erfahren.

Mist! Was soll ich jetzt tun?

Ich setze mich erst einmal auf die Treppe und denke nach.

Nach ein paar Sekunden lasse ich das Display meines Handys aufleuchten in der Hoffnung, hier unten

Empfang zu haben, doch vergebens. Mein Plan, Amber anzurufen, damit sie kommt und die Tür für mich öffnet, ist also schon mal für die Katz.

Okay ... Ich denke weiter nach.

Stan hat uns früher immer erzählt, dass es auf Trecarlan unzählige Geheimgänge gibt, die in der Zeit gebaut worden sind, als das Schloss noch als Festung mit Blick über das Meer St. Felix beschützen sollte. Doch Stan hat uns als Kinder so viele Geschichten rund um Trecarlan erzählt, dass wir es am Ende aufgegeben haben, alles zu glauben. Laut Stan hat das Schloss als Rückzugsort sowohl von König Artus gedient, als er sich von einem Kampf erholt hat, als auch von den Kavalieren – den Royalisten –, die sich während des Englischen Bürgerkrieges vor den Roundheads – den Anhängern des Parlaments – verstecken mussten, sowie während des Zweiten Weltkriegs von britischen Spionen.

Was aber, wenn Stan mit den Geheimgängen recht hat? Und was, wenn einer hier herausführt?

Die Vermutung ist weit hergeholt. Aber bleibt mir denn eine andere Wahl?

Ich steige die Treppe wieder hinunter und benutze das Handy, um mir den Weg zu leuchten und mich nach weiteren Ausgängen umzuschauen. Dann jedoch fällt der dünne Lichtstrahl auf ein paar Holzkisten, die in einer Ecke aufeinandergestapelt sind.

Ich frage mich ...

Ich schaffe es, mein Handy an einem der Weinregale abzustützen, um mir gerade genügend Licht zu verschaffen, damit ich sehen kann, was ich tue. Ich schnappe mir eine der Holzkisten und stelle überrascht fest, dass sie deutlich leichter ist, als ich angenommen habe.

Ich hebe die Kiste hoch und stelle sie weg, dann eine weitere, bis ich etwa sechs Kisten beiseitegestellt habe. Im gedämpften Licht erblicke ich etwas: eine weitere Tür … Ich räume die restlichen Kisten weg und bete inständig, als ich die verrostete, schmiedeeiserne Klinke packe, dass sie nicht abgeschlossen ist.

Halleluja, jubele ich stillschweigend, als sie sich problemlos öffnen lässt.

Schnell eile ich zum Weinregal zurück und schnappe mir mein Handy. Dann hole ich tief Luft, betrete den Tunnel und schließe die Holztür hinter mir.

Der Tunnel ist eher eine Art Korridor; der Boden unter meinen Füßen fühlt sich glatt und trocken an, als wäre er im Laufe der Jahre von den Menschen ausgetreten worden. Glücklicherweise trage ich nicht die High Heels aus dem Internet, zu deren Bestellung mich Amber überreden wollte, als wir unsere Outfits für heute ausgesucht haben. Ich habe mich stattdessen für silberne Glitzerpumps entschieden, die wir in einem Second-Hand-Laden in St. Felix entdeckt haben. Doch so zarte Pumps sind für meinen Geschmack immer noch albern, und mir wäre wohler, wenn ich mich in meinen robusten Doc Martens über diesen Boden bewegen könnte – insbesondere, da ich die halbe Zeit kaum sehen kann, wo ich hintrete. Ich hoffe nur, dass dieser Tunnel nicht an eine Abwasserleitung grenzt; ich liebe Tiere, aber ich komme gut und gerne ohne Ratten aus.

Der Boden mag sich trocken anfühlen, doch die Wände sind feucht, als ich mich weiter vortaste. Ich frage mich, wo dieser Tunnel wohl hinführen wird.

Endlich, nachdem ich das Gefühl habe, eine halbe Ewigkeit lang unterwegs gewesen zu sein, entdecke ich winzige Lichtflecken vor mir – hurra!

Ich werde schneller und eile auf das Licht zu; als ich näher komme, wird mir klar, dass ich nur winzige Lichtflecken sehe, weil es sich dabei um Sterne handelt.

Der Tunnel muss also nach draußen führen!

Am Ende finde ich schließlich eine sehr schmale Öffnung vor, durch die ich mich hindurchquetschen kann, bevor ich in einer kleinen Höhle stehe. Als ich mich dem Höhlenausgang nähere, schlägt mir eine Woge salziger Seeluft entgegen, die ich nach all dem modrigen Mief, den ich in den letzten Minuten eingeatmet habe, als eine Wohltat empfinde. Ein weiterer Schritt und ich merke, dass der Steinboden nassem Sand gewichen ist: Ich stehe an einem Strand.

Aber an welchem Strand?

St. Felix liegt auf einer bogenförmigen Halbinsel, die ins Meer hinausragt; wenn man also von der Küste aus aufs Meer hinausschaut, sieht man oftmals verschiedene Teile der Stadt, je nachdem, wo man steht.

Doch heute erblicke ich überhaupt keine Lichter vor mir, nur ein endloses Meer, das lediglich von einem fast runden Vollmond beleuchtet wird.

Mir fällt ein, dass es nur einen Ort entlang der Küste von St. Felix gibt, wo dies möglich ist. Das sind die steilen Klippen, an denen ich oft mit Basil spazieren gehe und wo Charlie mir den Aussichtspunkt gezeigt hat, an dem er gerne sitzt, wenn er allein sein will.

Ich schaue hinauf, und dank des Mondlichts kann ich die Umrisse des Felsvorsprungs erkennen, auf dem Charlie und ich an jenem Tag gesessen und auf die zerklüfteten Felsen hinuntergeschaut haben.

Dorthin führt also der Tunnel – direkt unterhalb von Trecarlan auf den Strand hinaus. Ich laufe dem Meer entgegen, allerdings nicht so weit, dass die Wellen meine Füße erreichen, und erkenne weit über mir die Fenster des Schlosses, die von innen schwach beleuchtet sind.

Als ich über mir ein Geräusch höre, weiche ich instinktiv in die Höhle zurück.

»Poppy?«, höre ich jemanden meinen Namen rufen. »Bist du das da unten?«

Vorsichtig kehre ich auf den Sand zurück.

»Du bist es!«, höre ich die Stimme wieder.

Ich sehe hinauf und erkenne Jake, der sich über den Felsvorsprung beugt.

»Was um alles in der Welt machst du da?«

»Das könnte ich genauso gut dich fragen!«, rufe ich zurück. »Solltest du nicht bei deiner Geburtstagsfeier sein?«

»Wir könnten uns auch einfacher unterhalten«, brüllt Jake. »Ich komme runter, ja?«

»Nein!«, schreie ich und habe schon die Vorstellung vor Augen, wie Jake zwischen den scharfkantigen Felsen im trüben Mondlicht herunterklettert. »Zu gefährlich! Du könntest dich verletzen!«

»Nicht, wenn ich den Weg dort nehme. Das ist kein Problem.«

»Da gibt es einen Weg?«

»Ja, guck mal nach links.«

Als ich nach links schaue, erkenne ich im Mondlicht ein paar holperige Stufen, die vom Strand aus hinaufführen; ein wenig wie die Stufen zu dem Felsvorsprung, der Charlie und mir als Aussichtspunkt gedient hat.

»Nein, ich steige lieber rauf zu dir«, erwidere ich. Wenn Jake jetzt auch noch herunterkommt, könnten wir beide hier festsitzen, denn durch den verschlossenen Keller gibt es kein Zurück.

»Okay, aber sei vorsichtig!«, ruft Jake besorgt. »Der Weg ist ziemlich steil!«

So gut es meine silbernen Pumps erlauben, arbeite ich mich langsam den Weg hinauf. Als ich nahe genug bin, reicht Jake mir die Hand; als sich seine Finger um die meinen schließen, fühle ich mich endlich sicher.

»Alles okay?«, fragt er, als ich die letzten Stufen hinaufklettere und schließlich vor ihm stehe – und immer noch seine Hand halte.

»Ja«, antworte ich. »Jetzt fühle ich mich sicher.«

Jake schaut auf unsere Hände hinunter, die weiterhin verschlungen sind, und er lässt meine Hand auch nicht los.

»Woher kennst du diesen Ort?«, frage ich und genieße es, ihm so nah sein zu können.

»Charlie hat mir davon erzählt. Ich komme oft her, wenn ich nachdenken muss. Ich weiß allerdings nicht, wie er diesen Vorsprung hier gefunden hat, da er ja schon recht versteckt liegt.«

»Er hat mir auch davon erzählt.« Wahrscheinlich ist es das Beste, wenn Jake nicht den wahren Grund erfährt, wie Charlie den Felsvorsprung gefunden hat. »Es ist wunderschön hier, oder? So friedlich. Wenn man hier sitzt und auf das unendliche Meer hinausschaut, fühlt man sich, als sei nichts anderes auf der Welt von Bedeutung.«

Jake mustert mich. »Sehr poetisch von Ihnen, Miss Carmichael.«

»Na, ich gebe mir Mühe«, erwidere ich mit einem Augenzwinkern.

»Wie bist du denn bitte auf den Strand hinuntergekommen, wenn du den Weg dorthin nicht kennst, aber den Felsvorsprung?«, fragt Jake. »Das ergibt keinen Sinn.«

»Ich glaube, dazu setzen wir uns besser hin, Jake, das ist eine lange Geschichte …«

Als wir uns auf den kleinen Felsvorsprung hocken und zusammen auf das ins Mondlicht getauchte Meer und die blitzenden Sterne hinausschauen, erzähle ich Jake die ganze Geschichte. Warum ich auf dem Strand war, warum ich in den Keller gegangen bin und wonach ich gesucht habe.

»Aber wer wollte dich da einsperren?«, fragt Jake verwirrt.

»Ich habe keine Ahnung. Vielleicht hat jemand die unverschlossene Tür gesehen und dachte sich, es sei besser, sie abzuschließen?«

»Vielleicht«, erwidert Jake, immer noch nachdenklich. »Aber wenn das Bild und der Brief *nicht* im Keller sind, wo sind sie dann?«

»Ich habe keine Ahnung. Vielleicht hat sich Stan

415

geirrt. Er wird alt, und sein Erinnerungsvermögen ist nicht mehr das beste.«

»Aber nach allem, was du mir erzählt hast, scheint er doch noch zurechnungsfähig zu sein. Ich bezweifle, dass er sich bei dieser Sache geirrt hat – die Bilder scheinen ihm eine Menge zu bedeuten.«

»Stimmt, wahrscheinlich hast du recht. Das nächste Mal, wenn ich ihn sehe, frage ich ihn. Aber jetzt«, sage ich und klopfe ihm mit der Hand auf den Oberschenkel, »bist du an der Reihe, mir zu erzählen, warum du dich unerlaubt von deiner Party entfernt hast. Eine Party«, stelle ich mit Blick auf meine Uhr fest, »zu der wir jetzt besser zurückkehren sollten. Deine Gäste werden sich sonst noch wundern, wohin das Geburtstagskind verschwunden ist!«

»Ja, ich weiß.« Jakes Blick wandert zu meiner Hand, die immer noch auf seinem Oberschenkel ruht, weshalb ich sie schnell zurückziehe. »Wir gehen wohl besser.« Er fängt an, sich zu erheben, doch ich halte ihn davon ab, indem ich ihn an der Hand packe. »Das könnte dir so passen, mein Lieber. Ich habe dir meine Geschichte erzählt, jetzt bist du an der Reihe.«

Jake setzt sich wieder hin.

»Ich wollte nur ein wenig frische Luft schnappen«, erklärt er, jedoch nicht sehr überzeugend. »Ich habe einiges getrunken, da musste ich einen klaren Kopf bekommen.«

»Und dafür läufst du den ganzen langen Weg hierher? Warum bist du nicht einfach eine Runde durch den Schlosspark gelaufen?«

»Okay, okay«, seufzt Jake. »Wenn du es genau wissen willst: Ich musste mal kurz allein sein. Ich habe Zeit zum Nachdenken gebraucht.«

»Während deiner eigenen Geburtstagsparty?«

Er nickt. »Bei besonderen Anlässen wie diesem muss ich noch mehr an Felicity denken. Ganz gleich, ob es mein Geburtstag ist, ob es die Geburtstage der Kinder sind oder irgendwelche Jahrestage – du weißt schon.«

Ich nicke.

»Aber heute Abend war es anders. Das ist mir am stärksten aufgefallen, als ich mit Belle getanzt habe.«

Na prima! Ich ahne, wohin das führt …

»Wie kam es dazu?« Ich traue mich kaum, diese Frage zu stellen. Bitte erzähl mir jetzt nicht, dass du ein schlechtes Gewissen hast, weil du mit ihr zusammen sein willst.

»Ich hatte ein schlechtes Gewissen.«

Da geht's schon los … Ich mache mich auf das Unvermeidliche gefasst.

»Ich hatte ein schlechtes Gewissen, dass ich mich dir gegenüber nicht korrekt verhalten habe, Poppy.«

Oh! Ich spitze die Ohren.

»Siehst du … die Sache ist die: Ich mag dich – sehr sogar.«

Aber … da kommt doch gleich ein Aber. Ich weiß es genau!

»Aber es ist so schwer für mich, diese Art von Gefühlen nach all der Zeit für jemanden zu empfinden. So etwas habe ich seit Felicity nicht mehr erlebt. Sie ist immer die Einzige für mich gewesen. Ich hätte nie gedacht, dass mir das noch einmal passieren würde. Tatsächlich habe ich mir eingeredet, ich würde so etwas niemals wieder erleben.«

Ich drücke Jakes Hand.

»Und dann warst du neulich so wunderbar an dem Tag, als du mich geküsst hast. So verständnisvoll, als ich gesagt habe, dass ich das nicht kann. Ich habe mich gefragt, ob es unsere Freundschaft zerstören kann, aber das tut es nicht, oder?«

Ich schüttele den Kopf.

»Und dann habe ich dich beinahe geküsst, als du bei mir im Gewächshaus gewesen bist, aber vernünftigerweise hast du da die Beine in die Hand genommen. Ich war wirklich dumm; ich habe mir zu viel Zeit gelassen. Du hast schon einen anderen gefunden.«

Habe ich das?

»Ash ist ein netter Kerl, Poppy. Viel jünger als ich, natürlich, aber er passt viel besser zu dir. Ich freue mich für dich, dass du jemanden gefunden hast. Wirklich.«

Aber …

Doch dieses Mal gibt es kein Aber.

»Wir sind weiterhin Freunde, oder?«

Ich ertappe mich dabei, wie ich nicke.

»Prima. Denn solange ich unsere Freundschaft habe, bin ich glücklich. Na gut.« Jake steht auf und zieht mich mit sich hoch. »Jetzt geht es mir viel besser. Es wird Zeit, zur Herde zurückzukehren. Meine Gäste warten!«

Als wir die schmalen Stufen zum Felsvorsprung hinaufklettern, den kurzen Weg zum Schloss laufen und uns währenddessen höflich miteinander unterhalten, ist mein Verstand mit Selbstvorwürfen beschäftigt.

Habe ich das tatsächlich zugelassen? Hat Jake mir gerade seine Gefühle für mich gestanden, und ich habe *nicht* reagiert ...? Ich habe ihm *nicht* gesagt, dass ich genau das Gleiche für ihn empfinde?

Ist Jake tatsächlich höflich einen Schritt zurückgetreten und hat in einer Art ritterlicher Geste, die man vor Hunderten von Jahren auf Trecarlan erwartet hätte, Ash den Vortritt gelassen, weiterhin mein Verehrer zu sein?

Als ich mit Jake zusammen ins Schloss zurückkehre, wünscht sich ein Teil von mir, er wäre nicht so galant gewesen und hätte stattdessen Ash zu einem Duell bei Sonnenaufgang herausgefordert, bei dem es um die Hand der holden Lady Poppy geht.

So ist es nie gewesen, wenn ich mir diese Szene als Kind vorgestellt habe. Wenn ich Prinzessin auf Trecarlan gespielt habe, bin ich am Ende des Tages immer mit meinem Prinzen auf seinem Pferd davongeritten.

36.

Fingerstrauch – Geliebte Tochter

Der nächste Tag ist zwar ein Sonntag, doch der Laden öffnet dennoch am Mittag für die Kundschaft.

Ich habe heute mit Bronte Dienst, was normalerweise ziemlich viel Spaß macht. Seit sie hier im Laden arbeitet, verstehen wir beide uns richtig gut, und ich genieße es, mit ihr zu plaudern.

Ich bin im Hinterzimmer und koche mir gerade eine Tasse Kaffee, als die Ladenglocke ertönt. »Hi, Bronte!«, rufe ich.

Da ich letzte Nacht so lange die Party geschwänzt habe, kam ich nicht in die Verlegenheit, viel Alkohol zu trinken, und deshalb ist mir auch der Kater erspart geblieben, mit dem wahrscheinlich viele Einwohner von St. Felix heute Morgen zu kämpfen haben.

Doch nach einer relativ unruhigen Nacht – in der ich geträumt habe, wie Rapunzel in einem hohen Turm eingesperrt zu sein, während Jake und Ash, beide in riesengroßen silbernen Ritterrüstungen und auf Pferden, ein Ritterturnier mit recht unschönem Ausgang ausgetragen haben – werde ich ein oder zwei Koffeinladungen brauchen, um die nächsten Stunden halbwegs zu überstehen.

»Hallihallo«, ruft Bronte und kommt ins Hinterzimmer. »Wie geht es dir?«

»Gut, danke, und dir?«

»Auch gut.« Bronte hängt ihre Tasche an den Haken neben der Tür. »Hat dir die Party gefallen?«

Nach unserem Gespräch waren Jake und ich mit der Absicht zur Party zurückgekehrt, uns still und leise hineinzuschleichen in der Hoffnung, dass niemand bemerkt hätte, dass wir fort gewesen waren.

Nur dass es natürlich bemerkt worden ist.

Jake wurde sofort von seinen Kindern belagert. Und mich quetschte erst Amber aus, und dann kam Ash zu mir.

Ambers Fragen waren nicht weiter schlimm; ich erklärte so schnell wie möglich, was passiert und wo ich gewesen war, und wie gewohnt nahm sie alles kommentarlos hin. Ash dagegen nicht.

»Wo bist du gewesen?«, fragte er mich erstaunt. »Und mit wem?«

Ich versuchte, es ihm zu erklären, wobei ich allerdings dieses Mal die Geschichte mit dem Keller ausließ. Ash ist zu nah an Babs und Trecarlan dran, um ihm jetzt schon die Wahrheit über die Bilder zu sagen.

»Und du erwartest jetzt von mir, dass ich dir das glaube? Du verlässt für zwei Stunden diese Party, und während dieser Zeit läufst du *zufällig* Jake über den Weg, der ebenfalls rein *zufällig* auch gerade draußen ist? Wofür hältst du mich, Poppy? Willst du mich zum Narren halten?«

»Nein, natürlich nicht!«, protestierte ich.

»Was hattest du wirklich vor, hm? Ich weiß, dass du

mit Jake befreundet bist – aber vielleicht seid ihr ja auch Freunde mit gewissen Vorzügen?«

»Hör auf damit, Ash«, flehte ich. »So war es nicht.« Ich versuchte, ihn zu besänftigen und ihm vorzuschlagen, zum Cottage zurückzukehren, eine Nacht darüber zu schlafen und dann am Morgen weiterzureden.

Doch er schüttelte nur den Kopf und zog seinen Arm zurück, nachdem ich sanft versucht hatte, ihn daran festzuhalten. »Nein. Ich bin raus hier und muss nachdenken. Allein.«

»Ash!«, rief ich ihm nach, als er mit großen Schritten auf die Tür von Trecarlan zulief.

Doch er machte nur eine abweisende Handbewegung und rief. »Bis später, Poppy. Viel später.«

»Ja, es war nett«, lüge ich jetzt. »Kaffee?«, biete ich ihr an.

»Nein danke, ich hatte eine Dose Red Bull auf dem Weg hierher, vielen Dank. Was guckst du da?«, fragt mich Bronte, als sie mich das Stickbild der lilafarbenen Rose betrachten sieht, das ich heute Morgen aufgestellt habe.

»Oh, es ist nichts. Das haben wir nur unter den Dielenbrettern im Laden gefunden. Es gehörte meiner Großmutter.«

Bronte kommt näher. »Darf ich?«, fragt sie und hebt das Bild hoch. »Hmmm … das ist cool!«

»Findest du?« Ich bin überrascht, dass es ihr gefällt. Gefolgt von Bronte kehre ich in den Laden zurück.

»Nein, eigentlich nicht. Aber ich glaube, wir haben

etwas Ähnliches zu Hause im Treppenhausflur hängen.«

»Ehrlich?«

»Ja, aber es ist nicht die gleiche Blume, unsere ist rosafarben – eine Nelke, glaube ich. Aber sie sieht wie diese hier aus, es ist die gleiche Stickerei, und es sind die gleichen Initialen, die in die Blütenblätter gestickt sind.

»Bist du sicher?«

»Auf jeden Fall. Es gehörte Mum. Wir haben kürzlich vieles in Kisten gepackt, da Dad renovieren will. Ich habe das Bild in eine Kiste gesteckt, zusammen mit den anderen Bildern, die an der Wand hingen.«

»Und wo ist das Bild jetzt?« Ich frage mich, wie um alles in der Welt das Bild den Weg an Jakes Wand gefunden hat. Ob Felicity es wohl irgendwo gekauft hatte?

»Ich denke, es steht zusammen mit den anderen Kisten im Schuppen. Ich rufe Dad mal eben an, ob er nachgucken kann. Mittlerweile sollte er aufgestanden sein, aber ich befürchte, er hat einen ziemlich schlimmen Kater. Nachdem du mit Ash gegangen bist, ging die Party noch ziemlich lange weiter. Wusstest du, dass Ash heute Morgen mit Charlie surfen geht?«, fragt mich Bronte, während sie am Telefon darauf wartet, dass Jake rangeht. »Charlie war sofort Feuer und Flamme, als Ash angerufen hat und meinte, dass die Brandung heute gut ist.«

Ich freue mich, dass Ash tatsächlich Charlie zum Surfen mitnimmt. Nachdem er davongestürmt war, habe ich mir Sorgen um ihn gemacht.

»Er geht nicht ran«, erklärt Bronte und lässt das Handy sinken. »Ich habe nur die Mailbox erreicht. Ich habe dir doch gesagt, dass sein Zustand gestern Nacht nicht der beste war. Ich versuche es noch einmal.« Nachdem sie gewählt hat, ertönt jedoch draußen vor der Ladentür ein Handyklingeln.

»Dad?« Bronte schnellt empor, als Jake die Tür öffnet. »Ich wollte dich gerade anrufen!«

»Habe ich gesehen«, erwidert Jake und hält sein Handy in die Höhe. »Aber da ich in der Nähe war, dachte ich, es ist einfacher, wenn ich gleich persönlich mit dir rede.«

Jake wirft einen Blick in meine Richtung, als er den Laden betritt.

»Morgen, Poppy. Alles in Ordnung bei dir?«

Ich nicke eilig und fühle mich immer noch ein wenig verlegen nach Jakes Geständnis in der vergangenen Nacht.

»Dad!«, ruft Bronte, um seine Aufmerksamkeit wiederzuerlangen.

»Ja, meine liebe Tochter?«, antwortet Jake und verdreht die Augen. »Was kann ich für dich tun?«

»Erinnerst du dich an die Bilder, die oben an der Treppe hingen? Die Bilder, die ich kürzlich abgenommen habe, damit du renovieren kannst – die gehörten doch Mum, oder?«

Jake zuckt bei Felicitys Erwähnung leicht zusammen. »Ja, einige davon. Warum?«

»Weil Poppy ein ganz ähnliches Bild hat – sieh nur!«

Bronte reicht Jake das Stickbild.

»Wenn Bronte recht hat«, erkläre ich, »dann scheint es so, als hättest du eines der fehlenden Bilder, von denen ich dir gestern Nacht erzählt habe.«

»Du meinst Stans Bilder …? Welches denn?«

»Das mit der rosafarbenen Nelke?«

Jake runzelt die Stirn. »Oh ja, ich weiß, welches du meinst. Ich habe mir nichts dabei gedacht, als du mir gestern davon erzählt hast. Aber jetzt, wo ich das hier sehe« – er hält das Bild mit der lilafarbenen Rose in die Höhe –, »sehe ich die Ähnlichkeit. Ich glaube, es gehörte Felicitys Mutter. Felicity hat nach ihrem Tod, als wir ihren Haushalt auflösen mussten, einige ihrer Sachen behalten. Aber warum sollte Isabelle eines von Stans Bildern haben?«

»Vielleicht hat sie es irgendwo gekauft?«

»Das glaube ich nicht. Seit ich Felicity kannte, hat ihre Mum dieses Bild auf einem Ehrenplatz auf dem Kaminsims stehen gehabt.«

Ein Kunde betritt den Laden, daher eilt Bronte zu ihm, um ihn zu bedienen. Mir fällt jedoch auf, dass sie währenddessen immer noch versucht, unserer Unterhaltung zu folgen.

»Warte mal, was hast du gesagt? Wie hieß Felicitys Mutter?«, flüstere ich, während sich in meinem Kopf die Puzzlestücke zusammensetzen.

»Isabelle, warum?«

»Weil das der Name des Mädchens war, in das sich Stan verliebt hat – die Frau, der er das dritte Bild geschenkt hat. Es *muss* die gleiche Frau sein!«

»Was für ein seltsamer Zufall«, stellt Jake fest und runzelt die Stirn.

Bronte versucht immer noch mitzuhören, was wir sagen, daher winke ich Jake ins Hinterzimmer.

»Vielleicht, aber was weißt du über Felicitys Familie? Wenn es für dich in Ordnung ist, mir davon zu erzählen, natürlich«, fahre ich schnell fort, als mir aufgeht, dass ich mich damit auf ein heikles Terrain begeben könnte.

»Nein, alles in Ordnung, das macht mir nichts aus. Felicity ist mit ihrer Mutter in der Nähe von Oxford aufgewachsen, danach ...«

»Mit ihrer Mutter?«, unterbreche ich ihn. »Was ist mit dem Vater?«

»Isabelle war alleinerziehend. Felicity hat nie erfahren, wer ihr Vater war.« Jake lächelt. »Ich glaube, ich habe dir schon erzählt, wie versessen Felicity darauf war, nach St. Felix zu ziehen, da ihre Mutter hier aufgewachsen ist. Isabelle musste dann jedoch plötzlich von hier wegziehen; ich glaube, als sie mit Felicity schwanger wurde. Ein außereheliches Kind war in kleinen Städtchen wie diesem nicht gern gesehen, sogar noch in den Siebzigerjahren.«

Ich starre Jake an.

»Was ist denn?«, fragt er.

»Es passt alles, weißt du? Das, was du gerade gesagt hast, passt zu hundert Prozent zu Stans Geschichte. Er hat mir erzählt, dass Isabelle St. Felix überstürzt verlassen musste und er nie erfahren hat, warum.«

»Oh ...«, sagt Jake, als ihm mit einem Schlag einiges klar wird. »Aber wenn dieser Stan Felicitys Vater ist, dann würde dies bedeuten ...«

»Dass Bronte und Charlie einen Großvater haben,

den sie nie kennengelernt haben, und …«, ich schlucke, als sich ein Kloß in meinem Hals festsetzt, »dass Stan endlich die Familie hat, nach der er sich immer gesehnt hat.«

37.

Nelken – Beeil dich

Jake und ich sausen zu seinem Haus, nachdem wir Amber angerufen und ihr erklärt haben, was los ist, damit sie zum Laden kommt und Bronte beim Verkauf unterstützt.

Es dauerte eine Weile, bis sie da war, da sie auf Trecarlan noch bei der großen Aufräumaktion geholfen hat, die eigentlich erst am Nachmittag hätte beginnen sollen.

»Was ist denn los?«, fragte Bronte. »Warum diese Geheimnistuerei?«

»Das ist keine Geheimnistuerei, Bronte«, entgegnete Jake. »Wir wollen nur sichergehen, dass das Bild unversehrt bleibt, wenn es tatsächlich so alt ist, wie Poppy denkt.«

Doch Bronte konnte das nicht sonderlich überzeugen.

»Nimmst du Basil mit?«, wechselte Amber schnell das Thema, woraufhin wir alle zu Basil hinüberschauten, der zusammengerollt in seinem Korb lag.

Ich ging zu ihm und kraulte ihn am Ohr. »Was meinst du, Basil? Willst du noch eine Runde Gassi gehen?«

Basil sah auf und leckte meine Hand ab, bevor er den Kopf wieder senkte und die Augen schloss.

»Wir haben schon einen langen Spaziergang heute Morgen gemacht«, erklärte ich daraufhin den anderen. »Er scheint ziemlich müde und erschöpft zu sein, vielleicht ist es das Beste, wenn er weiterschläft.«

Daher sind nun nur Jake und ich auf dem Weg zu seinem Haus.

Als wir dort ankommen, laufen wir sofort um das Haus herum zu einem der Schuppen, die sich dort befinden.

»Na gut«, sagt Jake und öffnet die Tür. »Die Boxen stehen hier drin, denke ich. Dann wollen wir mal sehen, ob das Bild wirklich das ist, wonach du suchst.«

Er holt ein paar Pappkartons hervor, in denen sich Bilder befinden, und gemeinsam schauen wir den Inhalt durch.

»Das ist seltsam«, stellt Jake fest, nachdem wir alle durchsucht haben. »Es sollte eigentlich hier drin sein.«

»Könnte es rausgefallen sein?«, frage ich und schaue mich im Schuppen um. Aber außer ein paar Fahrrädern und einem Rasenmäher ist hier nichts.

Jake schüttelt den Kopf. »Nein, ich erinnere mich sehr genau daran, dass Bronte alles sehr vorsichtig in diese Kisten gepackt hat.«

»Vielleicht weiß Charlie ja etwas?«, frage ich, fest entschlossen, das Bild zu finden. Denn wenn es tatsächlich das richtige Bild ist, müssen wir nur noch das fehlende von Trecarlan finden, um die Serie zu vervollständigen.

»Vielleicht«, nickt Jake. »Lass uns zu ihm gehen.«

Wir betreten das Haus.

»Charlie!«, ruft Jake. »Bist du hier?«

Begleitet von Miley taucht Charlie oben an der Treppe auf. Er hat ein Handtuch umgeschlungen und ist augenscheinlich gerade erst aus der Dusche raus. Miley sieht aus, als hätte sie ihm Gesellschaft geleistet – ihr Fell ist klitschnass.

»Ja, Dad, was ist los? Oh, hi, Poppy, ich habe dich gar nicht gesehen.« Er winkt mir zu. »Vielen Dank, dass du das Surfen mit Ash heute Morgen organisiert hast. So viel Spaß habe ich seit einer Ewigkeit nicht mehr gehabt.«

»Kein Thema«, erwidere ich und vermeide es, Jake anzusehen.

Doch Jake hat im wahrsten Sinne des Wortes alle Hände voll zu tun; Miley rutscht auf dem Geländer herunter, um ihn zu begrüßen.

»Hallo, Miley!«, ruft Jake, fängt sie auf und hebt sie geschickt auf seine Schulter. »Ooh, du bist ja ganz nass. Hast du sie schon wieder in die Dusche gelassen, Charlie?«

Grinsend zuckt Charlie mit den Schultern.

»Erinnerst du dich noch an die Pappkartons mit den Bildern und den Dekosachen aus dem Treppenhaus, die Bronte eingepackt hat?«, fragt ihn Jake.

»Klar.«

»Was ist damit passiert?«

»Die stehen doch alle im Schuppen, oder?«

»Alle?«

»Na ja, zumindest die Sachen, die wir behalten wollen. Der Rest ist zum Trödel gekommen.«

Jake starrt mich an.

»Zu welchem Trödel, Charlie?«, fragt er leise.

»Für die Kirche. Du hast doch selbst gestern noch gesagt, dass ich einen Karton mit Sachen für die Frauengemeinschaft rausstellen soll, die die Sachen dann für den Trödelmarkt abholen kommt.«

»Und haben sie den Karton schon abgeholt?«, fragt Jake und verzieht das Gesicht.

»Klar, Willow war gestern Morgen da. Warum?«, fragt Charlie. »Ist was?«

»Das Bild muss dabei gewesen sein«, stellt Jake fest und sieht mich an. »Die Sachen müssen verwechselt worden sein. Das ist die einzige Erklärung, die ich habe ... Und du sagst, dass Willow Wilson den Karton mitgenommen hat?«, ruft er die Treppe hinauf.

»Sie war diejenige, die die Sachen abgeholt hat«, erwidert Charlie. »Aber was ist denn los?«

»Ich erklär's dir später«, ruft Jake. »Wir müssen jetzt zu Willow.«

Willows Cottage befindet sich auf der anderen Seite der Stadt.

»Was machen wir, wenn sie nicht zu Hause ist?«, frage ich besorgt, während ich neben Jake herlaufe. Seine Schritte sind so groß, dass ich ein wenig neidisch auf Miley bin, die auf seinen breiten Schultern hockt.

»Dann kommen wir ein anderes Mal wieder«, antwortet Jake entschlossen. »Wir müssen dieses Bild finden, Poppy. Wenn es stimmt, was du sagst, und Stan tatsächlich Brontes und Charlies Großvater ist, dann möchte ich ihm helfen.«

»Aber das Bild gehörte Felicity«, fahre ich fort. »Möchtest du es denn nicht behalten, weil es ihr gehört hat?«

Jake bleibt stehen. »Poppy«, sagt er und dreht sich zu mir um. »Ich habe so viele Sachen, die ihr gehört haben, und selbst wenn nicht, so habe ich immer noch meine Erinnerungen. Das Bild gehört der Vergangenheit an, und wir sollten uns immer auf die Gegenwart konzentrieren. Wenn das Bild Stan helfen kann, dann bin ich dafür, damit alles zu tun, was in unserer Macht steht.«

»Vielen Dank«, sage ich, als wir weiterlaufen. »Glaubst du, dass Lou das Gleiche sagen wird, wenn wir ihr von den Bildern erzählen?«

»Ich weiß, dass sie das wird«, nickt Jake. »Sie hatte immer schon eine Schwäche für Stan. Sie redet oft von ihm. Aber bis heute wusste ich nicht, warum.«

Als wir bei Willow ankommen, geht die Sonne hinter ihrem Dach allmählich unter, als der Nachmittag zum Abend wird.

Willow öffnet schon die Tür, bevor Jake ein zweites Mal anklopfen kann.

»Oh, Jake ...«, stellt sie überrascht fest. »Ähm ... tolle Feier gestern Abend.« Dann fällt ihr Blick auf mich. »Und Poppy, du auch?«, fragt sie und klingt auf einmal deutlich unfreundlicher. Sie wirft einen Blick über ihre Schulter zurück. »Was kann ich für euch tun?«

»Hast du gestern Trödel bei uns zu Hause abgeholt?«, fragt Jake und kommt gleich auf den Punkt.

Miley klettert von seiner Schulter hinunter und lässt sich in seinen Armen nieder, als ob sie spüren würde, wie ernst die Lage ist.

»Ja, das stimmt, und das war sehr großzügig von dir, Jake, vielen Dank!«

»Kann ich den Karton zurückhaben?«

»Wie bitte?«

»Ich hätte bitte gern den Karton zurück, da ist etwas drin, was nicht da hineingehört.«

»Oh, ich bin nicht sicher, ob …«

»Bitte, Willow, es ist wichtig«, flehe ich.

Willow wirft mir einen eisigen Blick zu. »Tut mir leid, das geht nicht«, erwidert sie ausdruckslos.

»Warum nicht?«, erkundigt sich Jake, und ich wundere mich, warum Willow sich so seltsam verhält.

»Weil sie den Karton nicht mehr hat«, stellt eine Stimme hinter Willow klar, und plötzlich erscheint Ash, der müde und zerzaust aussieht, in der Tür.

Dies ist das erste Mal, dass ich ihn seit letzter Nacht sehe. Heute Morgen bin ich noch fest entschlossen gewesen, ihn zu suchen und mich bei ihm zu entschuldigen, doch dann ist die Sache mit den Bildern aus dem Ruder gelaufen, und bevor ich mich's versah, war der Tag fast vorüber. Wie viel von dem, was letzte Nacht geschehen ist, hat Ash seiner Schwester erzählt? Ziemlich viel, ihrem Verhalten mir gegenüber nach zu urteilen.

Ash, der hinter Willows Schulter stehengeblieben ist, starrt mich finster an. Dann erst entdeckt er Jake, und seine Miene wird noch böser, sodass sich Miley verängstigt die Augen zuhält.

Jake, der natürlich spürt, dass etwas nicht in Ordnung ist, lässt den Blick von mir zu Ash schweifen und wieder zurück.

»Na gut, wenn du den Karton nicht mehr hast, Willow«, fährt Jake dann fort und scheint offenbar beschlossen zu haben, dass jetzt nicht der Zeitpunkt ist, um weiter nachzubohren, »darf ich dann fragen, wo meine Kiste mit den Trödelsachen hingekommen ist?«

Willow wirft mir einen verächtlichen Blick zu, bevor sie sich an Jake wendet. »Ich sage dir das nur, Jake, weil ich dir keinen Vorwurf mache.«

»Okay …« Jake nickt. »Es ist toll, dass du so von meinem Trödel denkst.«

Jetzt ist Willow diejenige, die ihn verwirrt anstarrt. »Der Trödel für den Markt wird gesammelt an einem Ort aufbewahrt«, erklärt sie schließlich.

»Und das wäre wo …?«, souffliert Jake.

»In Caroline Harrington-Smythes Haus.«

»Caroline!«, rufe ich, als sich Willows Tür schließt und Jake und ich allein draußen vor ihrem Cottage stehen. »Ausgerechnet. Wenn ich Caroline um etwas bitte, wird sie nein sagen – sie hasst mich.«

»Dann überlass mir das Reden«, schließt Jake. »Mir gegenüber wird sie nicht so hart sein.«

Wir machen uns auf den Weg zu Carolines Haus am Stadtrand von St. Felix.

»Was ist los mit Ash und dir?«, fragt Jake beiläufig, während wir gehen.

»Ach das. Ich glaube, ich habe ihn bei deiner Party verärgert.«

»Warum?«

»Er weiß, dass ich letzte Nacht bei dir gewesen bin, als ich verschwunden war, und er denkt ...« Ich halte inne. »Er denkt, dass da zwischen uns was läuft.«

»Oh.« Jake verzieht das Gesicht. »Das ist nicht gut. Vielleicht sollte ich mal mit ihm reden. Und ihm sagen, dass da nichts ist. Dass wir nur Freunde sind ...«

Ich starre Jake an und würde am liebsten brüllen: »Aber wir sind mehr als das, oder?«, doch glücklicherweise laufen wir in diesem Moment Lou über den Weg, die mit Suzy Gassi geht.

»Warum habt ihr zwei es denn so eilig?«, fragt sie. »Und warum bist du, Poppy, ohne Basil unterwegs?«

»Er war ziemlich müde«, erkläre ich. »Ich habe ihn lieber bei Amber im Laden schlafen lassen, aber ...«, ich werfe einen Blick auf die Uhr, »ich denke mal, dass sie ihn mittlerweile geschlossen hat und mit Basil nach Hause gegangen ist.«

Lou sieht Jake erwartungsvoll an.

»Ach, sag es ihr einfach, Jake«, fordere ich, »sie wird es ohnehin bald wissen müssen.«

Lou starrt uns verwirrt an. »Was muss ich wissen?«

Jake und ich erzählen ihr so knapp wie möglich die Geschichte rund um die Blumenbilder, inklusive Stans Geschichte, wie die Bilder in die Hände der jetzigen Besitzer gekommen sind.

»Nun«, stellt Lou fest, als wir fertig sind, »das überrascht mich nicht. Dieser Stan ist als junger Mann ein kleiner Teufelskerl gewesen.«

»Sie sind nicht böse?«, frage ich. Ich habe mir ernsthaft Sorgen gemacht, was Lou wohl von Stan und seinen »anderen Frauen« halten würde.

»Nein, natürlich nicht. Das ist alles lange her, und wenn diese Bilder helfen können, Stan seinen Lebensabend zu erleichtern, dann wünsche ich euch viel Glück bei der Suche.«

»Sie geben uns also Ihr Bild?«, frage ich und bin überrascht, dass sie so schnell zugestimmt hat.

»Na ja, ich würde es euch geben, wenn ich es noch hätte«, erwidert Lou traurig.

»Was soll das heißen? Ich habe es doch vor kurzem noch bei Ihnen an der Wand hängen sehen.«

»Ja, das stimmt. Dort hat es jahrelang gehangen. Aber ich habe es für die Renovierungsarbeiten abgenommen, und als ich es nach dem Anstreichen wieder aufhängen wollte, war es verschwunden. Ich habe das ganze Haus danach abgesucht, aber es ist weg.«

»Das ist aber seltsam«, erklärt Jake. »Lou, fehlt denn sonst noch etwas?«

Sie schüttelt den Kopf. »Nein, nur das Bild.«

»Waren denn Fremde in Ihrem Haus?«, frage ich, und in mir beginnt alles zu kribbeln. »Irgendjemand, der sonst normalerweise nicht da gewesen wäre?«

»Nein, nicht dass ich wüsste. Ich bekomme nicht viel Besuch. In der Regel bin ich immer diejenige, die andere besucht. St. Felix ist ein wunderbares Fleckchen, um sich irgendwo zu treffen.«

Ich seufze; wie es scheint, haben wir eher ein weiteres Bild verloren, als eines gefunden.

»Wartet mal«, ruft Lou dann jedoch. »Vor ein paar

Wochen hat die Frauengemeinschaft ihr Treffen bei mir abgehalten. Das war durchaus ungewöhnlich, da wir uns normalerweise bei Caroline oder in einem anderen größeren, geräumigeren Haus treffen. Wir mussten uns ganz schön zusammenquetschen.«

Jake und ich schauen uns an.

»Caroline!«, rufen wir wie aus einem Mund.

38.

Sumpfdotterblume – Gier nach Reichtum

Carolines Haus wird komplett von seinen Außenanlagen umschlossen, eingefasst von einer hohen Backsteinmauer. Als wir vorsichtig die Einfahrt hinaufgehen, habe ich Mühe, ruhig zu bleiben.

»Sie ist es, oder?«, schäume ich, während unsere Schuhe über den Kies knirschen. »Sie steckt doch hinter all dem!«

»Das wissen wir nicht, Poppy«, entgegnet Jake. »Es könnte auch einfach nur ein Zufall sein.«

»Ja, klar, und ich bin Claudia Schiffer.«

Jake grinst mich an. »Du magst dich ja seit deiner Ankunft hier in St. Felix verändert haben, Poppy, aber *so viel* dann auch nicht.«

»Du weißt genau, was ich meine. Ich sag dir was, Jake: Wenn nicht Caroline hinter den verschwundenen Bildern steckt, dann werde ich … werde ich … dann verspreche ich dir, nie wieder Schwarz zu tragen, sodass du mich bis an mein Lebensende in sämtlichen Farben des Regenbogens erleben wirst!«

»Meine Güte, du bist dir deiner Sache aber sicher«, erwidert Jake, während wir uns dem Haus nähern. »Ich muss aber gestehen, dass mir der Gedanke durchaus gefällt, dich bis an dein Lebensende zu sehen. Ich habe schon befürchtet, du würdest am Ende des Sommers aus der Stadt verschwinden und wieder nach London zurückkehren.«

Jakes Worte bringen mich ziemlich aus dem Gleichgewicht. »Ich müsste lügen, wenn ich behaupten würde, dass mir der Gedanke nicht wenigstens einmal durch den Kopf gegangen ist – zumindest zu Beginn war es so«, antworte ich ehrlich. »Aber jetzt ... ist alles anders. Es gibt Dinge ... *Menschen*, die mir wichtig sind.«

»Schön«, stellt Jake fest, als wir in der Nähe der Haustür angekommen sind. »Ich freue mich, das zu hören.«

Wir haben uns darauf geeinigt, dass ich mit Miley außer Sichtweite bleibe, damit keiner von uns beiden Caroline mehr verärgert als nötig. Während Jake also zur Haustür hinaufgeht, eile ich mit Miley auf meinem Arm seitlich am Haus vorbei, sodass derjenige, der die Tür öffnet, uns beide nicht sehen kann.

Nachdem Jake geklingelt hat, höre ich, wie Johnny, Carolines Ehemann, die Tür öffnet.

»'n Abend, Johnny«, grüßt Jake freundlich, »ist Caroline da?«

»Du hast sie gerade verpasst, Jake. Sie ist kurz in die Stadt gegangen, um uns etwas fürs Abendessen zu besorgen. Aber sie müsste gleich wieder zurück sein. Warum kommst du nicht rein?«

Jake wirft einen Blick in die Richtung, wo ich mich verstecke.

Ich nicke ihm kurz zu.

»Klar, vielen Dank, Johnny«, erwidert er und verschwindet ins Haus.

So, und was jetzt? Ohne Jake an meiner Seite komme ich mir ein wenig verloren vor. Die Sonne taucht in den Horizont ein, und wie es aussieht, werden wir gleich einen wunderschönen Sonnenuntergang erleben.

Da ich einen Platz finden muss, wo ich mich bis zu Jakes Rückkehr mit Miley verstecken kann, schaue ich mich um, doch rundum befinden sich ausschließlich makellos gepflegte Rasenflächen, Bäume und Blumenbeete. Miley werde ich wohl kaum hinter einem Busch beschäftigen und hinreichend unterhalten können; sie zappelt bereits jetzt in meinen Armen, daher lasse ich sie auf meine Schulter klettern, wo sie sich für den Augenblick niederlässt.

»So, meine Liebe«, flüstere ich ihr zu. »Dann wollen wir doch mal sehen, ob wir nicht ein Versteck für uns finden.«

Vorsichtig schleichen wir an der Grundstücksgrenze entlang und vermeiden jede Freifläche, damit wir uns zur Not, wenn jemand auftauchen sollte, schnell verstecken können. Uns gehen beinahe die Plätze aus, wo wir hingehen können, als ich eine hübsche, von Blumen umrankte Gartenlaube entdecke, in der sich eine Bank befindet und die schön versteckt am Ende des Gartens liegt.

»Das wird reichen«, erkläre ich Miley und steuere die Bank an. »Du benimmst dich, während Jake fort ist, hörst du?«

Miley springt an dem Rankgitter herum, das den Sitzplatz umgibt, und klettert zwischen der Clematis umher, die dort wächst. Sie reißt an einer der vielen lilafarbenen Blüten und springt herunter, um sie mir zu geben.

»Vielen Dank«, sage ich ihr und nehme die Blüte entgegen. »Das ist lieb von dir!« Plötzlich wird mir klar, was da gerade passiert: Ich bin vollständig von Blumen umgeben, und weder ihr Anblick noch ihr Duft führen dazu, dass mir übel wird. Ich betrachte die Blüte in meiner Hand und halte sie mir dann unter die Nase. Sogar aus dieser unmittelbaren Nähe stört sie mich nicht.

Ich muss daran denken, wie es mir in letzter Zeit ergangen ist. Von diesem einzelnen Zwischenfall in Jakes Gewächshaus einmal abgesehen, haben mir die Blumen im Laden schon seit einiger Zeit nichts mehr ausgemacht. Ich habe mich derart auf Amber und ihre besonderen Sträuße, auf die Veranstaltungen auf Trecarlan, die viktorianischen Stickbilder sowie auf meine Hilfe für Stan konzentriert, dass mir gar nicht aufgefallen ist, wie locker ich in ihrer Gegenwart geworden bin. Ich erinnere mich noch gut daran, was ich Bronte gesagt habe – dass unser Verstand nur eine begrenzte Menge an Informationen aufnehmen kann, bevor einige dann gelöscht werden müssen, um Platz für Neues zu schaffen. Ist jene Hirnregion von mir, die Blumen verabscheut, von wichtigeren Informationen verdrängt worden? Komisch, dass es erst diese simple Geste von Miley brauchte, um mir all das klarzu…

Miley!

Ich schaue am Rankgitter empor, doch ich kann sie nirgendwo entdecken. Daher stehe ich auf und blicke zur Spitze der Laube, doch da ist Miley auch nicht.

Hastig suche ich die Umgebung ab und rufe so leise, wie ich kann, ihren Namen.

Mist! Mist! Mist! Wo kann sie nur hin sein?

Das Tageslicht schwindet schnell, und am Himmel ist bereits ein Hauch von Rosarot zu sehen, während ich verzweifelt den Garten absuche. Dabei mache ich mir keine Gedanken mehr, ob man mich entdecken könnte. Ich muss Miley finden; Jake wird nie wieder mit mir reden, wenn ich sie verliere. Ich muss an Basil denken und wie ich mich fühlen würde, wenn jemand ihn verlieren würde, während derjenige auf ihn aufpassen sollte. Mir zerreißt es beinahe das Herz allein schon bei dem Gedanken daran, meinen besonderen Freund zu verlieren.

Aber dann entdecke ich Miley. Wie eine ungewöhnliche Wetterfahne hockt sie auf dem Dach eines modern aussehenden Backsteinbaus. Schnell eile ich zu ihr, bevor sie sich aus dem Staub machen kann.

»Miley«, zische ich. »Komm sofort da runter!«

Doch sie bleibt einfach sitzen und putzt sich.

Ich überlege, was Jake macht, wenn er will, dass Miley zu ihm kommt. Darum breite ich die Arme wie ein Tierpfleger aus, der einen großen Raubvogel zu sich lockt.

»Bitte, Miley«, raune ich ihr zu. »Komm da runter!«

Miley mustert mich neugierig.

»Wenn du jetzt runterkommst, können wir gleich zu Basil gehen und ihn besuchen«, biete ich ihr an, in der Hoffnung, dass wenigstens die Erwähnung ihres geliebten Helden helfen könnte.

Zu meiner großen Überraschung funktioniert es!

Anmutig schwingt sie sich vom Dach herunter und springt in meine Arme.

»Du kleiner Terrorzwerg«, necke ich sie und kitzle sie. »Ich habe schon gedacht, ich hätte dich verloren!«

Ich will mich gerade umdrehen, das Gebäude hinter mir lassen und zum Haus zurückkehren in der Hoffnung, dass Jake mittlerweile sein Gespräch dort drin beendet hat, als mir etwas durch die Fenster hindurch auffällt.

Entlang der Wände sind einige lange Regale angebracht, die ein wenig wie die auf Trecarlan aussehen. Sauber und ordentlich aufgereiht sind darin reihenweise grüne und braune Weinflaschen gelagert.

»Du meine Güte, die haben sich aber mit Getränken eingedeckt«, sage ich Miley. »Sieht fast aus wie eine private Weinhandlung. Die scheinen Wein zu mögen!«

Wein … Ich will mich gerade wieder umdrehen, als ich mich an all die Flaschen erinnere, die im Keller von Trecarlan verschwunden sind, obwohl Stan mir eigentlich klar gesagt hat, dass sich in den Regalen Weinflaschen befinden müssten. Daher beschließe ich, mir das Ganze einmal genauer anzuschauen.

»Komm schon, Miley«, rufe ich schließlich, während wir zielstrebig das Haus ansteuern. »Dann werden wir wohl Mrs Harrington-Smythe mal einen Besuch abstatten.«

39.

Orchidee – Elegante Schönheit

Mit Miley zusammen stelle ich mich vor Carolines Haustür und klingele.

Wieder öffnet Johnny die Tür. Er hält ein großes Glas Rotwein in der Hand.

»Guten Abend, Johnny«, grüße ich ihn in meinem höflichsten Tonfall und bemühe mich, nicht auf den Rotwein zu starren. »Ich würde gern mit Caroline sprechen, wenn ich darf?«

»Ähm … Es ist schon jemand bei ihr«, erwidert Johnny und schaut sich hastig um.

»Schon okay«, erwidere ich und laufe an ihm vorbei in den Flur. »Ich kann warten.«

»Johnny, was ist denn hier *los*?«, ruft Caroline, die aus einem Zimmer links des großzügigen Flurs auftaucht. »Haben wir weiteren Besuch? Oh, Sie sind es, Poppy«, stellt sie fest, und sofort verzieht sich ihre lächelnde Miene zu einem finsteren Blick.

Jake folgt ihr in den Flur.

»Poppy«, grüßt er mich, als Miley von meinem Arm entwischt, durch den Flur hüpft und in seine Arme springt. »Was machst du denn hier?« Er wirft mir einen vielsagenden Blick zu.

»Hat sie dir schon dein Bild zurückgegeben?«, frage ich ruhig.

»Eigentlich wollte ich gerade los und es für Jake holen.« Caroline beäugt uns misstrauisch. »Aber jetzt bin ich mir da nicht mehr so sicher ...«

Jake verzieht das Gesicht. Offensichtlich denkt er, ich verderbe alles, indem ich unnötig Anspannung in die Sache bringe.

»Oh, Sie werden ihm das Bild auf jeden Fall zurückgeben«, entgegne ich, wobei meine Stimme deutlich ruhiger klingt, als ich mich innerlich fühle. »Und Sie werden gleichzeitig auch Lous Bild der Edelwicke sowie Stans Bild des Vergissmeinnichts herausrücken, wenn Sie schon einmal dabei sind. Und ...«, fahre ich fort, bevor Caroline mich unterbrechen kann, »den Brief von Königin Victoria.«

Carolines Miene verrät nichts.

»Ich habe nicht den blassesten Schimmer, wovon Sie reden«, stellt sie fest und wirft Johnny einen flüchtigen Blick zu.

»Oh doch, ich denke schon. Denn sehen Sie mal, ich habe eben mit ein wenig Hilfe von Miley Ihr selbstgebautes Weinlager im Garten gefunden.« Ich zwinkere Miley zu, die selig wieder auf Jakes Schulter hockt.

»Aha? Wir dürfen uns ja wohl das eine oder andere Glas gönnen, nicht wahr?«, lacht Caroline nervös. »Was soll daran falsch sein?«

»Nichts, gar nichts, wenn der Wein, den Sie da trinken, nicht aus dem Keller einer anderen Person gestohlen worden wäre!«

»Johnny, wirf diese ... *Person* aus meinem Haus!«

Caroline winkt schlapp mit der Hand in meine Richtung. »Ich habe es nicht nötig, mir diese lächerlichen Vorwürfe anzuhören. Mit meiner Zeit habe ich Wichtigeres anzustellen.«

»Wie zum Beispiel Bilder zu stehlen? Ja, das wissen wir«, erkläre ich, als mich Johnny zwar ansieht, sich jedoch nicht bewegt. »Und der Wein aus Ihrem Vorrat, Caroline, stammt von Trecarlan. Wir beide wissen das, nicht wahr?«

»Johnny!«, schreit Caroline plötzlich, was Miley vor Schreck zusammenfahren lässt; sie geht in Jakes Armen in Deckung. »Ich habe dir doch gesagt, dass du die Etiketten überkleben sollst! Aber nein, der Herr meinte ja, dass das niemand sehen würde!«

»Könnte mir mal bitte jemand erklären, was hier los ist?«, fragt Jake.

Caroline verschränkt die Arme vor der Brust und wendet sich ab, während ein beschämt dreinschauender Johnny das tut, was er immer tut – nutzlos dastehen.

»Wie es scheint, ist es an mir, dir alles zu erklären«, stelle ich fest und mustere die beiden verächtlich. »Nun, wo soll ich anfangen … Vielleicht damit, dass die beiden Herrschaften hier alten, kostbaren Wein aus dem Keller von Trecarlan gestohlen haben, Flaschen, auf denen die unverwechselbaren Trecarlan-Etiketten kleben, und dass sie damit angefangen haben, als Caroline als Vorsitzende des Gemeinderates für das Schloss verantwortlich war?«

Caroline zuckt mit keiner Wimper, doch Johnny lässt den Blick sinken und starrt angestrengt auf eine abgewetzte Stelle des Teppichs.

»Oder damit, dass sie, während sie im Keller war, um den Wein zu stehlen, zufällig eine Blechbüchse gefunden hat, in dem sich ein Stickbild eines Vergissmeinnichts befunden hat, zusammen mit einem Brief von Königin Victoria. Und dass ihr – nachdem sie etwas recherchiert hat – aufgegangen ist, dass diese Dinge viel Geld wert sein könnten, wenn man nur die anderen drei Bilder der Reihe finden würde?«

Dieses Mal warte ich auf eine Reaktion von Caroline. Sie runzelt finster die Stirn, schweigt jedoch.

»Okay ... ich nehme an, dass sie dann mit ein paar der – wie drücke ich es höflich aus – gesprächigeren älteren Damen der Frauengemeinschaft geplaudert und dabei herausgefunden hat, was mit den anderen Bildern geschehen ist. Dass diese immer noch in der Nähe sein könnten. Doch als sie mit ihrer Suche losgelegt hat, konnte sie nicht einmal das Bild finden, das sich am ehesten noch in St. Felix befunden hätte ... das Bild, das meiner Großmutter gehört hat.«

Caroline zuckt leicht, schweigt jedoch noch immer.

»Sie haben danach gesucht, Caroline, nicht wahr? Sie haben anfangs wirklich gesucht. Das war dann auch der Grund, warum Sie nach einer Weile das Interesse am Laden verloren und zugelassen haben, dass die anderen Damen der Frauengemeinschaft das Geschäft übernommen haben, weil Sie dort nämlich nichts gefunden haben. Ich glaube sogar, dass Sie eine Weile lang die Suche nach den Bildern völlig eingestellt haben, bis Sie eines Tages in Lous Haus waren und ihr Bild entdeckt haben, nicht wahr?«

Caroline dreht sich zu mir um und starrt mich finster

447

an, sagt aber immer noch keinen Ton, um sich nicht selbst zu belasten. Deshalb fahre ich einfach fort.

»Aber Sie konnten dann nicht einfach an Ort und Stelle das Bild der Edelwicke von der Wand abnehmen, nicht wahr? Nein, Lou wäre das sofort aufgefallen und sie wäre misstrauisch geworden. Darum haben Sie abgewartet, und Ihre Chance kam endlich, als Lou renovieren wollte und selbst das Bild von der Wand abgenommen hat. Dann haben Sie vorgeschlagen, dass die Frauengemeinschaft ihr nächstes Gruppentreffen bei ihr zu Hause abhält, und Bingo! Das Bild der Edelwicke befand sich auf einmal in Ihren Händen.«

»Caroline, ist das wahr?«, fragt Johnny entsetzt.

Ah, er muss vom Wein gewusst haben, nicht jedoch von den Bildern.

Schuldbewusst schaut Caroline zu ihm auf und nickt.

»Soll ich weitermachen?«, frage ich.

»Es gibt noch mehr?«, fragt Johnny ungläubig.

»Es gibt nur noch ein paar unbeantwortete Fragen zu klären«, erwidere ich. »Der Trödel war die nächste Aktion, stimmt's, Caroline? Und gestern, als das Bild der rosafarbenen Nelke, das dritte Bild der Reihe, zufällig in einer Trödelkiste seinen Weg in Ihr Haus gefunden hat, sind Sie wahrscheinlich losgelaufen und haben sich gleich mehrere Lottoscheine besorgt!«

»Und jetzt Sie«, zischt Caroline und wirbelt auf dem Absatz herum, um mich anzuschauen. »Jetzt müssen Sie, Poppy Carmichael, unbedingt daherkommen und mir alles kaputtmachen! Ich hätte wissen müssen, dass es eine Carmichael ist, die alles verderben würde. Das macht ihr doch immer! Petzen – das scheint euch im Blut zu liegen!«

Jake und Johnny schauen einander verwirrt an, während sie uns lauschen.

»Trecarlan und diese Stickbilder wären ohnehin mein gewesen, wenn die Carmichaels nicht ungefragt immer überall ihre Nase hineinstecken würden! Ich hätte niemals nach diesen vier albernen Bildern suchen müssen, wenn ich das geerbt hätte, was mir rechtmäßig zusteht!«

»Was meint sie damit?«, fragt mich Jake.

»Erklär ich dir später«, flüstere ich. Ich will Caroline nicht unterbrechen, wo sie gerade in Fahrt ist und alle Vergehen gesteht.

»*Stanley Marrack*«, fährt Caroline verächtlich fort, »hat es nicht verdient, in einem so wundervollen Schloss wie Trecarlan zu wohnen! Er hat es benutzt, um dort einen liederlichen Spielerring zu beherbergen – wussten Sie, was Ihr geliebter Stan getan hat? Hmmm?«, fragt sie mich dann. »Es wurde höchste Zeit, dass die Marracks ihre wohlverdiente Strafe bekamen. Als die Behörden dann herausgefunden haben, was dort vor sich geht, musste er das Schloss in Schimpf und Schande verlassen, wie es meine Vorfahren getan haben. Und das Schönste an der ganzen Sache ist, dass er zu mir kommen musste, zu einer *Harrington*, um darum zu betteln, dass sich der Gemeinderat um das Schloss kümmert. Das war die ultimative Rache.«

»*Sie* waren das!«, rufe ich. Darauf bin ich noch gar nicht gekommen. Tatsächlich ist einiges von dem, was ich in den letzten Minuten behauptet habe, reine Spekulation gewesen. Doch wenn ich mir Carolines Reaktion anschaue, habe ich damit den Nagel auf den Kopf getroffen. »Sie stecken hinter dem anonymen Hinweis! Und …«, schreie ich, als mir eine weitere Sache klar wird, »Sie sind auch diejenige, die mich im Keller eingesperrt hat, nicht wahr?« Ich schüttele den Kopf. »Ich kann es nicht fassen, dass Sie all das getan haben wegen einer uralten Geschichte, irgendeiner Fehde zwischen unseren Familien, die Hunderte von Jahren her ist!«

»Manche Leute vergessen eben nie, Poppy«, stellt Caroline fest, ziemlich langsam und wohlüberlegt. »*Manche* Leute nehmen ihre Familie eben ernst. Anders als Sie, die ihre Angehörigen jahrelang vernachlässigt hat.«

»Sehen Sie, und genau da liegen Sie falsch, Caroline!«, erwidere ich mit einem ähnlich entschiedenen Tonfall. »Ich nehme meine Familie verdammt ernst. Eines haben Sie dabei allerdings vergessen: Stan gehört zu meiner Familie, genauso sehr wie Rosie. Und niemand legt sich mit meiner Familie an. Niemand, haben Sie das verstanden? Insbesondere nicht eine Harrington!«

»Nicht zu fassen, dass du das getan hast«, stellt Jake fest, als wir unter einem wunderschönen, lachsfarbenen Himmel nach St. Felix zurückkehren. Er trägt Miley, während ich meine Tasche fest umklammert halte, in der sich drei kleine Stickbilder einer rosafarbenen Nelke, einer Edelwicke und eines Vergissmeinnichts befinden, zusammen mit einem ausgeblichenen Brief von Königin Victoria – sicher und wohlbehalten verpackt. »Du warst da drinnen wirklich unglaublich!«

»Vielleicht«, erwidere ich und gebe mir Mühe, gelassen zu wirken, obwohl ich immer noch zittere.

»Ich fand, dass du gegenüber den Harringtons ausgesprochen entspannt reagiert hast, wenn man bedenkt, dass sie Stans Zuhause geplündert haben. Du nimmst ihn sonst immer so in Schutz. Ich glaube, ich hätte einfach die Polizei gerufen.«

»Wenn sie sich nicht an ihre Versprechen halten, werde ich das auch definitiv tun. Ich wette, Woody wäre voll und ganz in seinem Element, wenn er Licht in die Sache bringen könnte.«

»Hehe, das ist wohl wahr«, lacht Jake.

»Aber welchen Sinn hätte es, noch mehr Probleme zu schaffen? Ich will nicht, dass sich diese lächerliche Fehde über die Generationen hinweg fortsetzt. Insbesondere jetzt, wo wir wissen, dass Stan eine Familie hat, an die er alles weitervererben kann – er hat Enkel!«

Jake nickt. »Ja, wie es scheint. Wir müssen allerdings zuerst zu ihm gehen und alles mit ihm besprechen, bevor ich den Kindern davon erzähle.«

»Natürlich. Ich muss auch mit ihm über die Bilder reden. Er wird vor Freude platzen, sie zu sehen. Und das Beste ist: Wenn unser Plan funktioniert, muss er die Bilder nicht einmal verkaufen!«

Jake grinst. »Das war wirklich clever von dir, Poppy. Wann willst du zu ihm?«

»Wenn der geeignete Zeitpunkt gekommen ist.« Ich

zwinkere ihm zu. »Ich freue mich so für ihn. Stan hat sich immer eine eigene Familie gewünscht, und nun hat er tatsächlich eine!« Ich seufze. »Das Leben ist toll, Jake. Richtig toll.«

»Weißt du eigentlich, dass ich dich noch nie so glücklich erlebt habe?«, stellt er fest, bleibt stehen und dreht sich zu mir um, als wir den Hafen erreichen. Miley springt ihm vom Arm und hüpft davon, um einen leeren Plastikkaffeebecher zu untersuchen, den der Wind über den Weg pustet. »Als ich dich kennengelernt habe, ist dir das ganze Leben zu viel gewesen; du bist so unendlich traurig gewesen und hast versucht, es zu verbergen, aber ich konnte hinter deine Fassade schauen. Weißt du, ich hab das alles selbst durchgemacht und ebenfalls diese ›Mir geht's gut‹-Maske getragen.«

Ich lächele Jake an. Wie kommt es nur, dass er mich so gut kennt?

»Du warst eine sehr streitlustige Dame, Poppy, und du hast gleich beim kleinsten Anlass zugeschnappt. Aber du hast dich verändert, seit du hier bist – zum Guten. Ich bin fest davon überzeugt, dass St. Felix dich geheilt hat, wie wir es dir vorhergesagt haben.«

»Findest du wirklich, dass ich mich so sehr verändert habe?«

»Auf jeden Fall. Gestern Abend bei meiner Geburtstagsfeier hast du in dem hellblauen Kleid wunderschön ausgesehen. Aber es ist nicht nur das Kleid gewesen, was dich so schön gemacht hat, das warst du selbst, Poppy. Das mag jetzt abgedroschen klingen, aber du bist wirklich aufgeblüht, seit du hier bist. Aufgeblüht zu einer schönen, intelligenten und mitfühlenden jungen Frau.«

»Du hast mir oft genug gesagt, dass ich etwas Farbenfroheres anziehen soll«, erwidere ich sanft und versuche wie gewohnt, von dem Kompliment abzulenken. »Vielleicht habe ich ja einfach mal zugehört!« Doch mir ist sehr bewusst, dass Jake mir näher kommt. Es ist ganz genau wie jener Moment in seinem Gewächshaus. Ich spüre seinen Atem auf meinem Gesicht, erkenne die Lachfältchen in seinen Augenwinkeln, vermischt mit den markanten Falten, die durch Sorge und Kummer entstanden sind. »Aber diese Analogie, was meinen Namen angeht – sehr clever!«, grinse ich.

Als Jake das Gesicht verzieht, werden noch mehr Falten sichtbar. »Oh, mir wird gerade erst klar, was ich da gesagt habe … Poppy bedeutet Mohn, nicht wahr? Eine aufgeblühte Mohnblüte! Jetzt klinge ich noch älter, als ich ohnehin schon bin.« Er lässt den Kopf sinken, doch ich lege meine Hand unter sein stoppeliges Kinn und schiebe es hoch.

»Jetzt sei nicht albern«, schimpfe ich. »Ich halte dich nicht für altmodisch – oder gar für alt, wenn wir schon dabei sind. Mir gefällt es, wie du über mich denkst – das hat mir immer schon gefallen. Und ich finde es schön, dass dir aufgefallen ist, dass ich mich verändert habe, denn auch das stimmt.« Ich halte einen Augenblick inne. »Und ich mag dich sehr gern, Jake …«

Doch er hält mich davon ab, noch mehr zu sagen. Denn plötzlich bin ich mit anderen Dingen beschäftigt, als Jake seinen weichen, warmen Mund auf meine Lippen drückt.

Ich fange an, mich zu entspannen, und genieße es sehr, Jake einmal mehr so nahe zu sein, bis er mit einem Mal zurückweicht.

Nein! Nicht schon wieder ...

»Tut mir leid, Poppy, das hätte ich nicht tun dürfen«, stellt Jake erschrocken fest.

»Nein, alles gut!«, entgegne ich und nähere mich ihm wieder. Was sollte denn dieses Mal nicht in Ordnung sein? Ich will Jake, und Jake will mich – alles ist perfekt.

»Nein, nichts ist gut ... du hast einen Freund!«

Oh. Mit einem Schlag wird mir klar, dass ich in der Hitze des Gefechts Ash völlig vergessen habe, und es ist gerade wirklich *richtig* heiß. Sogar die frische Brise, die vom Meer herüberweht und die Wellen neben uns an die Hafenmauer klatschen lässt, kann meine Leidenschaft und meine Hitze nicht abkühlen.

»Das zwischen Ash und mir ist nichts Ernstes«, erkläre ich ihm. »Wir sind nur Freunde ... mit gewissen Vorzügen, wenn du weißt, was ich meine?« Ich zucke zusammen; das ist die Bezeichnung, die Ash in Bezug auf Jake benutzt hat.

»Trotzdem solltest du dann nicht andere Männer küssen.«

Ich muss zugeben, dass mir diese »anständige« Seite von Jake ziemlich gefällt.

»Selbst wenn es mir gefallen hat?«, frage ich verführerisch und beuge mich vor, um ihn zu küssen, doch unsere Lippen berühren einander noch nicht ganz, als ich jemanden meinen Namen rufen höre.

Ich drehe mich um, und im diesigen Abendlicht er-

blicke ich Amber, die am Hafen entlang auf uns zugelaufen kommt. Sofort wird mir klar, dass etwas nicht
stimmt.

»Was ist los?«, frage ich, löse mich von Jake und
laufe auf sie zu.

Amber sieht schrecklich aus, sie ist ganz blass.

»Amber, was ist passiert? Ich dachte, du hättest
heute Abend ein Date mit Woody?«

Amber legt mir ihre Hand auf den Arm.

»Poppy, es ist Basil …«

40.

Aster – Abschied

Am blutroten Himmel geht die Sonne über St. Felix schließlich unter. Amber, Jake, Miley und ich laufen zum Cottage zurück, ins Wohnzimmer, wo wir einen scheinbar schlafenden Basil zusammengerollt in seinem Körbchen vorfinden. Woody kniet daneben. Als ich das Wohnzimmer betrete, steht Woody sofort auf.

»Es tut mir so leid, Poppy«, stottert er, als ich ihn auf dem Weg zu Basil anrempele.

»Basil?«, sage ich sanft und knie mich neben seinen Korb. »Wach auf, Basil!«

Als ich ihn streicheln will, zuckt er nicht, und sein sonst immer so warmer Körper, an den ich mich so viele Male geschmiegt habe, seit wir uns kennen, kühlt allmählich ab.

»Er war den ganzen Nachmittag im Laden so still«, erzählt Amber mit Tränen in den Augen. »Nachdem ich ihn ins Cottage mitgenommen hatte, haben Woody und ich beschlossen, lieber nicht auszugehen, da wir uns ein wenig Sorgen um ihn gemacht haben. Doch dann schien Basil ein wenig munterer zu werden und hat einen Teil seines Futters gefressen. Es schien ihm sogar ziemlich gut zu gehen, bevor er sich zum Schlafen in seinem Korb zusammengerollt hat, nicht wahr, Woody?«

Woody nickt eifrig.

»Wir haben beschlossen, zu Hause zu bleiben und eine DVD anzuschauen«, fährt Amber fort, »damit er nicht allein ist. Als ich aber nach der Hälfte des Filmes aufgestanden bin, um nach ihm zu sehen, habe ich gleich gemerkt, dass etwas nicht stimmt. Ich wollte ihn wecken, aber er hat nicht reagiert. Dann habe ich versucht, dich anzurufen, Poppy, sogar mehrmals.«

»Mein Handy war lautlos gestellt«, erkläre ich ihr matt.

»Als ich dich nicht erreichen konnte, ist Woody losgezogen, um dich zu suchen, nicht wahr?« Amber dreht sich zu Woody um, der seinen Arm sanft um ihre Schultern legt.

»Ich glaube, er ist im Schlaf gestorben«, stellt Woody sichtlich mitgenommen fest.

»Er sieht so friedlich aus«, befindet Jake, der Amber Miley in die Hände drückt. Neben mir geht er in die Hocke und klopft Basil auf die Seite. »Unser alter Freund hier hatte ein schönes Leben. Und ein glückliches obendrein.« Dann legt er mir eine Hand auf die Schulter. »Wir müssen den Tierarzt verständigen, Poppy. Es ist zwar zu spät, um noch etwas für Basil zu tun, aber er muss benachrichtigt werden.«

»Nein!«, weine ich und schlage seine Hand weg. »Nein, er kann nicht tot sein, er ist doch Basil, er ist immer bei mir. Er ist doch mein Freund!«

Wieder versuche ich, ihn aufzuwecken, doch seine Augen bleiben verschlossen und seine Miene friedlich, als würde er eines seiner langen Nickerchen nach dem Abendessen machen.

»Oh Basil«, schluchze ich und schmiege mich ein letztes Mal an sein Fell. »Du warst der Einzige, der mich wirklich verstanden hat. Der Einzige, dem ich wirklich *alles* sagen konnte. Was soll ich bloß ohne dich machen?«

Meine Tränen tropfen auf Basils Körper und werden sofort von seinem braun-weißen Fell aufgesogen.

Jake steht auf und holt eine Decke vom Stuhl.

»Er hat jetzt seinen Frieden gefunden«, stellt er sanft fest.

»Ja«, erwidert Amber und geht mit Miley neben mir in die Hocke. »Er ist jetzt bei deiner Großmutter. Dort wird er glücklich sein. Du weißt, wie sehr er sie vermisst hat.«

»Das weiß ich«, schluchze ich, »aber ich werde ihn auch vermissen, er war mein bester Freund!«

Die kleine Miley windet sich aus Ambers Armen und bleibt vor Basil stehen.

Wir alle beobachten sie und fragen uns, was sie wohl tun wird. Sie breitet ihre Pfoten aus und schlingt ihre Arme so weit um Basils Hals, wie sie nur kann, um ihren Held ein letztes Mal zu umarmen. Dann klettert sie in Ambers Arme zurück und vergräbt ihr Gesicht in ihrer Brust, als würde sie weinen.

Gerührt von Mileys emotionaler Reaktion, streichele ich ein letztes Mal Basils lange, weiche Ohren. Dann schaue ich zu Jake auf und nicke.

Vorsichtig breitet Jake die Häkeldecke über Basils Leichnam aus und bedeckt zum Schluss seinen Kopf.

»Auf Wiedersehen, mein wunderbarer, brummiger Freund.« Ich lächele, während mir die Tränen so schnell und unaufhörlich über die Wangen laufen, dass ich kaum noch etwas erkennen kann. »Ich hoffe, dass es da oben ganz viel Käse gibt. Dann kann ich sicher sein, dass es dir gut geht.«

Nach einem letzten Blick auf die Decke stehe ich auf und drehe mich zu Jake um. Er nimmt mich fest in den Arm, während ich mein Gesicht an seine Brust schmiege, wie es eben Miley bei Amber getan hat, bevor ich dann lange und laut in sein warmes kariertes Hemd schluchze.

Den Rest des Abends kuscheln Jake und ich uns mit Miley auf das Sofa, ganz in Basils Nähe.

Mit Amber und Woody haben wir zuvor versucht, Trost in der unvermeidlichen Tasse Tee zu finden, bevor Amber uns allen etwas zu essen gemacht hat, doch keiner von uns konnte einen Bissen herunterbringen. Danach ist Woody dann nach Hause gegangen, und auch Amber hat sich auf den Weg ins Bett gemacht, um ein wenig Schlaf zu bekommen, nachdem Jake ihr versichert hat, sich um mich zu kümmern.

Jake und ich dösen den Rest der Nacht recht unruhig – ich habe schreckliche Albträume, in denen Basil verhaftet und wegen Trunkenheit und Ruhestörung ins Gefängnis geworfen wird. Bei meiner Rückkehr ins Cottage liegt dann Caroline zusammengerollt in Basils Korb, neben ihr steht ein Glas Rotwein.

Nach diesem Traum werde ich mit einem Ruck wach und hoffe einen Augenblick lang, dass tatsächlich alles nur ein böser Traum gewesen ist, Basil zu meinen Füßen hockt und mich drängt, ihm Frühstück zu machen oder mit ihm Gassi zu gehen.

Leider ist es das jedoch nicht. Als mein Blick auf seinen Korb und die Häkeldecke fällt, umschlingt mich wieder dieses Gefühl der Leere und der Trauer.

Sanft löse ich mich aus Jakes Umarmung und lasse ihn schlafend auf dem Sofa zurück. Miley liegt unter einer Decke zusammengerollt auf dem Schaukelstuhl. Ich gehe zu den Fenstertüren hinüber, öffne sie so vorsichtig, wie ich nur kann, und trete dann auf den Balkon hinaus.

Es ist bereits taghell, und der gestrige Sonnenuntergang hat völlig zu Recht einen wunderbaren Morgen in St. Felix angekündigt. Reglos stehe ich da und beobachte, wie die Sonnenstrahlen auf den Wellenspitzen tanzen, als diese in den Hafen branden, und lasse mich von dem niemals enden wollenden Strom der rhythmischen Geräusche und Bewegungen wie hypnotisieren. Immer und immer weiter strömen die Wellen herein, bis sie sich ganz einfach umdrehen, in die entgegengesetzte Richtung branden und das Meer sowie all seine Bewohner hinaus in Richtung des Horizonts ziehen, ohne dass den Wellen jemand befohlen hat, wie und wann dies geschehen soll.

Nachdem ich eine Weile lang auf dem Balkon gestanden habe, höre ich hinter mir eine Stimme.

»Geht es dir gut?«, fragt mich jemand von der Türschwelle aus. Als ich mich umdrehe, erblicke ich einen zerzausten und übernächtigten Jake, der insgesamt nicht viel mehr geschlafen haben kann als ich. Die

Bartstoppeln, die sich letzte Nacht in seinem Gesicht gezeigt haben, sind nun noch deutlicher geworden. »Du stehst schon seit einer Ewigkeit da und starrst aufs Meer hinaus.«

»Hast du mich beobachtet?«

»Du sahst so friedlich aus. Da wollte ich dich nicht stören.« Jake, der immer noch die gleiche Kleidung vom Vortag trägt – eine Jeans und ein zerknittertes Karohemd mit dem ein oder anderen Wimperntuschenfleck darauf –, tritt auf den Balkon hinaus und gesellt sich zu mir.

»Das Meer ist schon eine unglaubliche Sache«, stelle ich fest und drehe mich wieder um, damit ich auf die See hinausschauen kann. »Ein unendlicher Kreislauf. Niemand ist sein Herr; das Meer macht einfach, was es will.«

»Aber das macht es sehr gut«, stellt Jake fest, und ich spüre seinen Arm um meine Schultern. »Das Leben ist ein Kreislauf, Poppy, ein unendlicher Kreislauf von Geburt und Tod. Manchmal gehen Menschen und Tiere, die wir lieben, von uns und machen Platz für etwas anderes, das lebt oder zur Welt kommt.«

»Wie meinst du das?«

»Basil ist vielleicht von uns gegangen, damit ein anderer Hund seinen Platz im Herzen eines Menschen einnehmen kann und sich um sein Herrchen kümmern kann, wie Basil es für dich getan hat und wie du es für Basil getan hast, als Rosie es nicht mehr konnte. Ihr beide habt einander gebraucht und seid füreinander da gewesen.«

Mir kommen die Tränen. »Oh Jake, das hast du

wunderschön gesagt«, gestehe ich und kann nicht anders, als ihn ein weiteres Mal zu umarmen, während er seine Arme um meinen Körper schlingt und mich festhält.

»Jemand hat mir etwas Ähnliches gesagt, als Felicity gestorben ist. Ich kann nicht behaupten, dass es mir meinen Schmerz genommen hat, denn nur die Zeit kann alle Wunden heilen. Aber es hat mir ein wenig geholfen.«

Ich lehne mich in seine Arme zurück.

»Ich will ihren Platz nicht einnehmen, weißt du?«, erkläre ich ihm mit einem Mal. »Niemand könnte das. Felicity war deine Frau, die Mutter deiner Kinder. Ich … Na ja, ich mag es sehr, mit dir zusammen zu sein.«

Jake nickt. »Ich weiß, mir geht es genauso. Der Grund, warum ich so lange gebraucht habe, etwas dagegen zu unternehmen, war mein Gefühl, der Erinnerung an Felicity untreu zu werden. Außerdem hatte ich Angst. Angst, dass es so aussehen würde, als würde ich fremdgehen, und Angst vor meinen Gefühlen für dich. Ich weiß, ich habe dir das schon einmal gesagt, aber es ist das erste Mal, dass ich seit Felicity wieder etwas für jemanden empfinde. Das macht mir Angst, Poppy; ich hätte nicht gedacht, dass mir so etwas noch einmal passiert.«

»Oh Jake«, sagte ich und streichele ihm übers Gesicht. »Ich habe auch Angst.«

»Warum hast du Angst? Weil ich älter bin oder weil ich eine Familie habe?«

»Nein, natürlich nicht. Ich habe dir doch letzte

Nacht schon gesagt, dass mich dein Alter nicht stört, und ich mag Bronte und Charlie sehr, wie du weißt.«

Jake sieht mich fragend an, als er zu mir hinunterschaut. »Weshalb dann?«

Ich hole tief Luft. »Ich habe Angst, dass ich jemanden liebe, der mich dann verlässt. Das tut weh. Sehr sogar.«

»Ich weiß.« Er streicht mir eine Haarsträhne aus dem Gesicht, doch der Wind versucht alles, um sie wieder zurückzupusten. »Meinst du eine bestimmte Person, die dich verlassen hat?«, fragt Jake. »Wir alle haben mit dem Verlust von Menschen zu kämpfen, die uns beeinflusst haben – Familie, Freunde, ja selbst Tiere.« Er deutet nach drinnen ins Wohnzimmer auf Basil. »Aber nichts hat je so sehr geschmerzt wie der Tod von Felicity. Ich habe gedacht, mein Leben sei vorbei. Ich habe es nur den Kindern und dann auch Miley zu verdanken, dass ich diese Zeit überstanden habe. Ohne sie hätte ich die Orientierung verloren.«

»Genau das ist mir passiert«, erzähle ich ihm, während ich immer noch in seine gütigen, dunkelbraunen Augen aufschaue. »Ich habe eine Weile lang die Orientierung verloren. Mein Leben ist sogar mächtig aus den Fugen geraten, falls du noch weitere schöne Umschreibungen brauchst. Und eigentlich kann man es auch nicht als ›eine Weile‹ bezeichnen, es waren eher fünfzehn Jahre.«

Jake reißt die Augen auf. »Und wann hast du deine *Orientierung* wiedergefunden?«

»Kurz nachdem ich nach St. Felix zurückgekommen bin.« Ich schaue auf die Stadt unter uns hinunter, dann schüttele ich den Kopf. »Ich kann es kaum fassen, dass ich das sage, aber diese Stadt, ein magischer kleiner Blumenladen und eine Gruppe von wunderbaren Menschen – du gehörst auch dazu – haben mehr für mich getan als fünfzehn Jahre voller Therapiestunden.«

Jake scheint mein Geständnis nicht im Mindesten zu schocken.

»Dir ist klar, dass ich das jetzt frage, Poppy«, sagt er sanft, »aber was um alles in der Welt ist dir passiert, dass du fünfzehn Jahre lang in Therapie warst?«

41.

Rosmarin – Erinnerung

Jake kocht uns allen einen Tee und macht Toastbrote fertig.

Mittlerweile ist auch Amber aufgewacht und hat sich zu uns in die Küche gesellt.

Ich denke, sie hat schnell gemerkt, dass irgendetwas los ist. Denn sobald sie aus ihrem Zimmer kam, wollte sie wissen, ob wir lieber allein sein wollen.

»Nein, Amber, es wird Zeit, dass ich es auch dir erzähle«, sagte ich und deutete ihr an, sich zu uns an den Tisch zu setzen. »Du verdienst es ebenfalls, die Wahrheit zu kennen.«

Amber warf Jake einen fragenden Blick zu, doch der zuckte nur mit den Schultern. Dann nahm sie gegenüber von mir an dem Küchentisch Platz, während Jake uns Frühstück machte.

Jetzt sitzen wir alle um Roses gescheuerten Holztisch herum und warten. Warten auf mich, dass ich meine traurige Geschichte erzähle.

»Okay, ich bin so weit«, verkünde ich schließlich und stelle meine Teetasse ab.

Als sie mich anschauen, hole ich tief Luft und beginne mit meiner Erzählung.

»Ihr beide wisst ja, dass ich als Kind immer in den Ferien nach St. Felix gekommen bin.«

Beide nicken.

»Ich bin immer mit meinem älteren Bruder hergekommen. Will. Wir waren nicht jede Schulferien hier; manchmal sind Mum und Dad auch mit uns woanders hingefahren. Aber jeden Sommer haben Will und ich den Zug von London runter genommen und wenigstens ein paar Wochen in Cornwall verbracht. Rosie hat uns dann am nächstgelegenen Bahnhof mit ihrer alten Mühle von einem Auto abgeholt und ist mit uns die letzten Meilen nach St. Felix gefahren.«

Ich muss lächeln, als ich an den roten Mini meiner Großmutter denke.

»Will und ich haben St. Felix geliebt. Am glücklichsten sind wir immer gewesen, wenn wir am Strand spielen konnten oder in Rosies Laden – oder sogar oben auf Trecarlan, wo uns Stan Geschichten aus der Vergangenheit des Schlosses erzählt hat. Wir haben ihm nie alles glauben können, besonders, als wir älter wurden …« Ich halte einen Augenblick inne und erinnere mich. »Der Gedanke, dass einige der Geschichten tatsächlich wahr sein könnten, ist ziemlich bizarr.« Ich schüttele den Kopf. »Tut mir leid, ich schweife ab. So, wie ich schon gesagt habe, sind wir überglücklich gewesen, bei Rosie bleiben zu dürfen. Will und ich haben uns richtig gut verstanden, viel besser, als es Bruder und Schwester normalerweise tun. Natürlich haben wir uns gelegentlich gestritten; denn ich war viel lebhafter als Will. Er dagegen war still und lernbegierig, aber dennoch der beste Bruder, den ich mir hätte wünschen können. Ich habe ihn immer in Schwierigkeiten gebracht, aber er hat mich nie verraten – so loyal war er.« Wieder halte ich inne, als Erinnerungen an Will mein Herz und meinen Verstand überfluten.

Ich blicke Jake an. »Deine beiden Kinder erinnern mich sehr an Will und mich, als wir in ihrem Alter waren. Charlie ist genau wie Will, und Bronte – nun, sie hat jene wilde Seite, die auch ich in mir hatte.«

»Da erzählst du mir nichts Neues«, nickt Jake, und wir alle müssen kurz lachen.

»Jedenfalls«, komme ich nun zum schwierigen Teil der Geschichte, zu dem Teil, über den ich nie mit irgendwem spreche. Nicht einmal einer der Therapeuten hat es geschafft, mir diese Geschichte zu entlocken. »Einmal, als wir wieder hier bei meiner Großmutter gewesen sind, wollte ich zu einem Konzert nach Padstow hinauf. Will wollte nicht mit – Bands und Konzerte waren einfach nicht sein Ding. Aber ich habe ihm keine Ruhe gelassen. Ich war erst fünfzehn und wusste, dass Rosie mich nicht allein hingehen lassen würde. Aber wenn Will mit seinen siebzehn Jahren mitging, würde Rosie es mir erlauben.«

Ich schlucke schwer. Wenn ich das doch bloß nicht getan hätte … Wenn ich doch bloß die Zeiger der Uhr zurückdrehen und eine andere Entscheidung treffen könnte!

»Doch mit den Jahren habe ich lernen müssen, dass ganz gleich, wie sehnlichst ich mir das wünsche, und ganz gleich, welchen Deal ich Gott dafür anbiete, es niemals passieren wird, und mein Leben stattdessen so traurig wie bis dahin weitergeht.«

Amber legt ihre Hand auf die meine. »Lass dir Zeit, Poppy. Wir haben es nicht eilig.«

Ich nicke, doch es ist wie mit einem Pflaster: Je schneller ich es abziehe, desto weniger schmerzt es.

»Schließlich hat Will nachgegeben, und wir sind gemeinsam zu dem Konzert gefahren. Es war sein schlimmster Albtraum: Ein Feld, auf dem sich die Partygänger nur so gedrängt haben, um Spaß zu haben. Ich fand es wunderbar. Es war das Spannendste, was ich je gemacht hatte, und ich habe Will ins Zentrum des ganzen Chaos gezerrt. Wir wurden wie die Ölsardinen auf diesem Feld zusammengequetscht; ich denke, der Bauer hat an jenem Abend zu vielen Menschen den Zutritt erlaubt. Aber ich war total aufgekratzt und habe jede Minute genossen.«

Ich merke, wie ich feuchtkalte Hände bekomme, als ich mich daran erinnere, wie es an jenem Abend gewesen ist: heiß, verschwitzt und laut. Sehr laut. Ich ziehe mir den Kapuzensweater wieder aus, in den ich eben nur hineingeschlüpft bin, damit es mir nach der Zeit draußen auf dem Balkon mit Jake wieder warm wurde. Ich lege ihn auf den Stuhl neben mir, bevor ich mir das Haar wieder glattstreiche. »Tut mir leid, mir wird ganz schön heiß.«

Jake und Amber nicken mitfühlend, aber ich weiß, dass sie nur hören wollen, was dann geschehen ist.

»Wir hatten Spaß, sind zur Musik mit dem Rest der Menschenmasse auf und ab gesprungen – na ja, ich zumindest. Ich habe mich in meinem Leben noch nie so lebendig gefühlt.« Ich zucke angesichts meiner Wortwahl zusammen, doch die anderen beiden haben keine

Ahnung, warum, und warten geduldig darauf, dass ich fortfahre. »Dann, zwischen zwei Songs, suche ich William, um zu sehen, wie es ihm geht.« Ich halte inne und versuche, gleichmäßig zu atmen; die Geschichte zu erzählen, fühlt sich an, als würde ich sie noch einmal erleben. »Aber er sieht schlecht aus, sehr schlecht – sogar im Dunkeln noch kann ich das deutlich sehen. Dann merke ich, dass er sich an den Hals packt und nicht richtig atmen kann. Plötzlich sinkt er zu Boden, und die Leute um ihn herum weichen zur Seite, um ihm ein wenig Luft zum Atmen zu verschaffen …« Ich merke, dass ich es so erzähle, als würde es gerade vor meinen eigenen Augen passieren, und es fühlt sich auch wirklich so an; der Schmerz und die Panik sind fast echt und sehr intensiv. »Ich knie mich ins Gras neben ihn, doch er schließt die Augen. Ich schreie, ich schreie, so laut ich kann, und jetzt drehen sich noch mehr Leute zu uns, um zu sehen, was los ist. Aber niemand macht irgendwas, niemand! Und ich weiß nicht, was ich tun kann, um Will zu helfen. Darum schreie ich, bitte Leute, schnell einen Krankenwagen zu holen. Aber niemand scheint irgendwas zu tun, niemand kommt und hilft uns. Und die ganze Zeit spielt die Band weiter – die Musiker wissen ja nicht, was gerade passiert, wir befinden uns mitten auf einem dunklen Feld, sie können uns nicht sehen.«

Ich atme tief ein, atme wieder aus und versuche, mich zu beruhigen.

»Schon gut, Poppy«, tröstet mich Amber. »Lass dir Zeit.«

Ich nicke ihr zu. »In diesem Moment streckt Will die Hand nach mir aus, und ich nehme sie. Er drückt meine

Hand so schwach, dass es mir Angst einjagt, doch ich halte sie fest, während ich unaufhörlich bete, dass irgendwer kommt und dass es meinem Bruder bald wieder gut geht.«

Ich schaue zu Jake hinüber, sehe ihn aber kaum, weil ich wieder auf diesem Feld bin und jeden schrecklichen Augenblick noch einmal erlebe.

»Und in diesem Moment weiß ich, dass es ihm nicht wieder gut gehen wird. Es ist, als wollte mir jemand etwas sagen, denn die Band fängt an, ihren größten Hit zu spielen, ›Flowers on a Breeze‹, und über uns werden von mehreren großen Windmaschinen Tausende von Rosenblütenblättern gepustet. Die Rosenblätter schweben herunter, landen auf Will, und ich versuche, sie ihm aus dem Gesicht zu streichen, um seine Atemwege freizuhalten, doch es kommen immer mehr Blütenblätter, immer weiter fallen sie auf uns herab, und in diesem Moment spüre ich, wie Wills Hand immer schwächer wird und sich sein Griff lockert.«

Ich sitze am Küchentisch und schließe die Augen, als die Erinnerungen zu real und schmerzhaft werden, um sie ertragen zu können.

»Ich merke, dass ich schreie«, fahre ich fort. »Ich merke, dass die Menschenmenge sich teilt und jemand zu uns kommt. Dann kommen sie endlich, die Rettungssanitäter in ihren grünen Uniformen. Ich werde zur Seite geschoben, damit sie ihre Arbeit machen können, und kann Wills Hand nicht mehr richtig festhalten. Aber ich weiß, dass es zu spät ist. Als seine Hand aus der meinen rutscht, weiß ich, dass es zu spät ist, und dass ich ihn für immer verloren habe.«

Ich mache die Augen auf und sehe Jake und Amber an. Amber laufen wie letzte Nacht bei Basil die Tränen über die Wangen, und Jake sieht mitgenommen und blass aus, als hätte er nicht nur meinen, sondern auch seinen eigenen Kummer noch einmal durchlebt. Selbst Miley sitzt still und leise in einer Ecke und spielt mit einer Plastikflasche, die Amber ihr gegeben hat.

»Hinterher haben sie mir gesagt, dass sie nicht schneller durch die Menge der Feiernden durchgekommen sind – darum waren sie nicht früher da«, erkläre ich. »Sie haben versucht, ihm zu helfen, ihn vor Ort mit diesen großen elektrischen Teilen wiederzubeleben, wie man sie aus dem Fernsehen kennt. Aber sie konnten ihn nicht wieder zurückholen. Er war schon tot, bevor sie angekommen sind.«

Ich hebe mein zitterndes Kinn und schaue beiden in die Augen. »Mein geliebter Bruder ist auf einem schlammigen Feld gestorben, bedeckt von diesen albernen Rosenblütenblättern.« Aus Frust schlage ich mit der Faust auf den Tisch. »Und als wenn das nicht schon schlimm genug wäre, ist alles meine Schuld.«

42.

Trauerweide – Schwermut

»Nein, Poppy!«, ruft Amber mir über den Tisch hinweg zu. »Sei nicht albern, das war natürlich nicht deine Schuld!«

»Oh doch! Wenn ich ihn nicht dazu überredet hätte, zu diesem Konzert zu gehen, wäre das nicht passiert.«

»Hatte er wie Felicity einen Herzfehler?«, fragt Jake düster.

Ich nicke. »Ja. Das hat man aber erst nach seinem Tod herausgefunden.«

»Dann weißt du selbst, dass es nicht deine Schuld war. Es hätte jederzeit passieren können.«

»Aber wenn ich ihn nicht zum Konzert mitgeschleppt hätte und wenn wir nicht in der Mitte des Feldes gestanden hätten, wären die Sanitäter schneller bei ihm gewesen. Vielleicht hätten sie ihn noch retten können.«

»Das sind furchtbar viele ›Vielleicht‹ und ›Wenn‹«, stellt Jake fest. »Das weißt du nicht, Poppy, und dich selbst zu quälen, wird ihn auch nicht wieder zurückbringen. Glaub mir, ich weiß, wovon ich rede. Ich habe das lange genug selbst durchgemacht.«

»Ist das der Grund, warum du weder Menschenmengen noch Blumen magst?«, fragt Amber. »Nach allem, was passiert ist, ergibt das durchaus einen Sinn.«

»Das ist dir aufgefallen?«, frage ich. »Ich dachte, ich hätte diese Blumensache gut genug vor euch verborgen.«

»Natürlich ist mir das aufgefallen«, erwidert Amber. »Ich habe nur immer darauf gewartet, dass du mir erzählst, warum das so ist.«

»Als ich nach St. Felix zurückgekommen bin, habe ich Blumen aus tiefstem Herzen gehasst, und nicht nur wegen der Rosenblätter bei dem Konzert, sondern auch weil so viele davon als Beileidsbezeugung nach Wills Tod zu uns nach Hause geschickt worden sind. Und wegen all der Blumen bei Wills Beerdigung. Den Tod habe ich mit Blumen assoziiert. Mit Rosen habe ich natürlich die meisten Probleme; die restlichen Blumen sind eher Mitläufer. Aber Rosen ...« Ich schüttele mich. »Allein schon beim Anblick oder Duft einer Rose wird mir schlecht, und ich habe sofort das Gefühl, wieder auf dem Feld von damals zu stehen. All meine Therapeuten haben versucht, mich davon zu heilen, doch keiner hat es geschafft.«

»Ist das der Grund, warum du damals aus dem Gewächshaus gelaufen bist?«, fragt Jake. »Weil du die Rosen gerochen hast?«

Ich nicke. »Es tut mir leid; ich weiß, du hast gedacht, es hätte mit dir zu tun, aber so war es nicht. Es lag allein an den vielen Rosen, die deiner Erklärung nach im Gewächshaus waren.«

Jake lächelt. »Ich bin wirklich erleichtert. Ich habe tatsächlich gedacht, es hätte an mir gelegen.«

»Erstaunlicherweise geht es mir aber in letzter Zeit

besser. Es ist, als hätten das *Daisy Chain* und St. Felix dabei geholfen, mich zu heilen. Ich verstehe jetzt, wie glücklich sie Leute machen können. Und auch, wie glücklich sie mich allmählich machen – bis letzte Nacht jedenfalls.«

Amber nickt. »Ja, es überrascht mich jedes Mal aufs Neue, was Blumen für die Menschen alles bedeuten können. Einmal Mitgefühl, dann Freude. Kaum etwas anderes kann so viele verschiedene Gefühlsregungen hervorrufen.«

Wir alle denken einen Augenblick darüber nach.

»Erzähl uns mehr«, bittet Jake leise und durchbricht unsere Gedanken. »Du hast gesagt, dass du in Therapie gewesen bist. Wie ging dein Leben nach seinem Tod weiter?«

»Es war schrecklich. Alles änderte sich«, erwidere ich. »Vor seinem Tod war ich eine vielversprechende Schülerin mit Bestnoten, und danach ...« Ich lächele. »Ich denke, man hätte mich zu Recht als eine jugendliche Straftäterin bezeichnen können. Ich hatte Probleme mit dem Gesetz, bin zu meinem eigenen Schutz zwangseingewiesen worden, und als ich das hinter mir hatte und man dachte, es sei ungefährlich, mich wieder auf die Allgemeinheit loszulassen, gab es eine ganze Reihe von Jobs, von denen ich jedoch keinen lange behalten konnte. Ich bin das schwarze Schaf der Familie. Während alle anderen in das Familienunternehmen eingestiegen sind, habe ich das immer abgelehnt.«

»Was nicht immer schlecht sein muss«, entgegnet Jake. »Manchmal wünsche ich mir, ich hätte das Gleiche getan.«

Ich lege meine Hand auf Jakes. Ich weiß, dass er seinen Job mit den Tieren meint.

Plötzlich klopft es an der Tür, und wir schauen einander überrascht an.

»Das ist wahrscheinlich Woody, der sich fragt, wie es uns heute Morgen geht«, erklärt Amber, als sie aufspringt und zur Tür läuft.

»Hi, Amber«, höre ich Ashs Stimme und ziehe unweigerlich meine Hand von Jakes zurück. »Ist Poppy da?«

Amber tritt beiseite, und Ash kommt herein. Anders als wir sieht er frisch und erholt aus. Er trägt ein weißes T-Shirt und eine Jeans, und sein Blick fällt sofort auf mich am Küchentisch, bevor er dann zu Jake wandert.

»Jake?« Er starrt ihn fragend an. »Ich hätte nicht gedacht, dass du um diese Uhrzeit hier bist, und …«, er mustert misstrauisch Jakes Kleidung, »du immer noch die gleichen Sachen wie gestern trägst.«

»Ich denke, ich gehe jetzt besser, Poppy«, sagt Jake und steht auf. »Ich mache mich zu Hause schnell frisch und rufe dann für dich den Tierarzt an.«

»Danke, Jake«, sage ich und schaue zu ihm auf. »Für alles.«

»Jederzeit.« Jake beugt sich zu mir herunter und küsst mich auf den Kopf. »Ich melde mich später nochmal.« Er ruft Miley herbei und geht zur Tür.

»Ash«, sagt er dann und wendet sich im Vorbeigehen an einen perplex dreinschauenden Ash. »Schone sie bitte, sie hat eine harte Nacht hinter sich.«

Dann geht er, und mir rutscht das Herz in die Hose. Jake ist mir in den letzten Stunden eine so unglaubliche

Stütze gewesen, dass ich keine Ahnung habe, wie ich ohne ihn den Tatsachen ins Auge schauen soll. Ich bringe es immer noch nicht übers Herz, in die Richtung von Basils Körbchen zu schauen, und habe obendrein nicht einmal die blasseste Ahnung, wie ich es Ash beibringen soll, dass ich mit ihm Schluss machen muss …

Ash wartet in der Küche auf mich, während ich mich umziehe, und ich höre, wie Amber ihm von Basil berichtet.

Als ich zurückkehre, kommt Ash zu mir und nimmt mich in den Arm. »Poppy, es tut mir leid, was mit Basil passiert ist«, erklärt er. »Ich werde den alten Kerl vermissen, sehr sogar. Und es tut mir leid, dass ich bei Jakes Party so böse auf dich war. Ich habe mit Willow gesprochen, und sie hat mir die Augen geöffnet, wie idiotisch ich mich verhalten habe. Kannst du mir verzeihen?«

Ich bin froh, als Ash mir vorschlägt, einen Spaziergang zu machen; es ist ein wunderschöner Morgen, und wir beschließen, durch die Stadt und zum Strand zu gehen. Mit Basil haben wir hier viele glückliche Stunden verbracht, sodass ich mich noch viel schlechter als ohnehin schon fühle, wenn ich an das denke, was ich gleich tun muss.

Heute Morgen wimmelt es am Strand nur so von Urlaubern, die ihre Picknicks genießen und Sandburgen bauen. Ich habe keine Ahnung, was in diesem Sommer mit St. Felix geschehen ist, aber mit jedem Tag scheint es mehr Besucher zu geben.

Der Anblick von so vielen Menschen, die sich alle an

dieser Stadt erfreuen, hebt meine Laune ein wenig, doch meine Freude ist nur von kurzer Dauer. Ein Labrador läuft auf der Jagd nach einem Ball an uns vorbei, und schon werde ich wieder daran erinnert, dass Basil nicht mehr unter uns ist.

»Es ist okay, traurig zu sein«, stellt Ash fest, als wir kurz stehen bleiben, um den Wellen hinterherzuschauen.

»Ich weiß«, erwidere ich. »Ich vermisse Basil nur so unglaublich. Für mich ist er mehr als nur ein Hund gewesen; er war mein Freund.«

Ash legt seinen Arm um meine Schultern, und sofort werde ich an Jake erinnert, wie er heute Morgen das Gleiche getan hat.

»Ich möchte mich noch einmal dafür entschuldigen, was passiert ist«, fährt Ash sanft fort. »Ich hätte nicht so einen Wutanfall bei Jakes Party bekommen dürfen. Ich hätte dir vertrauen müssen. Ich weiß, dass du mich nicht betrügen würdest.«

Sein letzter Satz bleibt in der Seeluft hängen wie eine Möwe, die auf einer Windböe reitet.

»Schon gut, ehrlich«, versichere ich ihm. »Ich hätte dich einfach nicht so lange allein lassen dürfen bei der Party. Das war nicht fair.«

»Ach was, ich hatte ja Charlie, mit dem ich mich unterhalten konnte. Ein netter Kerl. Er wird noch einmal mit uns surfen gehen. Es hat ihm wirklich super gefallen. Und er hat Talent.«

»Das ist toll. Vielen Dank, dass du das für mich gemacht hast.« Ich drehe mich um und schaue Ash zum ersten Mal, seit wir hier am Strand sind, in die Augen.

»Du darfst nicht denken, dass ich das nicht zu schätzen weiß!«

Ash starrt mich verwirrt an.

»Das würde ich niemals denken, Poppy. Ich freue mich immer, wenn ich dir helfen kann.« Er hält einen Moment lang inne, als müsse er über etwas nachdenken, bevor er dann den Arm von meiner Schulter sinken lässt. »Aber *warum* hat Jake gestern bei Willow angeklopft und wollte seinen Trödel zurück? Das hast du mir immer noch nicht verraten. Das kommt mir alles ein wenig seltsam vor.«

Wir finden ein Plätzchen, an dem wir uns in den Sand setzen können, bevor ich dann Ash alles über Stans Blumenbilder erzähle und berichte, was sich in Carolines Haus abgespielt hat.

»Wow!« Ash reckt die Faust in die Höhe. »Stan wird überglücklich sein. Ich muss auch mal hinfahren und den alten Kerl besuchen, nachdem wir jetzt wissen, wo er ist. Vielleicht können wir ja mal gemeinsam zu ihm fahren?«

Ich schließe die Augen. Ich muss es irgendwann hinter mich bringen.

»Glaubst du, dass das Karma ist?«, frage ich und schlage die Augen wieder auf. »Dass ich erst all die Bilder finde, um Stan zu helfen, und dann Basil stirbt? Dass etwas Gutes geschieht und dann etwas Schlimmes passieren muss, um das Universum im Gleichgewicht zu halten?«

»Mit jedem Tag klingst du mehr wie Amber«, stellt Ash fest und grinst mich an. »Nein, jetzt sei nicht albern, das ist nur ein Zufall. Du hast etwas wirklich

Gutes für Stan getan, Poppy. Das darfst du nicht aus den Augen verlieren.«

»Vielleicht …« Aber was ist mit dem, was letzte Nacht zwischen Jake und mir passiert ist? Das ist auch etwas Gutes. Aber das Schlechte ist, dass ich als Folge nun mit Ash Schluss machen muss. Vielleicht sind Ambers Ansichten doch vernünftiger, als ich gedacht habe. Was ich jedoch weiß: Ich will mit Jake zusammen sein, und da ist es nicht fair, Ash noch länger hinzuhalten.

»Ash«, sage ich im gleichen Moment, als er mir eine Frage stellt. »Was hat eigentlich Jake heute Morgen bei dir zu suchen gehabt, Poppy? Hat er die Nacht bei dir verbracht?«

Ich habe gewusst, dass er mir in Bezug auf Jake nicht wirklich geglaubt hat. Alles, was er heute Morgen gesagt hat, sind Willows Gedanken und Worte gewesen, nicht seine.

»Nein – also ja. Ja, er hat die Nacht im Cottage verbracht, aber es ist nicht so, wie du denkst. Ehrlich, Ash, ich sage dir die Wahrheit. Er hat mich nur wegen Basil getröstet.«

»Du magst ihn sehr, nicht wahr?«, fragt mich Ash, ohne mich dabei anzuschauen. Stattdessen beobachtet er einen kleinen Jungen, der mit einem glänzenden roten Plastikeimer eine Sandburg baut.

»Ja, natürlich, aber …«

»Und er mag dich so, dass er dich heute Morgen geküsst hat.«

»Das war doch nur ein Kuss auf den Kopf«, protestiere ich. »Das hat nichts zu …«

479

»Oh doch, das denke ich schon«, entgegnet Ash in einem strengeren Tonfall, als ich von ihm gewohnt bin. Er sieht mich immer noch nicht an. »Ich bin nicht dumm, Poppy; ich sehe doch, wie ihr zwei euch anseht, und zwar nicht nur heute Morgen, sondern jedes Mal, wenn ich euch beide zusammen sehe. Es steht euch deutlich ins Gesicht geschrieben. Bist du in ihn verliebt?«

»Ich …« Ich glaube, ich habe einen Moment zu lange nachgedacht. »Ja, das könnte sein«, erwidere ich dann ehrlich. »Es tut mir so leid, Ash, es liegt nicht an dir. Ich mag dich, ich mag dich wirklich sehr.«

»Aber du *liebst* mich nicht«, entgegnet Ash angespannt. Er sieht mir in die Augen. »Richtig?«

Ich nicke.

Ash steht auf und wischt sich den Sand von der Hose. »Es macht zwar jetzt keinen Unterschied mehr, Poppy«, sagt er und schaut zu mir hinunter, »aber es interessiert dich vielleicht, dass – während du mich nur *gemocht* hast – ich in dich *verliebt* war.« Als er zu mir hinunterschaut, wie ich immer noch im Sand sitze, bin ich sicher, in seinen Augen Tränen aufblitzen zu sehen.

»Oh Ash«, sage ich und stehe mühsam auf. »Es tut mir leid, das wusste ich nicht. Wenn ich das …«

»Dann hättest du *was*?« Mit Kummer im Blick sieht mich Ash an. »Dann hättest du dich nicht in Jake verliebt? Ich denke wohl kaum.«

Ich habe absolut keine Ahnung, was ich sagen soll; ich will meine Hand auf seinen Arm legen, doch er dreht sich weg.

»Wir sehen uns, Poppy«, sagt er mit zitternder Stimme, als er den Sand überquert. »Es war eine schöne Zeit.«

»Ash!«, rufe ich ihm hinterher, aber entweder hört er mich nicht, oder er will mich nicht hören.

Ich betrachte den Menschen und den regen Betrieb hier, und einen Augenblick lang sehne ich mich nach den menschenleeren Stränden, die ich bei meiner Rückkehr nach St. Felix zunächst erlebt habe, oder wenigstens nach einem plötzlichen Regenschauer, sodass alle schnellstens verschwinden würden und ich eine Weile lang allein sein könnte.

Aber ich weiß, dass das nicht passieren wird. An diesem sonnigen Morgen wimmelt es in St. Felix nur so von Leuten, und ich kann der Stadt diese Freude nicht missgönnen. Ich muss mir etwas anderes einfallen lassen, wo ich hingehen kann; einen Ort, an dem ich mit meinen Gedanken eine Weile lang allein sein kann …

Und dann fällt es mir ein.

Mit gesenktem Kopf und ohne mit jemandem zu sprechen, verlasse ich den Strand, kehre Richtung Stadt zurück und laufe zu den Klippen hinauf. Wie Charlie es mir am Eröffnungstag des *Daisy Chain* gezeigt hat, kraxele ich vorsichtig die grasbewachsene Seite der Klippen hinunter, finde die Stufen im Fels und klettere diese zu dem kleinen Aussichtspunkt hinunter.

Während ich dasitze, beobachte ich wie an jenem Tag die Möwen, die über dem Meer ihre Kreise ziehen. Ihre anmutige Kunstfertigkeit, mit der sie hinunterschnellen und nach ihrer Nahrung tauchen, fasziniert mich, während es mir gleichzeitig erlaubt, meine Gedanken zu sortieren.

Mit Basil hätte ich bei unseren gemeinsamen Spaziergängen niemals herkommen können, da es für den armen alten Kerl viel zu gefährlich gewesen wäre, die schmalen Felsstufen hinunterzulaufen.

Ich lächele mühsam, als ich an Basil denke. Ich habe versucht, ihn während seiner letzten paar Monate hier auf Erden so glücklich wie möglich zu machen. Gemeinsam haben wir viele Spaziergänge unternommen, von denen ich sicher bin, dass Basil sie mehr als alles andere genossen hat, sogar noch mehr als seinen Käse. Und er ist mir ein wunderbarer Freund gewesen, so wie ich hoffe, dass ich es für ihn gewesen bin. Ich habe Basil Dinge erzählt, die ich noch nie irgendwem zuvor gesagt habe, und er hat einfach nur dagesessen, mir zugehört und über alles mit nicht mehr als einem Zucken seines Ohres oder mit einem Zungenlecken geurteilt.

Ich vermisse ihn mehr, als sich irgendwer vorstellen kann.

Ich werde auch Ash vermissen.

Ich habe Ash niemals wehtun wollen, ich habe ihn wirklich sehr gemocht. Es hat Spaß mit ihm zusammen gemacht, und wir haben über den Sommer hinweg eine schöne Zeit miteinander verbracht, aber ich empfinde für ihn einfach nicht das Gleiche wie für Jake.

Das letzte Mal, als ich an diesem Aussichtspunkt gewesen bin, war Jake bei mir. Während seiner Geburtstagsparty haben wir hier im Mondlicht gesessen. Damals hat er zum ersten Mal mir gegenüber zugegeben, etwas für mich zu empfinden.

Aber Gefühle für jemanden zu hegen, bedeutet nicht notwendigerweise, dass man auch eine Beziehung mit demjenigen führen will. Ich habe ihm heute Morgen erklärt, dass ich nicht Felicitys Stelle einnehmen will. Aber ist denn Jake überhaupt bereit, den nächsten Schritt zu wagen?

Während ich friedlich auf dem Aussichtspunkt hocke und mich von dem rhythmischen Rauschen des Meeres berieseln lasse, wie es schon so viele Male nach meiner Rückkehr nach St. Felix geschehen ist, kommen meine Gedanken zur Ruhe und meine Seele findet Trost.

43.

Maiglöckchen – Rückkehr zum Glück

Ich stehe auf dem Balkon und schaue auf den Hafen von St. Felix hinaus, als mit einem Mal etwas Kaltes, Feuchtes meinen Knöchel anstupst. Daher bücke ich mich.

»Hey, Bill«, sage ich und streichele den Welpen, der sich am Ende einer schmalen roten Leine befindet. »Bist du bereit, Gassi zu gehen?«

Etwa eine Woche nach Basils Tod liefen Jake, Amber, Woody, Lou, Bronte, Charlie und ich zur Spitze des Pengarthen Hill hinauf, wo Basil und ich bei unseren täglichen Runden immer spazieren gegangen sind, und verteilten dort oben seine Asche über die Bucht.

Traurig sahen wir zu, wie der böige Wind Basils Überreste über die Klippen pustete und aufs Meer hinaustrug. Sogar die kleine Miley war traurig und beobachtete aus Jakes sicheren Armen heraus still, wie ihr Freund in den Sonnenuntergang hinein verschwand.

Für uns alle war es ein schwerer Tag. Der Abschied von Basil ließ all die Schmerzen nach seinem Tod noch einmal zurückkehren ebenso wie die Erinnerungen an alle geliebten Menschen, von denen wir uns bereits verabschieden mussten.

Doch nach unserer improvisierten Trauerfeier hatte Lou eine Überraschung für mich. Gemeinsam kehrten wir in Lous Haus zurück, wo sie uns etwas zum Abendessen zubereitete.

Basil ist die letzte Verbindung zwischen Lou und meiner Großmutter gewesen, und sein Tod hat sie hart getroffen. Um uns gegenseitig Trost zu spenden, hatten wir uns angewöhnt, jeden Abend mit den verbliebenen zwei Welpen aus dem Wurf – alle anderen hatten ein neues Zuhause gefunden – zu den Klippen hinaufzuspazieren. Sie hatten alle Impfungen erhalten und freuten sich, nun endlich hinauszudürfen. Zwar verfügen sie noch nicht über die Kondition und die Ausdauer, die für Basils und meine langen Spaziergänge nötig gewesen sind, doch sie sind mir dennoch ein großer Trost.

Ja, ich habe um einen Hund getrauert. Früher hätte ich das nie so offen zugeben können, doch Basil war ein Teil meiner St.-Felix-Familie, und er wird schrecklich vermisst.

»Ich habe euch etwas zu sagen«, verkündete Lou, als wir in ihrer Küche bei Suppe und selbstgebackenem Brot zusammensaßen. »Ich habe endlich ein Zuhause für den letzten Welpen gefunden.«

Alle drehten sich zu Lou um.

»Wie ihr wisst, habe ich immer gesagt, dass ich einen von Suzys und Basils Welpen behalten möchte, doch ich hatte Schwierigkeiten, für das letzte, noch übrige kleine Kerlchen ein Zuhause zu finden. Aber eigentlich war das eine Lüge«, erklärte Lou mit funkelnden Augen. »Ich habe gar nicht erst nach einem Heim für den kleinen Kerl gesucht.« Daraufhin bückte sich Lou und streichelte einen der Welpen. Nämlich den, der wie eine Miniaturausgabe von Basil aussieht: Er besitzt das gleiche mehrfarbige Fell, die gleiche Art und Weise, sich hinzusetzen und den Kopf mit den langen Ohren zur Seite zu neigen, dazu die beharrlichen Versuche und Drängeleien, um Futter zu bekommen. »Da ich nämlich die ganze Zeit gewusst habe, wo er hingehört. Poppy.« Sie sah zu mir auf. »Er gehört zu dir.«

Natürlich protestierte ich erst und behauptete, dass niemand Basil ersetzen könne, doch insgeheim freute ich mich wahnsinnig. Dieser kleine Kerl hier war von Beginn an mein Liebling, schon als ich gelegentlich Basil vorbeigebracht habe, um seine Welpen zu besuchen. Der Kleine ist ein stiller, nachdenklicher Welpe und erinnert mich stark an den würdevollen, majestätischen Basil.

Ich habe ihn Bill genannt, nach meinem Bruder William.

»Na gut«, rufe ich nun Bill zu, »wenn du Gassi gehen willst, dann tun wir das jetzt auch!«

Als wir in die Stadt zurückkehren und die Harbour Street hinaufgehen, müssen wir uns regelrecht durch die Menschenmengen quetschen, die sich heute in St. Felix tummeln.

Die Nachricht von Ambers besonderen Blumensträußen hat sich bis weit über die Grenzen Cornwalls hinweg verbreitet. Zum einen durch Mund-zu-Mund-Propaganda von begeisterten Kunden, denen erstaunliche Dinge widerfahren sind, nachdem sie einen der Sträuße mit weißem Band erhalten haben, zum anderen aber auch, weil Amber unwissentlich einen ihrer besonderen Sträuße für eine Journalistin gebunden hat.

Die zynische Reporterin ist eines Tages ins *Daisy Chain* gekommen und hat nach einem »Strauß mit einem weißen Band« gefragt, wie sie mittlerweile genannt werden. Sie nahm Ambers Blumenauswahl mit in der Annahme, einen vernichtenden Artikel über einen quacksalberischen Blumenladen in Cornwall schreiben zu können, der von sich behauptet, mit seinen Sträußen Wunder bewirken zu können. Doch zu ihrer großen Verwunderung hat sie nach jahrelangen fehlgeschlagenen Versuchen, mit ihrem Ehemann ein Baby zu bekommen, nur wenige Tage nach ihrer Rückkehr aus St. Felix festgestellt, dass sie schwanger war. Im nächsten Frühjahr erwartet sie nun Zwillinge.

Ihre wunderbare Geschichte ist zunächst in einem Lokalblatt veröffentlicht worden, dann jedoch auch in einer überregionalen Zeitung. Anschließend sind wir zu einem Interview für die Sendung *This Morning* im Morgenprogramm eingeladen worden – woraufhin meine Mutter beinahe vor Freude geplatzt ist, als ich ihr erzählt habe, dass wir den Fernsehmoderator Philip Schofield getroffen haben. Jetzt kommen ganze Heerscharen von Menschen nach St. Felix, um Ambers Sträuße zu kaufen und Fotos vom »magischen Blumenladen in Cornwall« zu schießen, wie die Zeitungen ihn nennen.

Der neu entdeckte Ruhm des *Daisy Chain* hat aus dem verschlafenen Städtchen St. Felix in Cornwall eine lebhafte Touristenattraktion gemacht, und es geht hier trubeliger und fröhlicher zu, als ich es je zuvor erlebt habe.

Ganze Horden von Händlern sind in die Stadt gekommen und haben sich die leer stehenden Ladenlokale in der Harbour Street in der Absicht angesehen, dort im nächsten Frühjahr einen Laden zu eröffnen, während die Besitzer der schon anwesenden Läden vor lauter Arbeit kein Bein mehr auf den Boden bekommen und zusätzliche Mitarbeiter einstellen müssen, um den plötzlichen Touristenstrom zu meistern. Doch das Bemerkenswerteste ist, dass die Leute immerzu lächeln, ganz gleich, wo man auch hinsieht, und auch ganz egal, ob sie neu in St. Felix sind oder hier schon ihr ganzes Leben lang wohnen.

Heute, als die strahlende Sonne auf eine Stadt voller fröhlicher Urlauber hinunterscheint, werde ich an die Zeit erinnert, als ich als Kind hergekommen bin und mit Will zusammen mit einer Papiertüte in der Hand, in der sich eine Pastete für Stan befand, durch die belebten Straßen gelaufen bin ...

Pasteten! Das erinnert mich daran, dass ich noch eine für Stan besorgen muss.

Auf dem Rückweg zum Laden stecke ich nur kurz den Kopf zur Tür des *Blue Canary* hinein, damit ich Bill nicht draußen allein lassen muss. Als Ant mich sieht, packt er sofort eine riesengroße Pastete für Stan in eine Tüte und drei Puddingtörtchen für mich in eine weitere.

»Wünsch Stan alles Gute von mir«, ruft er nur kurz und läuft sofort wieder in den Laden zurück, weil dort eine ziemlich lange Schlange mit hungrigen Kunden auf ihn wartet. »Was für ein toller Kerl mit all seinen wunderbaren Geschichten rund um St. Felix. Ich könnte ihm den ganzen Tag lang lauschen!«

»Ich werd's ihm ausrichten«, erwidere ich lächelnd. Es ist toll, dass Stans Geschichten die Leute wieder unterhalten.

Wieder zurück im *Daisy Chain* freue ich mich über die Anwesenheit von neuen Kunden, glücklicherweise sind es jedoch nicht allzu viele. Ich führe Bill hinter die Verkaufstheke und stelle ihm im Hinterzimmer einen Wassernapf hin.

»Wo ist Stan?«, frage ich Bronte, nachdem sie ihren Kunden bedient hat.

»Ich habe gerade drei Paare von meinen Ohrringen an diese Dame verkauft«, jubelt Bronte glücklich und legt einige Scheine in die Ladenkasse. »Opa? Charlie ist vorbeigekommen und macht einen Spaziergang mit ihm.«

Nachdem wir herausgefunden hatten, dass Bronte und Charlie höchstwahrscheinlich Stans Enkel sind, haben Jake und ich sie ein paarmal nach Camberley House mitgenommen, um gemeinsam mit ihnen Stan dort zu besuchen. Den Tag, an dem Stan zum ersten Mal seine Enkel gesehen hat, werde ich nie vergessen.

Während des Mittagessens hat Stan dann Bronte und Charlie mit seinen Geschichten rund um Trecarlan unterhalten, und im Gegenzug haben sie ihm dann von ihrem Leben erzählt. Sie haben sich alle so gut verstanden, dass man fast hätte meinen können, sie würden sich schon ihr ganzes Leben lang kennen. Die beiden mit Stan zusammen zu sehen, hat viele glückliche Erinnerungen an die Zeit geweckt, die Will und ich mit ihm verbracht haben. Nur mit dem Unterschied, dass dies Stans echte Familie ist – eine Familie, von der er nie gedacht hätte, dass es sie geben würde.

Um ihm eine Freude zu machen und ihm einen Urlaub von Camberley House zu gönnen, ist Stan eine Woche lang in Jakes Haus zu Gast. Ich wollte eigentlich, dass er zu mir kommt und in meinem Cottage bleibt, doch das ist leider nicht groß genug, um den Rollstuhl zu beherbergen, auf den Stan angewiesen ist, um mobil zu sein. Deswegen ist er überglücklich zu seiner »neuen Familie« gefahren, wie er sie gern bezeichnet, und währenddessen verbringe ich dort so viel Zeit mit ihm, wie ich nur kann.

Gestern haben wir zum ersten Mal seit mehr als fünfzehn Jahren gemeinsam Trecarlan Castle besucht. Für uns beide ist es ein ganz besonderer Moment gewesen. Heute haben wir ihn zum Blumenladen gebracht, damit er sich anschauen kann, wie dort jetzt alles aussieht.

Ich schaue kurz nach Bill, der schon in seinem Körbchen im Hinterzimmer liegt und tief und fest schlummert.

»Ich lasse Bill hier«, erkläre ich Bronte und schnappe mir Stans Pastete. »Er schläft jetzt erst einmal eine Weile. Ich gehe kurz zu deinem Opa.«

»Alles klar, Boss!«, ruft Bronte, die gerade einen weiteren Termin für eine Kundin mit Amber macht. »Wir sehen uns dann um vier Uhr, Mrs Hurley.«

»Warte kurz, Poppy!«, ruft mir Amber hinterher,

nachdem sie ihren Kunden bedient hat – oder Auftraggeber, wie wir mittlerweile unsere »besonderen« Kunden nennen. »Ich habe noch etwas für dich!«

»Was denn?«, frage ich, als Amber ins Hinterzimmer verschwindet.

»Das hier«, erwidert sie nach ihrer Rückkehr und hält mir ein kleines Sträußchen mit blauen, weißen und rosafarbenen Blumen hin, die mit einem weißen Schleifenband zusammengebunden sind. »Das lag hier heute Morgen vor der Ladentür.«

Argwöhnisch mustere ich Amber. »Hast du was damit zu tun?«, frage ich sie. »Das Sträußchen sieht aus wie eines von deinen.«

Sie schüttelt den Kopf. »Nein, ich weiß von nichts. Aber sieh mal«, sie deutet auf die Blumen, »da steckt eine Karte drin.«

Ich drehe den Strauß um und ziehe einen kleinen weißen Umschlag heraus. Er gleicht den kleinen, die wir mit unseren Sträußen ausgeben. Die Karte im Inneren des Umschlags ist handgeschrieben.

Willst du wissen, ob dies gut oder schlecht ist? Dann geh und finde denjenigen, den wir einmal für verrückt gehalten haben ...

Ich schaue zu Amber hinüber. »Was soll das?«, frage ich sie misstrauisch. »Bist du sicher, dass du nichts damit zu tun hast?«

Erneut schüttelt Amber den Kopf. »Definitiv. Aber die Blumenauswahl ist echt süß. Da sind Iris dabei, die für eine Botschaft stehen; außerdem weiße Levkojen –

in meinen Augen wirst du immer schön sein; und hellrosa Phlox – unsere Seelen sind vereint.«

»Hmmm …« Misstrauisch beäuge ich Amber. »Aber was soll die Karte bedeuten? ›Geh und finde den, den wir einmal für verrückt gehalten haben‹?«

»Damit ist Opa gemeint!«, ruft Bronte aufgeregt. »Ihn haben doch alle für verrückt gehalten, oder?«

Ich seufze. »Nun, da ich ohnehin gerade auf dem Weg zu Stan bin, welchen Unterschied macht es da, wenn ich tue, was die Karte von mir verlangt?«

»Ach, komm schon, Poppy, spiel doch einfach mit!«, ruft Amber missbilligend. »Mach doch einfach mal diesen kleinen Spaß mit!«

»Okay, okay«, beschwichtige ich sie und lege die Blumen auf den Tisch.

»Nein, die musst du doch mitnehmen!«, beharrt Bronte.

Ich kneife die Augen zusammen und mustere die beiden. »Glaubt ja nicht, ich wüsste nicht, dass ihr da mit drinsteckt!«, erkläre ich ihnen. »Okay, dann nehme ich die Blumen eben mit. Bis später!«

Nachdem ich den Laden mit Stans Pastete und den Blumen verlassen habe, drehe ich mich noch einmal kurz um und sehe, wie die beiden sich abklatschen.

»So so, ihr habt also nichts damit zu tun«, murmele ich und bahne mir einen Weg durch die Urlauberscharen. »*Natürlich* nicht.«

Am Hafen treffe ich auf Stan, der von Kindern umringt in seinem Rollstuhl sitzt. Wie es scheint, erzählt er ihnen gerade etwas. Daher setze ich mich neben Charlie, der die Geschichte genauso zu genießen scheint wie die Kinder.

»… und dann, als die Piraten nach Trecarlan zurückgekehrt sind, haben sie bemerkt, dass der Schatz verschwunden ist!«, erzählt er gerade den Kindern, die mucksmäuschenstill vor ihm sitzen, die Augen vor Spannung weit aufgerissen.

Aber auch die Eltern hängen ihm geradezu an den Lippen. »Hast du gewusst, was dort oben auf Trecarlan Castle alles passiert ist?«, fragt ein Elternteil ein anderes.

»Nein, das denkt er sich doch sicher alles nur aus. Es heißt, der Kerl sei ein wenig verrückt.«

»Ja, das ist mir auch zu Ohren gekommen, aber was er sagt, klingt doch recht schlüssig. Außerdem hat das Schloss durchaus eine gewisse Geschichte, auch wenn sie vielleicht nicht ganz so aufregend sein mag, wie er sie beschreibt.«

»Ich frage mich, was wohl aus dem Schloss wird. Was für eine Schande, dass es leer steht, nicht wahr?«

»Stimmt. Meine Mutter hat erzählt, dass es vor Jahren dort oben einmal wunderschön gewesen ist. Das Schloss war der Mittelpunkt der ganzen Stadt.«

»Und das«, erzählt Stan den Kindern, »war die Geschichte, wie Trecarlan die Juwelen einer indischen Prinzessin gerettet hat.«

Die Kinder klatschen begeistert und fordern eine weitere Geschichte. Doch nun hebt Stan die Hand. »Vielleicht später, Kinder, Stan muss sich jetzt erst einmal ein wenig ausruhen.« Er winkt Charlie und mir, woraufhin wir zu ihm gehen.

»Ah, weitere zufriedene Kunden«, stellt Stan fest und wirkt dabei glücklicher und lebendiger, als ich ihn seit langem erlebt habe.

»Sie lieben dich einfach, Stan«, erwidere ich. »Und die Eltern lieben dich dafür, dass du ihre Kleinen so unterhältst.«

»Vergesst die Kinder, ich habe mich ebenfalls bestens unterhalten gefühlt«, erklärt Charlie grinsend. »Ich liebe Opas Geschichten.«

Stans Miene leuchtet auf, als Charlie ihn so nennt.

»Na gut, Charlie«, fährt Stan fort, »wie wäre es denn, wenn du deinem Opa eine kleine – nein, lieber eine große – Pastete in der Bäckerei besorgen würdest?«

Charlie wirft mir einen Blick zu.

»Alles in Ordnung, Charlie«, versichere ich ihm. »Du kannst gehen.«

Charlie zwinkert Stan zu und läuft dann in Richtung des *Blue Canary* los.

»Pasteten kann man nie genug essen, oder, Stan?«, frage ich und hole meine hinter den Blumen hervor.

»Du bist die Beste!«, jubelt Stan und nimmt mir die Tüte ab. Dann betrachtet er die Blumen. »Sehr schön! Wer hat dir die geschenkt?«

»Keine Ahnung«, antworte ich und zucke mit den Schultern. »Das ist irgendeine Art Rätsel; ich spiele einfach mal mit.«

»Gut, gut«, erwidert Stan. Er scheint nicht sonderlich überrascht zu sein. »Und? Wie geht's denn so?«

»Sieh dir nur mal all die Leute an!« Ich deute auf die Menschenmenge, die sich mit ihren Pommes, Pasteten und Eishörnchen im Hafen tummelt.

»Stimmt, heute ist es wie in den guten alten Zeiten«, stellt Stan fest und schaut sich um. »Die Magie wirkt wieder.«

»Bitte?«

Stan grinst mich an. »Die Magie der Blumen. Ich gehe davon aus, dass Amber und du immer noch die alten Bücher deiner Großmutter benutzt, um Sträuße zu binden? Ich habe gesehen, wie Amber Sträuße mit einem weißen Schleifenband zusammenbindet, wie Rose es immer getan hat.«

»Schon, aber …«

»Poppy, du musst die Verbindung doch sehen.«

Ich starre ihn verständnislos an.

»St. Felix war immer eine geschäftige, belebte kleine Stadt, als die Blumenbücher noch über die Generationen hinweg benutzt wurden. Erst als deine Großmutter krank wurde und niemand da war, um die Magie entstehen zu lassen, sind die Probleme aufgetaucht. Sobald ihr beide, du und Amber, die Zügel in die Hand genommen habt, fing St. Felix wieder an, sich zu erholen.«

Während ich darüber nachdenke, stelle ich tatsächlich fest, dass der Betrieb in der Stadt zur gleichen Zeit mehr geworden ist, als Amber damit begonnen hat, ihre besonderen Sträuße mit den weißen Schleifenbändern zu binden. Und je mehr dieser Sträuße sie gebunden hat, desto mehr war in der Stadt los. Aber das ist doch sicher nur ein Zufall. Oder?

»Jedenfalls habe ich nicht danach gefragt, wie es in der Stadt läuft«, fährt Stan wieder fort. »Oder im Laden, bevor du damit anfängst. Ich habe *dich* gemeint. Wie geht es dir, Poppy?«

»Gut«, erwidere ich zögerlich, da ich immer noch über die Blumenbücher nachdenke.

»*Gut*«, wiederholt Stan. »Das war's schon? Komm schon, Poppy, ich bin ein alter Mann – gib mir etwas, was mich am Leben erhält.«

Ich grinse ihn an und beschließe, es dabei zu belassen. Welchen Unterschied macht es denn schon, ob der Aufschwung in St. Felix wohl Magie zuzuschreiben ist oder nicht? Die Hauptsache ist doch, dass der Aufschwung da ist.

»Du wirst für immer und ewig leben, Stan!«, erkläre ich ihm lachend. »Es läuft alles bestens.«

»Ehrlich? In welchem Bereich?«

Ich erröte. »Das weißt du ganz genau, du Scherzkeks: zwischen Jake und mir.«

»Ah, zwischen Jake und dir ... Ich freue mich, das zu hören. Ihr seid ein hübsches Paar.«

Jake und ich verstehen uns seit der Nacht, in der Basil gestorben ist, hervorragend. Wir verbringen viel Zeit miteinander wie damals, als ich nach St. Felix zurückgekehrt bin. Und es ist wirklich schön. Aber es scheint nicht weiterzugehen, und ich frage mich allmählich schon, selbst nach Jakes Erklärung von vor ein paar Wochen, ob das noch was wird.

»Jake ist ein toller Mann«, erkläre ich Stan. »Und ein wunderbarer Freund.«

»Du bist also glücklich?«, fragt mich Stan hoffnungsvoll.

»Ja, natürlich bin ich das.«

»Dann freut mich das sehr für dich, meine Liebe. Denn es wird Zeit – schließlich kannst du dich nicht ewig an die Vergangenheit klammern. Darum habe ich auch einen Entschluss gefasst.« Stan nimmt meine Hand. »Poppy, ich glaube nicht, dass dir und Will jemals klar war, wie viel Freude ihr mir gemacht habt, indem ihr immer nach Trecarlan gekommen seid und Zeit mit mir verbracht habt, als ihr noch kleiner wart. Eure Besuche haben meine langen, einsamen Tage in diesem Schloss erträglich gemacht, und es hat mir etwas gegeben, worauf ich mich immer wieder gefreut habe.«

Ich will gerade etwas sagen, doch Stan hält mich davon ab, indem er die andere Hand abwehrend hebt.

»Nein, lass mich zu Ende reden. Es ist immer mein Plan gewesen, dass eines Tages ihr, du und Will, Trecarlan bekommen solltet. So war es«, beharrt er, »und eigentlich ist das auch immer noch mein letzter Wille. Leider ist Will nicht mehr unter uns, deswegen wirst du, Poppy, das Schloss erben. Ich möchte, dass du Trecarlan übernimmst und damit anstellst, was du für richtig hältst.«

»Bitte? Nein, Stan, das kannst du nicht machen! Trecarlan gehört dir, es ist dein Zuhause.«

»Es ist nicht mehr mein Zuhause«, entgegnet Stan. »Das war es vor vielen Jahren einmal. Trecarlan braucht jetzt frischen Wind – jemanden, der sich um das Schloss kümmert, es hegt und pflegt und es für etwas Gutes einsetzt. Und diese Person, Poppy, bist du. Ich möchte, dass du mit der tollen Arbeit weitermachst, die du während der letzten Monate geleistet hast.«

»Aber … was ist mit deiner echten Familie? Was ist mit Bronte und Charlie? Sollten nicht eher die beiden das Schloss erben?«

»Du gehörst genauso zu meiner Familie wie sie«, stellt Stan klar, »wenn nicht sogar noch mehr. Ich bin sicher, wir können mit Jake eine Lösung finden, sodass die Kinder ein Teil von Trecarlan sein können, wenn sie möchten. Aber ich habe mir immer gewünscht, dass du einmal mein Zuhause erbst, Poppy, und ich wäre dir sehr dankbar, wenn du mir den großen Gefallen tust, mein Angebot anzunehmen.«

Ich starre erst Stan an, bevor ich dann zu Trecarlan hinaufschaue, das hoch oben auf dem Hügel über der St. Felix Bay aufragt. Auf dem Schloss habe ich die schönste und glücklichste Zeit meines Lebens verbracht, und jetzt will mir kein Grund einfallen, warum das nicht auch wieder so werden sollte.

»Ja«, sage ich und knie mich neben Stan. »Wenn du wirklich willst, dass ich mich für dich um Trecarlan kümmere, dann mache ich das.«

»Poppy, ich wusste, dass du ja sagen würdest!«, ruft Stan und legt mir seine dünne Hand an die Wange. »Du hast gerade einen alten Mann sehr glücklich gemacht.«

»Aber du bist dir auch wirklich sicher, Stan? Was ist denn mit dem Gemeinderat? Wird der nicht ordentlich Wirbel machen?«

Stan schüttelt den Kopf. »Nachdem diese Harrington-Frau sich zurückgezogen hat, wird er *cool* reagieren. Das sagen die jungen Leute doch so, oder?«

Ich nicke. Nachdem ich Caroline und Johnny meine Bedingungen dafür genannt hatte, unter denen ich nicht zur Polizei gehen werde, haben sie sofort reagiert. Caroline hat sowohl als Vorsitzende des Gemeinderates als auch als Präsidentin der Frauengemeinschaft

ihren Rücktritt erklärt, und Johnny hat sich darum gekümmert, dass der zweite Teil meiner Bedingungen
schnellstens erledigt wurde.

»Poppy, noch nie in meinem Leben bin ich mir bei
einer Sache so sicher gewesen wie jetzt. Ich möchte,
dass du dafür sorgst, dass Trecarlan wieder von Freude
und Gelächter erfüllt ist. Sorg dafür, dass dort wieder
Leben in die Bude einkehrt wie zu den guten alten
Zeiten, bevor das Schloss das Zuhause eines einsamen,
alten Mannes geworden ist.«

»Das werde ich, Stan«, verspreche ich, beuge mich
über seinen Rollstuhl und umarme ihn. »Versprochen.«

»Ich weiß, dass du das mit Trecarlan schon machen
wirst, Poppy«, versichert mir Stan. »Und wenn du
damit einen Gewinn erwirtschaftest, vielleicht kannst
du mir dann dabei helfen, meine Kosten in Camberley
zu finanzieren. Aber ich will nicht, dass du die Blumenbilder für mich verkaufst. Ich habe sie verschenkt – es
liegt also nicht mehr in meiner Hand, was damit wird.«

»Natürlich, Stan. Ich würde nicht mal im Traum
daran denken, die Bilder zu verkaufen, wenn du es
nicht willst. Vielleicht können wir sie im Schloss ausstellen, damit künftige Besucher sie sehen und bewundern können.«

»Das ist eine wunderbare Idee!«, lobt Stan und lächelt strahlend. »Das würde mir sehr gefallen.«

Innerlich diskutiere ich gerade mit mir, ob dies wohl
der geeignete Zeitpunkt ist, um Stan die andere Bedingung zu beichten, die ich mit Caroline und Johnny
für mein Schweigen ausgehandelt habe. Doch ich

beschließe, dass der Moment noch nicht gekommen ist, um Stan wissen zu lassen, dass er in Camberley House bleiben kann, wenn er möchte – weil Caroline und Johnny Harrington-Smythe bis zu seinem Tod für seine Kosten dort aufkommen werden.

»Ich habe hier noch etwas für dich, Poppy«, verkündet Stan plötzlich und reißt mich aus meinen Gedanken. »Ich denke, du wirst auf der Rückseite meines Rollstuhls ein filigranes Blumensträußchen finden, das dort hängt und auf dem sich dein Name befindet.«

»Bitte?«, frage ich verwundert und gehe zur Rückseite des Rollstuhls. Dort ist tatsächlich ein buntes Blumensträußchen mit weißem Schleifenband an einem Haken befestigt, das ich vorsichtig abnehme und Stan dabei einen misstrauischen Blick zuwerfe.

»Steckst du auch dahinter?«, frage ich.

Doch Stan zwinkert mir nur zu. »Jetzt hast du also schon zwei wunderschöne Blumensträuße. In diesem Strauß befinden sich Stiefmütterchen, die bedeuten: Denk an mich, sowie Inkalilien, die für Zuneigung stehen. Das Ganze ist von Efeu umschlungen, das Treue bedeutet. Mach weiter, Liebes, öffne die Karte!«

Ich öffne den Umschlag, in dem sich eine Karte mit der gleichen Handschrift befindet. Dieses Mal steht darauf:

Du hast also den Verrückten gefunden; dann musst du jetzt mich suchen. Komm zu dem Ort, wo nichts anderes auf der Welt mehr eine Rolle spielt. Zusammen können wir dann auf das endlose Meer hinausschauen.

»Der Felsvorsprung ist gemeint«, erkläre ich Stan. »Der geheime Felsvorsprung beim Pengarthen-Kliff.«

»Na, worauf wartest du dann noch?«, spornt Stan mich an. »Los, ab mit dir!«

»Aber ich kann dich doch nicht einfach hier sitzen lassen!«

»Ah, da kommt ja schon Charlie mit meiner Pastete«, stellt Stan fest, als Charlie wie aufs Stichwort um die Ecke biegt. »Er kümmert sich jetzt hier um mich. Ab mit dir zu den Klippen! Ich denke, dort wirst du etwas vorfinden, was dich für lange, lange Zeit glücklich machen wird.«

44.

Gipskraut – Ewige Liebe

Während ich zu den Klippen eile, geht mir alles noch einmal durch den Kopf, was gerade passiert ist.

Stan hat mir Trecarlan überlassen! Das ist unglaublich und wunderbar, aber auch ein wenig beängstigend.

Natürlich fühle ich mich geehrt und bin unfassbar glücklich, aber gleichzeitig ist es doch wie ein Schock für mich. Was soll ich mit einem Schloss bloß anstellen? Wie soll ich daraus den glücklichen Ort machen, den Stan so gern sehen will?

»Ach, dir wird schon etwas einfallen, Poppy«, sage ich mir, als ich an den Klippen ankomme und vorsichtig die Felsstufen hinunterklettere. »Trecarlan wird dir bei dieser Aufgabe helfen; alles wird gut.« Als ich den Boden des Felsvorsprungs unter den Füßen spüre, bin ich mir einer Sache sicher. Ganz gleich, was jetzt oder in Zukunft passiert: Ich werde mein Leben hier in St. Felix verbringen, wo ich stets am glücklichsten gewesen bin.

Wie ich schon fast erwartet habe, liegt dort ein weiteres Blumensträußchen für mich, natürlich mit einem weißen Schleifenband zusammengebunden. Dieses Mal besteht der Strauß ausschließlich aus bunten Tulpen.

Ich lege die ersten beiden Sträuße ab, damit ich ihn hochheben kann, und finde einen weiteren Umschlag, der inmitten der Blumen steckt. Ich lese die Nachricht laut vor:

Tulpen – eine Liebeserklärung.
Willst du wissen, wer dir diese gern machen möchte?
Dann schau vorsichtig über die Klippe!

Ich tue, was die Karte mir befiehlt, und nähere mich dem Rand der Klippe, bevor ich dann vorsichtig auf den Strand unter mir hinunterschaue.

Jemand hat ein riesengroßes Herz in den Sand gemalt, in dem sich die folgenden Worte befinden:

P & J waren hier
Freunde und Liebespaar
Zusammen für immer.

In dem Herz stehen fast genau die gleichen Worte, die Will und ich vor vielen Jahren unter die Verkaufstheke im Blumenladen geritzt haben.

Während ich noch immer auf das Herz im Sand hinunterstarre, sehe ich, wie eine Person auf den Strand hinaustritt.

Jake.

»Du hast es also geschafft?«, fragt er, als er zum Felsvorsprung hinaufgeklettert kommt. Er nimmt meine Hand, als ich vom Rand der Klippe zurückweiche.

»Warst du das?«, entgegne ich und deute erstaunt auf den winzigen Strandabschnitt unter uns hinunter. »Das Herz – es sieht genau aus wie das unter der Arbeitstheke im *Daisy Chain*!«

»Ich weiß. Ich weiß, wie viel es dir bedeutet, und wollte etwas genauso Besonderes machen, um dir zu zeigen, wie viel du mir bedeutest.«

Jake packt das Blumensträußchen, das ich in der Hand halte, und legt es zu den beiden anderen auf den Felsboden, bevor er dann meine Hände nimmt und mich so dreht, dass wir uns in die Augen schauen.

»Falls du es vorher noch nicht bemerkt hast, Poppy Carmichael: Ich habe mich in dich verliebt«, stellt er fest, während seine dunkelbraunen Augen in meine hinunterblicken. »In jeden temperamentvollen, streitlustigen, mutigen, liebevollen, wunderbaren Teil von dir.«

»Ehrlich?«

»Natürlich«, erwidert Jake lächelnd. »Ich habe dich seit dem Tag geliebt, als du dich in meinen Lieferwagen gezwängt und dabei ausgesehen hast wie eine nasse Ratte.«

»Ich glaube ja kaum, dass …«, setze ich an, doch er bringt mich zum Schweigen, indem er mir sanft den Zeigefinger auf den Mund presst, den er dann schnell durch seine Lippen ersetzt.

»Ich bin nicht sonderlich gut im Umgang mit Worten«, erklärt Jake, nachdem sich seine Lippen von meinem Mund gelöst haben. »Ich will dir schon so lange sagen, was ich für dich empfinde, aber irgendwie war der Zeitpunkt nie der richtige. Immer stand uns etwas im Weg.«

»Da muss ich dir widersprechen«, stelle ich fest und merke, dass er plötzlich ein langes Gesicht macht. »Ich finde nämlich, dass du toll mit Worten umgehen kannst. Du hast einige wunderbare Sachen zu mir gesagt, seitdem ich dich kenne.«

Jake atmet erleichtert auf und lächelt.

»Und ich wusste natürlich gleich, dass du hinter all dem hier steckst«, fahre ich fort und deute auf die Blumensträußchen auf dem Felsboden. »Zumindest habe ich das inständig gehofft. Aber warum all die Blumen?«

»Ging es dir gut mit ihnen?«, fragt Jake. »Ich habe mich gefragt, ob ich da das Richtige tue, wenn ich dir Blumen schicke – in Anbetracht deiner Probleme mit ihnen in der Vergangenheit. Aber sie haben eine so wundervolle Bedeutung und konnten all das ausdrücken, womit ich Schwierigkeiten hatte, es in Worte zu fassen.«

»Die Sprache der Blumen«, sage ich und muss an Amber und die Bücher denken. »Wer hätte bei meiner Rückkehr nach St. Felix gedacht, dass ausgerechnet Blumen, vor denen ich solche Panik hatte, für mein größtes Glück verantwortlich sein würden?«

»Du hast recht«, stimmt mir Jake zu, »das klingt schon recht seltsam.«

»Aber in den Sträußen waren immerhin auch keine Rosen.«

Er schüttelt den Kopf. »Nein, ich fand, dass ich damit doch ein wenig zu weit gegangen wäre. Ich weiß, dass du mittlerweile mit ihnen klarkommst, aber sie werden niemals deine Lieblingsblumen sein. Was aber dennoch schade ist, da Amber meinte, sie hätten eine wunderbare Bedeutung.« Er schlägt sich die Hand vor den Mund.

»Ach, Amber war auch eingeweiht? Wusste ich's doch!«

»Zusammen mit Bronte, Charlie und Stan«, gibt Jake schließlich zu. »Und Lou hat mich als Erste auf die Idee gebracht. Das Herz ist jedoch einzig und allein mein Verdienst.« Er schlingt seine Arme um meine Taille und zieht mich an sich. »Es tut mir leid, Poppy, ich bin nicht gerade romantisch, oder?«

»Jake«, sage ich sanft und streichele ihm über das Gesicht. »Ich möchte dich gar nicht anders haben. Ich liebe dich genau so, wie du bist. Herzen und Blumen sind ohnehin nie *mein Ding* gewesen, oder?«

Jake grinst, als ich meine Arme um seinen Hals lege.

»Du bist aber voll mein Ding, Jake. Du, St. Felix und dieser kleine Blumenladen am Meer. Ihr seid alles, was ich brauche.«

Danksagung

Von allen Romanen, die ich bislang geschrieben habe, ist mir dieser am schwersten gefallen, aber nachdem er nun vollends aufgeblüht ist, wurde er auf eine seltsame Art und Weise zu einem der erfüllendsten für mich.

Ihm beim Wachsen und Gedeihen zuzuschauen war ein langer Prozess, doch während dieser Zeit hat meine wundervolle Familie – Jim, Rosie und Tom – mich unterstützt und für die nötigen Nährstoffe und die Bewässerung gesorgt. Von meiner fantastischen Agentin, Hannah Ferguson, kam zudem fortwährend eine besänftigende Brise.

Außerdem danke ich allen Mitarbeitern meines Verlages *Little, Brown and Company*, die mir bei all meinen Romanen geholfen haben, sie wachsen und gedeihen zu lassen, insbesondere meinen beiden Lektorinnen Rebecca Saunders, die den Samen für diesen Roman gepflanzt hat, und Maddie West, die geholfen hat, am Ende die Knospen zu hegen!

Und zu guter Letzt gilt ein besonderer Dank meinen fabelhaften Hunden Jake und Oscar, die mich immer wieder zum Lachen bringen, wenn das Leben dies nicht schafft. Sie lassen die nötigen Sonnenstrahlen scheinen, die es mir erlauben, meine Geschichten für Sie, liebe Leser, entstehen zu lassen.

Ali McNamara

Ali McNamara schreibt herrliche romantische Komödien und lebt mit ihrer Familie und zwei Hunden in Cambridgeshire. Sie liebt Reisen, guten Kaffee und wunderschöne Orte am Meer.

Von Ali McNamara außerdem bei Goldmann lieferbar:

Tatsächlich Liebe in Notting Hill. Roman
Zwei Männer für Miss Darcy. Roman

(Nur als E-Book erhältlich)

Unsere Leseempfehlung

400 Seiten
Auch als E-Book
erhältlich

Claire Durant hat sich auf der Karriereleiter nach oben geschummelt. Niemand ahnt, dass die Französin weder eine waschechte Pariserin ist noch Kunst studiert hat – bis sie einen Hilferuf aus der Bretagne erhält, wo sie in Wahrheit aufgewachsen ist. Claire reist in das kleine Dorf am Meer und ahnt noch nicht, dass ihre Gefühlswelt gehörig in Schieflage geraten wird. Denn neben ihrem Freund Nicolas aus gemeinsamen Kindertagen taucht auch noch ihr Chef auf. Claire muss improvisieren, um ihr Lügengespinst aufrechtzuerhalten – und stiftet ein heilloses Durcheinander in dem sonst so beschaulichen Örtchen Moguériec …

www.goldmann-verlag.de
www.facebook.com/goldmannverlag

Unsere Leseempfehlung

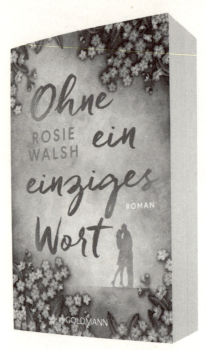

528 Seiten
Auch als E-Book
und Hörbuch
erhältlich

Stell dir vor, du begegnest einem wundervollen Mann und verbringst sechs Tage mit ihm. Am Ende dieser Woche bist du dir sicher: Das ist die große Liebe, und es geht ihm ganz genauso. Zweifellos. Dann muss er verreisen und verspricht dir, er meldet sich auf dem Weg zum Flughafen. Aber er ruft nicht an. Er meldet sich gar nicht mehr. Deine Freunde raten dir, ihn zu vergessen, doch du weißt, sie irren sich. Irgendetwas muss passiert sein, es muss einen Grund für sein Verschwinden geben. Und nun stell dir vor, du hast recht. Es gibt einen Grund, aber du kannst ihn nicht ändern. Denn der Grund bist du.

www.goldmann-verlag.de
www.facebook.com/goldmannverlag